L

Colle

MW01712464

Oraisons funèbres

JACQUES-BÉNIGNE BOSSUET

Éloquence sacrée

Édition présentée,
annotée et commentée
par Anne RÉGENT
Ancienne élève de l'E.N.S. de Paris
Agrégée de Lettres modernes

www.petitsclassiques.com

SOMMAIRE

Avant d'aborder le texte

Oraisons funèbres

BOSSUET

ISBN 2-03-588234-6

SOMMAIRE

Comment lire l'œuvre

Avant d'aborder le texte

Oraisons funèbres

Genre : éloquence sacrée, oraisons funèbres.

Auteur : Jacques-Bénigne Bossuet (1627-1704), ecclésiastique, nommé évêque en 1669 et précepteur du Dauphin en 1670.

Structure : dix oraisons funèbres indépendantes, chacune étant constituée d'un texte, d'un exorde, d'un développement en deux ou trois parties et d'une péroraison.

Sujet : la mort d'une personne plus ou moins éminente, et les leçons chrétiennes à en tirer.

Thèmes : le temps et la mort, la conversion, la Providence dans l'Histoire et dans les vies individuelles, les vertus (humaines et chrétiennes).

Dates : les dix oraisons funèbres que nous possédons de Bossuet n'ont jamais été publiées ensemble de son vivant. Sur le plan chronologique, ces oraisons se répartissent en trois groupes :

1) les deux premières (Yolande de Monterby, 1655 ; Henri de Gornay, 1658) correspondent à l'époque où Bossuet exerçait son ministère essentiellement à Metz ;
2) les deux suivantes (Père Bourgoing et Nicolas Cornet) ont été composées en 1662-1663 pour des auditoires en majorité constitués d'ecclésiastiques, en l'honneur de prêtres engagés dans les réformes et les querelles doctrinales de leur temps ;
3) les six dernières, les plus importantes, sont consacrées à des personnages majeurs de la maison de France, prononcées de 1669 à 1687. Bossuet les réunit ensuite en un recueil en 1689. L'oraison funèbre d'Anne d'Autriche aurait dû s'y ajouter, mais elle n'a pas été conservée.

Bossuet et le Grand Dauphin.

JACQUES-BÉNIGNE BOSSUET

(1627-1704)

La jeunesse et les études

1627

Naissance (27 septembre) et baptême à Dijon. Bossuet est le septième enfant d'une famille de la bourgeoisie parlementaire (donc attachée à l'art de parler clairement et avec éloquence). Son parrain, qui est aussi son grand-père, s'était fait connaître pour sa fidélité à Henri IV contre la Ligue. Son père, avocat puis conseiller au parlement de Metz, confie ses fils à la garde de leur oncle à Dijon.

1635

Bossuet, destiné par sa famille à un engagement ecclésiastique, reçoit la tonsure.

1638

Il étudie les humanités au collège jésuite de Dijon, dit « des Godrans ». Il est surtout influencé par les auteurs latins : « Ce que j'ai appris de style, écrira-t-il plus tard dans l'*Écrit au cardinal de Bouillon,* je le tiens des livres latins, un peu des grecs. »

1640

Son père lui procure un canonicat au chapitre de Metz.

1642

On lui permet enfin de lire la Bible : c'est un éblouissement, que son secrétaire et biographe Ledieu rappellera plus tard en ces termes, sans doute proches de ceux de son maître : « C'était la première fois, étudiant alors en seconde ou en rhétorique, qu'il ouvrit les Livres saints. Il y trouva un goût et une sublimité qui les lui firent préférer à tout ce qu'il avait lu jusque-là. Il se souvint et raconta avec plaisir, dans tout le temps de sa vie, combien il avait été touché d'abord de cette lecture. Ce moment lui était toujours présent et aussi vif que la première fois, tant son âme en avait été frappée comme de ces choses qui laissent une plus profonde impression de joie et de lumières. »

1642-1648

Bossuet se rend à Paris pour terminer sa scolarité en étudiant la philosophie et la théologie au collège de Navarre. C'est là qu'il subit l'influence de Nicolas Cornet, disciple de saint Augustin, mais adversaire des jansénistes. Il quitte cependant la capitale pendant la Fronde, mais observe de loin avec une stupéfaction mêlée d'effroi cette agitation révolutionnaire ; sa doctrine politique et sociale sera fortement influencée par la réflexion qu'il amorce alors sur la nécessité d'un pouvoir fort. De retour au collège de Navarre, il se met sous la direction de Nicolas Cornet, qu'il admire profondément.

1643

Il est également introduit dans les salons, notamment à l'hôtel de Vendôme et à l'hôtel de Rambouillet où il prononce un sermon mémorable. Il reçoit les conseils avisés de son protecteur, l'évêque Cospéan, qui ne tarde malheureusement pas à tomber en disgrâce.

1648

Il soutient sa thèse de « tentative » en présence du Grand Condé et devient bachelier en théologie. Appelé à prononcer un discours de circonstance, il choisit comme texte : *Deus timete, Regem honorificate*, « craignez Dieu, honorez le Roi ». Il reçoit le sous-diaconat, commence à prêcher à Paris et à Metz et rédige une importante méditation intitulée « De la brièveté de la vie ».

1649

Il reçoit le diaconat à Metz et y prononce son premier panégyrique.

1652

Il est ordonné prêtre à Paris, après une retraite prêchée à Saint-Lazare par saint Vincent de Paul, dont il fréquente les conférences. Il est également reçu docteur de Sorbonne. Cornet lui propose de lui succéder à la tête du collège de Navarre, mais il refuse et est nommé archidiacre de Sarrebourg, dans le diocèse de Metz.

Le prêtre : l'action et la parole (1652-1670)

1652-1659

Bossuet se consacre à la prédication, aux travaux du sacerdoce et à l'étude des Pères de l'Église. Résidant à Metz, il découvre les dures réalités sociales d'une région extrêmement éprouvée par la guerre ainsi que la controverse religieuse, vivace dans une ville peuplée de nombreux juifs et protestants.

1653

Membre de l'assemblée des Trois Ordres (sorte de conseil municipal), il est chargé d'une négociation avec les troupes de Condé, stationnées dans la région.

1655

Promu grand archidiacre de Metz, il publie son premier ouvrage, la *Réfutation du catéchisme de Paul Ferry*, pasteur dans la même ville, avec lequel il restera lié par une fidèle amitié. Il prononce sa première oraison funèbre, l'*Oraison funèbre d'Yolande de Monterby*.

1658

Il participe très activement à l'organisation de la grande mission lazariste de Metz. Il prononce l'*Oraison funèbre d'Henri de Gornay*.

1659

Il vient résider à Paris, tout en restant attaché à l'Église de Metz.

1659-1670

Il poursuit sa carrière de prédicateur, à Paris surtout, mais aussi parfois en province.

1660
Il prêche sa première station, le carême des Minimes, dans l'église du couvent de la place Royale. Il est chargé de l'administration clandestine de la Compagnie du Saint-Sacrement, que le gouvernement vient de dissoudre.

1661
Il prêche le carême des Carmélites au Grand Carmel de Paris.

1662
Soutenu par Anne d'Autriche et le parti dévot, il est choisi pour prononcer le carême de la cour (carême du Louvre) devant le jeune, fringant et adultère Louis XIV. Sa hardiesse déplaît : on ne le rappellera plus avant plusieurs années. Il prononce également l'*Oraison funèbre du Père Bourgoing.*

1663
Il prononce l'*Oraison funèbre de Nicolas Cornet,* son maître. L'archevêque de Paris lui demande de se charger de l'affaire janséniste.

1664
Il commence à s'occuper de l'affaire Guimenius (un laxiste, qui sera condamné), et s'entretient avec les religieuses de Port-Royal, dont il tente d'obtenir la soumission.

1665
Il prêche le carême en l'église Saint-Thomas du Louvre et l'Avent au Louvre.

1666
Il prêche le carême à Saint-Germain-l'Auxerrois et entreprend des négociations avec Ferry en vue de la réunion des Églises.

1667
Il prononce l'*Oraison funèbre d'Anne d'Autriche* (non conservée).

1668
Il contribue grandement à la conversion de Turenne, qui abjure le protestantisme. Il prêche l'Avent à Saint-Thomas du Louvre.

1669

Avent de Saint-Germain-l'Auxerrois.

1669

Il est nommé évêque de Condom (où il ne résidera jamais). Il prononce l'*Oraison funèbre d'Henriette-Marie de France.*

1670

Il assiste Henriette-Anne d'Angleterre mourante, et prononce son oraison funèbre.

Le précepteur du Dauphin (1670-1680)

1670

Louis XIV le nomme précepteur du Dauphin. Désireux de faire du Dauphin à la fois un chrétien, un honnête homme et un roi compétent, Bossuet se charge lui-même de lui enseigner la religion, les « humanités » (latin, histoire, géographie) et la philosophie. Cette fonction l'amène à approfondir ses connaissances dans de nombreux domaines, ce qui aboutira notamment à plusieurs ouvrages historiques ou philosophiques (*Discours sur l'histoire universelle, Traité de la connaissance de Dieu et de soi-même…*) et à fréquenter de plus près les milieux politiques et les élites intellectuelles. Le Dauphin mourra en 1711 sans avoir jamais exercé le pouvoir ; élève médiocrement doué, même s'il ne méritait peut-être pas l'appréciation de Saint-Simon, qui le décrit comme « absorbé dans sa graisse et dans ses ténèbres », il semble avoir profondément déçu son zélé précepteur.

1671

Bossuet se démet de son évêché pour assurer ses nouvelles fonctions. Il est nommé à l'Académie française. Il publie l'*Exposition de la doctrine catholique* pour convertir les protestants ; celle-ci, traduite dans plusieurs langues et maintes fois rééditée, sera son plus grand succès.

1673

Il commence à réunir plusieurs éminents exégètes catholiques de la Bible dans les réunions dites « du Petit Concile ».

1675

Il essaie désespérément d'amener Louis XIV à cesser sa relation adultère avec Mme de Montespan.

1677

Il commence à travailler à sa *Politique tirée des propres paroles de l'Écriture sainte*, qu'il laissera inachevée et qui ne paraîtra qu'à titre posthume.

1678

Il fait interdire la première *Histoire critique* de Richard Simon, qui appliquait à la Bible une exégèse moderne et scientifique. Il travaille au *Discours sur l'histoire universelle*. Il soutient avec le protestant Claude une grande controverse publique, dont l'enjeu est la conversion de Mlle de Duras, nièce de Turenne, lui-même récemment converti par Bossuet.

L'épiscopat et les grandes controverses

1681

Il prononce le sermon d'ouverture de l'Assemblée générale du clergé, que Louis XIV a réunie dans l'espoir d'en obtenir le soutien face au pape dans l'« affaire de la régale », au sujet des bénéfices ecclésiastiques. Ce sermon d'inspiration gallicane, connu sous le titre de « Sermon sur l'unité de l'Église », connaîtra un grand retentissement : il est le seul sermon de Bossuet à avoir été publié de son vivant. Il sera suivi, en guise de conclusion, de Quatre Articles qui récusent la souveraineté du pape sur les souverains temporels et subordonnent son autorité dans les questions de foi au consentement général de l'Église ; sans doute à cause de ces textes, Rome n'accordera jamais à Bossuet le titre de cardinal. Nommé plus modestement évêque de Meaux, il se consacre désormais presque exclusivement à son diocèse, tout en poursuivant son dialogue avec les protestants. Il continue à prêcher, mais de manière plus simple et plus directe, en rédigeant tout au plus quelques notes préparatoires. Il rédige néanmoins ces deux œuvres spirituelles que sont les *Méditations sur l'Évangile* et les *Élévations sur les mystères*.

1683
Il prononce l'*Oraison funèbre de Marie-Thérèse d'Autriche.*

1685
Il prononce l'*Oraison funèbre d'Anne de Gonzague.*

1686
Il prononce l'*Oraison funèbre de Michel Le Tellier.*

1687
Il prononce l'*Oraison funèbre du prince de Condé.*

1688
L'*Histoire des variations des Églises protestantes* radicalise les divergences qui l'opposent aux protestants.

1689
Il fait paraître une édition collective de ses six dernières oraisons funèbres. Il publie les trois premiers *Avertissements aux protestants* et *l'Apocalypse avec une explication*, commentaire du Livre de l'Apocalypse.

1691
Sa correspondance avec le philosophe allemand protestant Leibniz témoigne d'une tentative, œcuménique avant la lettre, de concilier catholicisme et luthéranisme pour parvenir enfin à une réunion. Ce sera un échec, et cette tentative prendra définitivement fin en 1701.

1693
Madame Guyon lui soumet ses écrits. Bossuet est scandalisé : c'est le début de la querelle du quiétisme. École mystique tendant à valoriser exclusivement la contemplation aimante et passive de Dieu aux dépens des efforts pour s'en rapprocher, elle risque pour Bossuet de conduire à négliger les pratiques religieuses et la charité, à se passer des dogmes et de la hiérarchie ecclésiastique.

1694
Bossuet fustige le Père Caffaro, défenseur du théâtre (traditionnellement condamné par le christianisme), dans les *Maximes et Réflexions sur la comédie*. Les Conférences

d'Issy, auxquelles il participe, condamnent trente-quatre propositions quiétistes.

1697

Bossuet est nommé conseiller d'État. Il publie contre les *Maximes des saints* de Fénelon, défenseur du quiétisme, l'*Instruction sur les états d'oraison*. Fénelon en appelle alors au pape et une guerre des pamphlets commence entre les deux anciens amis.

1699

Avec l'appui de Louis XIV et de Mme de Maintenon, il obtient la condamnation par Rome de Fénelon, accusé de quiétisme. Le durcissement de ses positions est général, et sans doute lié à sa prise de conscience que les mentalités religieuses connaissent alors en Occident une mutation capitale : il se rapproche des jansénistes et soutient les thèses les plus intransigeantes sur le salut des païens, contemple avec angoisse la montée du rationalisme de Spinoza et du scepticisme qui donnera naissances aux Lumières, et défend avec acharnement, dans sa *Défense de la tradition et des saints Pères*, l'autorité de saint Augustin contre toutes les innovations théologiques, en particulier contre l'exégèse critique de Richard Simon.

1704

Malade depuis plusieurs années, il meurt à Paris « les armes à la main » (Saint-Simon), laissant la plupart de ses œuvres inédites (sermons, panégyriques, *Politique*, *Traité de la connaissance de Dieu*, *Méditations*, *Élévations*...).

CONTEXTES

La prédication au XVIIe siècle

Au XVIIe siècle, la production d'ouvrages religieux de toutes sortes est considérable. La prédication joue un rôle d'autant plus essentiel dans la vie religieuse du temps qu'elle constitue la seule occasion pour les fidèles de recevoir un enseignement religieux en français, tous les offices étant dits en latin. On peut distinguer trois types de prédication, destinés à trois publics bien différents : l'une populaire, rurale et urbaine, qui est en particulier celle des missions ; une autre à destination des couvents ; une troisième, enfin, purement urbaine, destinée à l'élite sociale. Les oraisons funèbres et les sermons appartenant à cette dernière tiennent également dans la vie sociale du XVIIe siècle, surtout entre 1660 et 1700, une place majeure. Les gazettes les annoncent comme des événements d'importance et en rendent compte. Une ouverture d'Avent ou de carême, ou une oraison funèbre prononcées par un prédicateur célèbre occupent les esprits et attirent la foule tout autant qu'une « première » de Racine ou de Molière. Cet aspect mondain, théâtral, de la prédication n'est pas sans gêner les chrétiens convaincus, La Bruyère par exemple (*les Caractères*, « De la chaire »).

Plusieurs grandes tendances coexistent dans l'éloquence de la chaire au XVIIe siècle, période marquée par une rénovation en profondeur de la pratique, mais également du statut, de la prédication catholique. Sous Louis XIII, l'éloquence de la chaire cherche péniblement son équilibre, entre le burlesque et l'excessive solennité. Des sermons lourdement scolastiques et excessivement abstraits coexistent avec des sermons très ornés, presque précieux, ou au contraire familiers et truculents. Contre la valorisation humaniste de l'abondance des citations antiques se développent les réactions oratorienne et janséniste. À Port-Royal en effet, Saint-Cyran incarne le paradoxe d'une éloquence simple et sublime, et défend le « naturel chrétien », ascèse stylistique sur le modèle de saint Paul.

Certes, la grande prédication n'a pas disparu, mais elle est de moins en moins valorisée, en raison de la montée d'un autre courant, non seulement concurrent, mais inverse, qui valorise la simplicité du langage « évangélique », notamment sous l'influence de Vincent de Paul. Dès le début du siècle, François de Sales prônait plus de naturel, notamment dans l'*actio*. Loin de ne repenser que la technique de la prédication, ce mouvement de réforme se penche en effet sur son statut, et met en particulier l'accent sur l'importance de la prière et de la « sainteté » du prédicateur.

Cependant, cette exigence de simplicité évangélique n'est pas appliquée dans toutes les formes de prédication au même degré. La réforme de la prédication passe en effet également par sa diversification croissante : chaque type d'éloquence sacrée, de mieux en mieux défini, possède ses règles et sa rhétorique. Les nuances sont poussées à l'extrême, et soigneusement codifiées, non seulement par bienséance, comme dans le domaine profane, mais dans une volonté d'efficacité apostolique. Dans ses *Nouvelles Observations sur les différentes méthodes de prêcher*, le Père Albert détaille ainsi les différentes formes de l'éloquence chrétienne : « Si le ministre de la Parole s'attache à une explication et à une paraphrase de l'Évangile ou de l'Épître, c'est une “Homélie”. S'il tire de quelque verset de l'Écriture une vérité qu'il met dans un jour avantageux, mais d'une manière simple et familière, c'est ce qu'on appelle communément “Prône”. S'il instruit par des réponses aux questions qu'on lui fait, c'est une “Conférence”. S'il suit les règles du discours oratoire en traitant des mystères de la religion et des vertus morales, c'est un “Sermon”. Lorsqu'il loue les saints [...], c'est un “Panégyrique”. Quand il relève les vertus de ces grands du monde, sur lesquels la mort vient d'exercer son cruel empire, c'est une “Oraison funèbre”. » L'énumération va vers une solennité croissante, qui doit coïncider avec un didactisme de moins en moins appuyé.

La prédication à la cour, dont relèvent les six dernières oraisons funèbres de Bossuet, constitue un genre particulièrement solennel que Bossuet, souvent appelé de manière abusive le « prédicateur de Louis XIV », ne pratiqua en fait qu'occasionnellement. Parole aussi somptueuse que codifiée adressée aux grands et célébrant l'un des leurs, elle constitue, en quelque sorte, le morceau de bravoure de l'éloquence sacrée. Pourtant, son aspect éminemment protocolaire et mondain n'est pas sans risque : pour le prédicateur attelé à cette tâche lourde mais gratifiante, la solution de facilité est de prêcher la morale plutôt que le dogme, plus abstrait et plus difficile d'accès. En outre, dans une cour livrée à la curiosité, au désœuvrement et aux rivalités, l'allusion, l'épigramme et les portraits de mœurs conduisent plus sûrement au succès que les développements théologiques.

La tradition de l'éloquence funèbre

En Occident, la coutume de pleurer et de louer publiquement un défunt remonte à l'Antiquité grecque, où les rappels exaltés des morts pour encourager les vivants à continuer le service de la patrie sont récurrents. Il n'est bien sûr alors pas question d'immortalité personnelle et de foi religieuse, thèmes caractéristiques du christianisme : la religion antique étant nationale, le culte des morts tend à assurer la perpétuité terrestre de la communauté, non l'immortalité céleste de l'individu. Rite oratoire officiel, institutionnel et civique, l'oraison funèbre, prononcée au Céramique, le cimetière d'Athènes, dans le cadre des funérailles nationales en l'honneur des soldats morts à la guerre, célèbre, à travers les ancêtres, la cité tout entière : son histoire, sa démocratie, ses exploits militaires, ses bienfaits à l'égard des autres Grecs. En rendant hommage à ses soldats, Athènes crée sa propre légende et affirme les valeurs auxquelles elle s'identifie.

À Rome, les cérémonies funèbres prennent une importance nouvelle. Dans les familles patriciennes, les ancêtres, réels ou supposés, représentés par des *imagines*, masques mortuaires en cire, sont au centre de ces rites familiaux sans véritable

caractère religieux. Le discours est souvent prononcé sur le Forum par le fils du défunt, ou à défaut par un proche parent, et plus tard par un magistrat. Tandis que le discours athénien, civique, louait les soldats tombés pour la patrie, le discours romain, dédié à une grande famille, loue d'éminents serviteurs de l'État. Dans la lignée du *Ménexène* de Platon, qui voyait dans l'oraison funèbre toutes les tares de la rhétorique, Cicéron se moque des exagérations et des vantardises auxquelles donnent lieu ces discours, la tentation étant grande d'y exagérer la valeur de sa lignée. Après les guerres civiles, le rôle politique et social de l'éloquence diminue nettement. Sous l'Empire romain est instituée l'*apothéose*, qui place l'empereur défunt au nombre des dieux protecteurs de l'Empire. Le nouvel empereur prononce alors un éloge plus ou moins sincère de son prédécesseur. Les oraisons funèbres deviennent largement répandues, mais les louanges y sont souvent de pure convention : l'éloquence politique connaissant un net déclin, les paroles n'ayant plus le pouvoir d'agir sur le réel, l'éloge de l'empereur vivant devient le simple acte loyal et sans âme d'un bon fonctionnaire, tel Pline le Jeune adressant à Trajan un remerciement solennel à son entrée en charge comme consul, au début du IIe siècle. La personne de l'empereur étant de plus en plus valorisée comme lien moral de l'Empire menacé de dislocation, les panégyriques d'empereurs vivants se multiplient tout au long des IIIe et IVe siècles sur le modèle du discours de Pline. Voyant son rôle politique éminemment restreint, l'éloquence funèbre est conservée artificiellement dans les écoles, où elle devient l'un des principaux exercices de rhétorique.
La conception de la mort change considérablement avec le passage à l'ère chrétienne. La mort est désormais présentée comme le passage à la résurrection, à la suite de Jésus-Christ : sa valeur de bilan d'une vie est soulignée par le Jugement divin qui la suit immédiatement et place l'homme, soit parmi les élus auprès de Dieu, soit parmi les damnés. Le christianisme renouvelle ainsi l'oraison funèbre, en orientant l'héritage antique vers une perception plus individuelle, moins

sociale, de la mort et de la souffrance et en orientant le genre vers ceux, voisins, du sermon et du panégyrique de saint.
Au cours du Moyen ge, l'oraison funèbre en prose n'est guère pratiquée, au profit d'une prédication sur la mort et le Jugement dernier, et surtout d'une déploration en vers, ou *planctus*. Cette plainte funèbre, qui domine le domaine de l'éloge posthume jusqu'au milieu du XVIe siècle, prend la forme d'un poème lyrique chanté, expression d'un deuil essentiellement collectif, justifié par les mérites du défunt, toujours noble (par exemple Charlemagne). Une prière finale, et éventuellement un appel à la vengeance, viennent conclure le texte. De plus en plus élaborées, rédigées parfois plusieurs années après le décès, elles deviennent la plupart du temps des monuments littéraires érigés à la gloire du défunt, équivalent verbal des tombeaux richement ornés. C'est d'ailleurs le terme de « tombeau » (de François Ier, de Marguerite de Navarre, de Ronsard, etc.) qui commence à désigner les recueils de plusieurs éloges funèbres en l'honneur d'un même personnage. L'immortalité promise est souvent celle, purement terrestre, de la renommée. Dans une perspective plus chrétienne, les oraisons funèbres, prononcées au moment même des funérailles, connaissent un développement considérable au cours du XVIe siècle, non sans lien avec les guerres de Religion : l'éloge funèbre d'un grand chrétien permet de réaffirmer, en une circonstance émotionnellement forte, les dogmes de l'Église, mais aussi les convictions de l'orateur et de sa communauté sur la meilleure manière de servir Dieu ici-bas. Cependant, la forme reste encore, à bien des égards, profane, les prédicateurs n'hésitant pas à ponctuer leurs discours de références ingénieuses aux auteurs païens, voire de jeux de mots plus ou moins raffinés.
Il faut donc attendre le XVIIe siècle et la Contre-Réforme, accompagnée d'un renouvellement en profondeur de la théorie et de la pratique de la prédication, pour que l'oraison funèbre chrétienne atteigne son plein développement. L'expression « baroque » de la douleur est atténuée, au pro-

fit d'un discours plus édifiant et plus apaisé. Les noms de Bossuet bien sûr, mais aussi du brillant Fléchier et des oratoriens Mascaron et Massillon (Bourdaloue n'a laissé que peu d'oraisons funèbres) illustrent ce renouveau.

Au XVIIIe siècle, l'éloquence religieuse perd à la fois de son influence sur la société et de son prestige littéraire. Les Lumières manifestent leur confiance en l'humanité par un besoin accru de célébrer publiquement les grands hommes : l'éloge académique trouve alors son plein développement. Le temps de la somptueuse éloquence du grand siècle semble cependant révolu, du moins en France ; en Angleterre se déploie pourtant plus librement une éloquence proprement politique, qui trouve dans Burke son plus grand illustrateur. Il faut attendre la Révolution pour assister à un renouveau de l'art oratoire. Celle-ci suscite une éloquence politique parfois très proche des panégyriques et oraisons funèbres du siècle précédent : le sacré s'étant en quelque sorte déplacé du domaine religieux au domaine politique, Bossuet, avec son modèle d'éloquence inspirée, demeure paradoxalement un des principaux modèles de l'éloquence révolutionnaire.

La Restauration revalorise le genre de l'éloge royal pour valoriser le souvenir de Louis XVI. Plus largement, le romantisme s'assimile certaines forces de l'éloquence sacrée : images devenant symboles, idéalisme, prophétisme ; par là s'explique, au moins partiellement, la vénération que Chateaubriand professera toute sa vie pour Bossuet.

André Malraux sera l'un des derniers représentants illustres de ce genre ; l'éloge funèbre prend désormais de plus en plus la forme, laïque, d'un discours de reconnaissance publique lors de funérailles nationales ou d'une nécrologie écrite, ou encore, plus communément, d'un acte privé, presque intime, de forme libre, au cours des funérailles, religieuses ou non.

Les oraisons funèbres dans l'œuvre de Bossuet

Deux oraisons funèbres de Bossuet sont perdues, celle d'Anne d'Autriche (1667) et celle de Mme du Blé d'Huxelles, abbesse de Faremoutiers (1686). On peut répartir les dix oraisons funèbres qui nous restent de Bossuet en trois groupes :

1) Le premier groupe comprend les oraisons funèbres (incomplètes) d'Yolande de Monterby (1655) et d'Henri de Gornay (1658). Bossuet n'est déjà plus un débutant lorsqu'il les compose. Prêtre et docteur en théologie, il s'est déjà exercé au genre du panégyrique de saint, qui n'est guère éloigné de l'oraison funèbre (ces deux genres sont alors considérés comme deux types d'une même forme d'éloquence, l'éloquence panégyrique).
2) Le deuxième groupe se compose des oraisons funèbres du Père Bourgoing (1662) et de Nicolas Cornet (1663). La célébrité de Bossuet a désormais un rayonnement national, puisqu'il vient de prêcher trois importants carêmes successifs, aux Minimes (église alors à la mode et fréquentée par les mondains) en 1660, chez les Carmélites en 1661 et surtout à la cour, au Louvre en 1662. Malheureusement, le texte de ces deux discours, tel qu'il nous est parvenu, ne présente que peu d'authenticité.
3) Le troisième groupe, le plus important en nombre, en qualité et en retentissement, rassemble six oraisons funèbres : celles d'Henriette-Marie de France (1669) et Henriette-Anne d'Angleterre (1670), rédigées au moment où Bossuet devient évêque et précepteur du Dauphin ; et celles de la reine, de la princesse Palatine, de Le Tellier et de Condé, rédigées pendant l'épiscopat de Meaux. Non sans paradoxe, ces six discours, ultime aboutissement de l'éloquence de Bossuet, ont été composés à un moment où Bossuet ne pratiquait plus qu'exceptionnellement la « grande éloquence » propre, au XVIIe siècle, à la chaire et au barreau. Il ne prêche en effet presque pas pendant son préceptorat, et ne prononcera à Meaux que des sermons très simples, presque improvisés, adaptés à un public plus modeste et moins exigeant. Il se consacre désormais essentielle-

ment aux œuvres didactiques (philosophiques et historiques) et polémiques. Toujours influent, il est au centre de toutes les querelles religieuses et philosophiques de son époque : adversaire des jansénistes, il s'oppose également au quiétisme, nouvelle doctrine défendue notamment par Fénelon, qui considère que la perfection chrétienne ne s'acquiert que par le repos absolu de l'âme. Il combat les libertins et le théâtre, et poursuit son dialogue avec les réformés en vue de réconcilier le catholicisme et le protestantisme. Enfin, défenseur zélé de l'Église de France, il tente de la soustraire à certains empiètements de l'autorité papale et devient ainsi le champion du gallicanisme.

L'intérêt exclusif depuis longtemps accordé aux seules œuvres oratoires, et, parmi elles, essentiellement aux oraisons funèbres, risque donc d'entretenir un malentendu proche du contresens. Bossuet lui-même ne se considérait pas avant tout comme un prédicateur, en sorte qu'une compréhension totale et fidèle de son œuvre requiert la prise en compte de ses différentes facettes. Du reste, Bossuet semble n'avoir accepté que par devoir de composer des oraisons funèbres, souvent difficiles pour un prédicateur soucieux de ne trahir ni la vérité ni sa fonction. Voici en effet ce qu'écrit son biographe et secrétaire, l'abbé Ledieu : « Les devoirs de l'obéissance, du respect et de l'amitié l'engagèrent à faire ces discours qu'il ne put refuser. On voit pour quelles personnes, et quelle liaison il avait eue avec elles toute sa vie. [...] Il n'aimait pas naturellement ce travail, qui est peu utile, quoiqu'il y répandît beaucoup d'édification. »

Vie	Œuvres
1627 Naissance à Dijon (27 sept.).	
1636-1642 Études au collège jésuite des Godrans.	
1640 Devient chanoine à Metz, où son père est conseiller au Parlement.	
1642-1648 Études à Paris au collège de Navarre.	
1652 Ordonné prêtre et reçu docteur en théologie. S'installe à Metz.	
1655 Polémique avec le pasteur protestant Ferry, à Metz.	1655 *Oraison funèbre d'Yolande de Monterby.*
1658 Organise à Metz une mission lazariste avec saint-Vincent de Paul.	1658 *Oraison funèbre d'Henri de Gornay.*
1659 S'installe à Paris.	1659 *Panégyrique de saint Paul.*

Événements culturels et artistiques	Événements historiques et politiques
	1624 Richelieu ministre de Louis XIII.
1627 Ch. Sorel : *le Berger extravagant.* H. d'Urfé : *Sylvanire* (pastorale).	1627 Siège de La Rochelle par Richelieu.
1635 Fondation de l'Académie française.	1635 La France déclare la guerre à l'Espagne.
1637 Corneille : *le Cid.* Descartes : *Discours de la méthode.*	
1643 Fondation de l'Illustre-Théâtre par les Béjart et Molière.	1643 Mort de Louis XIII ; régence d'Anne d'Autriche, gouvernement de Mazarin.
	1648 Fin de la guerre de Trente Ans. Début de la Fronde.
	1650 Arrestation de Condé. Fronde des princes.
1652 G. de Balzac : *le Socrate chrétien.*	1652 Fin de la Fronde. Louis XIV reprend Paris ; amnistie.
	1653 Condamnation du jansénisme par Rome.
	1655 Négociations avec Cromwell pour obtenir l'appui de l'Angleterre contre l'Espagne.
1656 Pascal : *les Provinciales.*	
1659 Molière : *les Précieuses ridicules.* Lully : *Ballet de la raillerie.* Corneille : *Œdipe.*	1659 Paix des Pyrénées : l'Espagne cède l'Artois et le Roussillon à la France. Abdication du fils de Cromwell.

VIE	ŒUVRES
1660 Correspondant et secrétaire des dépèches de la compagnie du Saint-Sacrement (interdite).	**1660** *Carême des Minimes.*
	1661 *Carême des Carmélites.*
	1662 *Carême du Louvre.* *Oraison funèbre du Père Bourgoing.* **1663** *Oraison funèbre de Nicolas Cornet.*
	1667 *Oraison funèbre d'Anne d'Autriche* (perdue).
1669 Nommé évêque de Condom.	**1669** *Oraison funèbre d'Henriette de France.*
1670 Nommé précepteur du Dauphin.	**1670** *Oraison funèbre d'Henriette d'Angleterre.*
1671 Reçu à l'Académie française.	

Événements culturels et artistiques	Événements historiques et politiques
	1660 Mariage de Louis XIV avec Marie-Thérèse d'Autriche.
1661 Installation de la troupe de Molière au Palais-Royal.	1661 Mort de Mazarin ; règne personnel de Louis XIV ; disgrâce de Fouquet.
1662 Mort de Pascal.	1662 Le Tellier, Colbert et Hugues de Lionne deviennent ministres de Louis XIV.
1664 Molière : *Tartuffe* (censuré). La Rochefoucauld : *Maximes* (1re éd.).	1664 Dispersion des religieuses de Port-Royal.
	1665 Disparition définitive de la Compagnie du Saint-Sacrement.
1667 Racine : *Andromaque*. Corneille : *Attila*. Milton : *le Paradis perdu*.	1667 Conquête de la Flandre par la France contre l'Espagne (guerre de Dévolution).
	1668 Abjuration de Turenne.
1669 Racine : *Britannicus*. Représentation de *Tartuffe*.	1669 Colbert secrétaire d'État à la Maison du Roi. Paix de l'Église avec les jansénistes.
1670 Racine : *Bérénice*. Molière : *Le Bourgeois gentilhomme*. Édition des *Pensées* de Pascal. Spinoza : *Traité théologico-politique*.	1670 Guillaume d'Orange est nommé capitaine général des États de Hollande.
1671 P. Nicole : *Essai de morale*. Molière : *les Fourberies de Scapin*.	1671 Louis XIV prépare la guerre contre la Hollande.
	1673 Installation progressive de la cour à Versailles. Conquête de la Hollande.

VIE	ŒUVRES
1674 Début des réunions, à Saint-Germain l'Auxerrois, du « Petit Concile » qui étudie l'Écriture. Contribue grandement à la retraite de La Vallière au Carmel.	
	1679 Première version de la *Politique tirée* *des propres paroles* *de l'Écriture sainte*, *Discours sur* *l'histoire universelle* (composés pour le Dauphin).
1680 Fin du préceptorat. Nommé premier aumonier de la Dauphine.	
1681 Nommé évêque de Meaux.	1681 *Sermon sur l'unité de l'Église*, devant l'Assemblée générale du clergé.
1682 Rédaction des Quatre Articles de l'Assemblée du clergé, qui sont condamnés par le pape.	
	1683 *Oraison funèbre* *de Marie-Thérèse d'Autriche*.
1685 Approuve la révocation de l'édit de Nantes.	1685 *Oraison funèbre* *d'Anne de Gonzague*.
	1686 *Oraison funèbre* *de Michel Le Tellier*.
	1687 *Oraison funèbre* *de Condé*.
	1688 *Histoire des variations* *des Églises protestantes*.
	1689 Édition révisée des *Oraisons funèbres*.
1691 Début de correspondance avec Leibniz et l'abbé de Lokkum, pour l'unification des Églises.	

ÉVÉNEMENTS CULTURELS ET ARTISTIQUES	ÉVÉNEMENTS HISTORIQUES ET POLITIQUES
	1679 Traités de Nimègue entre la France et l'Empire, de Saint-Germain l'Auxerrois avec l'Électeur de Brandebourg. Disparition définitive des « solitaires ».
1681 Malebranche : *Traité de la nature et de la grâce.*	1681 Occupation de Strasbourg. Ouverture du canal du Midi.
1682 Newton découvre la loi de gravitation universelle. Bayle : *Pensées sur la comète.*	1682 La cour s'installe à Versailles.
	1683 Mort de la reine.
1685 Naissance de J.-S. Bach et de Haendel.	1685 Révocation de l'édit de Nantes. Mort de Charles II d'Angleterre.
1687 Fontenelle : *Histoire des oracles.*	1687 Début des déportations des huguenots non convertis.
1688 La Bruyère : *les Caractères* (1re éd.). Fénelon fait la connaissance de Mme Guyon.	1688 Début de la guerre contre les Provinces-Unies : Louis XIV envahit l'Allemagne. Révolution d'Angleterre.
1691 Racine : *Athalie.* Purcell : *King Arthur.*	1691 Mort de Louvois. Prise de Nice et invasion du Piémont par les Français.

Vie	Œuvres
	1692 *Défense de la tradition et des saints-pères.*
1695 Participation aux Conférences d'Issy, qui aboutissent aux 34 articles contre le quiétisme.	
	1697 *Instruction sur les états d'oraison.*
1698 Poursuite de la lutte contre le quiétisme. Rupture avec Fénelon.	
1701 Début de sa maladie.	
1704 Mort à Paris (12 avril), après trois ans de maladie.	

ÉVÉNEMENTS CULTURELS ET ARTISTIQUES	ÉVÉNEMENTS HISTORIQUES ET POLITIQUES
1695 Fénelon est nommé archevêque de Cambrai. P. Bayle : *Dictionnaire historique et critique.*	1695 Pourparlers de paix entre Louis XIV et les Pays-Bas.
1697 Ch. Perrault : *Contes.* Malebranche : *Traité de l'amour de Dieu.* Fénelon : *Télémaque.*	1697 Traité de Ryswick, qui termine la guerre de la ligue d'Augsbourg.
1704 Newton : *Traité d'optique.*	1704 Guerre de la Succession d'Espagne : défaite française à Höchstädt. Occupation de la Savoie par les Français.
	1715 Mort de Louis XIV.

GENÈSE DE L'ŒUVRE

Le spectacle des funérailles

Le genre de l'oraison funèbre connaît au XVIIe siècle un développement d'autant plus important que la mort est alors volontiers théâtralisée ; l'oraison funèbre peut donc se lier à un certain goût baroque pour les thèmes funèbres et la déploration liée au temps. L'art funéraire témoigne de cette mise en scène, particulièrement fastueuse à la cour. Le corps est amené dans l'Église par un imposant convoi accompagné de plaintes. L'intérieur de l'édifice est richement orné par des artistes qui créent aussi souvent des décors pour l'opéra ou pour les fêtes de la cour. L'image de la tête de mort, voire du squelette tout entier, figure presque toujours sur les tombeaux, réaliste, parfois dotée de deux ailes symbolisant sa rapidité, ou d'une couronne de lauriers marquant son triomphe. Le tombeau tout entier est décoré pour servir d'instruction aux vivants. Ainsi, non sans paradoxe, alors même que le discours de l'Église met l'accent sur l'égalité des hommes face à la mort, la cérémonie funéraire apparaît comme la dernière manifestation, et non la moindre, du rang social du défunt.

L'importance du personnage se traduit également par le nombre d'oraisons funèbres qui lui sont consacrées. En effet, un défunt de haut rang donnait lieu à plusieurs oraisons funèbres : une à ses obsèques, une autre dans l'église où on avait déposé son cœur, séparé du reste du corps, d'autres dans les divers lieux où il avait eu des attaches, d'autres encore, les années suivantes, pour commémorer l'anniversaire de son décès. En outre, lorsqu'il s'agissait d'un roi ou d'une reine, son éloge était prononcé non seulement dans toutes les cathédrales du royaume, mais aussi dans bien des églises, des parlements et des universités. Chaque grand deuil donnait ainsi lieu à « des débauches d'éloquence » (J. Truchet), et éventuellement à une sorte de rivalité entre les orateurs. Fléchier, Mascaron et Bourdaloue composeront ainsi après Bossuet des oraisons funèbres pour M. Le Tellier, Marie-Thérèse d'Autriche, Henriette d'Angleterre et le prince de Condé.

La cérémonie funéraire est donc autant un acte religieux qu'un événement social, voire mondain, que l'on commente dans les lettres et dans les gazettes. *La Gazette de France* du 29 août 1670 donne le compte rendu détaillé du cadre dans lequel Bossuet prêcha l'oraison funèbre de la duchesse d'Orléans. En voici quelques extraits : « Le portail était tendu de noir jusques à la première corniche, avec les armes de l'illustre défunte, peintes et dorées, de six pieds[1] de haut, aux côtés desquelles étaient assis deux squelettes de sept pieds, feints [imitant] de marbre blanc, ailés, et drapés de leur linceul, soutenant une espèce de pavillon au-dessus des dites armes ; et aux deux côtés de ce portail, il y en avait aussi deux, de même grandeur, qui soutenaient de pareilles armes liées les unes aux autres par des festons de velours, semés de larmes d'argent, dont les chutes finissaient par des crépines[2] de même, d'un pied de haut. [...] Le chœur était tendu, depuis le haut jusqu'en bas, d'un grand pavillon de drap ; un autre pavillon cachait entièrement les vitres, et un troisième s'étendait presque au-dessus de l'autel, en sorte qu'il ne restait aucun jour.

Depuis le haut des grandes arcades jusqu'en bas, tout était aussi tendu de noir, et ces arcades renfoncées avec du drap en façon d'amphithéâtres. Des squelettes feints de marbre blanc, de sept pieds de haut, ailés et drapés de leur linceul, régnaient à tous les piliers du chœur, soutenant la tenture, en sorte que par leur action ils semblaient empêcher qu'elle tombât, et tenir ainsi les mêmes arcades ouvertes [...] : « Au

1. 1 pied = 32,4 cm.
2. **Crépines** : franges ouvragées.

milieu du chœur était le mausolée[1] sur une large estrade de huit degrés[2]. Il y avait aux quatre coins autants de piedestaux de figure octogone, de marbre blanc, avec des tables jaspées de vert ; sur chacune d'elles se voyait une manières[3] d'autel à l'antique, avec une grande urne fumante de parfums. »
Plus on se rapproche du tombeau proprement dit, plus le décor est somptueux : « Au haut de l'estrade était un tombeau feint de marbre noir, enrichi d'ornements de vermeil doré, soutenu de quatre grands léopards feints de bronze sur un socle de marbre jaspé, et au-dessus dudit tombeau était le cercueil contenant le corps de la princesse, couvert d'un drap d'or des plus magnifiques, bordé d'hermine, croisé d'argent, avec les armes aux quatre coins, en broderie d'or et d'argent, sur lequel était le manteau ducal et la couronne, couverte de crêpe, sur un carré de velours noir. Les degrés de pourtour [marches latérales] de ce superbe tombeau étaient chargés de trois cents chandeliers garnis de cire blanche, avec des écussons, et toute cette auguste et pompeuse machine était sous un dais de velours noir, orné des mêmes armes en broderie d'or, les pentes garnies de grandes crépines d'argent, soutenues par des écharpes et festons de taffetas blanc, couvert de crêpe, avec les chutes garnies de grandes franges d'argent, par lesquels il était attaché à la voûte. »
Dans l'oraison funèbre de Condé, Bossuet fait à deux reprises allusion à ce décor, pour en souligner la vanité, l'absurde prétention à combler le vide effrayant laissé par la mort, à consoler les vivants de leur propre mortalité : « Jetez les yeux de toutes parts : voilà tout ce qu'a pu faire la magnificence et la piété pour honorer un héros : des titres, des inscriptions, vaines marques de ce qui n'est plus ; des figures qui semblent pleurer autour d'un tombeau, et des fragiles images d'une douleur que le temps emporte avec tout le reste ; des colonnes qui semblent vouloir porter jusqu'au ciel le magnifique

1. **Mausolée :** cercueil.
2. **Degrés :** marches.
3. **Une manière :** une sorte de.

témoignage de notre néant ; et rien enfin ne manque dans tous ces honneurs, que celui à qui on les rend. » Mme de Sévigné décrit en ces termes, à son cousin le comte de Bussy-Rabutin, la pompe funèbre de ce grand prince : « Le moyen de ne vous pas parler de la plus belle, de la plus magnifique et de la plus triomphante pompe funèbre qui ait jamais été faite depuis qu'il y a des mortels ? C'est celle de feu Monsieur le Prince qu'on a faite aujourd'hui à Notre-Dame. Tous les beaux esprits se sont épuisés à faire valoir tout ce qu'a fait ce grand prince, et tout ce qu'il a été. Ses pères sont représentés par des médailles, jusqu'à saint Louis ; toutes ses victoires par des basses-tailles[1], couvertes comme sous des tentes dont les coins sont ouverts, et portés par des squelettes dont les attitudes sont admirables. Le mausolée, jusque près de la voûte, est couvert d'un dais en manière de pavillon encore plus haut, dont les quatre coins retombent en guise de tentes. Toute la place du chœur est ornée de ces basses-tailles et de devises au-dessous, qui parlent de tous les temps de sa vie. Celui de sa liaison avec les Espagnols est exprimé par une nuit obscure, où trois mots latins disent : *Ce qui s'est fait loin du soleil doit être caché*. Tout est semé de fleurs de lys d'une couleur sombre, et au-dessous une petite lampe qui fait dix mille petites étoiles. J'en oublie la moitié, mais vous aurez le livre, qui vous instruira de tout en détail. » (lettre du 10 mars 1687).

L'oraison funèbre, mise en scène de la parole

L'oraison funèbre n'est qu'un des éléments de ce fastueux cérémonial. Le Père Ogier, auteur de nombreuses oraisons funèbres, précise ainsi que l'oraison funèbre est destinée à « l'ostentation, au divertissement, à la pompe, […] comme un tournoi ». Comment s'étonner que l'emphase, l'exagération, la recherche du brillant et la flagornerie caractérisent le plus souvent ces discours ? Bossuet, jeune étudiant à Paris sous la protection de l'évêque et prédicateur Cospéan, assista à de nombreuses oraisons funèbres et prit même sans doute des

1. **Basses-tailles** : bas-relief.

notes à cette occasion. Lorsque vint son tour de prêcher, il manifesta un talent très précoce, qui tenait à la fois à la somptuosité rhétorique et oratoire de sa langue, et à sa capacité exceptionnelle à établir une véritable communication avec son public, à tenir la balance entre préparation et improvisation. Une fois en chaire, Bossuet ne lisait pas ses sermons, ni ne les récitait par cœur, contrairement à d'autres prédicateurs du temps. Après avoir soigneusement préparé son discours par écrit, il était capable d'une grande faculté d'adaptation, attestée par tous les témoignages. Dans ses manuscrits, les passages élaborés, comportant de nombreuses corrections et manifestement travaillés, voisinent avec des passages simplement ébauchés, schémas rapides où les citations des Écritures jointes à des phrases inachevées donnent simplement la direction de la pensée. L'abbé Ledieu, secrétaire et biographe de Bossuet, témoigne ainsi qu'« il fixait dans sa mémoire jusqu'aux expressions dont il voulait se servir ». Il nous fournit également de précieux renseignements sur l'action oratoire du grand prédicateur : « Dans le pathétique, il s'insinuait jusqu'au plus intime par ses tours nouveaux et inconnus ; ses tendres yeux, son air accueillant, sa voix douce, son geste modeste et naturel, sa noblesse et sa dignité, tout était passionné. [...] En prononçant son sermon, il ne s'astreignait ni aux paroles, ni aux tours, ni aux figures. Autrement, répétait-il, son action aurait langui, son discours se serait énervé[1] [...]. Monté en chaire, il suivait l'impression produite sur son auditoire, et, soudain, effaçant volontairement de son esprit ce qu'il avait médité[2], attaché à sa pensée présente, il poussait le mouvement par lequel il voyait, sur les visages, les cœurs ébranlés et attendris. » Ces indications sont confirmées par divers témoignages contemporains, tel celui de La Bruyère, ami de Bossuet, à propos de l'oraison funèbre d'Anne de Gonzague : « Je n'ai pu entendre l'oraison funèbre de M. de Meaux... Son action a passé, ici et à Paris, pour l'une des plus

1. **Se serait énervé** : aurait perdu sa force.
2. **Médité** : prévu.

belles qu'il ait faites, et même que l'on puisse faire. Il y eut de très beaux traits, fort hardis, et le sublime y régna en bien des endroits. » (lettre du 18 août 1685).

Bossuet et la Bible

La spiritualité du XVIIe siècle, dans son ensemble, est marquée par un retour systématique à la Bible, préconisé, à la suite de la Réforme protestante, par le concile de Trente. Les Écritures sont en effet omniprésentes dans les oraisons funèbres de Bossuet, comme dans toutes ses œuvres oratoires. C'est à elles qu'il emprunte, plus ou moins librement, la plupart des éléments de ses tableaux, soit qu'il insère une grande image des prophètes, soit qu'il revivifie une expression en l'appliquant à des personnages ou à une scène de sa composition, soit qu'il raconte à sa manière un épisode des Écritures. Et même s'il semble donc souvent développer les *topoi* des moralistes profanes traditionnels, tels que le temps, la mort, les fins et la nature de l'homme, c'est directement dans la Bible, dans les livres de l'Ecclésiaste et de Job, plus que dans Montaigne ou Horace, qu'il trouve généralement son inspiration.

Bossuet tire un remarquable parti de la diversité des livres bibliques ; toutefois, certains ont manifestement sa préférence lorsqu'il s'agit de prédication. Les Proverbes, l'Ecclésiaste et surtout les Psaumes sont volontiers invoqués pour affirmer la transcendance divine et le néant de l'homme, le dégoût du monde et le désir de solitude, les textes historiques et les Prophètes fondant surtout la doctrine de la Providence. Quant au Nouveau Testament, il fournit bien entendu une méditation autour du Christ, tirée tout autant des Évangiles que des Épîtres de saint Paul. Ce dernier, souvent désigné par l'antonomase « l'Apôtre », constitue sans doute pour Bossuet l'autorité majeure.

Tous les commentateurs ont souligné la remarquable imprégnation biblique du style de Bossuet, à tel point qu'on a souvent parlé à son propos de « style biblique ». Or, cette notion même est problématique, dans la mesure où Bossuet, comme ses contemporains, utilise avant tout la Vulgate, traduction latine de la Bible (l'Ancien Testament est originellement écrit en hébreu, et le Nouveau Testament en grec). En fait, un seul trait syntaxique chez Bossuet est véritablement hérité de l'hébreu : le génitif de qualification, ou substantif de détermination, ainsi « paroles de vérité » pour « paroles vraies » (oraison funèbre du Père Bourgoing). Pour prêter un corps aux idées abstraites, l'hébreu recourt à un substantif concret qui fait image, le substantif déterminant étant concret ou abstrait. L'« arbre » ou la « source » expriment l'idée de cause ou d'origine ; la « voie » celle de conduite, etc. En outre, entre deux termes proches, Bossuet préfère la plupart du temps celui d'origine biblique : « s'élever » pour « s'enorgueillir » ou « se glorifier » pour « prétendre », etc. D'autres emplois apparaissent plus nettement : « ignorances » au pluriel, paraître « vide » devant Dieu, « l'immortel roi des siècles », « oints du Seigneur... ». Surtout, Bossuet emprunte le sens biblique de nombreux termes français. Ainsi, « livrer » signifie « permettre (au démon, aux passions, à un ennemi) d'agir librement pour châtier ou éprouver quelqu'un ». L'« œuvre » ou « l'ouvrage » (souvent « de Dieu »), renvoie à ce que Dieu fait avec un soin particulier pour le salut du genre humain, à l'action divine dans la conduite des âmes, l'établissement de l'Église ou le gouvernement du monde. Les prépositions, comme dans les langues latine et grecque, passent souplement d'un sens à un autre.

Surtout, la « couleur biblique » du vocabulaire de Bossuet tient à la fréquence des tournures qui empruntent à l'hébreu son caractère originel, « primitif ». Les images empruntées à la Bible se distinguent par leur caractère concret, quotidien, et elles abondent dans le style de Bossuet : pour la seule oraison funèbre du Père Bourgoing, on relève celles de la semence, du bâtiment, de l'eau, du prêt à intérêt (usure). Le sein, la main de Dieu renvoient à la manière anthropomorphique dont la Bible évoque la divinité : Dieu est à bien des égards représenté comme un homme.

Enfin, l'abondance de citations des Écritures saintes, qui assimile parfois le discours à un patchwork de textes bibliques, combinaison souple de la parole du prédicateur et du texte sacré, participe également de cette tonalité générale. Celles-ci sont le plus souvent traduites, et cette méthode de traduction constitue un aspect important de l'art de Bossuet. Même s'il reste le plus souvent fidèle au sens du passage en question, celui-ci adopte une attitude très souple face à la traduction : il arrive qu'il ne donne que le texte latin, en particulier lorsqu'il s'agit d'une citation très célèbre, ou qu'il passe directement au français, ou qu'il ne traduise qu'une partie du texte donné en latin. Il peut aussi proposer du passage qu'il a en tête – et qu'il ne mentionne pas systématiquement – une glose plus ou moins libre, comme au début de l'oraison funèbre d'Anne de Gonzague, longue paraphrase du texte du discours, où la voix de l'orateur et le texte prophétique se mêlent intimement, Bossuet conférant ainsi au verset d'Isaïe une actualité et une puissance remarquables. L'intégration des citations se fait non seulement sur le plan thématique, logique ou rhétorique, mais également sur le plan prosodique, la citation latine, souvent rejetée en fin de phrase ou de paragraphe, pouvant servir de clausule (clôture de la période sur une cadence extrêmement soignée). Lorsqu'il ne parvient pas à rendre directement en français les effets expressifs latins (assonances, allitérations, rythme, rimes...), Bossuet essaie de les transposer d'une autre manière : remplacement d'une assonance par une allitération ou inversement, etc.

Auteurs religieux et auteurs profanes

Traditionnellement, dans l'Église, une autorité particulière est reconnue sur des points singuliers aux Pères les plus importants : saint Athanase sur la Trinité (comme dans l'oraison funèbre du Père Bourgoing), saint Augustin sur la grâce (oraisons funèbres de Nicolas Cornet, d'Henriette-Anne d'Angleterre)... Bossuet respecte dans l'ensemble ce partage traditionnel tacite des « domaines de compétence », ainsi que la primauté accordée par tout le XVIIe siècle à saint Augustin, dont l'influence couvre tous les domaines de la foi, notamment la controverse avec les hérétiques. Les allusions explicites à Tertullien sont nombreuses, mais il semble que Bossuet lui emprunte des formules concises et frappantes plus que des idées véritablement personnelles. En comparaison des autres œuvres de Bossuet, les références à saint Grégoire de Nazianze sont particulièrement nombreuses dans les oraisons funèbres. Saint Grégoire de Nazianze, dit « le Théologien » (oraisons funèbres du Père Bourgoing et de Nicolas Cornet), est particulièrement connu pour ses développements sur l'Incarnation et la Trinité, mais, selon Ledieu, Bossuet fait tout particulièrement appel à lui « pour donner au roi et aux princes des instructions convenables à leur état et à leur cour » (oraison funèbre de Marie-Thérèse).

Ayant reçu une solide éducation, Bossuet possède une très grande culture antique. Toutefois, les Anciens constituent pour lui davantage des modèles formels que des autorités à proprement parler. Cela explique sans doute qu'il cite leur nom beaucoup moins souvent que les auteurs religieux sur lesquels il s'appuie. En effet, le recours aux références païennes dans le cadre de l'éloquence sacrée, censée dire la vérité et rien que la vérité, ne va pas de soi. Il réclame en effet que l'on concède aux païens – comme le faisaient les jésuites dont il était l'élève – une certaine connaissance, fût-elle imparfaite et incomplète, de la vérité, qui ne trouve son accomplissement que dans la Révélation chrétienne. La position qu'adopte Bossuet à cet égard demeure cependant très prudente. C'est ainsi que, citant Pline dans l'oraison funèbre d'Henriette de France, il ne le désigne qu'indirectement, comme « un auteur célèbre ». De même, il est indéniable que Bossuet se rappelle le portrait de Catilina brossé par Tacite lorsqu'il décrit Cromwell dans l'oraison funèbre d'Henriette de France, mais jamais il ne mentionne nommément l'historien latin. C'est dans les évocations militaires que les réminiscences païennes sont les plus fréquentes, ce qui n'a rien de surprenant si l'on considère l'importance des historiens antiques au XVIIe siècle. Par exemple, dans l'oraison funèbre de Condé, quand Bossuet évoque « cette gloire tranquille [...] qu'on regarde sans être étourdi ni par le son des trompettes, ni par le bruit des canons, ni par les cris des blessés », il se souvient manifestement d'un passage du *Pro Marcelio* de Cicéron (III) : « Cependant, lorsque nous lisons le récit des batailles et des victoires, il semble que nous soyons encore troublés par le cri des soldats et par le son des trompettes. » Bossuet transforme le rythme binaire en rythme ternaire, plus oratoire, et choisit pour clore ce dernier l'évocation pathétique des blessés agonisants ; il utilise Cicéron comme une source d'inspiration formelle, mais ne le cite pas.

Portrait de Bossuet par Rigaud, 1702.
Peinture à l'huile.

Oraisons funèbres*

Jacques-Bénigne BOSSUET

Éloquence sacrée

* Nous rappelons l'existence des précieux outils de lectures qui sont à la fin du volume : le *Petit dictionnaire des mots-clefs pour commenter les oraisons funèbres* et le *Lexique de la langue de Bossuet*, pour la compréhension des textes.

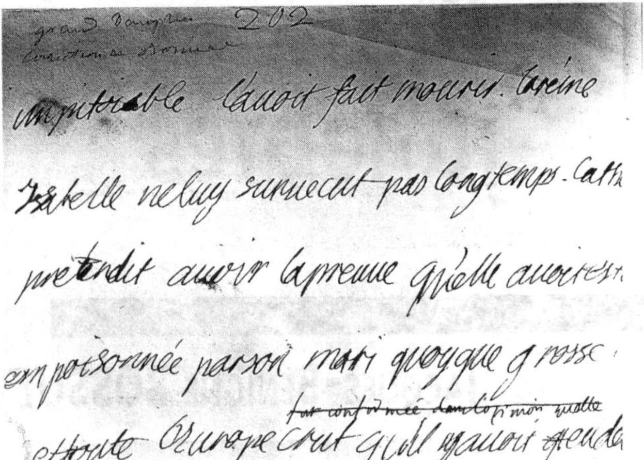

La page 202 d'un cahier d'histoire du Dauphin corrigée par Bossuet.

ORAISON FUNÈBRE D'YOLANDE DE MONTERBY

MÈRE ABBESSE DU MONASTÈRE DES BERNARDINES DU PETIT-CLAIRAUX

Prononcée au mois de décembre de 1655 à Metz.

Ubi est, mors, victoria tua ?
« Ô mort, où est ta victoire ? »
(I Cor., XV, verset 55)

QUAND l'Église ouvre la bouche[1] des prédicateurs dans les funérailles de ses enfants, ce n'est pas pour accroître la pompe[2] du deuil par des plaintes étudiées, ni pour satisfaire l'ambition des vivants par de vains éloges des morts. La première de ces deux choses est trop indigne de sa fermeté ; et l'autre, trop contraire à sa modestie. Elle se propose un objet plus noble dans la solennité des discours funèbres : elle ordonne que ses ministres[3], dans les derniers devoirs que l'on rend aux morts, fassent contempler à leurs auditeurs la commune condition de tous les mortels, afin que la pensée de la mort leur donne un saint dégoût de la vie présente, et que la vanité humaine rougisse en regardant le terme fatal que la Providence divine a donné à ses espérances trompeuses.

1. **Ouvre la bouche :** donne la parole.
2. **Pompe :** solennité.
3. **Ministres :** serviteurs. Dans le vocabulaire ecclésiastique, ce terme désigne les prêtres.

Ainsi n'attendez pas, Chrétiens, que je vous représente aujourd'hui, ni la perte de cette maison, ni la juste affliction de toutes ces dames[1], à qui la mort ravit une mère qui les a si bien élevées. Ce n'est pas aussi[2] mon dessein de rechercher bien loin dans l'antiquité les marques d'une très illustre noblesse, qu'il me serait aisé de vous faire voir dans la race de Monterby[3], dont l'éclat est assez connu par son nom et ses alliances. Je laisse tous ces entretiens superflus, pour m'attacher à une matière et plus sainte et plus fructueuse. Je vous demande seulement que vous appreniez de l'abbesse pour laquelle nous offrons à Dieu le saint sacrifice de l'Eucharistie à vous servir si heureusement de la mort, qu'elle vous obtienne l'immortalité. C'est par là que vous rendrez inutiles tous les efforts de cette cruelle ennemie et que, l'ayant enfin désarmée de tout ce qu'elle semble avoir de terrible, vous lui pourrez dire avec l'Apôtre : « Ô mort, où est ta victoire ? *Ubi est, mors, victoria tua ?* » C'est ce que je tâcherai de vous faire entendre dans cette courte exhortation, où j'espère que le Saint-Esprit me fera la grâce de ramasser en peu de paroles des vérités très considérables que je puiserai dans les Écritures.

1. **Ces dames :** les religieuses de l'abbaye du Petit-Clairvaux étaient d'origine noble et portaient le titre de chanoinesses ; elles s'appelaient donc « mesdames ».
2. **Aussi :** non plus.
3. **Race de Monterby :** la défunte appartenait à une famille d'ancienne noblesse de Champagne.

C'est un fameux problème qui a été souvent agité dans les écoles des philosophes, lequel[1] est le plus désirable à l'homme, ou de vivre jusqu'à l'extrême vieillesse, ou d'être promptement délivré des misères de cette vie. Je n'ignore pas, Chrétiens, ce que pensent là-dessus la plupart des hommes. Mais, comme je vois tant d'erreurs reçues dans le monde avec un tel applaudissement[2], je ne veux pas ici consulter les sentiments de la multitude, mais la raison et la vérité, qui seules doivent gouverner les esprits des hommes.

Et certes il pourrait sembler au premier abord que la voix commune de la nature, qui désire toujours ardemment la vie, devrait décider[3] cette question. Car si la vie est un don de Dieu, n'est-ce pas un désir très juste de vouloir conserver longtemps les bienfaits de son souverain ? Et d'ailleurs, étant certain[4] que la longue vie approche de plus près l'immortalité, ne devons-nous pas souhaiter de retenir, si nous pouvons, quelque image de ce glorieux privilège dont notre nature est déchue[5] ?

En effet nous voyons que les premiers hommes, lorsque le monde plus innocent était encore dans son enfance, remplissaient des[6] neuf cents ans[7] par leur vie, et que, lorsque la malice[8] s'est accrue, la vie en

1. **Lequel :** de savoir lequel.
2. **Applaudissement :** approbation.
3. **Décider :** trancher.
4. **Étant certain :** même s'il est certain, puisqu'il est certain.
5. **Déchue :** privée.
6. **Des :** cet article partitif devant un numéral est un trait de la langue classique, qui disparaîtra par la suite.
7. **Neuf cents ans :** la Bible signale la longévité extraordinaire des premiers hommes : Jared vécut 962 ans, Mathusalem 969 ans (Gen., V, 20-27).
8. **Malice :** inclination au mal.

même temps s'est diminuée. Dieu même, dont la vérité infaillible doit être la règle souveraine de nos sentiments, étant irrité contre nous, nous menace en sa colère d'abréger nos jours, et au contraire il promet une longue vie à ceux qui observeront ses commandements[1]. Enfin, si cette vie est le champ fécond dans lequel nous devons semer[2] pour la glorieuse immortalité, ne devons-nous pas désirer que le champ soit ample et spacieux, afin que la moisson soit plus abondante ? Et ainsi l'on ne peut nier que la bonne vie ne soit souhaitable.

Ces raisons, qui flattent nos sens, gagneront aisément le dessus. Mais on leur oppose d'autres maximes, qui sont plus dures, à la vérité, et aussi plus fortes et plus vigoureuses. Et premièrement je dénie que la vie de l'homme puisse être longue ; de sorte que souhaiter une longue vie, c'est n'entendre pas ses propres désirs. Je me fonde sur ce principe de saint Augustin : « *Nihil est longum quod aliquando finitur* : Tout ce qui a fin ne peut être long. » Et la raison en est évidente ; car tout ce qui est sujet à finir s'efface nécessairement au dernier moment, et on ne peut compter de longueur en ce qui est entièrement effacé. Car de même qu'il ne sert de rien de remplir lorsque j'efface tout par un dernier trait, ainsi la longue et la courte vie sont toutes égalées par la mort, parce qu'elle les efface toutes également.

1. **Commandements :** allusion à l'un des commandements donnés par Dieu à Moïse dans l'Exode (XX, 12) : « Honore ton père et ta mère, afin que tes jours soient longs dans le pays que Yahvé ton Dieu te donne. »
2. **Semer :** l'image de la semence et de la moisson est récurrente dans les paraboles de Jésus.

Je vous ai représenté, Chrétiens, deux opinions différentes qui partagent[1] les sentiments de tous les mortels. Les uns, en petit nombre, méprisent la vie ; les autres estiment que leur plus grand bien c'est de la pouvoir longtemps conserver. Mais peut-être que nous accorderons aisément ces deux propositions si contraires par une troisième maxime qui nous apprendra d'estimer la vie non par sa longueur mais par son usage, et qui nous fera confesser qu'il n'est rien plus dangereux qu'une longue vie quand elle n'est remplie que de vaines entreprises ou même d'actions criminelles, comme aussi il n'est rien plus précieux quand elle est utilement ménagée[2] pour l'éternité. Et c'est pour cette seule raison que je bénirai mille et mille fois la sage et honorable vieillesse d'Yolande de Monterby ; puisque, dès ses années les plus tendres jusqu'à l'extrémité de sa vie qu'elle a finie en Jésus-Christ après un grand âge, la crainte de Dieu a été son guide, la prière son occupation, la pénitence son exercice, la charité sa pratique la plus ordinaire, le ciel tout son amour et son espérance.

Désabusons-nous, Chrétiens, des vaines et téméraires préoccupations dont notre raison est tout obscurcie par l'illusion de nos sens ; apprenons à juger des choses par les véritables principes ; nous avouerons franchement, à l'exemple de cette abbesse, que nous devons dorénavant mesurer la vie par les actions, non par les années. C'est ce que vous comprendrez sans difficulté par ce raisonnement invincible.

---

1. **Partagent :** séparent en deux parties.
2. **Ménagée :** employée avec sagesse, circonspection ou employée utilement, judicieusement.

Nous pouvons regarder le temps de deux manières différentes : nous le pouvons considérer premièrement en tant qu'il se mesure en lui-même par heures, par jours, par mois, par années, et dans cette considération je soutiens que le temps n'est rien, parce qu'il n'a ni forme[1] ni subsistance[2]; que tout son être n'est que de couler, c'est-à-dire que tout son être n'est que de périr, et partant que tout son être n'est rien.

C'est ce qui fait dire au Psalmiste[3] retiré profondément en lui-même dans la considération du néant de l'homme : « *Ecce mensurabiles posuisti dies* » : Vous avez, dit-il, établi le cours de ma vie pour être mesuré par le temps ; et c'est ce qui lui fait dire aussitôt après : « *et substantia mea tanquam nihilum ante te* », et ma substance[4] est comme rien devant vous ; parce que, tout mon être dépendant du temps, dont la nature est de n'être jamais que dans un moment qui s'enfuit d'une course précipitée et irrévocable, il s'ensuit que ma substance n'est rien, étant inséparablement attachée à cette vapeur légère et volage[5], qui ne se forme qu'en se dissipant, et qui entraîne perpétuellement mon être avec elle d'une

1. **Forme :** terme de philosophie aristotélicienne et scolastique. Selon Littré, « principe distinct qui donne une manière d'être aux choses, qui leur donne leurs attributs ».

2. **Subsistance :** existence.

3. **Psalmiste :** auteur des Psaumes, livre de la Bible contenant des chants adressés à Dieu (traditionnellement attribué au roi David). Il s'agit ici du Psaume XXXVIII, 6.

4. **Substance :** terme de philosophie aristotélicienne et scolastique désignant ce qui subsiste par soi-même (par opposition à l'accident, qui ne subsiste que lié à une substance).

5. **Volage :** volatile, instable.

manière si étrange et si nécessaire que, si je ne suis le temps, je me perds, parce que ma vie demeure arrêtée, et d'autre part, si je suis le temps, qui se perd et coule toujours, je me perds nécessairement avec lui : « *Ecce mensurabiles posuisti dies meos* » ; d'où, passant plus outre, il conclut : « *In imagine pertransit homo* », l'homme passe comme les vaines images que la fantaisie[1] forme en elle-même dans l'illusion de nos songes, sans solidité et sans consistance.

Mais élevons plus haut nos esprits ; et, après avoir regardé le temps dans cette perpétuelle dissipation[2], considérons-le maintenant en un autre sens, en tant qu'il aboutit à l'éternité. Car cette présence immuable de l'éternité, toujours fixe, toujours permanente, enfermant en l'infinité de son étendue toutes les différences des temps, il s'ensuit manifestement que le temps peut entrer en quelque sorte dans l'éternité : et il a plu à notre grand Dieu, pour consoler les misérables mortels de la perte continuelle qu'ils font de leur être par le vol irréparable du temps, que ce même temps, qui se perd, fût un passage à l'éternité, qui demeure. Et, de cette distinction importante du temps considéré en lui-même et du temps par rapport à l'éternité, je tire cette conséquence infaillible : si le temps n'est rien par lui-même, il s'ensuit que tout le temps est perdu auquel nous n'aurons point attaché quelque chose de plus immuable que lui, quelque chose qui puisse passer à l'éternité bienheureuse. Ce principe étant supposé[3], arrêtons un

1. **Fantaisie :** imagination.
2. **Dissipation :** disparition.
3. **Supposé :** posé.

peu notre vue sur un vieillard qui aurait blanchi dans les vanités de la terre. Quoique l'on me montre ses cheveux gris, quoique l'on me compte ses longues années, je soutiens que sa vie ne peut être longue, j'ose même assurer qu'il n'a pas vécu. Que sont devenues toutes ses années ? Elles sont passées, elles sont perdues, il ne lui en reste pas la moindre parcelle en ses mains, parce qu'il n'y a rien attaché de fixe ni de permanent. Que si toutes ses années sont perdues, elles ne sont pas capables de faire nombre. Je ne vois rien à compter dans cette vie si longue, parce que tout y est inutilement dissipé. Par conséquent tout est mort en lui et, sa vie étant vide de toutes parts, c'est erreur de s'imaginer qu'elle puisse jamais être estimée longue.

Que si je viens maintenant à jeter les yeux sur la dame si vertueuse qui a gouverné si longtemps cette noble et religieuse abbaye, c'est là où je remarque, Fidèles, une vieillesse vraiment vénérable. Certes, quand elle n'aurait vécu que fort peu d'années, les ayant fait profiter[1] si utilement pour la bienheureuse immortalité, sa vie me paraîtrait toujours assez longue. Je ne puis jamais croire qu'une vie soit courte, lorsque j'y vois une éternité tout entière.

Mais quand je considère quatre-vingt-dix ans si soigneusement ménagés, quand je regarde des années si pleines et si bien marquées par les bonnes œuvres, quand je vois, dans une vie si réglée, tant de jours, tant d'heures et tant de moments comptés et alloués pour l'éternité, c'est là que je ne puis m'empêcher de

1. **Profiter** : rapporter un profit, être utile, servir.

dire : Ô temps utilement employé, ô vieillesse vraiment précieuse ! « *Ubi est, mors, victoria ?* Ô mort, où est ta victoire ? » Ta main avare n'a rien enlevé à cette vertueuse abbesse, parce que ton domaine n'est que sur le temps, et que la sage dame dont nous parlons, désirant conserver le sien, l'a fait heureusement passer dans l'éternité.

Si je l'envisage dans l'intérieur de son âme, j'y remarque, dans une conduite très sage, une simplicité chrétienne. Étant humble dans ses actions et dans ses paroles, elle s'est toujours plus glorifiée d'être fille de saint Bernard que de tant de braves aïeux, de la race desquels elle est descendue. Elle passait la plus grande partie de son temps dans la méditation et dans la prière. Ni les affaires ni les compagnies n'étaient pas capables de lui ravir le temps qu'elle destinait aux choses divines. On la voyait entrer en son cabinet avec une contenance modeste et une action[1] toute retirée[2] ; et là elle répandait son cœur devant Dieu avec cette bienheureuse simplicité, qui est la marque la plus assurée des enfants de la nouvelle alliance[3]. Sortie de ces pieux exercices, elle parlait souvent des choses divines avec une affection[4] si sincère, qu'il était aisé de connaître que son âme versait sur ses

1. **Action :** comportement.
2. **Retirée :** le sens est ambigu. On peut comprendre « réservé », mais aussi « en préservant une vie intérieure intacte ».
3. **Enfants de la nouvelle alliance :** les chrétiens. Dieu avait contracté avec Abraham et son peuple une alliance, l'ancienne alliance. Par la médiation et le sacrifice de son Fils Jésus-Christ, il en contracte une seconde avec tous les hommes : la nouvelle alliance.
4. **Affection :** élan de l'âme.

lèvres ses sentiments les plus purs et les plus profonds. Jusque dans la vieillesse la plus décrépite, elle souffrait les incommodités et les maladies sans chagrin[1], sans murmure, sans impatience ; louant Dieu parmi ses douleurs, non point par une constance affectée, mais avec une modération qui paraissait bien avoir pour principe une conscience tranquille et un esprit satisfait de Dieu.

Parlerai-je de sa prudence si avisée dans la conduite de sa maison ? Chacun sait que sa sagesse et son économie en a beaucoup relevé le lustre. Mais je ne vois rien de plus remarquable que ce jugement si réglé avec lequel elle a gouverné les dames qui lui étaient confiées, toujours également éloignée et de cette rigueur farouche et de cette indulgence molle et relâchée, si bien que, comme elle avait pour elles une sévérité mêlée de douceur, elles lui ont toujours conservé une crainte accompagnée de tendresse jusqu'au dernier moment de sa vie et dans l'extrême caducité[2] de son âge.

L'innocence, la bonne foi, la candeur étaient ses compagnes inséparables. Ni sa bouche ni ses oreilles n'ont jamais été ouvertes à la médisance, parce que la sincérité de son cœur en chassait cette envie secrète qui envenime presque tous les hommes contre leurs semblables. Elle savait donner de la retenue aux langues les moins modérées ; et l'on remarquait dans ses entretiens cette charité dont parle l'Apôtre[3], qui n'est ni jalouse ni ambitieuse, toujours

1. **Chagrin :** amertume.
2. **Caducité :** vieillesse avancée, et qui laisse pressentir une chute.
3. **Apôtre :** désigne saint Paul, ici dans sa première Lettre (ou Épitre) aux Corinthiens (XIII, 4-5).

si disposée à croire le bien qu'elle ne peut pas même soupçonner le mal.

Vous dirai-je avec quel zèle elle soulageait les pauvres membres de Jésus-Christ ? Toutes les personnes qui l'ont fréquentée savent qu'on peut dire sans flatterie qu'elle était naturellement libérale, même dans son extrême vieillesse, quoique cet âge ordinairement soit souillé des ordures[1] de l'avarice. Mais cette inclination généreuse s'était particulièrement appliquée aux pauvres. Ses charités s'étendaient bien loin sur les personnes malades et nécessiteuses : elle partageait souvent avec elles ce qu'on lui préparait pour sa nourriture et, dans ces saints empressements de la charité qui travaillait son âme innocente d'une inquiétude pieuse pour les membres affligés du Sauveur des âmes, on admirait particulièrement son humilité, non moins soigneuse de cacher le bien que sa charité de le faire. Je ne m'étonne plus, Chrétiens, qu'une vie si religieuse ait été couronnée d'une fin si sainte.

---

1. **Ordures** : sens figuré fréquent au XVIIe siècle.

Funérailles de la Duchesse d'Orléans à Saint-Denis le 18 août 1670.
Gravure de Le Pautre.

EXAMEN MÉTHODIQUE

« ORAISON FUNÈBRE D'YOLANDE DE MONTERBY »

REPÈRES

1. Qui est Yolande de Monterby ? Est-ce un personnage remarquable ? Sur quelle caractéristique de ce personnage Bossuet a-t-il fondé son discours ?
2. « Je vous demande seulement que vous appreniez de l'abbesse pour laquelle nous offrons à Dieu le saint sacrifice de l'Eucharistie à vous servir si heureusement de la mort, qu'elle vous obtienne l'immortalité. » (lignes 26-30, page 46) Quelle est la leçon pratique, très traditionnelle, donnée par cette phrase aux auditeurs de l'oraison funèbre ?
3. Qui est la « cruelle ennemie » ? (ligne 31, page 46) Pourquoi Bossuet la désigne-t-il ainsi ? Quel est l'effet produit par cette manière de la désigner d'abord indirectement ?

OBSERVATIONS

4. Quel est le mouvement de l'argumentation de Bossuet ? Pourquoi part-il de l'opinion communément admise, pour ne la réfuter qu'ensuite ?
5. Quelles sont les vertus personnelles de l'abbesse ? les vertus qu'elle manifeste dans la direction de sa communauté ?

INTERPRÉTATIONS

6. On a souvent critiqué cette première oraison funèbre pour son caractère trop didactique, trop proche d'une leçon philosophico-théologique. Montrez comment se traduit stylistiquement le ton professoral de l'orateur, en relevant notamment le lexique proprement théologique et les marques du raisonnement logique.

7. Pourtant, la qualité littéraire de certains passages, où le raisonnement logique se fait presque musical, annonce déjà les oraisons qui suivront. Relevez par exemple des jeux d'échos entre différents termes abstraits. Plus largement, comment la relation entre temps et éternité est-elle mise en relief ? S'agit-il simplement d'une opposition ?

TRAVAIL D'ÉCRITURE

8. Rejetant à la fois la valorisation et le mépris excessifs de la vie, Bossuet préconise une « troisième maxime qui nous apprendra d'estimer la vie non par sa longueur mais par son usage ». Dites, sous la forme d'une argumentation construite, ce que vous inspire cette réflexion.

Oraison funèbre d'Henri de Gornay

Membre actif, avec Bossuet, de l'Assemblée des Trois Ordres à Metz

Probablement prononcée lors de ses obsèques en l'église Saint-Maximin de Metz.

> *Non privabit bonis eos qui ambulant in innocentia : Domine virtutum, beatus homo qui sperat in te.*
> « Il ne privera point de ses biens ceux qui marchent dans l'innocence : Seigneur des armées, heureux est l'homme qui espère en vous. »
> (Psaumes, LXXXIII, 13)

C'est, Messieurs, dans ce dessein salutaire que j'espère aujourd'hui vous entretenir de la vie et des actions de messire Henri de Gornay, chevalier, seigneur de Talange, de Coin-sur-Seille, que la mort nous a ravi depuis peu de jours, où, rejetant loin de mon esprit toutes les considérations profanes et les bassesses honteuses de la flatterie indignes de la majesté du lieu où je parle et du ministère sacré que j'exerce, je m'arrêterai à vous proposer trois ou quatre réflexions tirées des principes du christianisme, qui serviront, si Dieu le permet, pour l'instruction de tout ce peuple, et pour la consolation particulière de ses parents et de ses amis.

Quoique Dieu et la nature aient fait tous les hommes égaux en les formant d'une même boue[1], la vanité humaine ne peut souffrir cette égalité, ni s'accommoder à la loi qui nous a été imposée de les regarder tous comme nos semblables. De là naissent ces grands efforts que nous faisons tous pour nous séparer du commun et nous mettre en un rang plus haut, par les charges ou par les emplois, par le crédit[2] ou par les richesses. Que si nous pouvons obtenir ces avantages extérieurs, que la folle ambition des hommes a mis à un si grand prix, notre cœur s'enfle tellement que nous regardons tous les autres comme étant d'un ordre inférieur à nous, et à peine nous reste-t-il quelque souvenir de ce qui nous est commun avec eux.

Cette vérité importante et connue si certainement par l'expérience entrera plus utilement dans nos esprits, si nous considérons avec attention trois états où nous passons tous successivement : la naissance, le cours de la vie, sa conclusion par la mort. Plus je remarque de près la condition de ces trois états, plus mon esprit se sent convaincu que, quelque apparente inégalité que la fortune ait mise entre nous, la nature n'a pas voulu qu'il y eût grande différence d'un homme à un autre.

Et, premièrement, la naissance a des marques indubitables de notre commune faiblesse. Nous commençons tous notre vie par les mêmes infirmités de l'enfance, nous saluons tous, en entrant au monde, la lumière du jour par nos pleurs, et le premier air que nous respirons nous sert à tous indifférem-

1. **Boue** : allusion au récit de la création de l'homme dans la Genèse (II, 7).
2. **Crédit** : réputation.

ment à former des cris[1]. Ces faiblesses de la naissance attirent sur nous tous généralement une même suite d'infirmités dans tout le progrès de la vie puisque les grands, les petits et les médiocres[2] vivent également assujettis aux mêmes nécessités naturelles, exposés aux mêmes périls, livrés en proie aux mêmes maladies. Enfin après tout arrive la mort qui, foulant aux pieds l'arrogance humaine et abattant sans ressource toutes ces grandeurs imaginaires, égale pour jamais toutes les conditions différentes par lesquelles les ambitieux croyaient s'être mis au-dessus des autres : de sorte qu'il y a beaucoup de raison de nous comparer à des eaux courantes, comme fait l'Écriture sainte[3]. Car, de même que, quelque inégalité qui paraisse dans le cours des rivières qui arrosent la surface de la terre, elles ont toutes cela de commun, qu'elles viennent d'une petite origine, que dans le progrès de leur course elles roulent leurs flots en bas par une chute continuelle, et qu'elles vont enfin perdre leurs noms avec leurs eaux dans le sein immense de l'Océan où l'on ne distingue point le Rhin ni le Danube, ni ces autres fleuves renommés, d'avec les rivières les plus inconnues, ainsi tous les hommes commencent par les mêmes infirmités. Dans le progrès de leur âge, les années se poussant les unes les autres comme

1. **Cris :** allusion au Livre de la Sagesse (VII, 3), « Étant né, j'ai respiré l'air commun à tous, je suis tombé dans la même terre, et je me suis fait entendre d'abord en pleurant comme tous les autres ».
2. **Médiocres :** (lat.) moyens.
3. **L'Écriture sainte :** référence au second Livre de Samuel (XIV, 14), « Nous mourons tous, et nous nous écoulons sur la terre comme des eaux qui ne reviennent plus ».

des flots, leur vie roule et descend sans cesse à la mort par sa pesanteur naturelle ; et enfin, après avoir fait, ainsi que des fleuves, un peu plus de bruit les uns que les autres, ils vont tous se confondre dans ce gouffre infini du néant, où l'on ne trouve plus ni Rois ni Princes ni Capitaines, ni tous ces autres augustes noms qui nous séparent les uns des autres, mais la corruption et les vers, la cendre et la pourriture qui nous égalent. Telle est la loi de la nature, et l'égalité nécessaire à laquelle elle soumet tous les hommes dans ces trois états remarquables, la naissance, la durée, la mort.

Que pourront inventer les enfants d'Adam, pour combattre, couvrir, ou pour effacer cette égalité, qui est engravée si profondément dans toute la suite de notre vie ? Voici, mes Frères, les inventions par lesquelles ils s'imaginent forcer la nature et se rendre différents des autres, malgré l'égalité qu'elle a ordonnée. Premièrement, pour mettre à couvert la faiblesse commune de la naissance, chacun tâche d'attirer sur elle toute la gloire de ses ancêtres, et la rendre plus éclatante par cette lumière empruntée. Ainsi l'on a trouvé le moyen de distinguer les naissances illustres d'avec les naissances viles et vulgaires, et de mettre une différence infinie entre le sang noble et le roturier, comme s'il n'avait pas les mêmes qualités, et n'était pas composé des mêmes éléments ; et par là vous voyez déjà la naissance magnifiquement relevée. Dans le progrès de la vie on se distingue plus aisément par les grands emplois, par les dignités éminentes, par les richesses et par l'abondance. Ainsi on s'élève et on s'agrandit, et on laisse les autres dans la lie du peuple. Il n'y a donc plus que la mort où l'arrogance humaine est bien empêchée. Car c'est là que l'égalité est inévitable, et encore que la vanité tâche en quelque sorte d'en couvrir la honte par les honneurs de la sépulture, il se voit peu d'hommes assez insensés pour se consoler de leur mort par l'espérance d'un superbe tombeau, ou par la magnificence de leurs funérailles. Tout ce que peuvent faire ces misérables amoureux des grandeurs humaines, c'est de goûter tellement la vie, qu'ils ne songent point à la mort. La mort jette divers traits[1] dans toute la vie par la crainte ; le dernier est inévitable. Ils croient faire beaucoup d'éviter les autres. C'est le seul moyen qui leur reste de secouer en quelque façon le joug insupportable de sa tyrannie, lorsqu'en détournant leur esprit ils n'en sentent pas l'amertume.

C'est ainsi qu'ils se conduisent à l'égard de ces trois états ; et de là naissent trois vices énormes qui rendent ordinairement leur vie criminelle. Car cette superbe grandeur, dont ils se flattent dans leur naissance, les fait vains et audacieux. Le désir démesuré, dont ils sont poussés, de se rendre considérables au-dessus des autres, dans tout le progrès de leur âge, fait qu'ils s'avancent à la grandeur par toutes sortes de voies, sans épargner les plus criminelles ; et l'amour désordonné des douceurs qu'ils goûtent dans une vie pleine de délices, détournant leurs yeux de dessus la mort, fait qu'ils tombent entre ses mains sans l'avoir prévu : au lieu que l'illustre gentilhomme dont je vous dois aujourd'hui proposer l'exemple a tellement ménagé

1. Traits : flèches, coups.

toute sa conduite, que la grandeur de sa naissance n'a rien diminué de la modération de son esprit, que ses emplois glorieux dans la ville et dans les armées n'ont point corrompu son innocence et que, bien loin d'éviter l'aspect de la mort, il l'a tellement[1] méditée qu'elle n'a pas pu le surprendre même en arrivant tout à coup et qu'elle a été soudaine sans être imprévue.

Si autrefois le grand saint Paulin[2], digne prélat de l'église de Nole, en faisant le panégyrique de sa parente sainte Mélanie[3], a commencé les louanges de cette veuve si renommée par la noblesse de son extraction, je puis bien suivre un si grand exemple, et vous dire un mot en passant de l'illustre maison de Gornay si célèbre et si ancienne. Mais pour ne pas traiter ce sujet d'une manière profane comme fait la rhétorique mondaine, recherchons par les Écritures de quelle sorte la noblesse est recommandable et l'estime qu'on en doit faire selon les maximes du christianisme.

Et premièrement, Chrétiens, c'est déjà un grand avantage qu'il ait plu à notre Sauveur de naître d'une race illustre par la glorieuse union du sang royal[4] et sacerdotal[5] dans la famille d'où il est sorti :

1. **Tellement... que :** de telle manière... que, de telle sorte... que.
2. **Saint Paulin :** d'abord haut fonctionnaire, il commença vers l'âge de quarante ans à mener une vie de pauvreté et de vertu, devint prêtre et mourut évêque de Nole.
3. **Sainte Mélanie :** Mélanie l'Ancienne était une noble romaine. Veuve très jeune, elle visita les solitaires de la Thébaïde et s'installa à Jérusalem jusqu'à sa mort dans un monastère qu'elle fit bâtir.
4. **Sang royal :** Marie, la mère du Christ, appartenait à la race des rois (Luc., I, 32 ; Rom., I, 3 ; II Tim., II, 8). Quant à Joseph, saint Matthieu signale qu'il compte le roi David parmi ses ancêtres.
5. **Sacerdotal :** Marie descendrait également de la tribu des Lévi, les grands-prêtres.

« *Regum et sacerdotum clara progenies*[1]. » Pour quelle raison, lui qui a méprisé toutes les autres grandeurs humaines, etc. « *Non multi sapientes, non multi nobiles*[2] » ; Jésus-Christ l'a voulu être. Ce n'était pas pour en recevoir de l'éclat, mais plutôt pour en donner à tous ses ancêtres. Il fallait qu'il sortît des patriarches[3] pour accomplir en sa personne toutes les bénédictions qui leur avaient été annoncées[4], il fallait qu'il naquît des rois de Juda[5] pour conserver à David[6] la perpétuité de son trône que tant d'oracles divins[7] lui avaient promise.

Louer en un gentilhomme chrétien ce que Jésus-Christ même a voulu avoir[8]. Peu de chose. Sujet trop profane. Néanmoins d'autant plus volontiers, qu'il y a quelque chose de saint à traiter. Je ne dirai point ni les grandes charges qu'elle a possédées, ni

1. **... *progenies* :** « l'illustre postérité des rois et des prêtres » (citation du panégyrique de sainte Mélanie par saint Paulin).
2. **... *nobiles* :** « Il y a peu de sages, il y a peu de nobles » (première Lettre de saint Paul aux Corinthiens, I, 26).
3. **Patriarches :** chefs des Hébreux de l'Ancien Testament, qui ont précédé Moïse (Abraham, Isaac, Jacob, Mathusalem, David...). Ils sont notamment remarquables par leur longévité.
4. **Annoncées :** allusion aux premières promesses messianiques de l'Ancien Testament, la bénédiction de Noé, les promesses faites à Isaac et Jacob (Gen., XXVI et XXVIII), la bénédiction de Jacob (Gen., XLIX, 8-10), 4e oracle de Balaam (Num., XXIV, 14-19), etc.
5. **Juda :** la plus honorable des tribus d'Israël, dont étaient issus les rois, et notamment David.
6. **David :** personnage biblique aussi essentiel qu'ambivalent, grand roi d'Israël, à qui on attribuait traditionnellement la composition des Psaumes.
7. **Oracles divins :** parole de Dieu annoncée par un prophète (Ancien Testament) ou un évangéliste (Nouveau Testament).
8. **Avoir :** à partir de cet endroit, Bossuet ne fait qu'écrire de manière abrégée les grandes lignes de son discours. Nous ne possédons pas la rédaction définitive.

avec quelle gloire elle[1] a étendu ses branches dans les nations étrangères, ni ses alliances illustres avec les maisons royales de France et d'Angleterre, ni son antiquité, qui est telle que nos chroniques n'en marquent point l'origine. Cette antiquité a donné lieu à plusieurs inventions fabuleuses, par lesquelles la simplicité de nos pères a cru donner du lustre à toutes les maisons anciennes, à cause que leur antiquité, en remontant plus loin aux siècles passés dont la mémoire est tout effacée, elle a donné aux hommes une plus grande liberté de feindre. La hardiesse humaine n'aime pas à demeurer court : où elle ne trouve rien de certain, elle invente. Je laisse toutes ces considérations profanes pour m'arrêter à des choses saintes.

Saint Livier[2]. Environ l'an 400 selon la supputation la plus exacte. C'est la gloire de la maison de Gornay. Le sang qu'a répandu ce généreux martyr, l'honneur de la ville de Metz, pour la cause de Jésus-Christ, vous donne plus de gloire que celle que vous avez reçue de tant d'illustres ancêtres. « Nous sommes la race des saints : *Filii sanctorum sumus*[3]. » L'histoire remarque qu'il[4] était « *claris parentibus*[5] » ; ce qui est une conviction manifeste qu'il faut reprendre la grandeur de cette maison d'une origine plus haute.

1. **Elle** : ce pronom, qui ne comporte aucun antécédent explicite, désigne implicitement la famille de Gornay.
2. **Livier** : saint martyr, ancêtre d'Henri de Gornay et patron d'une des églises de Metz.
3. ***... sumus*** : citation du Livre de Tobie (II, 18) ; Tobie, qui vient d'être soudainement frappé de cécité, continue à manifester sa confiance en Dieu.
4. **Il** : saint Livier.
5. ***Claris parentibus*** : de très haute extraction, de très haute lignée.

Mais tous ces titres glorieux ne lui ont jamais donné de l'orgueil. Il a toujours méprisé les vanteries ridicules dont il arrive assez ordinairement que la noblesse étourdit le monde. Il a cru que ces vanteries étaient plutôt dignes des races nouvelles éblouies de l'éclat non accoutumé d'une noblesse de peu d'années, mais que la véritable marque des maisons illustres auxquelles la grandeur et l'éclat étaient depuis plusieurs siècles passés en nature, ce devait être la modération. Ce n'est pas qu'il ne jetât les yeux sur l'antiquité de sa race, dont il possédait parfaitement l'histoire. Mais, comme il y avait des saints dans sa race, il avait raison de la contempler pour s'animer[1] par ces grands exemples. Il n'était pas de ceux qui semblent être persuadés que leurs ancêtres n'ont travaillé que pour leur donner sujet de parler de leurs actions et de leurs emplois. Quand il regardait les siens, il croyait que tous ses aïeux illustres lui criaient continuellement jusque des siècles les plus reculés : imite nos actions, ou ne te glorifie pas d'être notre fils.

Il se jeta dans les exercices de sa profession à l'imitation de saint Livier. Il commença à faire la guerre contre les hérétiques rebelles[2]. Premier capitaine et major dans Phalsbourg, corps célèbre et renommé. Les belles actions qu'il y fit l'ayant fait connaître par le cardinal de Richelieu, auquel la vertu ne pouvait pas être cachée, négociations d'Allemagne. Ordinai-

1. **S'animer :** s'encourager.
2. **Hérétiques rebelles :** allusion au siège de La Rochelle, auquel prit part vaillamment le défunt.

rement ceux qui sont dans les emplois de la guerre croient que c'est une prééminence de l'épée de ne s'assujettir à aucune loi. Il a révéré celle de l'Église. Les abstinences jamais violées. Comment n'aurait-il pas respecté celle qu'il recevait de toute l'Église, puisqu'il observait si soigneusement et avec tant de religion celle que sa dévotion particulière lui avait imposée[1] ? Jeûne des samedis. Déshonorent la profession des armes par cette honte de bien faire les exercices de la piété ; on croit assez faire, pourvu qu'on observe les ordres du général.

Sa vieillesse, quoique pesante, n'était pas sans action. Son exemple et ses paroles animaient les autres. Il est mort trop tôt. Non ; car la mort ne vient jamais trop soudainement quand on s'y prépare par la bonne vie.

1. **Imposée :** le défunt ne respectait pas seulement les journées d'abstinence (privations) ordonnées par l'Église, en particulier le vendredi, mais s'imposait également une journée d'abstinence supplémentaire le samedi.

EXAMEN MÉTHODIQUE

« ORAISON FUNÈBRE D'HENRI DE GORNAY »

REPÈRES

1. Le discours nous est parvenu de manière incomplète. En vous aidant de la division (annonce du plan) exposée à la fin de l'exorde, indiquez quelles parties nous manquent.
2. Comment Bossuet exploite-t-il la noblesse du défunt, lieu commun de l'oraison funèbre, dans une perspective chrétienne ?

OBSERVATION

3. Étudiez l'utilisation de l'image de l'eau. Connaissez-vous d'autres emplois de cette métaphore ?

INTERPRÉTATIONS

4. Comparez cette oraison funèbre à la précédente (ton, vocabulaire...).
5. Quel est le but que Bossuet assigne à l'oraison funèbre chrétienne ? En vous aidant des rubriques « Contextes » et « Thèmes et études d'ensemble », indiquez en quoi elle se distingue de son homologue païenne.

TRAVAIL D'ÉCRITURE

6. « Quoique Dieu et la nature aient faits tous les hommes égaux en les formant d'une même boue, la vanité humaine ne peut souffrir cette égalité. » (lignes 14-16, page 60). Dans quelle mesure votre expérience confirme-t-elle ce constat de Bossuet.

ORAISON FUNÈBRE DU PÈRE BOURGOING

ANCIEN SUPÉRIEUR GÉNÉRAL DE L'ORATOIRE

Prononcée le 4 décembre 1662 dans l'église de la congrégation à Paris.

Qui bene præunt presbyteri, duplici honore digni habeantur.
« Les prêtres qui gouvernent sagement doivent être tenus dignes d'un double honneur. »
(I Tim., V, verset 17)

JE commencerai ce discours en faisant au Dieu vivant des remerciements solennels de ce que la vie de celui dont je dois prononcer l'éloge a été telle par sa grâce que je ne rougirai point de la célébrer en présence de ses saints autels et au milieu de son Église. Je vous avoue, Chrétiens, que j'ai coutume de plaindre les prédicateurs lorsqu'ils font les panégyriques funèbres des princes et des grands du monde. Ce n'est pas que de tels sujets ne fournissent ordinairement de nobles idées : il est beau de découvrir les secrets d'une sublime politique ou les sages tempéraments[1] d'une négociation importante, ou les succès glorieux de quelque entreprise militaire.

1. **Tempéraments :** accommodements.

L'éclat de telles actions semble illuminer un discours ; et le bruit qu'elles font déjà dans le monde aide celui qui parle à se faire entendre d'un ton plus ferme et plus magnifique. Mais la licence et l'ambition, compagnes presque inséparables des grandes fortunes, mais l'intérêt et l'injustice, toujours mêlés trop avant[1] dans les grandes affaires du monde, font qu'on marche parmi des écueils ; et il arrive ordinairement que Dieu a si peu de part dans de telles vies qu'on a peine à y trouver quelques actions qui méritent d'être louées par ses ministres[2].

Grâces à la miséricorde divine, le Révérend Père Bourgoing, Supérieur général de la congrégation de l'Oratoire, a vécu de sorte que je n'ai point à craindre aujourd'hui de pareilles difficultés. Pour orner une telle vie, je n'ai pas besoin d'emprunter les fausses couleurs de la rhétorique, et encore moins les détours de la flatterie. Ce n'est pas ici de ces discours où l'on ne parle qu'en tremblant, où il faut plutôt passer avec adresse que s'arrêter avec assurance, où la prudence et la discrétion tiennent toujours en contrainte l'amour de la vérité. Je n'ai rien ni à taire ni à déguiser ; et si la simplicité vénérable d'un prêtre de Jésus-Christ, ennemie du faste et de l'éclat, ne présente pas à nos yeux de ces actions pompeuses qui éblouissent les hommes, son zèle, son innocence, sa piété éminente nous donneront des pensées plus dignes de cette chaire. Les autels ne se plaindront pas que leur sacrifice soit interrompu par un entretien profane : au contraire celui que j'ai à vous faire vous

1. **Trop avant :** trop profondément, trop intimement.
2. **Ministres :** prêtres.

proposera de si saints exemples qu'il méritera de faire partie d'une cérémonie si sacrée, et qu'il ne sera pas une interruption, mais plutôt une continuation du mystère.

N'attendez donc pas, Chrétiens, que j'applique au Père Bourgoing des ornements étrangers, ni que j'aille rechercher bien loin sa noblesse dans sa naissance, sa gloire dans ses ancêtres, ses titres dans l'antiquité de sa famille : car encore qu'elle soit noble et ancienne dans le Nivernais[1], où elle s'est même signalée depuis plusieurs siècles par des fondations pieuses, encore que la Grande Chambre du Parlement de Paris et les autres compagnies[2] souveraines aient vu les Bourgoing, les Le Clerc, les Friche, ses parents paternels et maternels, rendre la justice aux peuples avec une intégrité exemplaire, je ne m'arrête pas à ces choses, et je ne les touche qu'en passant. Vous verrez le Père Bourgoing illustre d'une autre manière et noble de cette noblesse que saint Grégoire de Nazianze[3] appelle si élégamment la noblesse personnelle : vous verrez en sa personne un catholique zélé, un chrétien de l'ancienne marque, un théologien enseigné de Dieu, un prédicateur apostolique[4], ministre, non de la lettre, mais de l'esprit de l'Évangile, et, pour tout dire en un mot, un prêtre digne de ce nom, un prêtre de l'institution

1. **Nivernais :** le défunt était issu d'une famille de magistrats du Nivernais, mais l'élévation de sa famille demeurait relative.
2. **Compagnies :** en droit ancien, grands corps de magistrature (Parlement, Chambre des comptes, Cour des aides, Grand Conseil).
3. **Saint Grégoire de Nazianze :** évêque et docteur de l'Église du IVe siècle, brillant prédicateur et ami intime de Basile le Grand.
4. **Apostolique :** dans la continuité des apôtres.

et selon l'ordre de Jésus-Christ, toujours prêt à être victime, un prêtre, non seulement prêtre, mais chef par son mérite d'une congrégation de saints prêtres, et que je vous ferai voir par cette raison « digne véritablement d'un double honneur », selon le précepte de l'Apôtre[1], et pour avoir vécu saintement en l'esprit du sacerdoce[2], et pour avoir élevé dans le même esprit la sainte congrégation qui était commise à ses soins : c'est ce que je me propose de vous expliquer dans les deux points de ce discours.

PREMIER POINT

Suivons la conduite de l'esprit de Dieu ; et avant que de voir un prêtre à l'autel, voyons comme il se prépare à en approcher. La préparation pour le sacerdoce n'est pas, comme plusieurs pensent, une application de quelques jours, mais une étude de toute la vie ; ce n'est pas un soudain effort de l'esprit pour se retirer du vice, mais une longue habitude de s'en abstenir ; ce n'est pas une dévotion fervente seulement par sa nouveauté, mais affermie et enracinée par un grand usage. Saint Grégoire de Nazianze a dit ce beau mot du grand saint Basile[3] : « Il était prêtre, dit-il, avant même que d'être prêtre » ; c'est-à-dire, si je ne me trompe, il en avait les vertus avant que d'en avoir le

1. **Apôtre :** saint Paul, apôtre par excellence pour Bossuet. Il s'agit ici de sa première Lettre à Timothée (V, 17).
2. **Sacerdoce :** prêtrise.
3. **Saint Basile :** docteur de l'Église et évêque du IVe siècle. L'austérité d'une vie consacrée à Dieu et son zèle contre les hérétiques le firent canoniser.

degré[1] : il était prêtre par son zèle, par la gravité de ses mœurs, par l'innocence de sa vie, avant que de l'être par son caractère. Je puis dire la même chose du Père Bourgoing : toujours modeste, toujours innocent, toujours zélé comme un saint prêtre, il avait prévenu son ordination ; il n'avait pas attendu la consécration mystique[2], il s'était dès son enfance consacré lui-même par la pratique persévérante de la piété ; et, se tenant toujours sous la main de Dieu par la soumission a ses ordres, il se préparait excellemment à s'y abandonner tout à fait par l'imposition des mains de l'évêque. Ainsi son innocence l'ayant disposé à recevoir la plénitude du Saint-Esprit[3] par l'ordination sacrée, il aspirait sans cesse à la perfection du sacerdoce ; et il ne faut pas s'étonner si, ayant l'esprit tout rempli des obligations de son ministère, il entra sans délibérer[4] dans le dessein glorieux de l'Oratoire de Jésus aussitôt qu'il vit paraître cette institution qui avait pour son fondement le désir de la perfection sacerdotale.

L'École de théologie de Paris, que je ne puis nommer sans éloge, quoique j'en doive parler avec modestie[5], est de tout temps en possession[6] de donner des hommes illustres à toutes les grandes entreprises

1. **Degré :** le sacrement de l'Ordre, par lequel sont institués les prêtres, se compose de plusieurs degrés, ou étapes, qui ont pour but de conduire progressivement à la dignité suprême de cette fonction.
2. **Consécration mystique :** référence à l'Eucharistie, au cours de laquelle le pain devient le corps du Christ.
3. **Plénitude du Saint-Esprit :** le baptême et la confirmation confèrent le Saint-Esprit, mais seule l'ordination, don total de la vie de celui qui la reçoit, le donne dans sa totalité.
4. **Sans délibérer :** sans hésiter. Le Père Bourgoing entra dans la congrégation de l'Oratoire le jour même de sa fondation.
5. **Modestie :** Bossuet était docteur de Sorbonne.
6. **En possession de :** en mesure de, capable de.

qui se font pour Dieu. Le Père Bourgoing était sur ses bancs, faisant retentir toute la Sorbonne du bruit de son esprit et de sa science. Que vous dirai-je, Messieurs, qui soit digne de ses mérites ? Ce qu'on a dit de saint Athanase[1] ; car les grands hommes sont sans envie[2], et ils prêtent toujours volontiers les éloges qu'on leur a donnés à ceux qui se rendent leurs imitateurs. Je dirai donc du Père Bourgoing ce qu'un saint dit d'un saint, le grand Grégoire du grand Athanase, que durant le temps de ses études il se faisait admirer de ses compagnons ; qu'il surpassait de bien loin ceux qui étaient ingénieux par son travail, ceux qui étaient laborieux par son esprit ; ou bien, si vous le voulez, qu'il surpassait en esprit les plus éclairés, en diligence les plus assidus ; enfin en l'un et en l'autre ceux qui excellaient en l'un et en l'autre.

En ce temps, Pierre de Bérulle[3], homme vraiment illustre et recommandable, à la dignité duquel j'ose dire que même la pourpre romaine[4] n'a rien ajouté, tant il était déjà relevé par le mérite de sa vertu et de sa science, commençait à faire luire à toute l'Église gallicane[5] les lumières les plus pures et les plus sublimes du sacerdoce chrétien et de la vie ecclésiastique. Son amour immense pour l'Église lui inspira le dessein de former une compagnie à laquelle il n'a point

1. **Saint Athanase :** docteur de l'Église et évêque du IIIe siècle. Sa lutte contre l'hérésie et les persécutions dont il fut victime au nom de sa foi le firent canoniser.
2. **Envie :** jalousie.
3. **Bérulle :** illustre cardinal français (1575-1629), fondateur en 1611 de la congrégation de l'Oratoire de France.
4. **Pourpre romaine :** allusion à la couleur rouge de l'habit de cardinal.
5. **Église gallicane :** Église de France.

voulu donner d'autre esprit que l'esprit même de l'Église, ni d'autres règles que ses canons[1], ni d'autres supérieurs que ses évêques, ni d'autres liens que sa charité, ni d'autres vœux solennels que ceux du baptême et du sacerdoce[2]. Là, une sainte liberté fait un saint engagement ; on obéit sans dépendre, on gouverne sans commander ; toute l'autorité est dans la douceur, et le respect s'entretient sans le secours de la crainte[3]. La charité, qui bannit la crainte, opère un si grand miracle ; et sans autre joug qu'elle-même, elle sait non seulement captiver, mais encore anéantir la volonté propre. Là, pour former de vrais prêtres, on les mène à la source de la vérité : ils ont toujours en main les saints Livres, pour en rechercher sans relâche la lettre par l'étude, l'esprit par l'oraison[4], la profondeur par la retraite, l'efficace par la pratique, la fin par la charité, à laquelle tout se termine, et « qui est l'unique trésor du christianisme, *Christiani nominis thesaurus* », comme parle Tertullien.

Tel est à peu près, Messieurs, l'esprit des prêtres de l'Oratoire ; et je pourrais en dire beaucoup davantage, si je ne voulais épargner la modestie de ces Pères. Sainte congrégation, le Père Bourgoing a besoin de vous pour acquérir la perfection du sacerdoce, après laquelle il soupire ; mais je ne crains point d'assurer que vous aviez besoin de lui

1. **Canons :** ensemble des règles disciplinaires imposées par l'Église à ses membres, religieux et laïcs.
2. **Sacerdoce :** les oratoriens ne prononcent pas les trois vœux traditionnellement associés à la vie religieuse (chasteté, pauvreté, obéissance).
3. **La crainte :** souvenir de la première Épître de Jean, « La charité parfaite chasse la crainte » (IV, 18).
4. **L'oraison :** la prière.

réciproquement pour établir vos maximes et vos exercices. Et en effet, Chrétiens, cette vénérable compagnie est commencée entre ses mains. Il en est un des quatre premiers avec lesquels son instituteur[1] en a posé les fondements ; c'est lui-même qui l'a étendue dans les principales villes de ce royaume. Que dis-je, de ce royaume ? Nos voisins lui tendent les bras, les évêques des Pays-Bas l'appellent, et ces provinces florissantes lui doivent l'établissement de tant de maisons qui ont consolé leurs pauvres, humilié leurs riches, instruit leurs peuples, sanctifié leurs prêtres, et répandu bien loin aux environs la bonne odeur de l'Évangile.

La grande part qu'il a eue à fonder une institution si véritablement ecclésiastique vous doit faire voir, Chrétiens, combien ce grand homme était animé de l'esprit de l'Église et du sacerdoce. Mais venons aux exercices particuliers. Les ministres de Jésus-Christ ont deux principales fonctions : ils doivent parler à Dieu, ils doivent parler aux peuples ; parler à Dieu par l'oraison, parler aux peuples fidèles par la prédication de l'Évangile. Ces deux fonctions sont unies, et il est aisé de les remarquer dans cette parole des saints apôtres : « Pour nous », disent-ils dans les Actes[2], « nous demeurerons appliqués à l'oraison et au ministère de la parole : *Nos vero orationi et ministerio verbi instantes erimus* ». Prêtres, qui êtes les anges du Dieu des armées, vous devez sans cesse

1. **Instituteur** : fondateur (Bérulle).
2. **Actes** : Actes des Apôtres (VI, 4), livre biblique qui raconte la formation et la vie des premières communautés chrétiennes, à partir de l'Ascension du Christ. La pureté de leur vie en fit un modèle pour tous les chrétiens.

monter et descendre, comme les anges que vit Jacob dans cette échelle mystique[1]. Vous montez de la terre au ciel, lorsque vous unissez vos esprits à Dieu par le moyen de l'oraison ; vous descendez du ciel en la terre, lorsque vous portez aux hommes ses ordres et sa parole. Montez donc et descendez sans cesse, c'est-à-dire priez et prêchez : parlez à Dieu, parlez aux hommes ; allez premièrement recevoir, et puis venez répandre les lumières ; allez puiser dans la source ; après, venez arroser la terre et faire germer le fruit de vie.

Voulez-vous voir, Chrétiens, quel était l'esprit d'oraison de ce fidèle serviteur de Dieu ? lisez ses Méditations toutes pleines de lumière et de grâce. Elles sont entre les mains de tout le monde, des religieux, des séculiers[2], des prédicateurs, des contemplatifs[3], des simples et des savants : tant il a été saintement et charitablement industrieux à présenter, tout ensemble, le pain aux forts, le lait aux enfants[4] ; et, dans ce pain et dans ce lait, le même Jésus-Christ à tous !

Je ne m'étonne donc plus s'il prêchait si saintement au peuple fidèle le mystère de Jésus-Christ, qu'il avait si bien médité. Ô Dieu vivant et éternel ! quel zèle ! quelle onction[1] ! quelle douceur ! quelle force !

1. **Échelle mystique :** dans la Genèse (XXVIII, 12), Jacob « vit en songe une échelle, dont le pied était appuyé sur la terre, et le haut touchait au ciel, et des anges de Dieu montaient et descendaient le long de l'échelle ».
2. **Séculiers :** les prêtres, qui vivent dans le siècle (le monde, la société), par opposition aux réguliers, c'est-à-dire les moines, qui vivent selon une règle.
3. **Contemplatifs :** religieux qui consacrent toute leur vie à la prière (et non à l'enseignement, à la prédication, etc.).
4. **Le pain aux forts, le lait aux enfants :** cette expression imagée se trouve notamment dans la Lettre de saint Paul aux Hébreux (V, 12-14).

quelle simplicité et quelle éloquence ! Ô qu'il était éloigné de ces prédicateurs infidèles, qui ravilissent leur dignité jusqu'à faire servir au désir de plaire le ministère d'instruire ; qui ne rougissent pas d'acheter des acclamations par des instructions, des paroles de flatterie par la parole de vérité, des louanges, vains aliments d'un esprit léger, par la nourriture solide et substantielle que Dieu a préparée à ses enfants ! Quel désordre ! quelle indignité ! Est-ce ainsi qu'on fait parler Jésus-Christ ? Savez-vous, ô prédicateurs, que ce divin conquérant veut régner sur les cœurs par votre parole ? Mais ces cœurs sont retranchés contre lui ; et pour les abattre à ses pieds, pour les forcer invinciblement au milieu de leurs défenses, que ne faut-il pas entreprendre ? quels obstacles ne faut-il pas surmonter ? Écoutez l'apôtre saint Paul : « Il faut renverser les remparts des mauvaises habitudes, il faut détruire les conseils profonds d'une malice invétérée, il faut abattre toutes les hauteurs qu'un orgueil indompté et opiniâtre élève contre la science de Dieu, il faut captiver tout entendement sous l'obéissance de la foi. *Ad destructionem munitionum, consilia destruentes, et omnem altitudinem extollentem se adversus scientiam Dei, et in captivitatem redigentes omnem intellectum in obsequium Christi*[2] *?* »

1. **Onction :** douceur.
2. **…** ***Christi* :** citation de la seconde Lettre de saint Paul aux Corinthiens, « C'est par ces armes [spirituelles, et non charnelles] que nous détruisons les raisonnements humains, et tout ce qui s'élève avec plus de hauteur contre la science de Dieu » (II Cor., X, 4-5).

Que ferez-vous ici, faibles discoureurs ? Détruirez-vous ces remparts en jetant des fleurs ? Dissiperez-vous ces conseils cachés en chatouillant les oreilles ? Croyez-vous que ces superbes hauteurs tombent au bruit de vos périodes mesurées ? Et pour captiver les esprits, est-ce assez de les charmer un moment par la surprise d'un plaisir qui passe ? Non, non, ne nous trompons pas : pour renverser tant de remparts, et vaincre tant de résistance, et nos mouvements affectés, et nos paroles arrangées, et nos figures artificielles, sont des machines trop faibles. Il faut prendre des armes plus puissantes, plus efficaces, celles qu'employait si heureusement le saint prêtre dont nous parlons.

La parole de l'Évangile sortait de sa bouche, vive, pénétrante, animée, toute pleine d'esprit et de feu. Ses sermons n'étaient pas le fruit d'une étude lente et tardive, mais d'une céleste ferveur, mais d'une prompte et soudaine illumination : c'est pourquoi deux jours lui suffisent pour faire l'oraison funèbre du grand cardinal de Bérulle, avec l'admiration de ses auditeurs. Il n'en employa pas beaucoup davantage à ce beau panégyrique latin de saint Philippe de Néri[1], ce prêtre si transporté de l'amour de Dieu, dont le zèle était si grand et si vaste que le monde entier était trop petit pour l'étendue de son cœur, pendant que son cœur même était trop petit pour l'immensité de son amour. Mais dois-je m'arrêter ici à deux actions particulières[2] du Père Bourgoing,

1. **Saint Philippe de Néri :** fondateur, en Italie et au XVIe siècle, de la congrégation de l'Oratoire, fondée sur la pauvreté, l'étude et la charité ; il fut canonisé en 1622.

2. **Actions particulières :** (lat.) discours solennels particuliers, en l'occurrence l'oraison funèbre du cardinal de Bérulle et le panégyrique de saint Philippe de Néri.

puisque je sais qu'il a fourni de la même force la carrière de plusieurs carêmes, dans les chaires les plus illustres de la France et des Pays-Bas ; toujours pressant, toujours animé : lumière ardente et luisante[1], qui ne brillait que pour échauffer, qui cherchait le cœur par l'esprit, et ensuite captivait l'esprit par le cœur ? D'où lui venait cette force ? C'est, mes Frères, qu'il était plein de la doctrine céleste, c'est qu'il s'était nourri et rassasié du meilleur suc du christianisme, c'est qu'il faisait régner dans ses sermons la vérité et la sagesse : l'éloquence suivait comme la servante, non recherchée avec soin, mais attirée par les choses mêmes. Ainsi « son discours se répandait à la manière d'un torrent ; et s'il trouvait en son chemin les fleurs de l'élocution, il les entraînait plutôt après lui par sa propre impétuosité qu'il ne les cueillait avec choix pour se parer d'un tel ornement : *Fertur quippe impetu suo ; et elocutionis pulchritudinem, si occurrerit, vi rerum rapit, non cura decoris assumit*[2] ». C'est l'idée de l'éloquence que donne saint Augustin aux prédicateurs, et ce qu'a pratiqué celui dont nous honorons ici la mémoire.

Après ces fonctions publiques, il resterait encore, Messieurs, de vous faire voir ce saint homme dans la conduite des âmes, et de vous y faire admirer son zèle, sa discrétion[3], son courage et sa patience. Mais, quoique les autres choses que j'ai à vous dire ne me laissent pas le loisir d'entrer bien avant dans cette

1. **Lumière ardente et luisante :** cette expression est empruntée à l'Évangile de saint Jean (V, 35).
2. **... *assumit* :** la citation est empruntée au *De doctrina christiana* de saint Augustin, auquel Bossuet reprend également la comparaison de l'éloquence avec une servante.
3. **Discrétion :** discernement.

matière, je ne dois pas omettre en ce lieu qu'il a été longtemps confesseur de feu Monseigneur le duc d'Orléans, de glorieuse mémoire. C'est une marque de son mérite d'avoir été appelé à un tel emploi, après cet illustre Père Charles de Condren[1], dont le nom inspire la piété, dont la mémoire, toujours fraîche et toujours récente, est douce à toute l'Église comme une composition de parfums. Mais quelle a été la conduite de son successeur dans cet emploi délicat ? N'entrons jamais dans ce détail ; honorons par notre silence le mystérieux secret que Dieu a imposé à ses ministres. Contentons-nous de savoir qu'il y a des plantes tardives dans le jardin de l'Époux[2] ; que, pour en voir la fécondité, les directeurs des consciences, ces laboureurs spirituels, doivent attendre avec patience le fruit précieux de la terre, comme parle l'apôtre saint Jacques[3] ; et qu'enfin le Père Bourgoing a eu cette singulière consolation, qu'il n'a pas attendu en vain, qu'il n'a pas travaillé inutilement, la terre qu'il cultivait lui ayant donné avec abondance des fruits de bénédiction et de grâce. Ah ! si nous avons un cœur chrétien, ne passons pas cet endroit sans rendre à Dieu de justes louanges pour le don inestimable de sa clémence, et prions sa bonté suprême qu'elle fasse souvent de

1. **Charles de Condren :** supérieur général de l'Oratoire après Bérulle et avant Bourgoing. Il refusa tous les honneurs ecclésiastiques.

2. **Époux :** phrase inspirée par le Cantique des cantiques, poème d'amour inséré dans la Bible et traditionnellement interprété comme un dialogue entre le Christ (l'Époux) et son Église (l'Épouse).

3. **Saint Jacques :** Bossuet fait référence à son Épître (V, 7), « Vous voyez que le laboureur, dans l'espérance de recueillir le fruit précieux de la terre, attend patiemment que Dieu envoie les pluies de la première et de l'arrière-saison ».

pareils miracles : « *Gratias Deo super inenarrabili dono ejus*[1]. »

Rendons grâces aussi, Chrétiens, à cette même bonté, par Jésus-Christ Notre-Seigneur, de ce qu'elle a fait paraître en nos jours un prêtre si saint, qu'on a vu apporter persévéramment l'innocence à l'autel, le zèle à la chaire, l'assiduité à la prière, une patience vigoureuse dans la conduite des âmes, une ardeur infatigable à toutes les affaires de l'Église. Il ne vit que pour l'Église, il ne respire que l'Église : il veut non seulement tout consacrer, mais encore tout sacrifier aux intérêts de l'Église, sa personne, ses frères, sa congrégation. Il l'a gouvernée en cet esprit durant l'espace de vingt et un ans ; et comme toute la conduite de cette sainte compagnie consiste à s'attacher constamment à la conduite de l'Église, à ses évêques, à son chef visible[2], je ne croirai pas m'éloigner de la suite de mon discours si je trace ici en peu de paroles comme un plan de la sainte Église, selon le dessein éternel de son divin architecte : je vous demande, Messieurs, que vous renouveliez vos attentions.

1. ***... ejus*** : citation de la seconde Lettre de saint Paul aux Corinthiens (IX, 15), « Dieu soit loué de son ineffable don ».
2. **Chef visible :** éloge du défunt, mais aussi leçon pour l'assistance, invitée à suivre l'exemple de son fondateur. En effet, un certain nombre d'oratoriens, défenseurs du jansénisme, ne pardonnaient pas au Père Bourgoing sa soumission au pape et mettaient en question son autorité. Le Père Bourgoing avait été obligé de les exhorter par une circulaire à se soumettre à l'autorité de Rome, mais des divisions intestines subsistaient dans la Compagnie.

SECOND POINT

Vous comprenez, mes Frères, par tout ce que j'ai déjà dit, que le dessein de Dieu dans l'établissement de son Église est de faire éclater par toute la terre le mystère de son unité, en laquelle est ramassée toute sa grandeur. C'est pourquoi le Fils de Dieu est venu au monde, et « le Verbe a été fait chair, et il a daigné habiter en nous, et nous l'avons vu parmi les hommes plein de grâce et de vérité[1] » : afin que, par la grâce qui unit, il ramenât tout le genre humain à la vérité, qui est une. Ainsi, venant sur la terre avec cet esprit d'unité, il a voulu que tous ses disciples fussent unis, et il a fondé son Église unique et universelle, « afin que tout y fût consommé et réduit en un : *Ut sint consummati in unum* », comme il le dit lui-même dans son Évangile[2].

Je vous le dis, Chrétiens, c'est ici en vérité un grand mystère en Jésus-Christ et en son Église[3]. « Il n'y a qu'une colombe et une parfaite : *Una est columba mea, perfecta mea*[4] » ; il n'y a qu'une seule épouse, qu'une seule Église catholique, qui est la mère commune de tous les fidèles. Mais comment est-elle la mère de tous les fidèles, puisqu'elle n'est autre chose que l'assemblée de tous les fidèles ? C'est ici le secret de Dieu. Toute la grâce de l'Église, toute

1. **Vérité :** célèbre prologue de l'Évangile de Jean (I, 14).
2. **Évangile :** il s'agit toujours de l'Évangile selon saint Jean (XVII, 23), « [Je suis en eux, et vous en moi], afin qu'ils soient consommés en l'unité » (prière de Jésus à son Père après la Cène).
3. **Église :** Bossuet emprunte cette phrase à l'Épître de saint Paul aux Éphésiens (V, 32).
4. ***... perfecta mea* :** citation du Cantique des cantiques (VI, 8).

l'efficace du Saint-Esprit est dans l'unité : en l'unité est le trésor, en l'unité est la vie ; hors de l'unité est la mort certaine. L'Église donc est une ; et, par son esprit d'unité catholique et universelle, elle est la mère toujours féconde de tous les particuliers qui la composent : ainsi tout ce qu'elle engendre, elle se l'unit très intimement ; en cela dissemblable des autres mères, qui mettent hors d'elles-mêmes les enfants qu'elles produisent. Au contraire, l'Église n'engendre les siens qu'en les recevant en son sein, qu'en les incorporant à son unité. Elle croit entendre sans cesse, en la personne de saint Pierre, ce commandement qu'on lui fait d'en haut : « Tue et mange », unis, incorpore : « *Occide et manduca*[1] » ; et, se sentant animée de cet esprit unissant, elle élève la voix nuit et jour pour appeler tous les hommes au banquet où tout est fait un. Et lorsqu'elle voit les hérétiques qui s'arrachent de ses entrailles, ou plutôt qui lui arrachent ses entrailles mêmes, et qui emportent avec eux en la déchirant le sceau de son unité, qui est le baptême, conviction visible de leur désertion, elle redouble son amour maternel envers ses enfants qui demeurent, les liant et les attachant toujours davantage à son esprit d'unité : tant il est vrai qu'il a plu à Dieu que tout concourût à l'œuvre de l'unité sainte de l'Église, et même le schisme[2], la rupture et la révolte !

1. ***Occide et manduca*** : citation des Actes des Apôtres (X, 13). Allusion à la vision de saint Pierre, à Joppé, à la suite de laquelle l'apôtre revendiqua l'accueil des non-Juifs dans l'Église (Act., X, 13).
2. **Schisme** : séparation d'avec l'Église catholique, en particulier séparation des protestants.

Voilà donc le dessein du grand architecte, faire régner l'unité en son Église et par son Église : voyons maintenant l'exécution. L'exécution, Chrétiens, c'est l'établissement des pasteurs ; car, de crainte que les troupeaux errants et vagabonds ne fussent dispersés deçà et delà, Dieu établit les pasteurs pour les rassembler. Il a donc voulu imprimer dans l'ordre[1] et dans l'office des pasteurs le mystère de l'unité de l'Église ; et c'est en ceci que consiste la dignité de l'épiscopat. Le mystère de l'unité ecclésiastique est dans la personne, dans le caractère, dans l'autorité des évêques. En effet, Chrétiens, ne voyez-vous pas qu'il y a plusieurs prêtres, plusieurs ministres, plusieurs prédicateurs, plusieurs docteurs ; mais il n'y a qu'un seul évêque dans un diocèse et dans une église. Et nous apprenons de l'histoire ecclésiastique que, lorsque les factieux entreprenaient de diviser l'épiscopat, une voix commune de toute l'Église et de tout le peuple fidèle s'élevait contre cet attentat sacrilège par ces paroles remarquables : « Un Dieu, un Christ, un évêque. *Unus Deus, unus Christus, unus episcopus.* » Quelle merveilleuse association, un Dieu, un Christ, un évêque ! un Dieu, principe de l'unité ; un Christ, médiateur de l'unité ; un évêque, marquant et représentant en la singularité de sa charge le mystère de l'unité de l'Église. Ce n'est pas assez, Chrétiens, chaque évêque a son troupeau particulier. Parlons plus correctement : les évêques n'ont tous ensemble qu'un même troupeau, dont chacun conduit une

1. **Ordre** : ordination, célébration par laquelle on devient prêtre.

partie inséparable du tout ; de sorte qu'en vérité tous les évêques sont au tout[1] et à l'unité, et ils ne sont partagés que pour la facilité de l'application. Mais Dieu, voulant maintenir parmi ce partage l'unité inviolable du tout, outre les pasteurs des troupeaux particuliers, il a donné un père commun, il a préposé un pasteur à tout le troupeau, afin que la sainte Église fût une fontaine scellée[2] par le sceau d'une parfaite unité, et « qu'y ayant un chef établi, l'esprit de division n'y entrât jamais : *Ut capite constituto schismatis tolleretur occasio*[3] ».

Ainsi Notre-Seigneur Jésus-Christ voulant commencer le mystère de l'unité de son Église, il a séparé les apôtres du nombre de tous les disciples ; et ensuite, voulant consommer le mystère de l'unité de l'Église, il a séparé l'apôtre saint Pierre du milieu des autres apôtres. Pour commencer l'unité, dans toute la multitude il en choisit douze ; pour consommer l'unité, parmi les douze il en choisit un. En commençant l'unité, il n'exclut pas tout à fait la pluralité : « Comme le Père m'a envoyé, ainsi, dit-il, je vous envoie[4]. » Mais pour conduire à la perfection le mystère de l'unité de son Église, il ne parle pas à plusieurs, il désigne saint Pierre personnellement, il lui donne un nom particulier : « Et moi », dit-il, « je te dis à toi : Tu es Pierre » ; et, ajoute-t-il, « sur cette

1. **Sont au tout :** appartiennent à l'ensemble de l'Église.
2. **Fontaine scellée :** expression tirée de la Bible, *fons signatus*. La fontaine est une image topique de la source, du principe.
3. **...** ***occasio*** **:** expression de saint Jérôme (*Contre Jovinien*, I, 26).
4. **... je vous envoie :** citation de l'Évangile de Jean (XX, 21). Jésus annonce son départ pour l'au-delà et envoie ses apôtres répandre l'Évangile.

pierre je bâtirai mon Église », et, conclut-il, « les portes d'enfer ne prévaudront point contre elle[1] » ; afin que nous entendions que la police, le gouvernement, et toute l'ordonnance de l'Église se doit enfin réduire à l'unité seule, et que le fondement de cette unité est et sera éternellement le soutien immobile de cet édifice.

Par conséquent, Chrétiens, quiconque aime l'Église doit aimer l'unité ; et quiconque aime l'unité doit avoir une adhérence immuable à tout l'ordre épiscopal, dans lequel et par lequel le mystère de l'unité se consomme, pour détruire le mystère d'iniquité[2], qui est l'œuvre de rébellion et de schisme. Je dis : à tout l'ordre épiscopal ; au Pape, chef de cet ordre et de l'Église universelle ; aux évêques, chefs et pasteurs des Églises particulières. Tel est l'esprit de l'Église ; tel est principalement le devoir des prêtres, qui sont établis de Dieu pour être coopérateurs de l'épiscopat. Le cardinal de Bérulle, plein de l'esprit de l'Église et du sacerdoce, n'a formé sa congrégation que dans la vue de ce dessein ; et le Père François Bourgoing l'a toujours très saintement gouvernée dans cette même conduite.

Soyez bénie de Dieu, sainte compagnie ; entrez de plus en plus dans ces sentiments, éteignez ces feux de division, ensevelissez sans retour ces noms de parti[3]. Laissez se débattre, laissez disputer et languir dans des questions ceux qui n'ont pas le zèle de servir

1. **... contre elle :** citation de Matth. (XVI, 18). Le pape est pour les catholiques le successeur de saint Pierre.
2. **Iniquité :** injustice. Dans la tradition catholique, le « mystère d'iniquité » désigne le mal.
3. **Parti :** allusion aux querelles intestines qui divisaient les oratoriens.

l'Église : d'autres pensées vous appellent, d'autres affaires demandent vos soins. Employez tout ce qui est en vous d'esprit, et de cœur, et de lumière, et de zèle, au rétablissement de la discipline si horriblement dépravée[1] et dans le clergé et parmi le peuple.

Deux choses sont nécessaires à la sainte Église, la pureté de la foi et l'ordre de la discipline. La foi est toujours sans tache, la discipline souvent chancelante. D'où vient cette différence, si ce n'est que la foi est le fondement, lequel étant renversé, tout l'édifice tomberait par terre ? Or il a plu à notre Sauveur, qui a établi son Église comme un édifice sacré, de permettre que, pour exercer le zèle de ses ministres, il y eût toujours, à la vérité, quelques réfections à faire dans le corps du bâtiment ; mais que le fondement fût si ferme que jamais il ne pût être ébranlé, parce que les hommes peuvent bien, en quelque sorte, contribuer par sa grâce à faire les réparations de l'édifice, mais qu'ils ne pourraient jamais le redresser de nouveau, s'il était entièrement abattu. Il faudrait que le Fils de Dieu vînt encore au monde ; et comme il a résolu de n'y venir qu'une fois, il a fondé son temple si solidement qu'il n'aura jamais besoin qu'on le rétablisse, et qu'il suffira seulement qu'on l'entretienne.

Qui pourrait exprimer quel était le zèle du Père Bourgoing pour travailler à ce grand ouvrage ? Il regardait les évêques comme ceux qui sont établis de Dieu pour faire vivre dans le peuple et dans le clergé

1. **Dépravée :** affaiblie. Nouvelle allusion à la crise janséniste, au refus des jansénistes de se soumettre aux décisions du Saint-Siège et à leur remise en question, en particulier, de l'infaillibilité papale dans certains domaines.

la discipline chrétienne. Il révérait dans leur ordre la vigueur et la plénitude d'une puissance céleste pour réprimer la licence et arrêter le torrent des mauvaises mœurs, qui, s'enflant et s'élevant à grands flots, menace d'inonder toute la face de la terre. Non content d'exciter leur zèle, il travaillait nuit et jour à leur donner de fidèles ouvriers. Sa compagnie lui doit le dessein d'avoir des institutions ecclésiastiques pour y former de saints prêtres, c'est-à-dire donner des pères aux enfants de Dieu. Et il ne faut pas sortir bien loin pour voir des fruits de son zèle. Allez à cette maison où reposent les os du grand saint Magloire[1] : là, dans l'air le plus pur et le plus serein de la ville, un nombre infini d'ecclésiastiques respire un air encore plus pur de la discipline cléricale ; ils se répandent dans les diocèses, et portent partout l'esprit de l'Église ; c'est l'effet des soins du Père Bourgoing. Mais pourquoi parler ici d'un séminaire particulier ? Toutes les maisons de l'Oratoire n'étaient-elles pas sous sa conduite autant de séminaires des évêques ? Il professait hautement que tous les sujets de sa compagnie étaient plus aux prélats qu'à la compagnie ; et avec raison, Chrétiens, puisque la gloire de la compagnie c'est d'être tout entière à eux, pour être par eux tout entière à l'Église et à Jésus-Christ.

De là vous pouvez connaître combien cette compagnie est redevable aux soins de son général, qui savait

1. **Saint Magloire :** allusion au séminaire Saint-Magloire à Paris, création oratorienne où étaient formés les futurs prêtres. Les oratoriens jouèrent un rôle capital dans la création des premiers séminaires, dont l'institution avait été imposée aux évêques par le concile de Trente, soucieux d'améliorer la formation des futurs prêtres.

si bien conserver en elle l'esprit de son institut, c'est-à-dire l'esprit primitif de la cléricature[1] et du sacerdoce. Il en était tellement rempli qu'il en animait tous les Frères ; et ceux qui auraient été assez insensibles pour ne pas se rendre à ses paroles auraient été forcés de céder à la force toute puissante de ses exemples. Et en effet, Chrétiens, quel autre était plus capable de leur inspirer l'esprit d'oraison que celui qu'ils voyaient toujours le plus assidu à ce divin exercice ? Qui pouvait plus puissamment enflammer leurs cœurs à travailler sans relâche pour les intérêts de l'Église que celui dont les maladies n'étaient pas capables de ralentir l'action ? ce grand homme ne voulant pas, autant qu'il pouvait, qu'il fût tant permis aux infirmités d'interrompre les occupations d'un prêtre de Jésus-Christ. Qui a pu leur enseigner plus utilement à conserver parmi les emplois une sainte liberté d'esprit que celui qui s'est montré dans les plus grands embarras autant paisible, autant dégagé, qu'agissant et infatigable ? Enfin de qui pouvaient-ils apprendre avec plus de fruit à dompter par la pénitence la délicatesse des sens et de la nature que de celui qu'ils ont toujours vu retrancher de son sommeil malgré son besoin, endurer la rigueur du froid malgré sa vieillesse, continuer ses jeûnes malgré ses travaux, enfin affliger son corps par toutes sortes d'austérités malgré ses infirmités corporelles ?

Ô membres tendres et délicats, si souvent couchés sur la dure ! Ô gémissements ! ô cris de la nuit pénétrant les nues, perçant jusqu'à Dieu ! Ô fontaines de

1. **Cléricature** : fonction du prêtre.

larmes, sources de joie ! Ô admirable ferveur d'esprit et prière continuelle ! Ô âme qui soutenait le corps presque sans aucune nourriture ! ou plutôt ô corps contraint de mourir avant la mort même afin que l'âme fût en liberté ! Ô appât du plaisir sensible et goût du fruit défendu, surmonté par la continence[1] du Père Bourgoing ! Ô Jésus-Christ ! ô sa mort ! ô son anéantissement et sa croix honorés par sa pénitence ! Plût à Dieu que, touché d'un si saint exemple, je mortifie mes membres mortels, et que je commence à marcher par la voie étroite, et que je m'ensevelisse avec Jésus-Christ, pour être son cohéritier !

Car que faisons-nous, Chrétiens, que faisons-nous autre chose, lorsque nous flattons notre corps, que d'accroître la proie de la mort, lui enrichir son butin, lui engraisser sa victime ? Pourquoi m'es-tu donné, ô corps mortel, fardeau accablant, soutien nécessaire, ennemi flatteur, ami dangereux, avec lequel je ne puis avoir ni guerre ni paix, parce qu'à chaque moment il faut s'accorder, et à chaque moment il faut rompre ? Ô inconcevable union, et aliénation non moins étonnante ! « Malheureux homme que je suis, qui me délivrera de ce corps mortel ? *Infelix ego homo ! quis me liberabit de corpore mortis hujus*[2] ? » Si nous n'avons pas le courage d'imiter le Père Bourgoing dans ses austérités, pourquoi flattons-nous nos corps, nourrissons-nous leurs convoitises par notre mollesse, et les rendons-nous invincibles par nos complaisances ?

1. **Continence :** modération, et en particulier abstinence des rapports sexuels.
2. ***... hujus*** : citation de l'Épître de saint Paul aux Romains (VII, 24).

Se peut-il faire, mes Frères, que nous ayons tant d'attache à cette vie et à ses plaisirs, si nous considérons attentivement combien est dure la condition avec laquelle on nous l'a prêtée ? La nature, cruelle usurière, nous ôte tantôt un sens et tantôt un autre. Elle avait ôté l'ouïe au Père Bourgoing, et elle ne manque pas tous les jours de nous enlever quelque chose, comme pour l'intérêt de son prêt, sans se départir pour cela du droit qu'elle se réserve d'exiger en toute rigueur la somme totale à sa volonté. Et alors où serons-nous ? que deviendrons-nous ? dans quelles ténèbres serons-nous cachés ? dans quel gouffre serons-nous perdus ? il n'y aura plus sur la terre aucun vestige de ce que nous sommes. « La chair changera de nature, le corps prendra un autre nom ; même celui de cadavre », dit Tertullien[1], « ne lui demeurera pas longtemps ; il deviendra un je ne sais quoi, qui n'a point de nom dans aucune langue » ; tant il est vrai que tout meurt en nos corps, jusqu'à ces termes funèbres par lesquels on exprimait nos malheureux restes : *Post totum illud ignobilitatis elogium, caducae carnis in originem terram, et cadaveris nomen ; et de isto quoque nomine periturae in nullum inde jam nomen, in omnis jam vocabuli mortem.* »

Et vous vous attachez à ce corps, et vous bâtissez sur ces ruines, et vous contractez avec ce mortel une amitié immortelle ! Ô que la mort vous sera cruelle ! ô que vainement vous soupirerez, disant avec ce roi des Amalécites[2]: « *Siccine separat amara mors ?* Est-ce

1. **Tertullien :** un des premiers théologiens et moralistes chrétiens (IIe siècle).
2. **Roi des Amalécites :** Agag. La citation est tirée du premier Livre de Samuel (XV, 32).

ainsi que la mort amère sépare de tout ? » Quel coup ! quel état ! quelle violence !

Il n'y a que l'homme de bien qui n'a rien à craindre en ce dernier jour. La mortification lui rend la mort familière ; le détachement des plaisirs le désaccoutume du corps, il n'a point de peine à s'en séparer ; il a déjà, depuis fort longtemps, ou dénoué ou rompu les liens les plus délicats qui nous y attachent. Ainsi le Père Bourgoing ne peut être surpris de la mort : « Ses jeûnes et ses pénitences l'ont souvent avancé dans son voisinage, comme pour la lui faire observer de près : *Saepe jejunans mortem de proximo novit.* » « Pour sortir du monde plus légèrement, il s'est déjà déchargé lui-même d'une partie de son corps, comme d'un empêchement importun à l'âme : *Praemisso jam sanguinis succo, tanquam animae impedimento*[1]. » Un tel homme, dégagé du siècle, qui a mis toute son espérance en la vie future, voyant approcher la mort, ne la nomme ni cruelle ni inexorable ; au contraire, il lui tend les bras, il lui présente sans murmurer ce qui lui reste de corps, et lui montre lui-même l'endroit où elle doit frapper son dernier coup. Ô mort, lui dit-il d'un visage ferme, tu ne me feras aucun mal, tu ne m'ôteras rien de ce qui m'est cher ; tu me sépareras de ce corps mortel : ô mort ! je t'en remercie ; j'ai travaillé toute ma vie à m'en détacher, j'ai tâché de mortifier mes appétits sensuels ; ton secours, ô mort, m'était nécessaire pour en arracher jusqu'à la racine. Ainsi, bien loin d'interrompre le cours de mes desseins, tu ne

1. ... ***impedimento*** : ces citations sont de nouveau empruntées à Tertullien.

fais qu'accomplir l'ouvrage que j'ai commencé ; tu ne détruis pas ce que je prétends[1], mais tu l'achèves : achève donc, ô mort favorable, et rends-moi bientôt à mon maître.

Ah ! qu'« il n'en est pas ainsi des impies ! *Non sic impii, non sic*[2] ». La mort ne leur arrive jamais si tard qu'elle ne soit toujours précipitée ; elle n'est jamais prévenue par tant d'avertissements qu'elle ne soit toujours imprévue. Toujours elle rompt quelque grand dessein et quelque affaire importante : au lieu qu'un homme de bien, à chaque heure, à chaque moment, a toujours ses affaires faites ; il a toujours son âme en ses mains[3], prêt à la rendre au premier signal. Ainsi est mort le Père Bourgoing ; et voilà qu'étant arrivé en la bienheureuse terre des vivants[4], il voit et il goûte en la source même combien le Seigneur est doux[5] ; et il chante, et il triomphe avec ses saints anges, pénétrant Dieu, pénétré de Dieu, admirant la magnificence de sa maison, et s'enivrant du torrent de ses délices.

Qui nous donnera, Chrétiens, que nous mourions de cette mort, et que notre mort soit un jour de fête, un jour de délivrance, un jour de triomphe ? « Ah ! que mon âme meure de la mort des justes ! *Moriatur anima mea morte justorum*[6] *!* » Mais, pour mourir

1. **Prétends :** veux.
2. ... ***non sic*** **:** citation du Psaume I, 5.
3. **... en ses mains :** souvenir du Psaume CXVIII, 109, « Mon âme est toujours entre mes mains ».
4. **Terre des vivants :** cette expression est récurrente dans les Psaumes (par exemple XXVI, 13 ; CXLI, 6).
5. **Le Seigneur est doux :** Psaume XXXIII, 8 « Goûtez et voyez combien le Seigneur est doux ».
6. **...** ***justorum*** **:** citation du Livre des Nombres (XXIII, 10).

de la mort des justes, vivez, mes Frères, de la vie des justes. Ne soyez pas de ceux qui diffèrent à se reconnaître quand ils ont perdu la connaissance ; et qui méprisent si fort leur âme qu'ils ne songent à la sauver que lorsqu'ils sont en danger de perdre leur corps ; desquels certes on peut dire véritablement qu'ils se convertissent par désespoir plutôt que par espérance. Mes Frères, faites pénitence tandis que le médecin n'est pas encore à vos côtés, vous donnant des jours et des heures qui ne sont pas en sa puissance, et toujours prêt à philosopher admirablement de la maladie après la mort. Convertissez-vous de bonne heure ; que la pensée en vienne de Dieu et non de la fièvre, de la raison et non du trouble, du choix et non de la force ni de la contrainte. Si votre corps est une hostie[1], consacrez à Dieu une hostie vivante[2] ; si c'est un talent précieux qui doive profiter entre ses mains, mettez-le de bonne heure dans le commerce[3], et n'attendez pas à le lui donner qu'il le faille enfouir en terre : c'est ce que je dis à tous les fidèles.

Et vous, sainte Compagnie, qui avez désiré d'ouïr de ma bouche le panégyrique de votre père, vous ne m'avez pas appelé dans cette chaire ni pour déplorer votre perte par des plaintes étudiées, ni pour contenter les vivants par de vains éloges des morts. Un motif plus chrétien vous a excitée à me demander ce discours funèbre à la gloire de ce grand homme :

1. **Hostie :** victime.
2. **Hostie vivante :** Lettre de saint Paul aux Romains (XII, 1), « Je vous conjure donc, mes frères, par la miséricorde de Dieu, de lui offrir votre corps comme une hostie vivante ».
3. **... dans le commerce :** allusion à la parabole des talents racontée par Jésus dans l'Évangile de Matthieu (XXV, 14-30).

vous avez prétendu que je consacrasse la mémoire de ses vertus et que je vous proposasse, comme en un tableau, le modèle de sa sainte vie. Soyez donc ses imitateurs, comme il l'a été de Jésus-Christ[1] ; c'est ce qu'il demande de vous aussi ardemment, j'ose dire plus ardemment, que le sacrifice mystique ; car, si par ce sacrifice vous procurez son repos, en imitant ses vertus vous enrichissez sa couronne. C'est vous-mêmes, mes Révérends Pères, qui serez et sa couronne et sa gloire au jour de Notre-Seigneur[2] si, comme vous avez été durant tout le cours de sa vie obéissants à ses ordres, vous vous rendez de plus en plus après sa mort fidèles imitateurs de sa piété. Ainsi soit-il.

1. **... de Jésus-Christ** : paraphrase de la première Lettre de saint Paul aux Corinthiens (XI, 1), « Soyez mes imitateurs, comme je le suis moi-même de Jésus-Christ ».
2. **Au jour de Notre-Seigneur** : au Jugement dernier. L'expression est récurrente chez saint Paul (Philippiens, IV, 1 et I Thessal., II, 19-20).

Examen méthodique

« Oraison funèbre du Père Bourgoing »

Repères

1. Pourquoi Bossuet ne peut-il « nommer sans éloge l'école de théologie de Paris, quoique [il en doive] parler avec modestie » ? (lignes 112-114, page 74)
2. Expliquez l'expression « continuation du mystère » (lignes 46-47, page 72).
3. À quoi fait référence « l'échelle mystique » (ligne 196, page 78) dans laquelle Jacob vit des anges ? Quelle conception de la fonction de l'orateur sacré traduit-elle ?
4. En vous aidant du lexique (page 439), expliquez l'expression : « [ils] diffèrent à se reconnaître quand ils ont perdu la connaissance. » (lignes 685-686, page 96)

Observations

5. Gaston d'Orléans, frère de Louis XIII, surtout connu pour ses intrigues contre Richelieu et contre la monarchie absolue naissante, a longtemps laissé l'image d'un personnage influençable et déloyal, qui n'hésita pas à livrer ses amis pour se sauver lui-même. Après avoir loué sa renommée (« de glorieuse mémoire », ligne 302, page 82), Bossuet laisse entendre que le personnage n'était guère recommandable. Comment ? À quel problème posé par l'oraison funèbre cette contradiction est-elle liée ?
6. Le développement correspond-il à la division (annonce du plan) que Bossuet exposait à la fin de l'exorde ? Sur quoi portent les digressions de Bossuet ? Comment peut-on les expliquer ?

Examen méthodique

Interprétations

7. Ne peut-on pas interpréter l'éloge de l'éloquence du Père Bourgoing comme un autoportrait indirect, ou du moins comme la revendication d'un modèle rhétorique ? Quelle conception de l'éloquence sacrée Bossuet prône-t-il par là ?
8. Quelle pratique, au contraire, critique-t-il violemment ?
9. À quel autre contre-modèle Bossuet oppose-t-il le Père Bourgoing à la fin du discours ?

Travail d'écriture

10. À la manière de Bossuet, rédigez l'éloge d'une personne qui représente pour vous un idéal dans son domaine.

ORAISON FUNÈBRE DE MESSIRE NICOLAS CORNET

GRAND MAÎTRE DU COLLÈGE DE NAVARRE

Prononcée dans la chapelle du collège,
où il est inhumé, le 27 juin 1663.

Simile est regnum caelorum thesauro abscondito.
« Le royaume des cieux est semblable à un trésor caché. »

(Matth., XIII, verset 44)

CEUX qui ont vécu dans les dignités et dans les places relevées ne sont pas les seuls d'entre les mortels dont la mémoire doit être honorée par des éloges publics. Avoir mérité les dignités et les avoir refusées, c'est une nouvelle espèce de dignité qui mérite d'être célébrée par toutes sortes d'honneurs ; et comme l'univers n'a rien de plus grand que les grands hommes modestes, c'est principalement en leur faveur, et pour conserver leurs vertus, qu'il faut épuiser toutes sortes de louanges. Ainsi l'on ne doit pas s'étonner si cette Maison royale[1] ordonne un panégyrique à M. Nicolas Cornet, son Grand Maître, qu'elle aurait vu élevé aux premiers rangs de l'Église si, juste en toutes autres choses, il ne s'était

1. **Maison royale :** collège de Navarre, où Bossuet avait d'ailleurs été élève. Il s'agissait d'un collège prestigieux et mondain.

opposé en ce seul rencontre[1] à la justice de nos rois[2]. Elle doit ce témoignage à sa vertu, cette reconnaissance à ses soins, cette gloire publique à sa modestie ; et étant si fort affligée par la perte d'un si grand homme, elle ne peut pas négliger le seul avantage qui lui revient de sa mort, qui est la liberté de le louer. Car comme, tant qu'il a vécu sur la terre, la seule autorité de sa modestie supprimait les marques d'estime qu'elle eût voulu rendre aussi solennelles que son mérite était extraordinaire, maintenant qu'il lui est permis d'annoncer hautement ce qu'elle a connu de si près[3], elle ne peut manquer à ses devoirs particuliers, ni envier[4] au public l'exemple d'une vie si réglée. Et moi (si toutefois vous me permettez de dire un mot de moi-même), moi, dis-je, qui ai trouvé en ce personnage, avec tant d'autres rares qualités, un trésor inépuisable de sages conseils, de bonne foi, de sincérité, d'amitié constante et inviolable, puis-je lui refuser quelques fruits d'un esprit qu'il a cultivé avec une bonté paternelle dès sa première jeunesse ; ou lui dénier quelque part dans mes discours, après qu'il en a été si souvent et le censeur et l'arbitre[5] ? Il est donc juste, Messieurs, puisqu'on a bien voulu employer ma voix, que je rende comme je pourrai à ce Collège Royal son Grand Maître, aux maisons

1. **Rencontre :** occasion, circonstance.
2. **Rois :** Louis XIII, Richelieu et Mazarin lui avaient en effet offert des charges ecclésiastiques importantes, qu'il refusa toutes.
3. **Connu de si près :** Bossuet avait été l'élève préféré et l'ami proche, pendant vingt ans, de Cornet.
4. **Envier :** refuser.
5. **Le censeur et l'arbitre :** le juge. En tant que docteur et grand maître du collège de Navarre, Cornet avait eu à apprécier et à faire la critique des premiers sermons du jeune Bossuet.

religieuses leur père et leur protecteur, à la Faculté de Théologie[1] l'une de ses plus vives lumières, et celui de tous ses enfants qui peut-être a autant[2] soutenu cette ancienne réputation de doctrine et d'intégrité qu'elle s'est acquise par toute la terre ; enfin à toute l'Église et à notre siècle l'un de ses plus grands ornements.

Sortez, grand homme, de ce tombeau ; aussi bien y êtes-vous descendu trop tôt pour nous : sortez, dis-je, de ce tombeau que vous avez choisi inutilement dans la place la plus obscure et la plus négligée de cette nef[3]. Votre modestie vous a trompé, aussi bien que tant de saints hommes qui ont cru qu'ils se cacheraient éternellement en se jetant dans les places les plus inconnues. Nous ne voulons pas vous laisser jouir de cette noble obscurité que vous avez tant aimée ; nous allons produire au grand jour, malgré votre humilité, tout ce trésor de vos grâces, d'autant plus riche qu'il est plus caché. Car, Messieurs, vous n'ignorez pas que l'artifice le plus ordinaire de la sagesse céleste est de cacher ses ouvrages, et que le dessein de couvrir ce qu'elle a de plus précieux est ce qui lui fait déployer une si grande variété de conseils profonds. Ainsi toute la gloire de cet homme illustre, dont je dois aujourd'hui prononcer l'éloge, c'est d'avoir été un trésor caché ; et je ne le louerai pas selon ses mérites si, non content de vous faire part de tant de lumières, de tant de grandeurs, de tant de

1. **Faculté de théologie :** le collège de Navarre dépendait de la Sorbonne.
2. **Autant :** le plus, extrêmement.
3. **Place la plus obscure et la plus négligée de cette nef :** la nef désigne la partie centrale de l'Église. Cornet avait demandé par testament d'être inhumé dans le lieu le moins apparent de la chapelle, près de la porte.

grâces du divin Esprit[1], dont nous découvrons en lui un si bel amas, je ne vous montre encore un si bel artifice, par lequel il s'est efforcé de cacher au monde toutes ses richesses.

Vous verrez donc Nicolas Cornet, trésor public, et trésor caché ; plein de lumière céleste et couvert, autant qu'il a pu, de nuages épais ; illuminant l'Église par sa doctrine[2] et ne voulant lui faire savoir que sa seule soumission ; plus illustre, sans comparaison, par le désir de cacher toutes ses vertus que par le soin de les acquérir et la gloire de les posséder. Enfin, pour réduire ce discours à quelque méthode, et vous déduire par ordre les mystères qui sont compris dans ce mot évangélique de « trésor caché », vous verrez, Messieurs, dans le premier point de ce discours les richesses immenses et inestimables qui sont renfermées dans ce trésor ; et vous admirerez dans le second l'enveloppe mystérieuse, et plus riche que le trésor même, dans laquelle il nous l'a caché. Voilà l'exemple que je vous propose, voilà le témoignage saint et véritable que je rendrai aujourd'hui, devant les autels, au mérite d'un si grand homme. J'en prends à témoin ce grand prélat[3], sous la conduite duquel cette grande maison portera sa réputation. Il a voulu paraître à l'autel ; il a voulu offrir à Dieu son sacrifice pour lui. C'est ce grand prélat que je prends à témoin de ce que je vais dire ;

1. **Divin Esprit :** Esprit-Saint.
2. **Doctrine :** science.
3. **Ce grand prélat :** La Mothe-Houdancourt, ancien évêque de Rennes, grand proviseur de Navarre et premier aumônier d'Anne d'Autriche. Il venait d'être nommé archevêque.

et je m'assure[1], Messieurs, que vous ne me refuserez pas vos attentions.

Ce que Jésus-Christ Notre-Seigneur a été naturellement et par excellence, il veut bien que ses serviteurs le soient par écoulement[2] de lui-même, et par effusion de sa grâce. S'il est docteur du monde, les ministres en font la fonction ; et comme, en qualité de docteur du monde, « en lui », dit l'Apôtre[3], « ont été cachés les trésors de science et de sagesse », ainsi il a établi des docteurs, qu'il a remplis de grâce et de vérité, pour en enrichir ses fidèles ; et ces docteurs, illuminés par son Saint-Esprit, sont les véritables trésors de l'Église universelle.

En effet, Chrétiens, lorsque la Faculté de Théologie est et a été si souvent consultée en corps, et que ses docteurs particuliers le sont tous les jours, touchant le devoir de la conscience, n'est-ce pas un témoignage authentique, qu'autant qu'elle a de docteurs, autant devrait-elle avoir de trésors publics, d'où l'on puisse tirer, selon les besoins et les occurrences différentes, de quoi relever les faibles, confirmer les forts, instruire les simples et les ignorants, confondre et réprimer les opiniâtres ? Personne ne peut ignorer que ce saint homme, dont nous parlons, ne se soit très dignement acquitté d'un si divin ministère : ses conseils étaient droits, ses sentiments purs, ses réflexions efficaces, sa fermeté invincible. C'était un docteur de l'ancienne marque, de l'ancienne

1. **Je m'assure :** je suis certain.
2. **Écoulement :** émanation de lui-même.
3. **Apôtre :** saint Paul, dans sa Lettre aux Colossiens (II, 3), où il réaffirme la place centrale du Christ face à des risques de dérive ésotérique de la religion chrétienne.

simplicité[1], de l'ancienne probité ; également élevé au-dessus de la flatterie et de la crainte, incapable de céder aux vaines excuses des pécheurs, d'être surpris des détours des intérêts humains, aux inventions de la chair et du sang : et comme c'est en ceci que consiste principalement l'exercice des docteurs, permettez-moi, Chrétiens, de reprendre ici d'un plus haut principe la règle de cette conduite.

Deux maladies dangereuses ont affligé en nos jours le corps de l'Église. Il a pris à quelques docteurs[2] une malheureuse et inhumaine complaisance, une pitié meurtrière, qui leur a fait porter des coussins sous les coudes des pécheurs[3], chercher des couvertures à leurs passions, pour condescendre à leur vanité et flatter leur ignorance affectée. Quelques autres[4], non moins extrêmes, ont tenu les consciences captives sous des rigueurs très injustes ; ils ne peuvent supporter aucune faiblesse, ils traînent toujours l'enfer après eux, et ne fulminent que des anathèmes[5]. L'ennemi de notre salut se sert également des uns et des autres, employant la facilité de ceux-là pour rendre le vice aimable, et la sévérité de ceux-ci pour rendre la vertu odieuse. Quels excès

1. **Simplicité :** pureté, droiture.
2. **Quelques docteurs :** les jésuites, en particulier, avaient été attaqués par Pascal pour leur laxisme dans *les Provinciales*. Leur pratique de la casuistique, science qui vise à résoudre les cas de conscience, était parfois devenue un véritable art d'autoriser et de justifier tous les péchés.
3. **... des pécheurs :** souvenir du Livre d'Ézéchiel (XIII, 18).
4. **Quelques autres :** Bossuet vise ici les ennemis des jésuites, les jansénistes, qui professaient une religion extrêmement stricte et une vision très pessimiste de l'homme.
5. **Anathèmes :** malédictions, et en particulier exclusion de la communion des fidèles, excommunication.

terribles, et quelles armes opposées ! Aveugles enfants d'Adam[1], que le désir de savoir a précipités dans un abîme d'ignorance, ne trouverez-vous jamais la médiocrité[2] où la justice, où la vérité, où la droite raison a posé son trône ?

Certes je ne vois rien dans le monde qui soit plus à charge à l'Église. Vainement subtils qui réduisent tout l'Évangile en problèmes, qui forment des incidents[3] sur l'exécution de ses préceptes, qui fatiguent[4] les casuistes par des consultations infinies ; ceux-là ne travaillent, en vérité, qu'à nous envelopper la règle des mœurs ; ce sont des hommes, dit saint Augustin, qui se tourmentent beaucoup pour ne pas trouver ce qu'ils cherchent, « *Nihil laborant, nisi non invenire quod quaerunt* », et, comme dit le même saint, qui tournant s'enveloppent eux-mêmes dans les ombres de leurs propres ténèbres, c'est-à-dire dans leur ignorance et dans leurs erreurs, et s'en font une couverture. Mais plus malheureux encore les docteurs, indignes de ce nom, qui adhèrent à leurs sentiments, et donnent poids à leur folie. Ce sont des astres errants, comme parle l'apôtre saint Jude[5], qui, pour n'être pas assez attachés à la route immuable de la vérité,

1. **Enfants d'Adam :** dans la Genèse, Adam est le premier homme et le premier pécheur, puisqu'il accepte – sur le conseil d'Ève – de goûter au fruit défendu de l'arbre de la connaissance.
2. **Médiocrité :** juste milieu, mesure.
3. **Incidents :** « Se dit d'une nouvelle demande, qu'on forme dans le cours d'un procès ; ou d'une nouvelle difficulté, d'un nouvel obstacle, d'une contestation qui arrive dans une négociation, ou dans la conclusion d'un traité. » (Furetière).
4. **Fatiguent :** harcèlent.
5. **Saint Jude :** dans son unique épître, qui s'attaque en des termes proches de l'Apocalypse à des groupes prégnostiques, se croyant détenteurs de connaissances supérieures.

gauchissent[1] et se détournent au gré des vanités, des intérêts et des passions humaines. Ils confondent le ciel et la terre, ils mêlent Jésus-Christ avec Bélial[2], ils cousent l'étoffe vieille avec la neuve, contre l'ordonnance expresse de l'Évangile[3], des lambeaux de mondanité avec la pourpre royale : mélange indigne de la piété chrétienne, union monstrueuse qui déshonore la vérité, la simplicité, la pureté incorruptible du christianisme.

Mais que dirai-je de ceux qui détruisent, par un autre excès, l'esprit de la piété ; qui trouvent partout des crimes nouveaux, et accablent la faiblesse humaine en ajoutant au joug que Dieu nous impose ? Qui ne voit que cette rigueur enfle la présomption, nourrit le dédain, entretient un chagrin superbe[4], et un esprit de fastueuse singularité ; fait paraître la vertu trop pesante, l'Évangile excessif, le christianisme impossible ? Ô faiblesse et légèreté de l'esprit humain, sans point, sans consistance, seras-tu toujours le jouet des extrémités opposées ? Ceux qui sont doux deviennent trop lâches, ceux qui sont fermes deviennent trop durs. Accordez-vous, ô docteurs ; et il vous sera bien aisé, pourvu que vous écoutiez le Docteur céleste[5]. Son joug est doux,

---

1. **Gauchissent :** dévient, se détournent de la ligne droite.
2. **Bélial :** ce mot, qui signifie étymologiquement « sans joug », désigne Satan et rappelle la rébellion de cet ancien ange déchu contre Dieu. Il est employé dans le testament des douze Patriarches (II Cor., VI, 15).
3. **L'Évangile :** selon saint Marc (II, 21), « Personne ne coud une pièce de drap neuf à un vieux vêtement ; autrement la pièce neuve emporterait une partie du vieux, et la rupture en deviendrait plus grande ».
4. **Chagrin superbe :** mécontentement mêlé d'orgueil, qui caractérise selon Bossuet l'état d'esprit des hérétiques et des incrédules.
5. **Docteur céleste :** le Christ, celui qui enseigne les choses d'en haut.

nous dit-il, « et son fardeau est léger ». Voyez, dit saint Chrysostome, le tempérament ; il ne dit pas simplement que son Évangile soit ou pesant ou léger ; mais il joint l'un et l'autre ensemble, afin que nous entendions que ce bon maître ni ne nous décharge ni ne nous accable, et que, si son autorité veut assujettir nos esprits, sa bonté veut en même temps ménager nos forces.

Vous donc, docteurs relâchés, puisque l'Évangile est un « joug », ne le rendez pas si facile, de peur que, si vous êtes chargés de son poids, vos passions indomptées ne le secouent trop facilement, et qu'ayant rejeté le joug, nous ne marchions indociles, superbes, indisciplinés, au gré de nos désirs impétueux. Vous aussi, docteurs trop austères, puisque l'Évangile doit être « léger », n'entreprenez pas d'accroître son poids, n'y ajoutez rien de vous-mêmes, ou par faste, ou par caprice, ou par ignorance. Lorsque ce Maître commande, s'il charge d'une main il soutient de l'autre : ainsi tout ce qu'il impose est léger, mais tout ce que les hommes y mêlent est insupportable.

Vous voyez donc, Chrétiens, que, pour trouver la règle des mœurs, il faut tenir le milieu entre les deux extrémités, et c'est pourquoi l'oracle[1] toujours sage nous avertit de ne nous détourner jamais ni à la droite ni à la gauche. Ceux-là se détournent à la gauche, qui penchent du côté du vice et favorisent le parti de la corruption : mais ceux qui mettent la vertu trop haute, à qui toutes les faiblesses paraissent des crimes

1. **Oracle** : parole du Seigneur, en tant qu'elle est annoncée dans la Bible, ici dans le Livre des Proverbes (IV, 24).

horribles, ou qui des conseils de perfection font la loi commune de tous les fidèles, ne doivent pas se vanter d'aller droitement, sous prétexte qu'ils semblent chercher une régularité plus scrupuleuse ; car l'Écriture nous apprend que si l'on peut se détourner en allant à gauche, on peut aussi s'égarer du côté de la droite, c'est-à-dire en s'avançant à la perfection, en captivant les âmes infirmes sous des rigueurs trop extrêmes. Il faut marcher au milieu : c'est dans ce sentier où[1] la justice et la paix se baisent de baisers sincères, c'est-à-dire qu'on rencontre la véritable droiture, et le calme assuré des consciences : « *Misericordia et veritas obviaverunt sibi, justitia et pax osculatae sunt*[2]. »

Il est permis aux enfants de louer leur mère[3], et je ne dénierai point ici à l'École de Théologie de Paris la louange qui lui est due, et qu'on lui rend aussi par toute l'Église. Le trésor de la vérité n'est nulle part plus inviolable ; les fontaines de Jacob[4] ne coulent nulle part plus incorruptibles ; elles y semblent divinement être établies avec une grâce particulière pour tenir la balance droite et conserver le dépôt de la tradition. Elle a toujours la bouche ouverte pour dire

1. **Où** : que.
2. **...** ***sunt*** : verset 11 du Psaume LXXXIV, « La miséricorde et la vérité se sont rencontrées, la justice et la paix se sont donné le baiser ».
3. **Leur mère** : Bossuet était alors jeune (et fier) docteur de Sorbonne. Il défend donc la Faculté de théologie de Paris contre ses détracteurs jansénistes.
4. **Fontaines de Jacob** : fontaines installées par Jacob, ancêtre du peuple d'Israël, et dont les Juifs continuent de se servir dans le Nouveau Testament. Bossuet fait sans doute allusion à l'Évangile selon saint Jean (IV, 6). Jésus déclare à la femme puisant de l'eau à une fontaine de Jacob : « Quiconque boit de cette eau aura encore soif, au lieu que celui qui boira l'eau que je lui donnerai, n'aura jamais soif. »

la vérité : elle n'épargne ni ses enfants ni les étrangers, et tout ce qui choque la règle n'évite pas sa censure.

Le sage Nicolas Cornet, affermi dans ses maximes, exercé dans ses emplois, plein de son esprit, nourri du meilleur suc de sa doctrine, a soutenu dignement sa gloire et l'ancienne pureté de ses maximes. Il ne s'est pas laissé surprendre à cette rigueur affectée, qui ne fait que des superbes et des hypocrites ; mais aussi s'est-il montré implacable à ces maximes moitié profanes et moitié saintes, moitié chrétiennes et moitié mondaines, ou plutôt toutes mondaines et toutes profanes, parce qu'elles ne sont qu'à demi chrétiennes et à demi saintes. Il n'a jamais trouvé belles aucune des couleurs[1] de la simonie[2] ; et, pour entrer dans l'éclat ecclésiastique, il n'a pas connu d'autre porte que celle qui est ouverte par les saints canons[3]. Il a condamné l'usure sous tous ses noms et sous tous ses titres. Sa pudeur a toujours rougi de tous les prétextes honnêtes des engagements déshonnêtes, où il n'a pas épargné le fer et le feu pour éviter les périls des occasions prochaines[4]. Les nventeurs trop subtils de vaines contentions[5] et de questions de néant, qui ne servent qu'à faire perdre, parmi des détours infinis, la trace toute droite de la vérité, lui ont paru, aussi bien qu'à saint Augustin,

1. **Couleurs :** prétextes.
2. **Simonie :** tentative d'acheter ou de vendre des biens spirituels. Le mot tire son étymologie de Simon le Magicien, qui offrit aux apôtres une somme d'argent pour obtenir d'eux le pouvoir de communiquer avec le Saint-Esprit.
3. **Canons :** ensemble des règles disciplinaires imposées par l'Église à ses membres, religieux et laïcs.
4. **Occasions prochaines :** terme de théologie morale, alors au cœur de la remise en question de la casuistique jésuite. Il désigne les situations qui risquent d'entraîner dans le péché celui qui s'y place.
5. **Contentions :** combats, disputes.

« des hommes inconsidérés et volages, qui soufflent sur de la poussière, et se jettent de la terre dans les yeux. *Sufflantes pulverem, et excitantes terram in oculos suos*[1] ». Ces chicanes raffinées, ces subtilités en vaines distinctions, sont véritablement de la poussière soufflée, de la terre dans les yeux, qui ne font que troubler la vue. Enfin il n'a écouté aucun expédient pour accorder l'esprit et la chair, entre lesquels nous avons appris[2] que la guerre doit être immortelle. Toute la France le sait, car il a été consulté de toute la France ; et il faut même que ses ennemis[3] lui rendent ce témoignage, que ses conseils étaient droits, sa doctrine pure, ses discours simples, ses réflexions sensées, ses jugements sûrs, ses raisons pressantes[4], ses résolutions précises, ses exhortations efficaces, son autorité vénérable et sa fermeté invincible.

C'était donc véritablement un grand et riche « trésor », et tous ceux qui le consultaient, parmi cette simplicité qui le rendait vénérable, voyaient paraître avec abondance dans ce trésor évangélique les choses vieilles et nouvelles[5], les avantages naturels et surnaturels, les richesses des deux Testaments, l'érudition ancienne et moderne, la connaissance profonde des saints Pères et des scolastiques[6], la science des antiquités et de l'état présent de l'Église, et le rapport néces-

1. ... ***suos*** : extrait des *Confessions* de saint Augustin (Livre XII, chap. XVI).
2. **Nous avons appris :** par la Lettre de saint Paul aux Romains (VIII, 7).
3. **Ses ennemis :** les jansénistes.
4. **Pressantes :** décisives.
5. **Les choses vieilles et nouvelles :** expression empruntée à l'Évangile selon saint Matthieu (XIII, 52).
6. **Scolastiques :** théologiens médiévaux, héritiers de saint Thomas.

saire de l'un et de l'autre. Mais parmi tout cela, Messieurs, rien ne donnait plus d'autorité à ses décisions que l'innocence de sa vie : car il n'était pas de ces docteurs licencieux dans leurs propres faits, qui, se croyant suffisamment déchargés des bonnes œuvres par les bons conseils, n'épargnent ni ne ménagent la bonne conscience des autres, indignes prostituteurs de leur intégrité. Au contraire Nicolas Cornet ne se pardonnait rien à lui-même, et pour composer ses mœurs il entrait dans les sentiments de la justice, de la jalousie, de l'exactitude d'un Dieu qui veut rendre la vérité redoutable. Nous savons que dans une affaire de ses amis, qu'il avait recommandée comme juste, craignant que le juge, qui le respectait, n'eût trop déféré à son témoignage et à sa sollicitation, il a réparé de ses deniers le tort qu'il reconnut, quelque temps après, avoir été fait à la partie[1] : tant il était lui-même sévère censeur de ses bonnes intentions !

Que vous dirai-je maintenant, Messieurs, de sa régularité dans tous ses autres devoirs ? Elle paraît principalement dans cette admirable circonspection qu'il avait pour les bénéfices[2] : bien loin de les désirer, il crut qu'il en aurait trop quand il en eut pour environ douze cents livres de rente. Ainsi il se défit bientôt de ses titres, voulant honorer en tout la pureté des canons et servir à la sainteté et à l'ordre de la discipline ecclésiastique. Tant qu'il les a tenus, les pauvres et les fabriques[3] en ont presque tiré tout

1. **Partie :** adversaire (terme juridique).
2. **Bénéfices :** dignités ecclésiastiques accompagnées d'un revenu.
3. **Fabriques :** commission de notables laïques chargés de l'administration du revenu temporel d'une Église ou ensemble des biens et des revenus d'une Église.

le fruit. Pour ce qui touchait sa personne, on voyait qu'il prenait à tâche d'honorer le seul nécessaire[1], par un retranchement effectif de toutes les superfluités : tellement que ceux qui le consultaient, voyant cette sagesse, cette modestie, cette légalité de ses mœurs, le poids de ses actions et de ses paroles, enfin cette piété et cette innocence qui, dans la plus grande chaleur des partis, étaient toujours demeurés sans reproche, et admirant le consentement de sa vie et de sa doctrine, croyaient que c'était la justice même qui parlait par sa bouche, et ils révéraient ses réponses comme des oracles d'un Gerson, d'un Pierre d'Ailly, et d'un Henri de Gand[2]. Et plût à Dieu, Messieurs, que le malheur de nos jours ne l'eût jamais arraché de ce paisible exercice !

Vous le savez, juste Dieu, vous le savez, que c'est malgré lui que cet homme modeste et pacifique a été contraint de se signaler parmi les troubles de votre Église. Mais un docteur ne peut pas se taire dans la cause de la foi ; et il ne lui était pas permis de manquer en une occasion où sa science exacte et profonde et sa prudence consommée ont paru si fort nécessaires. Je ne puis non plus omettre en ce lieu le service très important qu'il a rendu à l'Église, et je me sens obligé de vous exposer l'état de nos malheureuses dissensions, quoique je désirerais beaucoup davantage de les voir ensevelies éternellement dans l'oubli et dans le silence. Quelle effroyable tempête s'est excitée

1. **Seul nécessaire** : allusion à l'épisode de la visite de Jésus chez Marthe et Marie (Luc, X, 41-42).
2. **Gerson, Pierre d'Ailly, Henri de Gand** : célèbres docteurs médiévaux, qui, pour les deux premiers du moins, jouèrent un rôle important au concile de Constance.

en nos jours, touchant la grâce et le libre arbitre[1] ! Je crois que tout le monde ne le sait que trop, et il n'y a aucun endroit si reculé de la terre où le bruit n'en ait été répandu. Comme presque le plus grand effort de cette nouvelle tempête tomba dans le temps qu'il était syndic de la Faculté de Théologie, voyant les vents s'élever, les nues s'épaissir, les flots s'enfler de plus en plus, sage, tranquille et posé qu'il était, il se mit à considérer attentivement quelle était cette nouvelle doctrine et quelles étaient les personnes qui la soutenaient[2]. Il vit donc que saint Augustin[3], qu'il tenait le plus éclairé et le plus profond de tous les docteurs, avait exposé à l'Église une doctrine toute sainte et apostolique touchant la grâce chrétienne ; mais que, ou par la faiblesse naturelle de l'esprit humain, ou à cause de la profondeur ou de la délicatesse des questions, ou plutôt par la condition nécessaire et inséparable de notre foi, durant cette nuit d'énigmes et d'obscurités[4], cette doctrine céleste s'est trouvée nécessairement enveloppée parmi des difficultés impénétrables : si bien qu'il y avait à craindre

1. **La grâce et le libre arbitre :** question centrale de la querelle du jansénisme. Celui-ci enseignait en effet que, depuis le péché originel, l'homme n'est plus vraiment libre, qu'il se sauve ou se perd nécessairement, selon que Dieu lui accorde ou lui refuse sa grâce.

2. **Soutenaient :** ce fut en effet Cornet qui, le premier, dénonça aux docteurs de Sorbonne sept propositions censées résumer la doctrine hétérodoxe de Jansénius, dont cinq furent condamnées par le pape comme hérétiques. Il fut ainsi à l'origine de la crise majeure qui s'ensuivit au sein du catholicisme.

3. **Augustin :** Augustin composa de nombreux traités contre les hérésies, et lutta en particulier contre Pélage, qui niait la nécessité de la grâce pour être sauvé.

4. **Nuit d'énigmes et d'obscurités :** la vie terrestre, par opposition à la vie céleste, où les élus verront Dieu face à face, dans la lumière de Sa gloire.

qu'on ne se fût jeté insensiblement dans des conséquences ruineuses à la liberté de l'homme. Ensuite il considéra avec combien de raison toute l'École et toute l'Église s'étaient appliquées à défendre les conséquences ; et il vit que la Faculté des nouveaux docteurs en était si prévenue qu'au lieu de les rejeter ils en avaient fait une doctrine propre : si bien que la plupart de ces conséquences, que tous les théologiens avaient toujours regardées jusqu'alors comme des inconvénients fâcheux, au devant desquels il fallait aller pour bien entendre la doctrine de saint Augustin et de l'Église, ceux-ci les regardaient au contraire comme des fruits nécessaires qu'il en fallait recueillir ; et que ce qui avait paru à tous les autres comme des écueils contre lesquels il fallait craindre d'échouer le vaisseau, ceux-ci ne craignaient point de nous le montrer comme le port salutaire auquel devait aboutir la navigation. Après avoir ainsi regardé la face et l'état[1] de cette doctrine, que les docteurs, sans doute, reconnaîtront bien sur cette idée générale, il s'appliqua à connaître le génie de ses défenseurs. Saint Grégoire de Nazianze, qui lui était fort familier, lui avait appris que les troubles ne naissent pas dans l'Église par des âmes communes et faibles : « Ce sont », dit-il, « de grands esprits, mais ardents et chauds, qui causent ces mouvements et ces tumultes » ; mais ensuite, les décrivant par leurs caractères propres, il les appelle excessifs, insatiables, et portés plus ardemment qu'il ne faut aux choses de la religion : paroles

1. **La face et l'état** : l'aspect et la manière d'être, la structure.

vraiment sensées, et qui nous représentent au vif le naturel de tels esprits.

Vous êtes étonnés peut-être d'entendre parler de la sorte un si saint évêque. Car, Messieurs, nous devons entendre que si l'on peut avoir trop d'ardeur, non point pour aimer la saine doctrine, mais pour l'éplucher de trop près et pour la rechercher trop subtilement, la première partie[1] d'un homme qui étudie les vérités saintes, c'est de savoir discerner les endroits où il est permis de s'étendre, et où il faut s'arrêter tout court, et se souvenir des bornes étroites dans lesquelles est resserrée notre intelligence : de sorte que la plus prochaine disposition à l'erreur est de vouloir réduire les choses à la dernière évidence de la conviction. Mais il faut modérer le feu d'une mobilité inquiète, qui cause en nous cette intempérance et cette maladie de savoir, et être sages sobrement et avec mesure, selon le principe de l'Apôtre[2], et se contenter simplement des lumières qui nous sont données plutôt pour réprimer notre curiosité que pour éclaircir tout à fait le fond des choses. C'est pourquoi ces esprits extrêmes, qui ne se lassent jamais de chercher, ni de discourir, ni de disputer, ni d'écrire, saint Grégoire de Nazianze les a appelés excessifs et insatiables.

Notre sage et avisé syndic jugea que ceux desquels nous parlons étaient à peu près de ce caractère : grands hommes, éloquents, hardis, décisifs, esprits forts et lumineux, mais plus capables de pousser les choses à l'extrémité que de tenir le raisonnement sur

1. **Partie** : mérite, devoir.
2. **L'Apôtre** : saint Paul dans sa Lettre aux Romains (XII, 3).

le penchant et plus propres à commettre ensemble[1] les vérités chrétiennes qu'à les réduire à leur unité naturelle ; tels enfin, pour dire en un mot, qu'ils donnent beaucoup à Dieu[2] et que c'est pour eux une grande grâce de céder entièrement à s'abaisser sous l'autorité suprême de l'Église et du Saint-Siège. Cependant les esprits s'émeuvent, et les choses se mêlent de plus en plus. Ce parti zélé et puissant charmait du moins agréablement, s'il n'emportait tout à fait la fleur de l'École et de la jeunesse ; enfin, il n'oubliait rien pour entraîner après soi toute la Faculté de Théologie.

C'est ici qu'il n'est pas croyable combien notre sage Grand Maître a travaillé utilement parmi ces tumultes, convainquant les uns par sa doctrine, retenant les autres par son autorité, animant et soutenant tout le monde par sa constance ; et lorsqu'il parlait en Sorbonne dans les délibérations de la Faculté, c'est là qu'on reconnaissait, par expérience, la vérité de cet oracle : « La bouche de l'homme prudent est désirable dans les assemblées, et chacun pèse toutes ses paroles en son cœur. *Os prudentis quaeritur in ecclesia, et verba illius cogitabunt in cordibus suis.* » Car il parlait avec tant de poids, dans une si belle suite, d'une manière si considérée, que même ses ennemis n'avaient point de prise. Au reste il s'appliquait également à démêler la doctrine, et à prévenir les pratiques par sa sage et admirable prévoyance ; en quoi il se conduisait

1. **Commettre ensemble :** opposer.
2. **Ils donnent beaucoup à Dieu :** on peut comprendre cette formulation quelque peu obscure de deux manières. Soit ils croient pouvoir s'adresser directement à Dieu (sans passer par l'Église), soit ils ont beaucoup de zèle pour Dieu (sous-entendu : mais peu de respect pour l'Église).

avec une telle modération qu'encore qu'on n'ignorât pas la part qu'il avait en tous les conseils, toutefois à peine aurait-il paru, n'était que ses adversaires, en le chargeant publiquement presque de toute la haine, lui donnèrent aussi malgré lui-même la plus grande partie de la gloire. Et certes, il est véritable qu'aucun n'était mieux instruit du point décisif de la question. Il connaissait très parfaitement et les confins et les bornes de toutes les opinions de l'École, jusqu'où elles concouraient, et où elles commençaient à se séparer. Surtout il avait grande connaissance de la doctrine de saint Augustin et de l'école de saint Thomas[1]. Il connaissait les endroits par où ces nouveaux docteurs semblaient tenir les limites certaines, par lesquels ils s'en étaient divisés. C'est de cette expérience, de cette exquise connaissance et du concert des meilleurs cerveaux de la Sorbonne que nous est né cet extrait de ces cinq propositions, qui sont comme les justes limites par lesquelles la vérité est séparée de l'erreur et qui, étant pour ainsi parler le caractère propre et singulier des nouvelles opinions, ont donné le moyen à tous les autres de courir unanimement contre leurs nouveautés inouïes.

C'est donc ce consentement qui a préparé les voies à ces grandes décisions que Rome a données ; à quoi notre très sage docteur, par la créance qu'avait même le souverain pontife à sa parfaite intégrité, ayant si utilement travaillé, il en a aussi avancé l'exécution avec une pareille vigueur, sans s'abattre, sans se détourner, sans se ralentir : si bien que par son travail, sa conduite, et par celle de ses fidèles coopérateurs, ils

1. **École de saint Thomas :** la scolastique médiévale.

ont été contraints de céder. On ne fait plus aucune sortie, on ne parle plus que de paix. Ô qu'elle soit véritable ! ô qu'elle soit effective ! ô qu'elle soit éternelle ! Que nous puissions avoir appris par expérience combien il est dangereux de troubler l'Église, et combien on outrage la saine doctrine quand on l'applique malheureusement parmi des extrêmes conséquences ! Puissent naître de ces conflits des connaissances plus nettes, des lumières plus distinctes, des flammes de charité plus tendres et plus ardentes, qui rassemblent bientôt en un, par cette véritable concorde, les membres dispersés de l'Église !

Mais je reviens à celui qui nous fournit à ce jour une si riche matière de justes louanges. Quelqu'un entendant son panégyrique, voyant tant de grands services qu'il a rendus à l'Église, et découvrant en ce personnage un si admirable trésor de rares et excellentes qualités, murmurera peut-être en secret de ce qu'une lumière si vive n'a pas été exposée plus haut sur le chandelier[1], et déclamera en son cœur contre l'injustice du siècle. Cette plainte paraît équitable, mais je dois néanmoins la faire cesser. Vous qui paraissez indignés qu'une vertu si rare n'a pas été couronnée, n'avez-vous pas entendu que j'ai dit, au commencement de ce discours, que ce grand homme s'était éloigné de toutes les dignités ? Je l'ai dit, et je le dis encore une fois, le siècle n'a pas été injuste ; mais Nicolas Cornet a été modeste. On a recherché son humilité, mais il n'y a pas eu moyen de la vaincre. Nos rois ont connu son mérite,

1. **Chandelier :** image empruntée à une parabole de Jésus, rapportée dans les Évangiles de Matthieu (V, 15) et de Luc (XI, 33).

l'ont voulu reconnaître ; mais on n'a pu le résoudre à recevoir d'une main mortelle, quoique royale, les ministres et les prélats concourant également à l'estimer. Je pourrais ici alléguer cet illustre prélat[1] qui fera paraître bientôt une nouvelle lumière dans le siège de saint Denis et de saint Marcel[2], et qui a cette noble satisfaction de voir croître tous les jours sa gloire avec celle de notre monarque. Quand je considère les grands avantages qui lui ont été offerts, je ne puis que je[3] n'admire cette vie modeste, et je ne vois pas dans notre siècle un plus bel exemple à imiter.

Les deux augustes cardinaux[4] qui ont soutenu la majesté de cet empire ont voulu donner la récompense qui était due à son mérite ; mais il a tout refusé.

Le premier, l'ayant appelé, lui fit des offres dignes de Son Éminence. Le second l'ayant présenté à notre auguste reine[5], mère de notre invincible monarque, lui proposa ses intentions pour une prélature ; mais il remercia Sa Majesté et Son Éminence, déclarant qu'il n'avait pas les qualités naturelles et surnaturelles nécessaires pour les grandes dignités. Vous voyez par là quelle a été son humilité, et combien il a été soigneux de cacher les illustres avantages qu'il avait reçus de Dieu, puisque même il allait jusqu'au devant des propositions qu'on lui voulait faire.

1. **Illustre prélat :** Hardouin de Péréfixe, qui venait d'être nommé archevêque de Paris. Il assistait à la cérémonie.
2. **Saint Marcel :** évêque de Paris (360 ?- 436), que sa réputation de vertu exceptionnelle fit canoniser.
3. **Je ne puis que je :** je ne puis m'empêcher de.
4. **Cardinaux :** Richelieu et Mazarin.
5. **Reine :** Anne d'Autriche.

Et, Messieurs, permettez-moi que je fasse une petite digression. J'ai vu un grand homme mépriser ce qu'il y a de plus éclatant dans le siècle ; et cependant je vois une jeunesse emportée, qui n'a de toutes les qualités nécessaires que des désirs violents pour s'élever aux charges ecclésiastiques, sans considérer si elle pourra s'acquitter des obligations qui sont attachées à ces dignités. On emploie tous les amis, on brigue la faveur des princes, on croit que c'est assez de monter sur le trône de Pharaon, comme Joseph[1], pour gouverner l'Égypte ; mais il faut, comme lui, avoir été dans le cachot avant que d'être le favori de Pharaon. Ah ! modération de Cornet, tu dois bien confondre cette jeunesse aveuglée : on t'a présenté des dignités, et tu les as refusées. « *Rara virtus, humilitas honorata !* » Que c'est une chose rare de voir une personne humble, quand elle est élevée dans l'honneur ! Notre Grand Maître a eu cette vertu pendant sa vie ; mais, parce qu'il s'est humilié, il faut qu'il soit glorifié après sa mort.

Le Fils de Dieu, qui n'a prononcé que des oracles, a dit que celui qui s'humilie sera exalté : « *Qui se humiliat exaltabitur*[2]. » Nicolas Cornet, ayant été humble toute sa vie, est ou sera bientôt en possession de la gloire. Comme il a eu l'humilité, il a eu toutes les autres vertus dont elle est le fondement. Il a été sage dès son enfance ; la pudeur est née avec lui : il a voué sa virginité à Dieu dès ses plus tendres années ; il a suivi le conseil de saint Paul, qui ordonne à tous les

1. **Joseph :** dans le livre de la Genèse (XXXIX-XLI), Joseph, accusé à tort, est d'abord emprisonné chez Pharaon, avant d'être reconnu par Pharaon comme un homme de Dieu et de recevoir de lui le gouvernement de l'Égypte.
2. **... *exaltabitur* :** citation de l'Évangile selon saint Luc (XIV, 11).

chrétiens de se consacrer à Dieu comme des hosties saintes et vivantes : « *Obsecro vos, per misericordiam Dei, ut exhibeatis corpora vestra hostiam viventem, sanctam* », etc[1]. Il fit un sacrifice de son corps et de son âme à Dieu : il consacra son entendement à la foi, sa mémoire au souvenir éternel de Dieu, sa volonté à l'amour, son corps au jeûne et à la piété. Il fut simple dans ses discours, inviolable dans sa parole, incorruptible dans sa foi, fidèle aux exercices de l'oraison, et surtout attaché aux affaires de notre salut.

Ah ! Sainte Vierge, je vous en prends à témoin : vous savez combien de nuits il a été prosterné au pied de vos autels, combien il a imploré votre assistance pour le soulagement des pauvres peuples et pour la consolation des affligés.

Ce grand homme, cette âme forte et solide, qui savait que Jésus-Christ nous a recommandé d'être des lumières[2], c'est-à-dire de donner de bons exemples, et d'ailleurs que notre vie doit être cachée, c'est-à-dire doit être humble, a pratiqué parfaitement ces deux préceptes. Il fut humble et exemplaire : il faisait quelques petites aumônes en public pour édifier le prochain, mais en particulier il en faisait de grandes ; il était le protecteur des pauvres et le soulagement des hôpitaux. Voilà les vertus qu'il a cachées.

Je ne parle point du respect envers notre monarque, de sa soumission à l'Église, de son amour immense

1. **... sanctam :** « Je vous conjure, par la miséricorde de Dieu, de lui offrir votre corps comme une hostie [sacrifice] vivante » ; citation de l'Épître de saint Paul aux Romains (XII, 1). « Etc. » est employé couramment par Bossuet lorsqu'il prévoit de citer des textes qu'il connaît par cœur.
2. **Lumières :** souvenir de l'Évangile selon saint Matthieu (V, 14), où Jésus déclare à ses disciples : « Vous êtes la lumière du monde. »

envers son prochain. Il est certain que la France n'a pas eu d'âme plus française que la sienne et que l'État n'a point eu d'esprit plus attaché à son prince que le sien. Mais il ne s'est pas contenté de cette fidélité qui a duré toute sa vie ; il a, avant que de mourir, inspiré son esprit à cette Maison royale.

Je ne finirais jamais, Messieurs, si je voulais faire le dénombrement de toutes ses belles qualités. Finissons, et voyons à quelle fin on m'a obligé de faire cet éloge funèbre. Quel fruit faut-il tirer de ce discours ? Ah ! Messieurs, je ne suis monté en cette chaire que pour vous proposer ses vertus pour exemple. Heureux seront ceux qui vivront comme il a vécu ! heureux seront ceux qui pratiqueront les vertus qu'il a pratiquées ! heureux seront ceux qui mépriseront les charges et les titres que le monde recherche ! heureux seront ceux qui retranchent les choses superflues ! heureux seront ceux qui ne s'enivrent pas de la fumée du siècle ! heureux seront ceux qui ne vont pas se plonger dans la boue des plaisirs du monde ! C'est ce que ce grand homme a fait, et que vous devez faire. Pourquoi, homme du monde, vous arrêter à un plaisir d'un moment ? pourquoi occuper tous vos soins et toutes vos pensées pour amasser des choses que vous n'emporterez pas ? pourquoi assiéger tous les matins la porte des grands[1] ? Ne pensez qu'à une seule chose. C'est le Fils de Dieu qui l'a dit : « *Porro unum est necessarium*[2] », il n'y a qu'une chose nécessaire ; il n'y a qu'une chose importante, qui est notre

1. **Assiéger tous les matins la porte des grands :** en ce début du règne personnel de Louis XIV, le cérémonial de la cour s'affirmait de plus en plus.
2. ***… necessarium*** : citation de l'Évangile selon saint Luc (X, 42).

salut. « *In me unicum negotium mihi est* », dit Tertullien, je n'ai qu'une affaire, et cette affaire est bien secrète ; elle est dans le fond de mon cœur, c'est une affaire qui se doit passer entre Dieu et moi ; et, comme elle est de si grande importance, elle doit toute ma vie, tous les jours, toutes les heures, à tout moment occuper mes soins et mes pensées.

Voilà, Messieurs, l'affaire à laquelle s'est occupé Nicolas Cornet. Entrez dans les sentiments de ce grand homme, imitez ses vertus, pratiquez l'humilité comme lui, aimez l'obscurité comme il l'a aimée.

Mais, avant que de finir, il faut que je m'adresse à toi, royale Maison, et que je te dise deux mots. Célèbre sa mémoire, conserve son souvenir et, si je puis demander quelque récompense pour ses travaux, imite ses vertus, va croissant de perfection en perfection. Ce grand exemple est digne d'être imité. Mais je me trompe : tu l'imites et dans sa doctrine et dans ses mœurs ; continue et persévère.

Et vous, grandes mânes[1], je vous appelle, sortez de ce tombeau. Je crois que vous êtes dans la gloire ; mais si vous n'êtes pas encore dans le sanctuaire, vous y serez bientôt. Nous allons tous offrir à Dieu des sacrifices pour votre repos. Souvenez-vous de cette Maison royale, que vous avez si tendrement chérie, et lui procurez les bénédictions du ciel. C'est ce que je vous souhaite au nom du Père et du Fils et du Saint-Esprit. *Amen.*

1. **Mânes :** esprits des morts, particulièrement ceux des parents.

Examen méthodique

« Oraison funèbre de Nicolas Cornet»

Repères

1. Pourquoi le laxisme est-il selon Bossuet tout aussi blâmable que le rigorisme ? Quels groupes religieux Bossuet visait-il à travers ces deux tendances opposées ?
2. À quel moment Bossuet rend-il habilement justice aux ennemis de Cornet ? Pourquoi ?

Observations

3. Quelle division (plan du discours) Bossuet annonce-t-il ? Sur quoi est-elle fondée ? Bossuet la respecte-t-il ?
4. Dans quelle mesure peut-on dire que Nicolas Cornet incarne plus un archétype, un modèle général, qu'un individu ?

Interprétation

5. Montrez que l'orateur adopte au cours de ce discours différentes postures rhétoriques, qui ont toutes pour point commun de lui attribuer une forme d'autorité.

Travail d'écriture

6. « Sortez, grand homme, de ce tombeau » (ligne 47, page 102) ; « Et vous, grandes mânes, je vous appelle, sortez de ce tombeau » (lignes 646-647, page 124). Imaginez le discours que pourrait tenir Nicolas Cornet, sortant de son tombeau devant le collège de Navarre assemblé pour ses funérailles.

ORAISON FUNÈBRE D'HENRIETTE-MARIE DE FRANCE

REINE DE LA GRANDE BRETAGNE

Prononcée le 16 novembre 1669, en présence de Monsieur, frère unique du roi, et de Madame, en l'église des religieuses de Sainte-Marie de Chaillot, où repose le cœur de Sa Majesté.

> *Et nunc, Reges, intelligite ; erudimini, qui judicatis terram.*
> « Maintenant, ô Rois, apprenez ; instruisez-vous, juges de la terre[1]. »
> (Psaumes, II, verset 10)

MONSEIGNEUR[2],

Celui qui règne dans les cieux, et de qui relèvent tous les empires, à qui seul appartient la gloire, la majesté et l'indépendance, est aussi le seul qui se glorifie de faire la loi aux rois, et de leur donner, quand il lui plaît, de grandes et de terribles leçons. Soit qu'il élève les trônes, soit qu'il les abaisse, soit qu'il communique sa puissance aux princes, soit

1. **... juges de la terre :** l'épitaphe ne constitue pas seulement une adresse directe aux rois ; elle reprend aussi, sans doute consciemment, la devise de Cromwell, qui avait fait graver cette citation sur une médaille ornée d'un glaive flamboyant.
2. **Monseigneur :** gendre de la défunte, époux d'Henriette-Anne d'Angleterre et frère unique du roi Louis XIV (« Monsieur »). Henriette-Anne d'Angleterre (« Madame ») assistait également à la cérémonie.

qu'il la retire[1] à lui-même, et ne leur laisse que leur propre faiblesse, il leur apprend leurs devoirs d'une manière souveraine et digne de lui. Car, en leur donnant sa puissance, il leur commande d'en user comme il fait lui-même pour le bien du monde ; et il leur fait voir, en la retirant, que toute leur majesté est empruntée, et que pour être assis sur le trône, ils n'en sont pas moins sous sa main et sous son autorité suprême. C'est ainsi qu'il instruit les princes, non seulement par des discours et par des paroles, mais encore par des effets[2] et par des exemples. « *Et nunc, Reges, intelligite ; erudimini, qui judicatis terram.* »

Chrétiens, que la mémoire d'une grande reine, fille, femme, mère[3] de rois si puissants, et souveraine de trois royaumes[4], appelle de tous côtés à cette triste cérémonie, ce discours vous fera paraître un de ces exemples redoutables qui étalent aux yeux du monde sa vanité tout entière. Vous verrez dans une seule vie toutes les extrémités des choses humaines : la félicité sans bornes, aussi bien que les misères ; une longue et paisible jouissance d'une des plus nobles couronnes de l'univers ; tout ce que peuvent donner de plus glorieux la naissance et la grandeur accumulé sur une tête, qui ensuite est exposée à tous les outrages de la fortune ; la bonne cause d'abord suivie de bons succès, et, depuis, des retours soudains ; des changements

1. **Retire :** tire de nouveau à lui.
2. **Effets :** actes.
3. **Fille, femme, mère :** fille d'Henri IV, femme de Charles Ier, mère de Charles II.
4. **Trois royaumes :** il s'agit des royaumes d'Angleterre, d'Écosse et d'Irlande.

inouïs[1] ; la rébellion longtemps retenue, à la fin tout à fait maîtresse ; nul frein à la licence ; les lois abolies ; la majesté violée par des attentats jusques alors inconnus ; l'usurpation et la tyrannie sous le nom de liberté ; une reine fugitive, qui ne trouve aucune retraite dans trois royaumes, et à qui sa propre patrie n'est plus qu'un triste lieu d'exil ; neuf voyages sur mer entrepris par une princesse malgré les tempêtes ; l'Océan étonné de se voir traversé tant de fois en des appareils si divers, et pour des causes si différentes ; un trône indignement renversé, et miraculeusement rétabli. Voilà les enseignements que Dieu donne aux rois : ainsi fait-il voir au monde le néant de ses pompes et de ses grandeurs. Si les paroles nous manquent, si les expressions ne répondent pas à un sujet si vaste et si relevé, les choses parleront assez d'elles-mêmes. Le cœur d'une grande reine, autrefois élevé par une si longue suite de prospérités, et puis plongé tout à coup dans un abîme d'amertumes, parlera assez haut ; et s'il n'est pas permis aux particuliers de faire des leçons aux princes sur des événements si étranges, un roi[2] me prête ses paroles pour leur dire : « *Et nunc, Reges, intelligite ; erudimini, qui judicatis terram,* Entendez, ô Grands de la terre ; instruisez-vous, arbitres du monde. »

Mais la sage et religieuse princesse qui fait le sujet de ce discours n'a pas été seulement un spectacle proposé aux hommes pour y étudier les conseils de la divine Providence, et les fatales révolutions des

1. **Changements inouïs** : premières allusions à la révolution anglaise.
2. **Un roi** : le roi David, considéré comme l'auteur des Psaumes (ici le Psaume II, 10).

monarchies ; elle s'est instruite elle-même, pendant que Dieu instruisait les princes par son exemple. J'ai déjà dit que ce grand Dieu les enseigne, et en leur donnant et en leur ôtant leur puissance. La reine dont nous parlons a également entendu deux leçons si opposées ; c'est-à-dire qu'elle a usé chrétiennement de la bonne et de la mauvaise fortune. Dans l'une elle a été bienfaisante ; dans l'autre elle s'est montrée toujours invincible. Tant qu'elle a été heureuse, elle a fait sentir son pouvoir au monde par des bontés infinies ; quand la fortune l'eut abandonnée, elle s'enrichit plus que jamais elle-même de vertus. Tellement qu'elle a perdu pour son propre bien cette puissance royale qu'elle avait pour le bien des autres ; et si ses sujets, si ses alliés, si l'Église universelle a profité de ses grandeurs, elle-même a su profiter de ses malheurs et de ses disgrâces plus qu'elle n'avait fait de toute sa gloire. C'est ce que nous remarquerons dans la vie éternellement mémorable de très haute, très excellente et très puissante princesse HENRIETTE-MARIE DE FRANCE, REINE DE LA GRANDE BRETAGNE.

Quoique personne n'ignore les grandes qualités d'une reine dont l'histoire a rempli tout l'univers, je me sens obligé d'abord à les rappeler en votre mémoire, afin que cette idée nous serve pour toute la suite du discours. Il serait superflu de parler au long de la glorieuse naissance de cette princesse : on ne voit rien sous le soleil qui en égale la grandeur. Le pape saint Grégoire[1] a donné dès les premiers siècles cet

1. **Pape saint Grégoire :** pape romain du VIe siècle, qui entreprit notamment de réformer la liturgie – textes lus à la messe, chants (grégoriens).

éloge singulier à la couronne de France, qu'elle est autant au-dessus des autres couronnes du monde que la dignité royale surpasse les fortunes particulières. Que s'il a parlé en ces termes du temps du roi Childebert[1], et s'il a élevé si haut la race de Mérovée[2], jugez ce qu'il aurait dit du sang de saint Louis et de Charlemagne[3]. Issue de cette race, fille de Henri le Grand[4] et de tant de rois, son grand cœur a surpassé sa naissance. Toute autre place qu'un trône eût été indigne d'elle. À la vérité elle eut de quoi satisfaire à sa noble fierté, quand elle vit qu'elle allait unir la maison de France à la royale famille des Stuart, qui étaient venus à la succession de la couronne d'Angleterre par une fille de HENRI VII, mais qui tenaient de leur chef[5] depuis plusieurs siècles le sceptre d'Écosse, et qui descendaient de ces rois antiques dont l'origine se cache si avant dans l'obscurité des premiers temps. Mais si elle eut de la joie de régner sur une grande nation, c'est parce qu'elle pouvait contenter le désir immense qui sans cesse la sollicitait à faire du bien. Elle eut une magnificence royale, et l'on eût dit qu'elle perdait ce qu'elle ne donnait pas. Ses autres vertus n'ont pas été moins admirables. Fidèle dépositaire des

1. **Childebert :** fils de Clovis, roi de Paris au VIe siècle.
2. **Race de Mérovée :** race des anciens Francs.
3. **Saint Louis et Charlemagne :** grands rois chrétiens des Francs. Charlemagne devient empereur d'Occident de 800 à 814. Au XIIIe siècle, après la croisade des albigeois, Saint Louis rétablit l'unité religieuse du royaume et participe aux croisades.
4. **Henri le Grand :** Henri IV, protestant converti au catholicisme, roi de France très populaire de 1554 jusqu'à son assassinat par le catholique fanatique Ravaillac en 1610. Louis XIV le revendiquait comme l'un de ses modèles.
5. **De leur chef :** par un droit ayant sa source en eux-mêmes.

plaintes et des secrets, elle disait que les princes devaient garder le même silence que les confesseurs, et avoir la même discrétion. Dans la plus grande fureur des guerres civiles, jamais on n'a douté de sa parole, ni désespéré de sa clémence. Quelle autre a mieux pratiqué cet art obligeant qui fait qu'on se rabaisse sans se dégrader, et qui accorde si heureusement la liberté avec le respect ? Douce, familière, agréable autant que ferme et vigoureuse, elle savait persuader et convaincre aussi bien que commander, et faire valoir la raison non moins que l'autorité. Vous verrez avec quelle prudence elle traitait les affaires ; et une main si habile eût sauvé l'État, si l'État eût pu être sauvé. On ne peut assez louer la magnanimité de cette princesse. La fortune ne pouvait rien sur elle : ni les maux qu'elle a prévus, ni ceux qui l'ont surprise, n'ont abattu son courage. Que dirai-je de son attachement immuable à la religion de ses ancêtres[1] ? Elle a bien su reconnaître que cet attachement faisait la gloire de sa maison aussi bien que celle de toute la France, seule nation de l'univers qui, depuis douze siècles presque accomplis que ses rois ont embrassé le christianisme, n'a jamais vu sur le trône que des princes enfants de l'Église. Aussi a-t-elle toujours déclaré que rien ne serait capable de la détacher de la foi de saint Louis. Le roi son mari lui a donné, jusqu'à la mort, ce bel éloge, qu'il n'y avait que le seul point de la religion où leurs cœurs fussent désunis ; et, confirmant par son témoignage la piété de la reine, ce prince

1. **Religion de ses ancêtres :** religion catholique. D'autres témoignages suggèrent que la princesse fit preuve dès son arrivée en Angleterre, pays protestant, d'un prosélytisme excessif et maladroit.

très éclairé a fait connaître en même temps à toute la terre la tendresse, l'amour conjugal, la sainte et inviolable fidélité de son épouse incomparable.

Dieu, qui rapporte tous ses conseils à la conservation de sa sainte Église, et qui, fécond en moyens, emploie toutes choses à ses fins cachées, s'est servi autrefois des chastes attraits de deux saintes héroïnes pour délivrer ses fidèles des mains de leurs ennemis. Quand il voulut sauver la ville de Béthulie, il tendit dans la beauté de Judith un piège imprévu et inévitable à l'aveugle brutalité d'Holopherne. Les grâces pudiques de la reine Esther eurent un effet aussi salutaire, mais moins violent[1]. Elle gagna le cœur du roi son mari, et fit d'un prince infidèle un illustre protecteur du peuple de Dieu. Par un conseil à peu près semblable, ce grand Dieu avait préparé un charme innocent au roi d'Angleterre dans les agréments infinis de la reine son épouse. Comme elle possédait son affection (car les nuages qui avaient paru au commencement furent bientôt dissipés) et que son heureuse fécondité redoublait tous les jours les sacrés liens de leur amour mutuelle, sans commettre[2] l'autorité du roi son seigneur, elle employait son crédit à procurer un peu de repos aux catholiques accablés. Dès l'âge de quinze ans elle fut capable de ces soins ; et seize années d'une prospérité accomplie, qui coulèrent sans interruption, avec l'admiration de

1. **Moins violent :** Judith, jeune et belle veuve juive, se rendit dans le camp d'Holopherne, dont la puissante armée assiégeait les Juifs. Elle le séduisit et, pendant qu'il somnolait, lui trancha la tête. Esther, Juive déportée en Perse, demandée en mariage par le roi païen Assuérus, réussit à le convaincre de renoncer au génocide des Juifs que prônait son grand vizir.

2. **Commettre :** compromettre.

toute la terre, furent seize années de douceur pour cette Église affligée. Le crédit de la reine obtint aux catholiques ce bonheur singulier et presque incroyable, d'être gouvernés successivement par trois nonces apostoliques qui leur apportaient les consolations que reçoivent les enfants de Dieu de la communication avec le Saint-Siège. Le pape saint Grégoire, écrivant au pieux empereur Maurice[1], lui représente en ces termes les devoirs des rois chrétiens : « Sachez, ô grand Empereur, que la souveraine puissance vous est accordée d'en haut afin que la vertu soit aidée, que les voies du Ciel soient élargies et que l'empire de la terre serve l'empire du Ciel. » C'est la vérité elle-même qui lui a dicté ces belles paroles. Car qu'y a-t-il de plus convenable à la puissance que de secourir la vertu ? à quoi la force doit-elle servir, qu'à défendre la raison ? et pourquoi commandent les hommes, si ce n'est pour faire que Dieu soit obéi ? Mais surtout il faut remarquer l'obligation si glorieuse, que ce grand Pape impose aux princes, d'élargir les voies du Ciel. JÉSUS-CHRIST a dit dans son Évangile : « Combien est étroit le chemin qui mène à la vie[2] ! », et voici ce qui le rend si étroit. C'est que le juste, sévère à lui-même et persécuteur irréconciliable de ses propres passions, se trouve encore persécuté par les injustes passions des autres, et ne peut pas même obtenir que le monde le laisse en repos dans ce sentier solitaire et rude où il grimpe plutôt qu'il ne marche. Accourez, dit saint Grégoire, puissances du siècle ; voyez dans quel sentier la vertu

1. **Empereur Maurice :** empereur d'Orient de 582 à 602.
2. **… vie ! :** citation de l'Évangile de Matthieu (VII, 14).

chemine, doublement à l'étroit, et par elle-même et par l'effort de ceux qui la persécutent ; secourez-la, tendez-lui la main ; puisque vous la voyez déjà fatiguée du combat qu'elle soutient au-dedans contre tant de tentations qui accablent la nature humaine, mettez-la du moins à couvert des insultes du dehors. Ainsi vous élargirez un peu les voies du Ciel, et rétablirez ce chemin, que sa hauteur et son âpreté rendront toujours assez difficile.

Mais si jamais l'on peut dire que la voie du chrétien est étroite, c'est, MESSIEURS, durant les persécutions. Car que peut-on imaginer de plus malheureux que de ne pouvoir conserver la foi sans s'exposer au supplice, ni sacrifier[1] sans trouble, ni chercher Dieu qu'en tremblant ? Tel était l'état déplorable des catholiques anglais. L'erreur et la nouveauté[2] se faisaient entendre dans toutes les chaires ; et la doctrine ancienne, qui, selon l'oracle de l'Évangile, « doit être prêchée jusque sur les toits », pouvait à peine parler à l'oreille[3]. Les enfants de Dieu étaient étonnés de ne voir plus ni l'autel, ni le sanctuaire, ni ces tribunaux de miséricorde qui justifient[4] ceux qui s'accusent. Ô douleur ! il fallait cacher la pénitence avec le même soin qu'on eût fait[5] les crimes ; et JÉSUS-CHRIST même se voyait

1. **Sacrifier** : célébrer la messe.
2. **Nouveauté** : terme toujours péjoratif chez Bossuet, désignant une innovation, signe de l'erreur et de l'égarement.
3. **... à l'oreille** : allusion à l'Évangile selon saint Matthieu (X, 27), « Prêchez sur le haut des maisons ce qu'on vous dit à l'oreille ».
4. **Justifient** : rendent justes aux yeux de Dieu, absolvent. Au sens théologique, justifier signifie précisément faire passer de l'état de péché à l'état de grâce, réconcilier avec Dieu. Cette périphrase oratoire et poétique désigne les confessionnaux, en mettant l'accent sur l'idée de pardon.
5. **Fait** : caché (le verbe « faire » remplace le verbe précédemment exprimé).

contraint, au grand malheur des hommes ingrats, de chercher d'autres voiles, et d'autres ténèbres, que ces voiles, et ces ténèbres mystiques, dont il se couvre volontairement dans l'Eucharistie. À l'arrivée de la reine, la rigueur se ralentit, et les catholiques respirèrent. Cette chapelle royale qu'elle fit bâtir avec tant de magnificence dans son palais de Somerset rendait à l'Église sa première forme. HENRIETTE, digne fille de saint Louis, y animait tout le monde par son exemple, et y soutenait avec gloire par ses retraites, par ses prières et par ses dévotions l'ancienne réputation de la très chrétienne maison de France. Les prêtres de l'Oratoire, que le grand Pierre de Bérulle avait conduits avec elle, et après eux les Pères Capucins[1], y donnèrent, par leur piété, aux autels leur véritable décoration et au service divin sa majesté naturelle. Les prêtres et les religieux, zélés et infatigables pasteurs de ce troupeau affligé, qui vivaient en Angleterre pauvres, errants, travestis, « desquels aussi le monde n'était pas digne[2] », venaient reprendre avec joie les marques glorieuses de leur profession dans la chapelle de la reine ; et l'Église désolée, qui autrefois pouvait à peine gémir librement, et pleurer sa gloire passée, faisait retentir hautement les cantiques de Sion dans une terre étrangère[3]. Ainsi la pieuse reine consolait la captivité des fidèles, et relevait leur espérance.

1. **Capucins :** les capucins, moines mendiants qui apparurent en France à la fin du XVIe siècle, remplacèrent les oratoriens qui avaient été renvoyés en France par décision du roi.
2. **... dignes :** citation de l'Épître de saint Paul aux Hébreux (XI, 38).
3. **... terre étrangère :** souvenir du Psaume CXXXVI, 4 : « Ceux qui nous avaient enlevés nous disaient : Chantez-nous quelqu'un des cantiques de Sion. »

Quand Dieu laisse sortir du puits de l'abîme la fumée qui obscurcit le soleil, selon l'expression de l'Apocalypse[1], c'est-à-dire l'erreur et l'hérésie, quand, pour punir les scandales, ou pour réveiller les peuples et les pasteurs, il permet à l'esprit de séduction de tromper les âmes hautaines, et de répandre partout un chagrin superbe[2], une indocile curiosité, et un esprit de révolte, il détermine, dans sa sagesse profonde, les limites qu'il veut donner aux malheureux progrès de l'erreur et aux souffrances de son Église. Je n'entreprends pas, Chrétiens, de vous dire la destinée des hérésies de ces derniers siècles, ni de marquer le terme fatal dans lequel Dieu a résolu de borner leur cours. Mais, si mon jugement ne me trompe pas, si, rappelant la mémoire des siècles passés, j'en fais un juste rapport à l'état présent, j'ose croire, et je vois les sages concourir à ce sentiment, que les jours d'aveuglement sont écoulés, et qu'il est temps désormais que la lumière revienne. Lorsque le roi HENRI VIII, prince en tout le reste accompli, s'égara dans les passions qui ont perdu Salomon et tant d'autres rois[3], et commença

1. **Apocalypse :** le puits de l'abîme représente l'Enfer, le soleil la vérité de Dieu et la fumée l'erreur qui obscurcit cette vérité (Apoc., IX, 2), « Elle ouvrit le puits de l'abîme, et il s'éleva du puits une fumée semblable à celle d'une grande fournaise ; et le soleil et l'air furent obscurcis de la fumée de ce puits ».

2. **Chagrin superbe :** acrimonie orgueilleuse, qui engendre l'esprit de malveillance, de dénigrement et d'opposition. C'est ainsi que Bossuet interprète psychologiquement la naissance de l'hérésie.

3. **... d'autres rois :** au XIVe siècle, le roi d'Angleterre Henri VIII, désirant échapper à l'autorité du pape, prit le prétexte que celui-ci refusait d'annuler son mariage afin de lui permettre de se remarier avec sa maîtresse pour quitter, avec tout son royaume, l'Église catholique et se faire reconnaître comme « chef suprême de l'Église d'Angleterre ». Ce fut la naissance de l'Église anglicane.

d'ébranler l'autorité de l'Église, les sages lui dénoncèrent qu'en remuant ce seul point il mettait tout en péril, et qu'il donnait contre son dessein une licence effrénée aux âges suivants. Les sages le prévirent ; mais les sages sont-ils crus en ces temps d'emportement, et ne se rit-on pas de leurs prophéties ? Ce qu'une judicieuse prévoyance n'a pu mettre dans l'esprit des hommes, une maîtresse plus impérieuse, je veux dire l'expérience, les a forcés de le croire. Tout ce que la religion a de plus saint a été en proie : l'Angleterre a tant changé, qu'elle ne sait plus elle-même à quoi s'en tenir ; et, plus agitée en sa terre et dans ses ports mêmes que l'Océan qui l'environne, elle se voit inondée par l'effroyable débordement de mille sectes bizarres. Qui sait si, étant revenue de ses erreurs prodigieuses touchant la royauté, elle ne poussera pas plus loin ses réflexions, et si, ennuyée de ses changements, elle ne regardera pas avec complaisance l'état qui a précédé ? Cependant admirons ici la piété de la reine, qui a su si bien conserver les précieux restes de tant de persécutions. Que de pauvres, que de malheureux, que de familles ruinées pour la cause de la foi, ont subsisté pendant tout le cours de sa vie par l'immense profusion de ses aumônes ! Elles se répandaient de toutes parts jusqu'aux dernières extrémités de ses trois royaumes, et, s'étendant, par leur abondance, même sur les ennemis de la foi, elles adoucissaient leur aigreur, et les ramenaient à l'Église. Ainsi non seulement elle conservait, mais encore elle augmentait le peuple de Dieu. Les conversions étaient innombrables ; et ceux qui en ont été témoins oculaires nous ont appris que, pendant trois ans de séjour qu'elle a fait dans la cour du roi son fils, la seule chapelle royale a vu plus de trois cents convertis, sans parler des autres, abjurer saintement leurs erreurs entre les mains de ses aumôniers. Heureuse d'avoir conservé si soigneusement l'étincelle de ce feu divin que JÉSUS est venu allumer au monde[1] ! Si jamais l'Angleterre revient à soi, si ce levain précieux vient un jour à sanctifier toute cette masse[2] où il a été mêlé par ses royales mains, la postérité la plus éloignée n'aura pas assez de louanges pour célébrer les vertus de la religieuse HENRIETTE, et croira devoir à sa piété l'ouvrage si mémorable du rétablissement de l'Église.

Que si l'histoire de l'Église garde chèrement la mémoire de cette reine, notre histoire ne taira pas les avantages qu'elle a procurés à sa maison et à sa patrie. Femme et mère très chérie et très honorée, elle a réconcilié avec la France le roi son mari, et le roi son fils. Qui ne sait qu'après la mémorable action de l'île de Ré[3], et durant ce fameux siège de la Rochelle[4], cette princesse, prompte à se servir des conjonctures importantes, fit conclure la paix qui empêcha l'Angleterre de continuer son secours aux calvinistes révoltés ? Et dans ces dernières années, après que notre grand roi, plus jaloux de sa parole et

1. **... au monde !** : allusion à l'Évangile de Luc (XII, 49) : « Je suis venu pour jeter le feu dans la terre ; et que désiré-je, sinon qu'il s'allume ? »

2. **Masse** : au sens premier (grec et bas latin), bloc de pâte pétrie d'où sortira le pain.

3. **Île de Ré** : une garnison française assiégée y tint tête à Buckingham et parvint à le repousser.

4. **La Rochelle** : pendant ce siège de quatorze mois, Charles Ier envoya au secours des Rochelais quatre expéditions successives, dont aucune ne put pénétrer dans la ville.

du salut de ses alliés que de ses propres intérêts, eut déclaré la guerre aux Anglais[1], ne fut-elle pas encore une sage et heureuse médiatrice[2] ? ne réunit-elle pas les deux royaumes ? Et depuis encore ne s'est-elle pas appliquée en toutes rencontres à conserver cette même intelligence ? Ces soins regardent maintenant vos ALTESSES ROYALES[3]; et l'exemple d'une grande reine, aussi bien que le sang de France et d'Angleterre que vous avez uni par votre heureux mariage, vous doit inspirer le désir de travailler sans cesse à l'union de deux rois qui vous sont si proches, et de qui la puissance et la vertu peuvent faire le destin de toute l'Europe.

MONSEIGNEUR, ce n'est plus seulement par cette vaillante main et par ce grand cœur que vous acquerrez de la gloire. Dans le calme d'une profonde paix, vous aurez des moyens de vous signaler, et vous pouvez servir l'État sans l'alarmer, comme vous avez fait tant de fois, en exposant au milieu des plus grands hasards de la guerre une vie aussi précieuse et aussi nécessaire que la vôtre. Ce service, MONSEIGNEUR, n'est pas le seul qu'on attend de vous ; et l'on peut tout espérer d'un prince que la sagesse conseille, que la valeur anime, et que la justice accompagne dans toutes ses actions. Mais où m'emporte mon zèle, si loin de mon triste sujet ? Je m'arrête à considérer les vertus de PHILIPPE, et je ne

1. **Anglais :** Louis XIV, allié des Hollandais, fut obligé par eux de se déclarer contre l'Angleterre. Mais il le fit de mauvaise grâce, et, grâce à l'intervention de la reine, conclut bientôt avec Charles II un traité secret pour attaquer à son tour les Hollandais.
2. **Médiatrice :** en 1667, lors de la conclusion de la paix de Bréda.
3. **Altesses Royales :** le duc et la duchesse d'Orléans.

songe pas que je vous dois l'histoire des malheurs de HENRIETTE.

J'avoue, en la commençant, que je sens plus que jamais la difficulté de mon entreprise. Quand j'envisage de près les infortunes inouïes d'une si grande reine, je ne trouve plus de paroles, et mon esprit, rebuté de tant d'indignes traitements qu'on a faits à la majesté et à la vertu, ne se résoudrait jamais à se jeter parmi tant d'horreurs si la constance admirable avec laquelle cette princesse a soutenu ses calamités ne surpassait de bien loin les crimes qui les ont causées. Mais en même temps, Chrétiens, un autre soin me travaille. Ce n'est pas un ouvrage humain que je médite. Je ne suis pas ici un historien qui doive vous développer le secret des cabinets, ni l'ordre des batailles, ni les intérêts des partis : il faut que je m'élève au-dessus de l'homme, pour faire trembler toute créature sous les jugements de Dieu. « J'entrerai » avec David[1] « dans les puissances du Seigneur », et j'ai à vous faire voir les merveilles de sa main et de ses conseils, conseils de juste vengeance sur l'Angleterre, conseils de miséricorde pour le salut de la reine, mais conseils marqués par le doigt de Dieu, dont l'empreinte est si vive et si manifeste dans les événements que j'ai à traiter qu'on ne peut résister à cette lumière.

Quelque haut qu'on puisse remonter pour rechercher dans les histoires les exemples des grandes mutations, on trouve que jusques ici elles sont

1. **David :** Bossuet cite en effet le Psaume LXX, 16, attribué à David.

causées, ou par la mollesse, ou par la violence des princes. En effet, quand les princes, négligeant de connaître leurs affaires et leurs armées, ne travaillent qu'à la chasse, comme disait cet historien, n'ont de gloire que pour le luxe, ni d'esprit que pour inventer des plaisirs ; ou quand, emportés par leur humeur violente, ils ne gardent plus ni lois ni mesures, et qu'ils ôtent les égards et la crainte aux hommes, en faisant que les maux qu'ils souffrent leur paraissent plus insupportables que ceux qu'ils prévoient : alors ou la licence excessive, ou la patience poussée à l'extrémité, menacent terriblement les maisons régnantes. Charles Ier, roi d'Angleterre, était juste, modéré, magnanime, très instruit de ses affaires et des moyens de régner. Jamais prince ne fut plus capable de rendre la royauté, non seulement vénérable et sainte, mais encore aimable et chère à ses peuples. Que lui peut-on reprocher, sinon la clémence ? Je veux bien avouer de lui ce qu'un auteur célèbre a dit de César, qu'il a été clément jusqu'à être obligé de s'en repentir : « *Caesari proprium et peculiare sit clementiæ insigne, qua usque ad pœnitentiam omnes superavit.* » Que ce soit donc là, si l'on veut, l'illustre défaut de CHARLES aussi bien que de César ; mais que ceux qui veulent croire que tout est faible dans les malheureux et dans les vaincus ne pensent pas pour cela nous persuader que la force ait manqué à son courage, ni la vigueur à ses conseils. Poursuivi à toute outrance[1] par l'implacable malignité de la fortune, trahi de tous les

1. **À toute outrance** : à outrance.

siens, il ne s'est pas manqué à lui-même. Malgré les mauvais succès de ses armes infortunées, si on a pu le vaincre, on n'a pas pu le forcer, et comme il n'a jamais refusé ce qui était raisonnable, étant vainqueur, il a toujours rejeté ce qui était faible et injuste, étant captif. J'ai peine à contempler son grand cœur dans ces dernières épreuves. Mais certes il a montré qu'il n'est pas permis aux rebelles de faire perdre la majesté à un roi qui sait se connaître ; et ceux qui ont vu de quel front[1] il a paru dans la salle de Westminster, et dans la place de Whitehall[2], peuvent juger aisément combien il était intrépide à la tête de ses armées, combien auguste et majestueux au milieu de son palais et de sa cour. Grande reine, je satisfais à vos plus tendres désirs quand je célèbre ce monarque, et ce cœur, qui n'a jamais vécu que pour lui, se réveille, tout poudre qu'il est, et devient sensible, même sous ce drap mortuaire, au nom d'un époux si cher, à qui ses ennemis mêmes accorderont le titre de sage et celui de juste, et que la postérité mettra au rang des grands princes, si son histoire trouve des lecteurs dont le jugement ne se laisse pas maîtriser aux événements ni à la fortune.

Ceux qui sont instruits des affaires, étant obligés d'avouer que le roi n'avait point donné d'ouverture ni de prétexte aux excès sacrilèges dont nous abhorrons la mémoire, en accusent la fierté indomptable de la nation ; et je confesse que la haine des parricides pourrait jeter les esprits dans ce sentiment.

1. **Front :** attitude et, plus précisément, attitude assurée.
2. **Westminster, Whitehall :** il fut jugé au palais de Westminster et exécuté sur la place de Whitehall.

Mais quand on considère de plus près l'histoire de ce grand royaume, et particulièrement les derniers règnes, où l'on voit non seulement les rois majeurs, mais encore les pupilles[1], et les reines[2] même si absolues et si redoutées, quand on regarde la facilité incroyable avec laquelle la religion a été ou renversée ou rétablie[3] par Henri, par Édouard, par Marie, par Élisabeth, on ne trouve, ni la nation si rebelle, ni ses Parlements si fiers et si factieux : au contraire, on est obligé de reprocher à ces peuples d'avoir été trop soumis, puisqu'ils ont mis sous le joug leur foi même et leur conscience. N'accusons donc pas aveuglément le naturel des habitants de l'île la plus célèbre du monde, qui, selon les plus fidèles histoires, tirent leur origine des Gaules ; et ne croyons pas que les Merciens[4], les Danois et les Saxons aient tellement corrompu en eux ce que nos pères leur avaient donné de bon sang qu'ils soient capables de s'emporter à des procédés si barbares s'il ne s'y était mêlé d'autres causes. Qu'est-ce donc qui les a poussés ? Quelle force, quel transport, quelle intempérie[5] a causé ces agitations et ces violences ? N'en doutons pas, Chrétiens : les fausses religions, le libertinage

1. **Les pupilles :** Édouard VI, fils d'Henri VIII et de Jeanne Seymour, roi à dix ans sous la tutelle du duc de Somerset.
2. **Les reines même :** Marie Tudor, fille d'Henri VIII et de Catherine d'Aragon ; Élizabeth, fille d'Henri VIII et d'Anne Boleyn.
3. **Ou renversée ou rétablie :** Henri VIII fit de l'Angleterre une nation schismatique ; avec Édouard VI, elle devint presque luthérienne ; la reine Marie rétablit violemment le catholicisme ; Élisabeth constitua l'Église anglicane.
4. **Merciens :** les peuples primitifs de l'Angleterre sont les Saxons, les Danois et les Angles. Les Merciens constituent une partie du royaume des Angles, mais ne sont pas un peuple à part entière.
5. **Intempérie :** dérèglement mental.

d'esprit, la fureur de disputer des choses divines sans fin, sans règle, sans soumission a emporté les courages. Voilà les ennemis que la reine a eu à combattre, et que ni sa prudence ni sa douceur ni sa fermeté n'ont pu vaincre.

J'ai déjà dit quelque chose de la licence où se jettent les esprits quand on ébranle les fondements de la religion et qu'on remue les bornes une fois posées. Mais, comme la matière que je traite me fournit un exemple manifeste et unique dans tous les siècles de ces extrémités furieuses, il est, MESSIEURS, de la nécessité de mon sujet de remonter jusques au principe, et de vous conduire pas à pas par tous les excès où le mépris de la religion ancienne[1], et celui de l'autorité de l'Église, ont été capables de pousser les hommes.

Donc la source de tout le mal est que ceux qui n'ont pas craint de tenter au siècle passé la réformation[2] par le schisme, ne trouvant point de plus fort rempart contre toutes leurs nouveautés que la sainte autorité de l'Église, ils ont été obligés de la renverser. Ainsi les décrets des conciles, la doctrine des Pères, et leur sainte unanimité, l'ancienne tradition du Saint-Siège et de l'Église catholique n'ont plus été comme autrefois des lois sacrées et inviolables. Chacun s'est fait à soi-même un tribunal où il s'est rendu l'arbitre de sa croyance ; et, encore qu'il semble que les novateurs aient voulu retenir les

1. **La religion ancienne :** pour Bossuet, il s'agit de la religion véritable, la nouveauté étant toujours fautive et coupable en matière religieuse.
2. **Réformation :** réforme protestante, qui a abouti au schisme (séparation) avec l'Église catholique.

esprits en les renfermant dans les limites de l'Écriture sainte, comme ce n'a été qu'à condition que chaque fidèle en deviendrait l'interprète et croirait que le Saint-Esprit lui en dicte l'explication, il n'y a point de particulier qui ne se voie autorisé par cette doctrine à adorer ses inventions, à consacrer ses erreurs, à appeler Dieu tout ce qu'il pense. Dès lors on a bien prévu que, la licence n'ayant plus de frein, les sectes se multiplieraient jusqu'à l'infini ; que l'opiniâtreté serait invincible ; et que, tandis que les uns ne cesseraient de disputer, ou donneraient leurs rêveries pour inspirations, les autres, fatigués de tant de folles visions, et ne pouvant plus reconnaître la majesté de la religion déchirée par tant de sectes, iraient enfin chercher un repos funeste, et une entière indépendance, dans l'indifférence des religions, ou dans l'athéisme.

Tels, et plus pernicieux encore, comme vous verrez dans la suite, sont les effets naturels de cette nouvelle doctrine. Mais de même qu'une eau débordée ne fait pas partout les mêmes ravages, parce que sa rapidité ne trouve pas partout les mêmes penchants et les mêmes ouvertures, ainsi, quoique cet esprit d'indocilité et d'indépendance soit également répandu dans toutes les hérésies[1] de ces derniers siècles, il n'a pas produit universellement les mêmes effets : il a reçu diverses limites, suivant que la crainte, ou les intérêts, ou l'humeur des particuliers et des nations, ou enfin la puissance divine, qui donne quand il lui plaît des bornes secrètes aux passions des hommes les plus

1. Hérésies de ces derniers siècles : celles de Wycliffe, de Jean Huss, de Socin.

emportées, l'ont différemment retenu. Que s'il s'est montré tout entier à l'Angleterre, et si sa malignité s'y est déclarée sans réserve, les rois en ont souffert, mais aussi les rois en ont été cause. Ils ont trop fait sentir aux peuples que l'ancienne religion se pouvait changer. Les sujets ont cessé d'en révérer les maximes, quand ils les ont vu céder aux passions et aux intérêts de leurs princes. Ces terres trop remuées, et devenues incapables de consistance, sont tombées de toutes parts, et n'ont fait voir que d'effroyables précipices. J'appelle ainsi tant d'erreurs téméraires et extravagantes qu'on voyait paraître tous les jours. Ne croyez pas que ce soit seulement la querelle de l'épiscopat[1], ou quelques chicanes sur la liturgie[2] anglicane, qui aient ému les Communes. Ces disputes n'étaient encore que de faibles commencements, par où ces esprits turbulents faisaient comme un essai de leur liberté. Mais quelque chose de plus violent se remuait dans le fond des cœurs : c'était un dégoût secret de tout ce qui a de l'autorité, et une démangeaison d'innover sans fin, après qu'on en a vu le premier exemple.

Ainsi les Calvinistes[3], plus hardis que les Luthériens, ont servi à établir les Sociniens[4], qui ont été

1. **Querelle de l'épiscopat :** débat entre anglicans et presbytériens autour de la nécessité ou non des évêques. Les premiers étaient soutenus par Charles Ier et opprimaient les autres religions ; les seconds avaient l'appui des Communes.
2. **Liturgie :** ensemble organisé et réglementé de cérémonies religieuses et de prières.
3. **Calvinistes :** Calvin rejette la présence réelle, le purgatoire, la plupart des sacrements.
4. **Sociniens :** disciples de Lelio et Socin qui, au début du XVIe siècle, nièrent en particulier l'Incarnation (la divinité de Jésus-Christ) et la Trinité.

plus loin qu'eux, et dont ils grossissent tous les jours le parti. Les sectes infinies des Anabaptistes[1] sont sorties de cette même source ; et leurs opinions, mêlées au calvinisme, ont fait naître les Indépendants[2], qui n'ont point eu de bornes, parmi lesquels on voit les Trembleurs[3], gens fanatiques, qui croient que toutes leurs rêveries leur sont inspirées ; et ceux qu'on nomme Chercheurs[4], à cause que dix-sept cents ans après JÉSUS-CHRIST ils cherchent encore la religion, et n'en ont point d'arrêtée.

C'est, MESSIEURS, en cette sorte que les esprits une fois émus, tombant de ruines en ruines, se sont divisés en tant de sectes. En vain les rois d'Angleterre ont cru les pouvoir retenir sur cette pente dangereuse en conservant l'épiscopat. Car que peuvent des évêques qui ont anéanti eux-mêmes l'autorité de leur chaire et la révérence qu'on doit à la succession, en condamnant ouvertement leurs prédécesseurs jusques à la source même de leur sacre, c'est-à-dire jusqu'au pape saint Grégoire et au saint moine Augustin[5], son disciple, et le premier apôtre de la nation anglaise ? Qu'est-ce que l'épiscopat quand il se sépare de l'Église qui est son tout, aussi bien que

1. **Anabaptistes :** secte chrétienne qui nie la validité du baptême des nourrissons et rebaptise les enfants parvenus à l'âge de raison.
2. **Indépendants :** partisans d'un affranchissement absolu à l'égard de toute autorité, religieuse ou civile.
3. **Trembleurs** (en anglais, *quakers*) : disciples de Georges Fox, qui tremblaient au moment où ils croyaient recevoir des inspirations divines.
4. **Chercheurs** (en anglais, *seekers*) : puritains à la recherche d'une religion qui interprétât vraiment les Écritures, et qu'ils ne trouvaient point.
5. **Saint-Grégoire et au moine Augustin :** il s'agit du pape saint Grégoire, déjà mentionné, qui envoya pour convertir les Anglais le célèbre moine Augustin, premier archevêque de Cantorbéry.

du Saint-Siège qui est son centre, pour s'attacher contre sa nature à la royauté comme à son chef ? Ces deux puissances d'un ordre si différent ne s'unissent pas, mais s'embarrassent mutuellement quand on les confond ensemble ; et la majesté des rois d'Angleterre serait demeurée plus inviolable si, contente de ses droits sacrés, elle n'avait point voulu attirer à soi les droits et l'autorité de l'Église. Ainsi rien n'a retenu la violence des esprits féconds en erreurs, et Dieu, pour punir l'irréligieuse instabilité de ces peuples, les a livrés à l'intempérance de leur folle curiosité, en sorte que l'ardeur de leurs disputes insensées, et leur religion arbitraire, est devenue la plus dangereuse de leurs maladies.

Il ne faut point s'étonner s'ils perdirent le respect de la majesté et des lois, ni s'ils devinrent factieux, rebelles et opiniâtres. On énerve la religion quand on la change, et on lui ôte un certain poids, qui seul est capable de tenir les peuples. Ils ont dans le fond du cœur je ne sais quoi d'inquiet qui s'échappe, si on leur ôte ce frein nécessaire, et on ne leur laisse plus rien à ménager quand on leur permet de se rendre maîtres de leur religion. C'est de là que nous est né ce prétendu règne de CHRIST[1], inconnu jusques alors au christianisme, qui devait anéantir toute la royauté, et égaler tous les hommes ; songe séditieux des Indépendants, et leur chimère impie et sacrilège : tant il est vrai que tout se tourne en révoltes et en pensées séditieuses quand l'autorité de la religion est anéantie ! Mais pourquoi chercher des preuves d'une

1. **Règne de Christ :** le « Règne du Sauveur Jésus », annoncé par certains Indépendants.

vérité que le Saint-Esprit a prononcée par une sentence manifeste ? Dieu même menace les peuples qui altèrent la religion qu'il a établie de se retirer du milieu d'eux, et par là de les livrer aux guerres civiles. Écoutez comme il parle par la bouche du prophète Zacharie[1] : « Leur âme », dit le Seigneur, « a varié envers moi », quand ils ont si souvent changé la religion, « et je leur ai dit : Je ne serai plus votre pasteur », c'est-à-dire : je vous abandonnerai à vous-mêmes, et à votre cruelle destinée ; et voyez la suite : « Que ce qui doit mourir aille à la mort ; que ce qui doit être retranché soit retranché. » Entendez-vous ces paroles ? « Et que ceux qui demeureront se dévorent les uns les autres. » Ô prophétie trop réelle, et trop véritablement accomplie ! La reine avait bien raison de juger qu'il n'y avait point de moyen d'ôter les causes des guerres civiles qu'en retournant à l'unité catholique, qui a fait fleurir durant tant de siècles l'Église et la monarchie d'Angleterre autant que les plus saintes Églises et les plus illustres monarchies du monde. Ainsi, quand cette pieuse princesse servait l'Église, elle croyait servir l'État ; elle croyait assurer au roi des serviteurs en conservant à Dieu des fidèles. L'expérience a justifié ses sentiments, et il est vrai que le roi son fils n'a rien trouvé de plus ferme dans son service que ces catholiques si haïs, si persécutés, que lui avait sauvés la reine sa mère. En effet il est visible que, puisque la séparation et la révolte contre l'autorité de l'Église a été la source d'où sont dérivés tous les maux, on n'en trouvera

1. **Zacharie :** citation du Livre de Zacharie (XI, 9).

jamais les remèdes que par le retour à l'unité, et par la soumission ancienne. C'est le mépris de cette unité qui a divisé l'Angleterre. Que si vous me demandez comment tant de factions opposées, et tant de sectes incompatibles, qui se devaient apparemment détruire les unes les autres, ont pu si opiniâtrément conspirer ensemble contre le trône royal, vous l'allez apprendre.

Un homme[1] s'est rencontré d'une profondeur d'esprit incroyable, hypocrite raffiné autant qu'habile politique, capable de tout entreprendre et de tout cacher, également actif et infatigable dans la paix et dans la guerre, qui ne laissait rien à la fortune de ce qu'il pouvait lui ôter par conseil et par prévoyance ; mais au reste si vigilant et si prêt à tout, qu'il n'a jamais manqué les occasions qu'elle lui a présentées ; enfin, un de ces esprits remuants et audacieux qui semblent être nés pour changer le monde. Que le sort de tels esprits est hasardeux, et qu'il en paraît dans l'histoire à qui leur audace a été funeste ! Mais aussi que ne font-ils pas, quand il plaît à Dieu de s'en servir ? Il fut donné à celui-ci de tromper les peuples, et de prévaloir[2] contre les rois. Car, comme il eut aperçu que dans ce mélange infini de sectes, qui n'avaient plus de règles certaines, le plaisir de dogmatiser sans être repris ni contraint par aucune autorité ecclésiastique ni séculière était le charme qui possédait les esprits, il sut si bien les concilier par là qu'il fit un corps redoutable de cet assemblage monstrueux. Quand une fois on a trouvé le moyen de prendre la multitude par l'appât de la liberté,

1. **Un homme :** il s'agit d'Olivier Cromwell.
2. **Prévaloir contre les rois :** paraphrase de l'Apocalypse (XIII, 5-7).

elle suit en aveugle, pourvu qu'elle en entende seulement le nom. Ceux-ci, occupés du premier objet qui les avait transportés, allaient toujours, sans regarder qu'ils allaient à la servitude, et leur subtil conducteur qui, en combattant, en dogmatisant, en mêlant mille personnages divers, en faisant le docteur et le prophète, aussi bien que le soldat et le capitaine, vit qu'il avait tellement enchanté le monde qu'il était regardé de toute l'armée comme un chef envoyé de Dieu pour la protection de l'indépendance, commença à s'apercevoir qu'il pouvait encore les pousser plus loin. Je ne vous raconterai pas la suite trop fortunée de ses entreprises, ni ses fameuses victoires dont la vertu était indignée, ni cette longue tranquillité qui a étonné l'univers. C'était le conseil de Dieu d'instruire les rois à ne point quitter son Église. Il voulait découvrir par un grand exemple tout ce que peut l'hérésie, combien elle est naturellement indocile et indépendante, combien fatale à la royauté et à toute autorité légitime. Au reste, quand ce grand Dieu a choisi quelqu'un pour être l'instrument de ses desseins, rien n'en arrête le cours ; ou il enchaîne, ou il aveugle, ou il dompte tout ce qui est capable de résistance. « Je suis le Seigneur », dit-il par la bouche de Jérémie[1], « c'est moi qui ai fait la terre avec les hommes et les animaux et je la mets entre les mains de qui il me plaît. Et maintenant j'ai voulu soumettre ces terres à Nabuchodonosor, roi de Babylone, mon serviteur. » Il l'appelle son serviteur, quoiqu'infidèle, à cause qu'il l'a nommé pour exécuter ses décrets. « Et j'ordonne », poursuit-il, « que tout lui soit soumis,

1. **Jérémie :** citation du Livre de Jérémie (XXVII, 5-6), comme tout ce qui suit.

jusqu'aux animaux », tant il est vrai que tout ploie et que tout est souple quand Dieu le commande ! Mais écoutez la suite de la prophétie : « Je veux que ces peuples lui obéissent, et qu'ils obéissent encore à son fils, jusqu'à ce que le temps des uns et des autres vienne[1]. » Voyez, Chrétiens, comme les temps sont marqués, comme les générations sont comptées : Dieu détermine jusques à quand doit durer l'assoupissement, et quand aussi se doit réveiller le monde.

Tel a été le sort de l'Angleterre. Mais que dans cette effroyable confusion de toutes choses il est beau de considérer ce que la grande HENRIETTE a entrepris pour le salut de ce royaume, ses voyages, ses négociations, ses traités, tout ce que sa prudence et son courage opposaient à la fortune de l'État, et enfin sa constance par laquelle, n'ayant pu vaincre la violence de la destinée, elle en a si noblement soutenu l'effort ! Tous les jours elle ramenait quelqu'un des rebelles, et, de peur qu'ils ne fussent malheureusement engagés à faillir toujours parce qu'ils avaient failli une fois, elle voulait qu'ils trouvassent leur refuge dans sa parole. Ce fut entre ses mains que le gouverneur de Scarborough[2] remit ce port et ce château inaccessible. Les deux Hotham père et fils, qui avaient donné le premier exemple de perfidie en refusant au roi même les portes[3] de la

1. **Vienne :** à la mort d'Olivier Cromwell, son fils Richard lui avait succédé dans la dignité de lord-protecteur

2. **Scarborough, Beverley et Hull :** respectivement villes et port (siège d'importants arsenaux) du comté d'York.

3. **Les portes :** le roi étant aux portes de la ville et la sommant de se rendre, sir J. Hotham, au nom du serment qu'il avait prêté devant le Parlement, s'excusa de tenir la ville fermée.

forteresse et du port de Hull, choisirent la reine pour médiatrice, et devaient rendre au roi cette place, avec celle de Beverley ; mais ils furent prévenus et décapités, et Dieu, qui voulut punir leur honteuse désobéissance par les propres mains des rebelles, ne permit pas que le roi profitât de leur repentir. Elle avait encore gagné un maire de Londres[1], dont le crédit était grand, et plusieurs autres chefs de la faction. Presque tous ceux qui lui parlaient se rendaient à elle, et si Dieu n'eût point été inflexible, si l'aveuglement des peuples n'eût pas été incurable, elle aurait guéri les esprits, et le parti le plus juste aurait été le plus fort.

On sait, MESSIEURS, que la reine a souvent exposé sa personne dans ces conférences secrètes ; mais j'ai à vous faire voir de plus grands hasards. Les rebelles s'étaient saisis des arsenaux et des magasins, et malgré la défection de tant de sujets, malgré l'infâme désertion de la milice même, il était encore plus aisé au roi de lever des soldats que de les armer. Elle abandonne, pour avoir des armes et des munitions, non seulement ses joyaux, mais encore le soin de sa vie. Elle se met en mer au mois de février, malgré l'hiver et les tempêtes, et, sous prétexte de conduire en Hollande la princesse royale[2], sa fille aînée, qui avait été mariée à Guillaume, prince d'Orange, elle va pour engager les États dans les intérêts du roi, lui gagner des officiers, lui amener des munitions. L'hiver ne l'avait pas effrayée, quand elle

1. **Maire de Londres :** le lord-maire Gourney ne craignit pas d'annoncer dans Londres l'ordre du roi de lever la milice pour son service. Il fut jeté en prison par les rebelles et révoqué.
2. **La princesse royale :** il s'agit d'Henriette-Marie Stuart. Ce voyage eut lieu en février 1642.

partit d'Angleterre ; l'hiver ne l'arrête pas onze mois après, quand il faut retourner auprès du roi : mais le succès n'en fut pas semblable. Je tremble au seul récit de la tempête furieuse dont sa flotte fut battue durant dix jours. Les matelots furent alarmés jusqu'à perdre l'esprit, et quelques-uns d'entre eux se précipitèrent dans les ondes. Elle, toujours intrépide autant que les vagues étaient émues, rassurait tout le monde par sa fermeté ; elle excitait ceux qui l'accompagnaient à espérer en Dieu, qui faisait toute sa confiance ; et pour éloigner de leur esprit les funestes idées de la mort qui se présentait de tous côtés, elle disait, avec un air de sérénité qui semblait déjà ramener le calme, que les reines ne se noyaient pas. Hélas ! elle est réservée à quelque chose de bien plus extraordinaire ! et, pour s'être sauvée du naufrage, ses malheurs n'en seront pas moins déplorables. Elle vit périr ses vaisseaux, et presque toute l'espérance d'un si grand secours. L'amiral, où elle était, conduit par la main de celui qui domine sur la profondeur de la mer et qui dompte ses flots soulevés[1], fut repoussé aux ports de Hollande, et tous les peuples furent étonnés d'une délivrance si miraculeuse.

Ceux qui sont échappés du naufrage disent un éternel adieu à la mer et aux vaisseaux ; et, comme disait un ancien auteur[2], ils n'en peuvent même supporter la vue. Cependant, onze jours après, ô résolution étonnante ! la reine, à peine sortie d'une tourmente si épouvantable, pressée du désir de

1. **... soulevés :** allusion au Psaume LXXXVIII, verset 10, « Vous [Dieu] dominez sur la puissance de la mer, et vous apaisez le mouvement de ses flots ».
2. **Auteur :** il s'agit de Tertullien.

revoir le roi et de le secourir, ose encore se commettre à la furie de l'Océan et à la rigueur de l'hiver. Elle ramasse quelques vaisseaux qu'elle charge d'officiers et de munitions, et repasse enfin en Angleterre. Mais qui ne serait étonné de la cruelle destinée de cette princesse ? Après s'être sauvée des flots, une autre tempête lui fut presque fatale. Cent pièces de canon tonnèrent sur elle à son arrivée, et la maison où elle entra fut percée de leurs coups. Qu'elle eut d'assurance dans cet effroyable péril ! mais qu'elle eut de clémence pour l'auteur d'un si noir attentat[1] ! On l'amena prisonnier peu de temps après ; elle lui pardonna son crime, le livrant pour tout supplice à sa conscience, et à la honte d'avoir entrepris sur la vie d'une princesse si bonne et si généreuse : tant elle était au-dessus de la vengeance aussi bien que de la crainte ! Mais ne la verrons-nous jamais auprès du roi, qui souhaite si ardemment son retour ? Elle brûle du même désir, et déjà je la vois paraître dans un nouvel appareil. Elle marche comme un général à la tête d'une armée royale, pour traverser des provinces que les rebelles tenaient presque toutes. Elle assiège et prend d'assaut en passant une place considérable[2] qui s'opposait à sa marche ; elle triomphe, elle pardonne, et enfin le roi la vient recevoir dans une campagne où il avait remporté l'année précédente une victoire signalée sur le général Essex. Une heure après on apporta la nouvelle d'une grande

1. **Auteur d'un si grave attentat :** l'amiral Batten, du parti des parlementaires, qui fit tirer son artillerie sur le port de Burlington où Henriette venait de débarquer.
2. **Place considérable :** Bristol, alors principal port de commerce de l'Angleterre.

bataille gagnée[1]. Tout semblait prospérer par sa présence ; les rebelles étaient consternés ; et si la reine en eût été crue, si, au lieu de diviser les armées royales et de les amuser contre son avis aux sièges infortunés de Hull et de Glocester, on eût marché droit à Londres, l'affaire était décidée, et cette campagne eût fini la guerre. Mais le moment fut manqué. Le terme fatal approchait, et le Ciel, qui semblait suspendre, en faveur de la piété de la reine, la vengeance qu'il méditait, commença à se déclarer. « Tu sais vaincre », disait un brave Africain au plus rusé capitaine[2] qui fut jamais, « mais tu ne sais pas user de ta victoire : Rome, que tu tenais, t'échappe, et le destin ennemi t'a ôté tantôt le moyen, tantôt la pensée de la prendre ». Depuis ce malheureux moment tout alla visiblement en décadence, et les affaires furent sans retour. La reine, qui se trouva grosse, et qui ne put par tout son crédit faire abandonner ces deux sièges qu'on vit enfin si mal réussir, tomba en langueur, et tout l'État languit avec elle. Elle fut contrainte de se séparer d'avec le roi, qui était presque assiégé dans Oxford, et ils se dirent un adieu bien triste, quoiqu'ils ne sussent pas que c'était le dernier. Elle se retire à Exeter, ville forte, où elle fut elle-même bientôt assiégée. Elle y accoucha d'une princesse[3], et se vit douze jours après contrainte de prendre la fuite pour se réfugier en France.

1. **Grande bataille gagnée :** bataille de Roundway-Down, en 1643.
2. **Capitaine :** il s'agit d'Annibal, dans les *Histoires* de Tite-Live (XXII, 51). La citation suivante est empruntée au même auteur (XXVI, 11).
3. **Princesse :** Henriette d'Angleterre.

PRINCESSE, dont la destinée est si grande et si glorieuse, faut-il que vous naissiez en la puissance des ennemis de votre maison ? Ô Éternel ! veillez sur elle ; anges saints, rangez à l'entour vos escadrons invisibles, et faites la garde autour du berceau d'une princesse si grande et si délaissée. Elle est destinée au sage et valeureux PHILIPPE, et doit des princes à la France dignes de lui, dignes d'elle et de leurs aïeux. Dieu l'a protégée, MESSIEURS. Sa gouvernante, deux ans après, tire ce précieux enfant des mains des rebelles, et, quoiqu'ignorant sa captivité et sentant trop sa grandeur, elle se découvre elle-même, quoique refusant tous les autres noms elle s'obstine à dire qu'elle est la Princesse, elle est enfin amenée auprès de la reine sa mère, pour faire sa consolation durant ses malheurs, en attendant qu'elle fasse la félicité d'un grand prince et la joie de toute la France. Mais j'interromps l'ordre de mon histoire. J'ai dit que la reine fut obligée à se retirer de son royaume. En effet elle partit des ports d'Angleterre à la vue des vaisseaux des rebelles, qui la poursuivaient de si près qu'elle entendait presque leurs cris et leurs menaces insolentes. Ô voyage bien différent de celui qu'elle avait fait sur la même mer lorsque, venant prendre possession du sceptre de la Grande Bretagne, elle voyait pour ainsi dire les ondes se courber sous elle, et soumettre toutes leurs vagues à la dominatrice des mers ! Maintenant, chassée, poursuivie par ses ennemis implacables, qui avaient eu l'audace de lui faire son procès[1], tantôt sauvée, tantôt presque prise, changeant de fortune à chaque quart

1. **Procès :** la Chambre des communes l'avait déclarée coupable de haute trahison.

d'heure, n'ayant pour elle que Dieu et son courage inébranlable, elle n'avait ni assez de vents ni assez de voiles pour favoriser sa fuite précipitée. Mais enfin elle arrive à Brest, où après tant de maux il lui fut permis de respirer un peu.

Quand je considère en moi-même les périls extrêmes et continuels qu'a courus cette princesse sur la mer et sur la terre durant l'espace de près de dix ans, et que d'ailleurs je vois que toutes les entreprises sont inutiles contre sa personne pendant que tout réussit d'une manière surprenante contre l'État, que puis-je penser autre chose, sinon que la Providence, autant attachée à lui conserver la vie qu'à renverser sa puissance, a voulu qu'elle survéquît à ses grandeurs afin qu'elle pût survivre aux attachements de la terre, et aux sentiments d'orgueil qui corrompent d'autant plus les âmes qu'elles sont plus grandes et plus élevées ? Ce fut un conseil à peu près semblable qui abaissa autrefois David sous la main du rebelle Absalon. « Le voyez-vous, ce grand roi », dit le saint et éloquent prêtre de Marseille[1], « le voyez-vous seul, abandonné, tellement déchu dans l'esprit des siens qu'il devient un objet de mépris aux uns, et, ce qui est plus insupportable à un grand courage, un objet de pitié aux autres ? ne sachant », poursuit Salvien, « de laquelle de ces deux choses il avait le plus à se plaindre, ou de ce que Siba le nourrissait, ou de ce que Sémei avait l'insolence de le maudire ». Voilà, MESSIEURS, une image, mais imparfaite, de la reine d'Angleterre quand après de si étranges humiliations

1. **Prêtre de Marseille :** Salvien, nommé ensuite, prêtre du Ve siècle, surtout connu par ses écrits.

elle fut encore contrainte de paraître au monde, et d'étaler, pour ainsi dire, à la France même, et au Louvre, où elle était née avec tant de gloire, toute l'étendue de sa misère. Alors elle put bien dire, avec le prophète Isaïe : « Le Seigneur des armées a fait ces choses, pour anéantir tout le faste des grandeurs humaines, et tourner en ignominie ce que l'univers a de plus auguste[1]. » Ce n'est pas que la France ait manqué à la fille de HENRI LE GRAND. ANNE la magnanime, la pieuse, que nous ne nommerons jamais sans regret[2], la reçut d'une manière convenable à la majesté des deux reines. Mais les affaires du roi ne permettant pas que cette sage régente pût proportionner le remède au mal, jugez de l'état de ces deux princesses. HENRIETTE, d'un si grand cœur, est contrainte de demander du secours ; ANNE, d'un si grand cœur, ne peut en donner assez. Si l'on eût pu avancer ces belles années dont nous admirons maintenant le cours glorieux, LOUIS, qui entend de si loin les gémissements des chrétiens affligés[3], qui, assuré de sa gloire dont la sagesse de ses conseils et la droiture de ses intentions lui répondent toujours malgré l'incertitude des événements, entreprend lui seul la cause commune, et porte ses armes redoutées à travers des espaces immenses de mer et de terre, aurait-il refusé son bras à ses voisins, à ses alliés, à son propre sang,

1. ... **auguste :** citation du Livre d'Isaïe (XXIII, 9).
2. **Sans regret :** Anne d'Autriche avait été l'un des premiers et des principaux soutiens de Bossuet, qui lui en gardait une vive reconnaissance.
3. **Affligés :** Louis XIV venait d'envoyer un important secours aux Vénitiens en lutte contre les Turcs (il s'agissait en fait, plus que d'aider ses coreligionnaires, de venger un affront fait par le gouvernement ottoman aux ambassadeurs français).

aux droits sacrés de la royauté, qu'il sait si bien maintenir ? Avec quelle puissance l'Angleterre l'aurait-elle vu invincible défenseur, ou vengeur présent[1] de la majesté violée ! Mais Dieu n'avait laissé aucune ressource au roi d'Angleterre : tout lui manque, tout lui est contraire. Les Écossais, à qui il se donne, le livrent aux parlementaires anglais, et les gardes fidèles de nos rois[2] trahissent le leur. Pendant que le Parlement d'Angleterre songe à congédier l'armée, cette armée, toute indépendante, réforme elle-même à sa mode le Parlement, qui eût gardé quelques mesures, et se rend maîtresse de tout. Ainsi le roi est mené de captivité en captivité ; et la reine remue en vain la France, la Hollande, la Pologne même, et les puissances du Nord les plus éloignées. Elle ranime les Écossais, qui arment trente mille hommes : elle fait avec le duc de Lorraine[3] une entreprise pour la délivrance du roi son seigneur, dont le succès paraît infaillible, tant le concert en est juste. Elle retire ses chers enfants, l'unique espérance de sa maison, et confesse à cette fois que parmi les plus mortelles douleurs on est encore capable de joie. Elle console le roi, qui lui écrit de sa prison même qu'elle seule soutient son esprit, et qu'il ne faut craindre de lui aucune bassesse parce que sans cesse il se souvient qu'il est à elle. Ô mère, ô femme, ô reine admirable, et digne d'une meilleure fortune, si les fortunes de la terre étaient quelque

1. **Présent :** efficace.
2. **Les gardes fidèles de nos rois :** depuis le XVe siècle, les rois de France, dont l'Écosse était l'alliée, avaient une garde écossaise attachée à leur personne.
3. **Duc de Lorraine :** Charles IV de Lorraine, qui ne possédait plus d'État, mais disposait d'une petite armée.

chose ! Enfin il faut céder à votre sort. Vous avez assez soutenu l'État, qui est attaqué par une force invincible et divine : il ne reste plus désormais, sinon que[1] vous teniez ferme parmi ses ruines.

Comme une colonne, dont la masse solide paraît le plus ferme appui d'un temple ruineux, lorsque ce grand édifice, qu'elle soutenait, fond[2] sur elle sans l'abattre, ainsi la reine se montre le ferme soutien de l'État lorsqu'après en avoir longtemps porté le faix, elle n'est pas même courbée sous sa chute.

Qui cependant pourrait exprimer ses justes douleurs ? Qui pourrait raconter ses plaintes ? Non, MESSIEURS, Jérémie lui-même, qui seul semble être capable d'égaler les lamentations aux calamités, ne suffirait pas à de tels regrets. Elle s'écrie avec ce prophète : « Voyez, Seigneur, mon affliction. Mon ennemi s'est fortifié, et mes enfants sont perdus. Le cruel a mis sa main sacrilège sur ce qui m'était le plus cher. La royauté a été profanée, et les princes sont foulés aux pieds. Laissez-moi, je pleurerai amèrement ; n'entreprenez pas de me consoler. L'épée a frappé au-dehors, mais je sens en moi-même une mort semblable[3]. »

Mais, après que nous avons écouté ses plaintes, saintes Filles[4], ses chères amies (car elle voulait bien vous

1. **Il ne reste plus désormais, sinon que… :** il ne vous reste plus qu'à…
2. **Fond :** s'écroule.
3. **… semblable :** ce qui précède est un patchwork de plusieurs citations de Jérémie, dans lequel se glisse même, sans doute par erreur, une citation d'Isaïe.
4. **Saintes Filles :** les Filles de la Visitation de Sainte-Marie, dont le couvent de Chaillot avait été fondé par la reine d'Angleterre, et pour lesquelles elle avait beaucoup d'affection.

nommer ainsi), vous qui l'avez vue si souvent gémir devant les autels de son unique protecteur, et dans le sein desquelles elle a versé les secrètes consolations qu'elle en recevait, mettez fin à ce discours, en nous racontant les sentiments chrétiens dont vous avez été les témoins fidèles. Combien de fois a-t-elle en ce lieu remercié Dieu humblement de deux grandes grâces : l'une, de l'avoir fait chrétienne ; l'autre, MESSIEURS, qu'attendez-vous ? Peut-être d'avoir rétabli les affaires du roi son fils ? Non. C'est de l'avoir fait reine malheureuse. Ah ! je commence à regretter les bornes étroites du lieu où je parle ! Il faut éclater, percer cette enceinte, et faire retentir bien loin une parole qui ne peut être assez entendue. Que ses douleurs l'ont rendue savante dans la science de l'Évangile, et qu'elle a bien connu la religion et la vertu de la croix, quand elle a uni le christianisme avec les malheurs ! Les grandes prospérités nous aveuglent, nous transportent, nous égarent, nous font oublier Dieu, nous-mêmes, et les sentiments de la foi. De là naissent des monstres de crimes[1], des raffinements de plaisir, des délicatesses d'orgueil, qui ne donnent que trop de fondements à ces terribles malédictions que JÉSUS-CHRIST a prononcées dans son Évangile : « Malheur à vous qui riez ! malheur à vous qui êtes pleins et contents du monde[2] ! » Au contraire, comme le christianisme a pris sa naissance de la croix, ce sont aussi les malheurs qui le fortifient. Là on expie ses péchés ; là on épure ses intentions ; là on transporte ses désirs de la terre au ciel ; là on perd tout le goût du

1. **Monstres de crimes :** crimes contre nature.
2. **… contents du monde ! :** citation approximative de l'Évangile de Luc (VI, 25).

monde, et on cesse de s'appuyer sur soi-même et sur sa prudence. Il ne faut pas se flatter ; les plus expérimentés dans les affaires font des fautes capitales. Mais que nous nous pardonnons aisément nos fautes, quand la fortune nous les pardonne ! et que nous nous croyons bientôt les plus éclairés et les plus habiles, quand nous sommes les plus élevés et les plus heureux ! Les mauvais succès sont les seuls maîtres qui peuvent nous reprendre utilement, et nous arracher cet aveu d'avoir failli, qui coûte tant à notre orgueil. Alors, quand les malheurs nous ouvrent les yeux, nous repassons avec amertume sur tous nos faux pas ; nous nous trouvons également accablés de ce que nous avons fait et de ce que nous avons manqué de faire, et nous ne savons plus par où excuser cette prudence présomptueuse qui se croyait infaillible. Nous voyons que Dieu seul est sage ; et en déplorant vainement les fautes qui ont ruiné nos affaires, une meilleure réflexion nous apprend à déplorer celles qui ont perdu notre éternité, avec cette singulière consolation, qu'on les répare quand on les pleure.

Dieu a tenu douze ans sans relâche[1], sans aucune consolation de la part des hommes, notre malheureuse reine (donnons-lui hautement ce titre, dont elle a fait un sujet d'actions de grâces), lui faisant étudier sous sa main ces dures, mais solides leçons. Enfin, fléchi par ses vœux et par son humble patience, il a rétabli la maison royale. CHARLES II est reconnu, et l'injure des rois a été vengée. Ceux que les armes n'avaient pu vaincre, ni les conseils ramener, sont

1. **Douze ans sans relâche :** allusion au rétablissement de Charles II en 1660, après douze ans de république.

revenus tout à coup d'eux-mêmes : déçus par leur liberté, ils en ont à la fin détesté l'excès, honteux d'avoir eu tant de pouvoir, et leurs propres succès leur faisant horreur. Nous savons que ce prince magnanime eût pu hâter ses affaires, en se servant de la main de ceux qui s'offraient à détruire la tyrannie par un seul coup[1]. Sa grande âme a dédaigné ces moyens trop bas. Il a cru qu'en quelque état que fussent les rois, il était de leur majesté de n'agir que par les lois ou par les armes. Ces lois, qu'il a protégées, l'ont rétabli presque toutes seules : il règne paisible et glorieux sur le trône de ses ancêtres, et fait régner avec lui la justice, la sagesse et la clémence.

Il est inutile de vous dire combien la reine fut consolée par ce merveilleux événement ; mais elle avait appris par ses malheurs à ne changer pas dans un si grand changement de son état. Le monde une fois banni n'eut plus de retour dans son cœur. Elle vit avec étonnement que Dieu, qui avait rendu inutiles tant d'entreprises et tant d'efforts, parce qu'il attendait l'heure qu'il avait marquée, quand elle fut arrivée, alla prendre comme par la main le roi son fils, pour le conduire à son trône. Elle se soumit plus que jamais à cette main souveraine, qui tient du plus haut des cieux les rênes de tous les empires ; et, dédaignant les trônes qui peuvent être usurpés, elle attacha son affection au royaume où l'on ne craint point d'avoir des égaux, et où l'on voit sans jalousie ses concurrents. Touchée de ces sentiments, elle aima

1. **Par un seul coup :** en faisant assassiner Cromwell. En fait, des conspirations royalistes menaçaient sans cesse la vie de Cromwell, mais l'imprudence des conspirateurs fit échouer tous ces complots.

cette humble maison[1] plus que ses palais. Elle ne se servit plus de son pouvoir que pour protéger la foi catholique, pour multiplier ses aumônes, et pour soulager plus abondamment les familles réfugiées de ses trois royaumes et tous ceux qui avaient été ruinés pour la cause de la religion ou pour le service du roi. Rappelez en votre mémoire avec quelle circonspection elle ménageait le prochain, et combien elle avait d'aversion pour les discours empoisonnés de la médisance. Elle savait de quel poids est non seulement la moindre parole, mais le silence même des princes, et combien la médisance se donne d'empire, quand elle a osé seulement paraître en leur auguste présence. Ceux qui la voyaient attentive à peser toutes ses paroles jugeaient bien qu'elle était sans cesse sous la vue de Dieu et que, fidèle imitatrice[2] de l'institut de Sainte-Marie[3], jamais elle ne perdait la sainte présence de la majesté divine. Aussi rappelait-elle souvent ce précieux souvenir par l'oraison, et par la lecture du livre de l'*Imitation de Jésus*[4], où elle apprenait à se conformer au véritable modèle des chrétiens. Elle veillait sans relâche sur sa conscience. Après tant de maux et tant de traverses, elle ne connut plus d'autres ennemis que ses péchés. Aucun ne lui sembla léger : elle en faisait un rigoureux examen ; et soigneuse de les expier par la pénitence

1. **Humble maison :** Visitation de Chaillot.
2. **Imitatrice :** la reine ne se fit pas religieuse, mais suivit les mêmes règles de vie que les religieuses du couvent qu'elle fonda.
3. **Institut de Sainte-Marie :** ordre de la Visitation.
4. **L'*Imitation de Jésus* :** œuvre fondamentale de la littérature chrétienne. L'auteur, un anonyme du XVe siècle, y invite son lecteur à être un imitateur de Jésus-Christ dans sa relation avec Dieu et avec les hommes.

et par les aumônes, elle était si bien préparée que la mort n'a pu la surprendre, encore qu'elle soit venue sous l'apparence du sommeil. Elle est morte, cette grande reine ; et par sa mort elle a laissé un regret éternel, non seulement à MONSIEUR et à MADAME, qui, fidèles à tous leurs devoirs, ont eu pour elle des respects si soumis, si sincères, si persévérants, mais encore à tous ceux qui ont eu l'honneur de la servir ou de la connaître. Ne plaignons plus ses disgrâces, qui font maintenant sa félicité. Si elle avait été plus fortunée, son histoire serait plus pompeuse, mais ses œuvres seraient moins pleines, et avec des titres superbes elle aurait peut-être paru vide devant Dieu. Maintenant qu'elle a préféré la croix au trône, et qu'elle a mis ses malheurs au nombre des plus grandes grâces, elle recevra les consolations qui sont promises à ceux qui pleurent[1]. Puisse donc ce Dieu de miséricorde accepter ses afflictions en sacrifice agréable ! Puisse-t-il la placer au sein d'Abraham[2] et, content de ses maux, épargner désormais à sa famille et au monde de si terribles leçons !

1. **Pleurent :** paraphrase des béatitudes, perfections exaltées par le Christ dans le Sermon sur la montagne pour accéder à la félicité céleste (Matth., V, 5).
2. **Abraham :** Luc (XVI, 22).

« ORAISON FUNÈBRE D'HENRIETTE-MARIE DE FRANCE »

REPÈRES

1. Pourquoi Bossuet désigne-t-il l'armée de Cromwell, qu'il considère pourtant comme l'ennemie de la religion chrétienne, comme une « force invincible et divine » ?
2. Tandis que le corps de la défunte avait été déposé dans le caveau royal de Saint-Denis, son cœur, donné au couvent de Chaillot, était au milieu de l'église sur un catafalque que l'orateur pouvait montrer d'un geste. Suivez l'évocation, tout au long du discours, du « cœur » de la défunte ; quelle résonance particulière prend-elle ici, compte tenu des circonstances ?
3. « Celui qui règne dans les cieux, et de qui relèvent tous les empires, à qui seul appartient la gloire, la majesté et l'indépendance, est aussi le seul qui se glorifie de faire la loi aux rois, et de leur donner, quand il lui plaît, de grandes et de terribles leçons. » (lignes 1-5, page 126). Sur quoi repose, selon vous, la réussite stylistique de cette ouverture ? Comment appelle-t-on ce type de phrase ? Vous vous appuierez notamment, pour répondre, sur des remarques syntaxiques et rythmiques.

OBSERVATIONS

4. En vous aidant des notes, montrez comment Bossuet joue sur l'implicite et sur les connaissances préalables de ses auditeurs, par exemple pour évoquer l'exécution de Charles Ier. Pourquoi ? Quel effet cela produit-il ?
5 Comment est construit le portrait de Cromwell ? Comment Bossuet considère-t-il le révolutionnaire anglais ?

INTERPRÉTATIONS

6. En quoi Henriette s'oppose-t-elle à Cromwell ?
7. À partir des informations que vous pouvez rassembler sur la révolution anglaise, montrez que l'interprétation qu'en donne Bossuet est partielle et partiale.

TRAVAIL D'ÉCRITURE

8. Sur le modèle du portrait de Cromwell, dressez le portrait d'un grand acteur de l'histoire.

Henriette-Anne d'Angleterre, duchesse d'Orléans.
Huile sur toile, XVIIe *siècle.*

ORAISON FUNÈBRE D'HENRIETTE-ANNE D'ANGLETERRE

DUCHESSE D'ORLÉANS

Prononcée à Saint-Denis
le vingt et unième jour d'août 1670.

> *Vanitas vanitatum, dixit Ecclesiastes ; vanitas vanitatum, et omnia vanitas.*
> « Vanité des vanités, a dit l'Ecclésiaste ; vanité des vanités, et tout est vanité. »
> (Ecclésiaste, I, verset 2)

MONSEIGNEUR[1],

J'étais donc encore destiné à rendre ce devoir funèbre à très haute et très puissante princesse HENRIETTE-ANNE D'ANGLETERRE, DUCHESSE D'ORLÉANS. Elle, que j'avais vue si attentive pendant que je rendais le même devoir à la reine sa mère, devait être si tôt après le sujet d'un discours semblable ; et ma triste voix était réservée à ce déplorable ministère. Ô vanité ! ô néant ! ô mortels ignorants de leurs destinées ! L'eût-elle cru il y a dix mois[2] ? Et vous, MESSIEURS, eussiez-vous pensé, pendant qu'elle versait tant de larmes en ce lieu, qu'elle dût si tôt vous

1. **Monseigneur :** le prince de Condé, représentant la famille royale aux funérailles.
2. **Dix mois :** le 16 novembre 1669, lors de l'oraison funèbre d'Henriette-Marie de France.

y rassembler pour la pleurer elle-même[1] ? PRINCESSE, le digne objet de l'admiration de deux grands royaumes, n'était-ce pas assez que l'Angleterre pleurât votre absence[2], sans être encore réduite à pleurer votre mort ? et la France, qui vous revit avec tant de joie environnée d'un nouvel éclat, n'avait-elle plus d'autres pompes et d'autres triomphes pour vous, au retour de ce voyage fameux[3] d'où vous aviez remporté tant de gloire et de si belles espérances ? « Vanité des vanités, et tout est vanité. » C'est la seule parole qui me reste ; c'est la seule réflexion que me permet, dans un accident si étrange, une si juste et si sensible douleur. Aussi n'ai-je point parcouru les livres sacrés pour y trouver quelque texte que je pusse appliquer à cette princesse. J'ai pris sans étude et sans choix les premières paroles que me présente l'Ecclésiaste, où quoique la vanité ait été si souvent nommée, elle ne l'est pas encore assez à mon gré pour le dessein que je me propose. Je veux dans un seul malheur déplorer toutes les calamités du genre humain, et dans une seule mort faire voir la mort et le néant de toutes les grandeurs humaines. Ce texte, qui convient à tous les états et à tous les événements

1. **... elle-même :** après avoir rappelé la cérémonie de Chaillot, au cours de laquelle il avait prononcé l'oraison funèbre précédente devant le cœur de la défunte, Bossuet fait ici allusion à la célébration solennelle des obsèques d'Henriette-Marie de France à Saint-Denis, où avait été déposé le corps de la défunte.
2. **Votre absence :** la petite Henriette avait dû quitter son pays natal dans les circonstances dramatiques exposées dans l'oraison funèbre de sa mère, Henriette-Marie de France.
3. **Voyage fameux :** Henriette revenait d'Angleterre après avoir amené son frère Charles II à signer un traité avec Louis XIV. L'ambassadeur d'Angleterre et deux envoyés extraordinaires de Charles II assistaient à la cérémonie.

de notre vie, par une raison particulière devient propre à mon lamentable sujet, puisque jamais les vanités de la terre n'ont été si clairement découvertes, ni si hautement confondues. Non, après ce que nous venons de voir, la santé n'est qu'un nom, la vie n'est qu'un songe, la gloire n'est qu'une apparence, les grâces et les plaisirs ne sont qu'un dangereux amusement : tout est vain en nous, excepté le sincère aveu que nous faisons devant Dieu de nos vanités, et le jugement arrêté qui nous fait mépriser tout ce que nous sommes.

Mais dis-je la vérité ? L'homme, que Dieu a fait à son image, n'est-il qu'une ombre[1] ? Ce que JÉSUS-CHRIST est venu chercher du ciel en la terre, ce qu'il a cru pouvoir, sans se ravilir[2], acheter de tout son sang, n'est-ce qu'un rien ? Reconnaissons notre erreur. Sans doute ce triste spectacle des vanités humaines nous imposait, et l'espérance publique frustrée tout à coup par la mort de cette princesse nous poussait trop loin. Il ne faut pas permettre à l'homme de se mépriser tout entier, de peur que, croyant avec les impies que notre vie n'est qu'un jeu où règne le hasard, il ne marche sans règle et sans conduite au gré de ses aveugles désirs. C'est pour cela que l'Ecclésiaste, après avoir commencé son divin ouvrage par les paroles que j'ai récitées, après en avoir rempli toutes les pages du mépris des choses humaines, veut enfin montrer à l'homme quelque chose de plus solide, et conclut tout son discours en lui disant : « Crains Dieu, et garde ses

1. **Ombre** : image fréquente dans la Bible (Ecclésiaste, VI, 12 ; Job, XIV, 2).
2. **Se ravilir** : s'avilir.

commandements ; car c'est là tout l'homme ; et sache que le Seigneur examinera dans son jugement tout ce que nous aurons fait de bien et de mal[1]. » Ainsi tout est vain en l'homme, si nous regardons ce qu'il donne au monde ; mais au contraire tout est important, si nous considérons ce qu'il doit à Dieu. Encore une fois, tout est vain en l'homme, si nous regardons le cours de sa vie mortelle ; mais tout est précieux, tout est important, si nous contemplons le terme où elle aboutit, et le compte qu'il en faut rendre. Méditons donc aujourd'hui, à la vue de cet autel et de ce tombeau, la première et la dernière parole de l'Ecclésiaste, l'une qui montre le néant de l'homme, l'autre qui établit sa grandeur. Que ce tombeau nous convainque de notre néant, pourvu que cet autel, où l'on offre tous les jours pour nous une victime d'un si grand prix, nous apprenne en même temps notre dignité. La princesse que nous pleurons sera un témoin fidèle de l'un et de l'autre. Voyons ce qu'une mort soudaine lui a ravi ; voyons ce qu'une sainte mort lui a donné. Ainsi nous apprendrons à mépriser ce qu'elle a quitté sans peine, afin d'attacher toute notre estime à ce qu'elle a embrassé avec tant d'ardeur, lorsque son âme, épurée de tous les sentiments de la terre et pleine du ciel où elle touchait, a vu la lumière toute manifeste. Voilà les vérités que j'ai à traiter, et que j'ai crues dignes d'être proposées à un si grand prince, et à la plus illustre assemblée de l'univers.

1. **... mal :** citation du Livre de l'Ecclésiaste (XII, 13-14), dont est également tiré le texte de l'oraison.

« Nous mourons tous », disait cette femme dont l'Écriture a loué la prudence au second Livre des Rois[1], « et nous allons sans cesse au tombeau, ainsi que des eaux qui se perdent sans retour ». En effet, nous ressemblons tous à des eaux courantes. De quelque superbe distinction que se flattent les hommes, ils ont tous une même origine ; et cette origine est petite. Leurs années se poussent successivement comme des flots ; ils ne cessent de s'écouler ; tant qu'enfin, après avoir fait un peu plus de bruit et traversé un peu plus de pays les uns que les autres, ils vont tous ensemble se confondre dans un abîme où l'on ne reconnaît plus ni princes, ni rois, ni toutes ces autres qualités superbes qui distinguent les hommes ; de même que ces fleuves tant vantés demeurent sans nom et sans gloire, mêlés dans l'Océan avec les rivières les plus inconnues.

Et certainement, MESSIEURS, si quelque chose pouvait élever les hommes au-dessus de leur infirmité naturelle, si l'origine qui nous est commune souffrait quelque distinction solide et durable entre ceux que Dieu a formés de la même terre, qu'y aurait-il dans l'univers de plus distingué que la princesse dont je parle ? Tout ce que peuvent faire non seulement la naissance et la fortune, mais encore les grandes qualités de l'esprit pour l'élévation d'une princesse se trouve rassemblé, et puis anéanti, dans la nôtre. De quelque côté que je suive les traces de sa glorieuse origine, je ne découvre que des rois, et

1. **Second Livre des Rois** : second Livre de Samuel selon le classement actuel (XIV, 14). Cette femme obtint de David la grâce d'Absalon par le moyen d'une ingénieuse fable.

partout je suis ébloui de l'éclat des plus augustes couronnes[1]. Je vois la maison de France, la plus grande, sans comparaison, de tout l'univers, et à qui les plus puissantes maisons peuvent bien céder sans envie, puisqu'elles tâchent de tirer leur gloire de cette source. Je vois les rois d'Écosse, les rois d'Angleterre, qui ont régné depuis tant de siècles sur une des plus belliqueuses nations de l'univers plus encore par leur courage que par l'autorité de leur sceptre. Mais cette princesse, née sur le trône, avait l'esprit et le cœur plus haut que sa naissance. Les malheurs de sa maison n'ont pu l'accabler dans sa première jeunesse, et dès lors on voyait en elle une grandeur qui ne devait rien à la fortune. Nous disions avec joie que le ciel l'avait arrachée, comme par miracle, des mains des ennemis du roi son père pour la donner à la France : don précieux, inestimable présent, si seulement la possession en avait été plus durable ! Mais pourquoi ce souvenir vient-il m'interrompre ? Hélas ! nous ne pouvons un moment arrêter les yeux sur la gloire de la princesse sans que la mort s'y mêle aussitôt pour tout offusquer de son ombre. Ô mort, éloigne-toi de notre pensée, et laisse-nous tromper pour un peu de temps la violence de notre douleur par le souvenir de notre joie ! Souvenez-vous donc, MESSIEURS, de l'admiration que la princesse d'Angleterre donnait à toute la cour. Votre mémoire vous la peindra mieux avec tous ses traits et son incomparable douceur que ne pourront jamais faire toutes mes paroles. Elle croissait au milieu des bénédictions

1. **Couronnes :** les Stuarts d'Écosse par son père, les Bourbons par sa mère, fille d'Henri IV.

de tous les peuples, et les années ne cessaient de lui apporter de nouvelles grâces. Aussi la reine sa mère, dont elle a toujours été la consolation, ne l'aimait pas plus tendrement que faisait ANNE d'Espagne[1]. ANNE, vous le savez, MESSIEURS, ne trouvait rien au-dessus de cette princesse. Après nous avoir donné une reine[2], seule capable par sa piété, et par ses autres vertus royales, de soutenir la réputation d'une tante si illustre[3], elle voulut, pour mettre dans sa famille ce que l'univers avait de plus grand, que PHILIPPE DE FRANCE, son second fils, épousât la princesse HENRIETTE ; et quoique le roi d'Angleterre, dont le cœur égale la sagesse, sût que la princesse sa sœur, recherchée de tant de rois[4], pouvait honorer un trône, il lui vit remplir avec joie la seconde place de France, que la dignité d'un si grand royaume peut mettre en comparaison avec les premières du reste du monde.

Que si son rang la distinguait, j'ai eu raison de vous dire qu'elle était encore plus distinguée par son mérite. Je pourrais vous faire remarquer qu'elle connaissait si bien la beauté des ouvrages de l'esprit que l'on croyait avoir atteint la perfection quand on avait su plaire à MADAME. Je pourrais encore ajouter que les plus sages et les plus expérimentés admiraient cet esprit vif et perçant, qui embrassait sans peine les

1. **Anne d'Espagne :** ou Anne d'Autriche, mère de Louis XIV et de Philippe d'Orléans.
2. **Reine :** Marie-Thérèse d'Autriche, épouse de Louis XIV.
3. **Tante si illustre :** allusion au mariage de Marie-Thérèse, nièce d'Anne d'Autriche, avec Louis XIV.
4. **Tant de rois :** l'empereur Léopold Ier, le roi de Portugal, le duc de Savoie étaient notamment ses prétendants.

plus grandes affaires et pénétrait avec tant de facilité dans les plus secrets intérêts. Mais pourquoi m'étendre sur une matière où je puis tout dire en un mot ? Le roi, dont le jugement est une règle toujours sûre, a estimé la capacité de cette princesse, et l'a mise par son estime au-dessus de tous nos éloges.

Cependant ni cette estime, ni tous ces grands avantages n'ont pu donner atteinte à sa modestie. Tout éclairée qu'elle était, elle n'a point présumé de ses connaissances, et jamais ses lumières ne l'ont éblouie. Rendez témoignage à ce que je dis, vous que cette grande princesse a honorés de sa confiance. Quel esprit avez-vous trouvé plus élevé ? mais quel esprit avez-vous trouvé plus docile ? Plusieurs, dans la crainte d'être trop faciles[1], se rendent inflexibles à la raison, et s'affermissent contre elle. MADAME s'éloignait toujours autant de la présomption que de la faiblesse ; également estimable, et de ce qu'elle savait trouver les sages conseils, et de ce qu'elle était capable de les recevoir. On les sait bien connaître, quand on fait sérieusement l'étude qui plaisait tant à cette princesse. Nouveau genre d'étude, et presque inconnu aux personnes de son âge et de son rang ; ajoutons, si vous voulez, de son sexe. Elle étudiait ses défauts ; elle aimait qu'on lui en fît des leçons sincères : marque assurée d'une âme forte, que ses fautes ne dominent pas, et qui ne craint point de les envisager de près, par une secrète confiance des ressources qu'elle sent pour les surmonter. C'était le dessein d'avancer dans cette étude de sagesse qui la

1. **Faciles :** indulgents, voire faibles.

tenait si attachée à la lecture de l'histoire, qu'on appelle avec raison la sage conseillère des princes. C'est là que les plus grands rois n'ont plus de rang que par leurs vertus et que, dégradés à jamais par les mains de la mort, ils viennent subir sans cour et sans suite le jugement de tous les peuples et de tous les siècles. C'est là qu'on découvre que le lustre qui vient de la flatterie est superficiel, et que les fausses couleurs, quelque industrieusement qu'on les applique, ne tiennent pas. Là notre admirable princesse étudiait les devoirs de ceux dont la vie compose l'histoire : elle y perdait insensiblement le goût des romans et de leurs fades héros[1] ; et, soigneuse de se former sur le vrai, elle méprisait ces froides[2] et dangereuses fictions. Ainsi sous un visage riant, sous cet air de jeunesse qui semblait ne promettre que des jeux, elle cachait un sens et un sérieux dont ceux qui traitaient avec elle étaient surpris.

Aussi pouvait-on sans crainte lui confier les plus grands secrets. Loin du commerce des affaires et de la société des hommes, ces âmes sans force, aussi bien que sans foi, qui ne savent pas retenir leur langue indiscrète ! « Ils ressemblent », dit le Sage[3], « à une ville sans murailles, qui est ouverte de toutes parts », et qui devient la proie du premier venu. Que MADAME était au-dessus de cette faiblesse ! Ni la surprise, ni l'intérêt, ni la vanité, ni l'appât d'une flatterie délicate ou d'une douce conversation, qui

1. **Fades héros :** allusions aux romans de l'époque, notamment les romans précieux.
2. **Froides :** plates, sans intérêt.
3. **Sage :** citation des Proverbes, XXV, 28. Le Sage désigne Salomon, considéré comme l'auteur des Proverbes.

souvent, épanchant le cœur, en fait échapper le secret, n'était capable de lui faire découvrir le sien, et la sûreté qu'on trouvait en cette princesse, que son esprit rendait si propre aux grandes affaires, lui faisait confier les plus importantes.

Ne pensez pas que je veuille, en interprète téméraire des secrets d'État, discourir sur le voyage d'Angleterre, ni que j'imite ces politiques spéculatifs qui arrangent suivant leurs idées les conseils des rois, et composent sans instruction les annales de leur siècle. Je ne parlerai de ce voyage glorieux que pour dire que MADAME y fut admirée plus que jamais. On ne parlait qu'avec transport de la bonté de cette princesse, qui, malgré les divisions trop ordinaires dans les cours, lui gagna d'abord tous les esprits. On ne pouvait assez louer son incroyable dextérité à traiter les affaires les plus délicates, à guérir ces défiances cachées qui souvent les tiennent en suspens, et à terminer tous les différends d'une manière qui conciliait les intérêts les plus opposés. Mais qui pourrait penser, sans verser des larmes, aux marques d'estime et de tendresse que lui donna le roi son frère ? Ce grand roi, plus capable encore d'être touché par le mérite que par le sang, ne se lassait point d'admirer les excellentes qualités de MADAME. Ô plaie irrémédiable ! ce qui fut en ce voyage le sujet d'une si juste admiration est devenu pour ce prince le sujet d'une douleur qui n'a point de bornes. PRINCESSE, le digne lien des deux plus grands rois du monde, pourquoi leur avez-vous été si tôt ravie ? Ces deux grands rois se connaissent ; c'est l'effet des soins de MADAME : ainsi leurs nobles inclinations concilieront leurs esprits, et la vertu sera entre eux une immortelle médiatrice. Mais si leur union ne perd rien de sa fermeté, nous déplorerons éternellement qu'elle ait perdu son agrément le plus doux, et qu'une princesse si chérie de tout l'univers ait été précipitée dans le tombeau, pendant que la confiance de deux si grands rois l'élevait au comble de la grandeur et de la gloire.

La grandeur et la gloire ! Pouvons-nous encore entendre ces noms dans ce triomphe de la mort ? Non, MESSIEURS, je ne puis plus soutenir ces grandes paroles, par lesquelles l'arrogance humaine tâche de s'étourdir elle-même pour ne pas apercevoir son néant. Il est temps de faire voir que tout ce qui est mortel, quoi qu'on ajoute par le dehors pour le faire paraître grand, est par son fond incapable d'élévation. Écoutez à ce propos le profond raisonnement, non d'un philosophe qui dispute dans une école, ou d'un religieux qui médite dans un cloître : je veux confondre le monde par ceux que le monde même révère le plus, par ceux qui le connaissent le mieux, et ne lui veux donner pour le convaincre que des docteurs assis sur le trône. « Ô Dieu », dit le roi prophète[1], « vous avez fait mes jours mesurables, et ma substance n'est rien devant vous ». Il est ainsi, CHRÉTIENS : tout ce qui se mesure finit ; et tout ce qui est né pour finir n'est pas tout à fait sorti du néant où il est si tôt replongé. Si notre être, si notre substance n'est rien, tout ce que nous bâtissons dessus, que peut-il être ? Ni l'édifice n'est plus solide que le fondement, ni l'accident attaché à l'être plus

1. **Le roi prophète :** David, considéré comme l'auteur des Psaumes (XXXVIII, 6).

réel que l'être même. Pendant que la nature nous tient si bas, que peut faire la fortune pour nous élever ? Cherchez, imaginez parmi les hommes les différences les plus remarquables ; vous n'en trouverez point de mieux marquée, ni qui vous paraisse plus effective que celle qui relève le victorieux au-dessus des vaincus qu'il voit étendus à ses pieds. Cependant ce vainqueur enflé de ses titres tombera lui-même à son tour entre les mains de la mort. Alors ces malheureux vaincus rappelleront à leur compagnie leur superbe triomphateur, et du creux de leurs tombeaux sortira cette voix qui foudroie toutes les grandeurs : « Vous voilà blessé comme nous ; vous êtes devenu semblable à nous[1]. » Que la fortune ne tente donc pas de nous tirer du néant, ni de forcer la bassesse de notre nature.

Mais peut-être au défaut de la fortune les qualités de l'esprit, les grands desseins, les vastes pensées pourront nous distinguer du reste des hommes. Gardez-vous bien de le croire, parce que toutes nos pensées qui n'ont pas Dieu pour objet sont du domaine de la mort. « Ils mourront », dit le roi prophète, « et en ce jour périront toutes leurs pensées[2] », c'est-à-dire les pensées des conquérants, les pensées des politiques, qui auront imaginé dans leurs cabinets des desseins où le monde entier sera compris. Ils se seront munis de tous côtés par des précautions infinies ; enfin ils auront tout prévu, excepté leur mort qui emportera en un moment toutes leurs pensées. C'est pour cela que

1. **... à nous :** citation du Livre d'Isaïe (XIV, 10).
2. **... leurs pensées :** citation du Psaume CXLV, 4.

l'Ecclésiaste[1], le roi Salomon fils du roi David (car je suis bien aise de vous faire voir la succession de la même doctrine dans un même trône) ; c'est, dis-je, pour cela que l'Ecclésiaste, faisant le dénombrement des illusions qui travaillent les enfants des hommes, y comprend la sagesse même. « Je me suis », dit-il, « appliqué à la sagesse, et j'ai vu que c'était encore une vanité », parce qu'il y a une fausse sagesse qui, se renfermant dans l'enceinte des choses mortelles, s'ensevelit avec elles dans le néant. Ainsi je n'ai rien fait pour MADAME quand je vous ai représenté tant de belles qualités qui la rendaient admirable au monde, et capable des plus hauts desseins où une princesse puisse s'élever. Jusqu'à ce que je commence à vous raconter ce qui l'unit à Dieu, une si illustre princesse ne paraîtra dans ce discours que comme un exemple, le plus grand qu'on se puisse proposer, et le plus capable de persuader aux ambitieux qu'ils n'ont aucun moyen de se distinguer, ni par leur naissance, ni par leur grandeur, ni par leur esprit, puisque la mort, qui égale tout, les domine de tous côtés avec tant d'empire et que, d'une main si prompte et si souveraine, elle renverse les têtes les plus respectées.

Considérez, MESSIEURS, ces grandes puissances que nous regardons de si bas. Pendant que nous tremblons sous leur main, Dieu les frappe pour nous avertir. Leur élévation en est la cause ; et il les épargne si peu qu'il ne craint pas de les sacrifier à l'instruction du reste des hommes. CHRÉTIENS, ne

1. **L'Ecclésiaste** : auteur du livre biblique du même nom (ici, II, 12 et 15), souvent identifié à Salomon, qui incarne l'insatisfaction de l'homme dans le monde terrestre.

murmurez pas si MADAME a été choisie pour nous donner une telle instruction. Il n'y a rien ici de rude pour elle, puisque, comme vous le verrez dans la suite, Dieu la sauve par le même coup qui nous instruit. Nous devrions être assez convaincus de notre néant ; mais s'il faut des coups de surprise à nos cœurs enchantés de l'amour du monde, celui-ci est assez grand et assez terrible. Ô nuit désastreuse ! ô nuit effroyable, où retentit tout à coup, comme un éclat de tonnerre, cette étonnante nouvelle : MADAME se meurt, MADAME est morte ! Qui de nous ne se sentit frappé à ce coup, comme si quelque tragique accident avait désolé sa famille ? Au premier bruit d'un mal si étrange, on accourut à Saint-Cloud[1] de toutes parts ; on trouve tout consterné, excepté le cœur de cette princesse. Partout on entend des cris, partout on voit la douleur et le désespoir, et l'image de la mort. Le roi, la reine, Monsieur, toute la cour, tout le peuple, tout est abattu, tout est désespéré, et il me semble que je vois l'accomplissement de cette parole du prophète[2] : « Le roi pleurera, le prince sera désolé, et les mains tomberont au peuple, de douleur et d'étonnement. »

Mais et les princes et les peuples gémissaient en vain. En vain Monsieur, en vain le roi même tenait MADAME serrée par de si étroits embrassements. Alors ils pouvaient dire l'un et l'autre, avec saint Ambroise : « *Stringebam brachia, sed jam amiseram quam tenebam.* Je serrais les bras, mais j'avais déjà perdu ce que je tenais. » La princesse leur échappait

1. **Saint-Cloud :** palais du duc d'Orléans.
2. **Cette parole du prophète :** il s'agit d'Ézéchiel (VII, 27).

parmi des embrassements si tendres, et la mort plus puissante nous l'enlevait entre ces royales mains. Quoi donc, elle devait périr si tôt ! Dans la plupart des hommes, les changements se font peu à peu, et la mort les prépare ordinairement à son dernier coup. MADAME cependant a passé du matin au soir, ainsi que l'herbe des champs. Le matin elle fleurissait ; avec quelles grâces, vous le savez : le soir, nous la vîmes séchée, et ces fortes expressions, par lesquelles l'Écriture sainte[1] exagère l'inconstance des choses humaines, devaient être pour cette princesse si précises et si littérales. Hélas ! nous composions son histoire de tout ce qu'on peut imaginer de plus glorieux. Le passé et le présent nous garantissaient l'avenir, et on pouvait tout attendre de tant d'excellentes qualités. Elle allait s'acquérir deux puissants royaumes[2], par des moyens agréables : toujours douce, toujours paisible autant que généreuse et bienfaisante, son crédit n'y aurait jamais été odieux : on ne l'eût point vue s'attirer la gloire avec une ardeur inquiète et précipitée ; elle l'eût attendue sans impatience, comme sûre de la posséder. Cet attachement, qu'elle a montré si fidèle pour le roi jusques à la mort, lui en donnait les moyens. Et certes c'est le bonheur de nos jours, que l'estime se puisse joindre avec le devoir et qu'on puisse autant s'attacher au mérite et à la personne du prince qu'on en révère la puissance et la majesté. Les inclinations de MADAME

1. **Écriture sainte :** il ne s'agit pas d'une citation à proprement parler, mais de souvenirs des Psaumes (par ex., LXXXIX) et d'Isaïe (XL, 6-8).
2. **Deux puissants royaumes :** elle allait se concilier la reconnaissance et l'affection de la France et de l'Angleterre.

ne l'attachaient pas moins fortement à tous ses autres devoirs. La passion qu'elle ressentait pour la gloire de MONSIEUR n'avait point de bornes. Pendant que ce grand prince, marchant sur les pas de son invincible frère, secondait avec tant de valeur et de succès ses grands et héroïques desseins dans la campagne de Flandre, la joie de cette princesse était incroyable. C'est ainsi que ses généreuses inclinations la menaient à la gloire par les voies que le monde trouve les plus belles ; et si quelque chose manquait encore à son bonheur[1], elle eût tout gagné par sa douceur et par sa conduite. Telle était l'agréable histoire que nous faisions pour MADAME ; et, pour achever ces nobles projets, il n'y avait que la durée de sa vie dont nous ne croyions pas devoir être en peine. Car qui eût pu seulement penser que les années eussent dû manquer à une jeunesse qui semblait si vive ? Toutefois c'est par cet endroit que tout se dissipe en un moment. Au lieu de l'histoire d'une belle vie, nous sommes réduits à faire l'histoire d'une admirable mais triste mort. À la vérité, MESSIEURS, rien n'a jamais égalé la fermeté de son âme, ni ce courage paisible qui, sans faire effort pour s'élever, s'est trouvé par sa naturelle situation au-dessus des accidents les plus redoutables. Oui, MADAME fut douce envers la mort, comme elle l'était envers tout le monde. Son grand cœur ni ne s'aigrit ni ne s'emporta contre elle. Elle ne la brave non plus avec fierté, contente de l'envisager sans émotion, et de la recevoir sans trouble. Triste

1. **Quelque chose manquait encore à son bonheur :** allusion délicate à la mauvaise entente qui régnait entre le duc d'Orléans et sa femme.

consolation, puisque malgré ce grand courage nous l'avons perdue ! C'est la grande vanité des choses humaines. Après que par le dernier effort de notre courage nous avons, pour ainsi dire, surmonté la mort, elle éteint en nous jusqu'à ce courage par lequel nous semblions la défier. La voilà, malgré ce grand cœur, cette princesse si admirée et si chérie ; la voilà telle que la mort nous l'a faite. Encore ce reste tel quel va-t-il disparaître : cette ombre de gloire va s'évanouir, et nous l'allons voir dépouillée même de cette triste décoration. Elle va descendre à ces sombres lieux, à ces demeures souterraines, pour y dormir dans la poussière avec les grands de la terre, comme parle Job[1], avec ces rois et ces princes anéantis, parmi lesquels à peine peut-on la placer, tant les rangs y sont pressés, tant la mort est prompte à remplir ces places ! Mais ici notre imagination nous abuse encore. La mort ne nous laisse pas assez de corps pour occuper quelque place, et on ne voit là que les tombeaux qui fassent quelque figure. Notre chair change bientôt de nature ; notre corps prend un autre nom ; même celui de cadavre, dit Tertullien, parce qu'il nous montre encore quelque forme humaine, ne lui demeure pas longtemps : il devient un je ne sais quoi qui n'a plus de nom dans aucune langue ; tant il est vrai que tout meurt en lui, jusqu'à ces termes funèbres par lesquels on exprimait ses malheureux restes !

1. **Job** : allusion au Livre de Job (XXI, 26), plus cru : « Ils [le riche comme le pauvre] dormiront tous deux dans la puissance du sépulcre ; et ils seront tous deux mangés des vers. »

C'est ainsi que la puissance divine, justement irritée contre notre orgueil, le pousse jusqu'au néant, et que, pour égaler à jamais les conditions, elle ne fait de nous tous qu'une même cendre. Peut-on bâtir sur ces ruines ? Peut-on appuyer quelque grand dessein sur ce débris inévitable des choses humaines ? Mais quoi, MESSIEURS, tout est-il donc désespéré pour nous ? Dieu, qui foudroie toutes nos grandeurs jusqu'à les réduire en poudre, ne nous laisse-t-il aucune espérance ? Lui, aux yeux de qui rien ne se perd, et qui suit toutes les parcelles de nos corps, en quelque endroit écarté du monde que la corruption, ou le hasard, les jette, verra-t-il périr sans ressource ce qu'il a fait capable de le connaître et de l'aimer ? Ici un nouvel ordre de choses se présente à moi ; les ombres de la mort se dissipent : « Les voies me sont ouvertes à la véritable vie[1]. » MADAME n'est plus dans le tombeau ; la mort, qui semblait tout détruire, a tout établi : voici le secret de l'Ecclésiaste, que je vous avais marqué dès le commencement de ce discours, et dont il faut maintenant découvrir le fond.

Il faut donc penser, CHRÉTIENS, qu'outre le rapport que nous avons du côté du corps avec la nature changeante et mortelle, nous avons d'un autre côté un rapport intime et une secrète affinité avec Dieu, parce que Dieu même a mis quelque chose en nous qui peut confesser la vérité de son être, en adorer la perfection, en admirer la plénitude ; quelque chose qui peut se soumettre à sa

1. ... vie : Psaume XV, 11.

souveraine puissance, s'abandonner à sa haute et incompréhensible sagesse, se confier en sa bonté, craindre sa justice, espérer son éternité. De ce côté, MESSIEURS, si l'homme croit avoir en lui de l'élévation, il ne se trompera pas. Car, comme il est nécessaire que chaque chose soit réunie à son principe, et que c'est pour cette raison, dit l'Ecclésiaste, « que le corps retourne à la terre, dont il a été tiré[1] », il faut, par la suite du même raisonnement, que ce qui porte en nous la marque divine, ce qui est capable de s'unir à Dieu, y soit aussi rappelé. Or ce qui doit retourner à Dieu, qui est la grandeur primitive et essentielle, n'est-il pas grand et élevé ? C'est pourquoi, quand je vous ai dit que la grandeur et la gloire n'étaient parmi nous que des noms pompeux, vides de sens et de choses, je regardais le mauvais usage que nous faisons de ces termes. Mais, pour dire la vérité dans toute son étendue, ce n'est ni l'erreur ni la vanité qui ont inventé ces noms magnifiques ; au contraire nous ne les aurions jamais trouvés si nous n'en avions porté le fonds en nous-mêmes. Car où prendre ces nobles idées dans le néant ? La faute que nous faisons n'est donc pas de nous être servis de ces noms ; c'est de les avoir appliqués à des objets trop indignes. Saint Chrysostome a bien compris cette vérité, quand il a dit : « Gloire, richesses, noblesse, puissance, pour les hommes du monde, ne sont que des noms ; pour nous, si nous servons Dieu, ce seront des choses. Au contraire la pauvreté, la honte, la mort sont des choses trop effectives et trop réelles

1. ... tiré : citation de l'Ecclésiaste (XII, 7).

pour eux ; pour nous, ce sont seulement des noms » ; parce que celui qui s'attache à Dieu ne perd ni ses biens, ni son honneur, ni sa vie. Ne vous étonnez donc pas si l'Ecclésiaste dit si souvent : « Tout est vanité. » Il s'explique : « Tout est vanité sous le soleil[1] », c'est-à-dire tout ce qui est mesuré par les années, tout ce qui est emporté par la rapidité du temps. Sortez du temps et du changement, aspirez à l'éternité : la vanité ne vous tiendra plus asservis. Ne vous étonnez pas si le même Ecclésiaste méprise tout en nous, jusqu'à la sagesse, et ne trouve rien de meilleur que de goûter en repos le fruit de son travail[2]. La sagesse dont il parle en ce lieu est cette sagesse insensée, ingénieuse à se tourmenter, habile à se tromper elle-même, qui se corrompt dans le présent, qui s'égare dans l'avenir ; qui, par beaucoup de raisonnements et de grands efforts, ne fait que se consumer inutilement en amassant des choses que le vent emporte. « Hé ! », s'écrie ce sage roi, « y a-t-il rien de si vain[3] ? » Et n'a-t-il pas raison de préférer la simplicité d'une vie particulière, qui goûte doucement et innocemment ce peu de biens que la nature nous donne, aux soucis et aux chagrins des avares, aux songes inquiets des ambitieux ? Mais « cela même », dit-il, ce repos, cette douceur de la vie, « est encore une vanité », parce que la mort trouble et emporte tout. Laissons-lui donc mépriser tous les états de cette vie, puisqu'enfin, de quelque côté qu'on s'y tourne, on voit toujours la mort en face,

1. **... soleil** : formule récurrente dans l'Ecclésiaste (I, 2, 14 ; II, 1, 17).
2. **... travail** : formule récurrente dans l'Ecclésiaste (I, 17 ; II, 12, 24).
3. **... vain** : citation de l'Ecclésiaste (II, 19).

qui couvre de ténèbres tous nos plus beaux jours. Laissons-lui égaler le fol et le sage ; et même, je ne craindrai pas de le dire hautement en cette chaire, laissons-lui confondre l'homme avec la bête : « *Unus interitus est hominis et jumentorum*[1]. » En effet, jusqu'à ce que nous ayons trouvé la véritable sagesse, tant que nous regarderons l'homme par les yeux du corps, sans y démêler par l'intelligence ce secret principe de toutes nos actions qui, étant capable de s'unir à Dieu, doit nécessairement y retourner, que verrons-nous autre chose dans notre vie que de folles inquiétudes ? et que verrons-nous, dans notre mort, qu'une vapeur qui s'exhale, que des esprits qui s'épuisent, que des ressorts qui se démontent et se déconcertent, enfin qu'une machine qui se dissout et qui se met en pièces ? Ennuyés de ces vanités, cherchons ce qu'il y a de grand et de solide en nous. Le Sage nous l'a montré dans les dernières paroles de l'Ecclésiaste, et bientôt Madame nous le fera paraître dans les dernières actions de sa vie. « Crains Dieu, et observe ses commandements ; car c'est là tout l'homme[2] » ; comme s'il disait : Ce n'est pas l'homme que j'ai méprisé, ne le croyez pas ; ce sont les opinions, ce sont les erreurs par lesquelles l'homme abusé se déshonore lui-même. Voulez-vous savoir en un mot ce que c'est que l'homme ? Tout son devoir, tout son objet, toute sa nature, c'est de craindre Dieu : tout le reste est vain, je le déclare ; mais aussi tout le reste n'est pas l'homme. Voici ce

1. ***... jumentorum*** : identique est la mort de l'homme et des bêtes de somme (Eccles., III, 19).
2. **... l'homme** : citation de l'Ecclésiaste (XII, 13).

qui est réel et solide, et ce que la mort ne peut enlever ; car, ajoute l'Ecclésiaste, « Dieu examinera dans son jugement tout ce que nous aurons fait de bien et de mal[1]. » Il est donc maintenant aisé de concilier toutes choses. Le Psalmiste dit « qu'à la mort périront toutes nos pensées[2] » ; oui, celles que nous aurons laissé emporter au monde, dont la figure passe et s'évanouit. Car encore que notre esprit soit de nature à vivre toujours, il abandonne à la mort tout ce qu'il consacre aux choses mortelles ; de sorte que nos pensées, qui devaient être incorruptibles du côté de leur principe, deviennent périssables du côté de leur objet. Voulez-vous sauver quelque chose de ce débris si universel, si inévitable ? Donnez à Dieu vos affections : nulle force ne vous ravira ce que vous aurez déposé en ses mains divines. Vous pourrez hardiment mépriser la mort, à l'exemple de notre héroïne chrétienne. Mais, afin de tirer d'un si bel exemple toute l'instruction qu'il nous peut donner, entrons dans une profonde considération des conduites de Dieu sur elle, et adorons en cette princesse le mystère de la prédestination et de la grâce.

Vous savez que toute la vie chrétienne, que tout l'ouvrage de notre salut est une suite continuelle de miséricordes ; mais le fidèle interprète du mystère de la grâce, je veux dire le grand Augustin, m'apprend cette véritable et solide théologie, que c'est dans la première grâce et dans la dernière que la grâce se montre grâce, c'est-à-dire que c'est dans la vocation qui nous prévient et dans la persévérance finale qui nous

1. ... **mal** : citation de l'Ecclésiaste (XII, 14).
2. ... **pensées** : citation du Psaume CXLV, 3.

couronne que la bonté qui nous sauve paraît toute gratuite et toute pure. En effet, comme nous changeons deux fois d'état, en passant premièrement des ténèbres à la lumière, et ensuite de la lumière imparfaite de la foi à la lumière consommée de la gloire, comme c'est la vocation qui nous inspire la foi, et que c'est la persévérance qui nous transmet[1] à la gloire, il a plu à la divine bonté de se marquer elle-même au commencement de ces deux états par une impression illustre et particulière, afin que nous confessions que toute la vie du chrétien, et dans le temps qu'il espère et dans le temps qu'il jouit, est un miracle de grâce. Que ces deux principaux moments de la grâce ont été bien marqués par les merveilles que Dieu a faites pour le salut éternel d'HENRIETTE d'ANGLETERRE ! Pour la donner à l'Église, il a fallu renverser tout un grand royaume. La grandeur de la maison d'où elle est sortie n'était pour elle qu'un engagement plus étroit dans le schisme de ses ancêtres, disons : des derniers de ses ancêtres, puisque tout ce qui les précède, à remonter jusqu'aux premiers temps, est si pieux et si catholique. Mais si les lois de l'État s'opposent à son salut éternel, Dieu ébranlera tout l'État pour l'affranchir de ces lois. Il met les âmes à ce prix ; il remue le ciel et la terre pour enfanter ses élus ; et comme rien ne lui est cher que ces enfants de sa dilection[2] éternelle, que ces membres inséparables de son Fils bien-aimé, rien ne lui coûte, pourvu qu'il les sauve. Notre princesse est persécutée avant que de naître, délaissée aussitôt que mise au monde, arrachée en naissant à la piété d'une mère

1. **Transmet** : fait accéder.
2. **Dilection** : amour.

catholique, captive dès le berceau des ennemis implacables de sa maison et, ce qui était plus déplorable, captive des ennemis de l'Église, par conséquent destinée premièrement par sa glorieuse naissance, et ensuite par sa malheureuse captivité, à l'erreur et à l'hérésie. Mais le sceau[1] de Dieu était sur elle. Elle pouvait dire avec le prophète[2] : « Mon père et ma mère m'ont abandonnée ; mais le Seigneur m'a reçue en sa protection. » Délaissée de toute la terre dès ma naissance, « je fus comme jetée entre les bras de sa Providence paternelle, et dès le ventre de ma mère il se déclara mon Dieu[3] ». Ce fut à cette garde fidèle que la reine sa mère commit[4] ce précieux dépôt. Elle ne fut point trompée dans sa confiance. Deux ans après, un coup imprévu, et qui tenait du miracle, délivra la princesse des mains des rebelles. Malgré les tempêtes de l'Océan, et les agitations encore plus violentes de la terre, Dieu, la prenant sur ses ailes comme l'aigle prend ses petits, la porta lui-même dans ce royaume, lui-même la posa dans le sein de la reine sa mère, ou plutôt dans le sein de l'Église catholique. Là elle apprit les maximes de la piété véritable, moins par les instructions qu'elle y recevait que par les exemples vivants de cette grande et religieuse reine. Elle a imité ses pieuses libéralités. Ses aumônes toujours abondantes se sont répandues principalement sur les catholiques d'Angleterre, dont elle a été la fidèle protectrice. Digne fille de saint Édouard[5] et

1. **Sceau :** le sceau, récurrent dans l'Apocalypse, est par excellence le symbole de la protection divine.
2. **Prophète :** citation du Psaume XXVI, 10.
3. **Dieu :** citation du Psaume XXI, 11.
4. **Commit à :** confia à.
5. **Saint Édouard :** Édouard III, le Confesseur, roi d'Angleterre.

de saint Louis, elle s'attacha du fond de son cœur à la foi de ces deux grands rois. Qui pourrait assez exprimer le zèle dont elle brûlait pour le rétablissement de cette foi dans le royaume d'Angleterre, où l'on en conserve encore tant de précieux monuments ? Nous savons qu'elle n'eût pas craint d'exposer sa vie pour un si pieux dessein. Et le ciel nous l'a ravie ! Ô Dieu ! que prépare ici votre éternelle Providence ? Me permettrez-vous, ô Seigneur, d'envisager en tremblant vos saints et redoutables conseils ? Est-ce que les temps de confusion ne sont pas encore accomplis ? est-ce que le crime qui fit céder vos vérités saintes à des passions malheureuses est encore devant vos yeux, et que vous ne l'avez pas assez puni par un aveuglement de plus d'un siècle ? Nous ravissez-vous HENRIETTE par un effet du même jugement qui abrégea les jours de la reine Marie[1] et son règne si favorable à l'Église ? ou bien voulez-vous triompher seul ? et, en nous ôtant les moyens dont nos désirs se flattaient, réservez-vous, dans les temps marqués par votre prédestination éternelle, de secrets retours à l'État et à la maison d'Angleterre ? Quoi qu'il en soit, ô grand Dieu, recevez-en aujourd'hui les bienheureuses prémices en la personne de cette princesse. Puisse toute sa maison et tout le royaume suivre l'exemple de sa foi ! Ce grand roi, qui remplit de tant de vertus le trône de ses ancêtres et fait louer tous les jours la divine main qui l'y a rétabli comme par miracle, n'improuvera pas notre zèle si nous souhaitons devant Dieu que lui et tous ses peuples soient comme nous. « *Opto apud Deum, non*

1. **Reine Marie :** Marie Tudor, souveraine anglaise qui rétablit le catholicisme en Angleterre au XVIe siècle.

tantum te, sed etiam omnes fieri tales, qualis et ego sum[1]. » Ce souhait est fait pour les rois, et saint Paul, étant dans les fers, le fit la première fois en faveur du roi Agrippa[2] ; mais saint Paul en exceptait ses liens, *exceptis vinculis his* ; et nous, nous souhaitons principalement que l'Angleterre, trop libre dans sa croyance, trop licencieuse dans ses sentiments, soit enchaînée comme nous de ces bienheureux liens qui empêchent l'orgueil humain de s'égarer dans ses pensées, en le captivant sous l'autorité du Saint-Esprit et de l'Église.

Après vous avoir exposé le premier effet de la grâce de JÉSUS-CHRIST en notre princesse, il me reste, MESSIEURS, de vous faire considérer le dernier, qui couronnera tous les autres. C'est par cette dernière grâce que la mort change de nature pour les chrétiens, puisqu'au lieu qu'elle semblait être faite pour nous dépouiller de tout, elle commence, comme dit l'Apôtre[3], à nous revêtir, et nous assure éternellement la possession des biens véritables. Tant que nous sommes détenus dans cette demeure mortelle, nous vivons assujettis aux changements, parce que, si vous me permettez de parler ainsi, c'est la loi du pays que nous habitons ; et nous ne possédons aucun bien, même dans l'ordre de la grâce, que nous ne puissions perdre un moment après par la mutabilité

1. ***... sum*** : « Plût à Dieu que non seulement toi, mais aussi vous tous, vous deveniez tels que je suis. » Il s'agit de la réplique de Paul tentant de convertir Agrippa, qui lui rend visite dans sa prison, rapportée dans les Actes des Apôtres, récit de la vie des Apôtres après la mort et la résurrection du Christ (XXVI, 29).
2. **Agrippa** : roi des Juifs, qui assiste à l'interrogatoire de Paul et se montre bienveillant à son égard.
3. **L'Apôtre** : saint Paul, dans sa seconde Épître aux Corinthiens (V, 3).

naturelle de nos désirs. Mais aussitôt qu'on cesse pour nous de compter les heures, et de mesurer notre vie par les jours et par les années, sortis des figures qui passent et des ombres qui disparaissent, nous arrivons au règne de la vérité où nous sommes affranchis de la loi des changements. Ainsi notre âme n'est plus en péril ; nos résolutions ne vacillent plus ; la mort, ou plutôt la grâce de la persévérance finale, a la force de les fixer ; et de même que le testament de JÉSUS-CHRIST, par lequel il se donne à nous, est confirmé à jamais, suivant le droit des testaments et la doctrine de l'Apôtre[1], par la mort de ce divin testateur, ainsi la mort du fidèle fait que ce bienheureux testament, par lequel de notre côté nous nous donnons au Sauveur, devient irrévocable. Donc, MESSIEURS, si je vous fais voir encore une fois MADAME aux prises avec la mort, n'appréhendez rien pour elle ; quelque cruelle que la mort vous paraisse, elle ne doit servir à cette fois que pour accomplir l'œuvre de la grâce, et sceller en cette princesse le conseil de son éternelle prédestination. Voyons donc ce dernier combat ; mais encore un coup affermissons-nous. Ne mêlons point de faiblesse à une si forte action, et ne déshonorons point par nos larmes une si belle victoire. Voulez-vous voir combien la grâce qui a fait triompher MADAME a été puissante ? voyez combien la mort a été terrible. Premièrement elle a plus de prise sur une princesse qui a tant à perdre. Que d'années elle va

1. **L'Apôtre** : saint Paul, dans son Épître aux Hébreux, qui désigne le Christ comme « le médiateur du Testament nouveau, afin que [les élus] reçoivent l'héritage éternel qui leur a été promis » (IX, 15).

ravir à cette jeunesse ! que de joie elle enlève à cette fortune ! que de gloire elle ôte à ce mérite ! D'ailleurs peut-elle venir ou plus prompte ou plus cruelle ? C'est ramasser toutes ses forces, c'est unir tout ce qu'elle a de plus redoutable, que de joindre, comme elle fait, aux plus vives douleurs l'attaque la plus imprévue. Mais quoique, sans menacer et sans avertir, elle se fasse sentir tout entière dès le premier coup, elle trouve la princesse prête. La grâce, plus active encore, l'a déjà mise en défense. Ni la gloire ni la jeunesse n'auront un soupir. Un regret immense de ses péchés ne lui permet pas de regretter autre chose. Elle demande le crucifix sur lequel elle avait vu expirer la reine sa belle-mère, comme pour y recueillir les impressions de constance et de piété que cette âme vraiment chrétienne y avait laissées avec les derniers soupirs. À la vue d'un si grand objet, n'attendez pas de cette princesse des discours étudiés et magnifiques : une sainte simplicité fait ici toute la grandeur. Elle s'écrie : « Ô mon Dieu, pourquoi n'ai-je pas toujours mis en vous ma confiance ? » Elle s'afflige, elle se rassure, elle confesse humblement, et avec tous les sentiments d'une profonde douleur, que de ce jour seulement elle commence à connaître Dieu, n'appelant pas le connaître que de regarder encore tant soit peu le monde. Qu'elle nous parut au-dessus de ces lâches chrétiens qui s'imaginent avancer leur mort quand ils préparent leur confession, qui ne reçoivent les saints sacrements que par force : dignes certes de recevoir pour leur jugement ce mystère de piété qu'ils ne reçoivent qu'avec répugnance ! MADAME appelle les prêtres plutôt que les médecins. Elle demande d'elle-même les sacrements de l'Église ; la pénitence avec componction ; l'Eucharistie avec crainte, et puis avec confiance ; la sainte onction des mourants avec un pieux empressement. Bien loin d'en être effrayée, elle veut la recevoir avec connaissance : elle écoute l'explication de ces saintes cérémonies, de ces prières apostoliques, qui par une espèce de charme divin suspendent les douleurs les plus violentes, qui font oublier la mort (je l'ai vu souvent) à qui les écoute avec foi ; elle les suit, elle s'y conforme ; on lui voit paisiblement présenter son corps à cette huile sacrée, ou plutôt au sang de Jésus qui coule si abondamment avec cette précieuse liqueur. Ne croyez pas que ces excessives et insupportables douleurs aient tant soit peu troublé sa grande âme. Ah ! je ne veux plus tant admirer les braves, ni les conquérants. MADAME m'a fait connaître la vérité de cette parole du Sage : « Le patient vaut mieux que le fort ; et celui qui dompte son cœur vaut mieux que celui qui prend des villes[1]. » Combien a-t-elle été maîtresse du sien ! Avec quelle tranquillité a-t-elle satisfait à tous ses devoirs ! Rappelez en votre pensée ce qu'elle dit à MONSIEUR. Quelle force ! quelle tendresse ! Ô paroles qu'on voyait sortir de l'abondance d'un cœur qui se sent au-dessus de tout, paroles que la mort présente, et Dieu plus présent encore, ont consacrées, sincère production d'une âme qui, tenant au ciel, ne doit plus rien à la terre que la vérité, vous vivrez éternellement dans la mémoire des hommes, mais surtout vous vivrez éternellement dans le cœur de ce grand prince. MADAME ne peut plus résister aux

1. ... villes : Proverbes, XVI, 32.

larmes qu'elle lui voit répandre. Invincible par tout autre endroit, ici elle est contrainte de céder. Elle prie MONSIEUR de se retirer, parce qu'elle ne veut plus sentir de tendresse que pour ce Dieu crucifié qui lui tend les bras. Alors qu'avons-nous vu ? qu'avons-nous ouï ? Elle se conformait aux ordres de Dieu ; elle lui offrait ses souffrances en expiation de ses fautes ; elle professait hautement la foi catholique, et la résurrection des morts, cette précieuse consolation des fidèles mourants. Elle excitait le zèle de ceux qu'elle avait appelés pour l'exciter elle-même, et ne voulait point qu'ils cessassent un moment de l'entretenir des vérités chrétiennes. Elle souhaita mille fois d'être plongée au sang de l'Agneau ; c'était un nouveau langage que la grâce lui apprenait. Nous ne voyions en elle ni cette ostentation par laquelle on veut tromper les autres, ni ces émotions d'une âme alarmée par lesquelles on se trompe soi-même. Tout était simple, tout était solide, tout était tranquille ; tout partait d'une âme soumise, et d'une source sanctifiée par le Saint-Esprit.

En cet état, MESSIEURS, qu'avions-nous à demander à Dieu pour cette princesse, sinon qu'il l'affermît dans le bien et qu'il conservât en elle les dons de sa grâce ? Ce grand Dieu nous exauçait ; mais souvent, dit saint Augustin, en nous exauçant il trompe heureusement notre prévoyance. La princesse est affermie dans le bien d'une manière plus haute que celle que nous entendions. Comme Dieu ne voulait plus exposer aux illusions du monde les sentiments d'une piété si sincère, il a fait ce que dit le Sage[1] : « Il

1. **Sage** : auteur du livre de la Sagesse (ici, IV, 14).

s'est hâté. » En effet, quelle diligence ! En neuf heures l'ouvrage est accompli. « Il s'est hâté de la tirer du milieu des iniquités. » Voilà, dit le grand saint Ambroise, la merveille de la mort dans les chrétiens. Elle ne finit pas leur vie, elle ne finit que leurs péchés et les périls où ils sont exposés. Nous nous sommes plaints que la mort, ennemie des fruits que nous promettait la princesse, les a ravagés dans la fleur ; qu'elle a effacé, pour ainsi dire, sous le pinceau même un tableau qui s'avançait à la perfection avec une incroyable diligence, dont les premiers traits, dont le seul dessin montrait déjà tant de grandeur. Changeons maintenant de langage ; ne disons plus que la mort a tout d'un coup arrêté le cours de la plus belle vie du monde, et de l'histoire qui se commençait le plus noblement : disons qu'elle a mis fin aux plus grands périls dont une âme chrétienne peut être assaillie. Et, pour ne point parler ici des tentations infinies qui attaquent à chaque pas la faiblesse humaine, quel péril n'eût point trouvé cette princesse dans sa propre gloire ? La gloire ! Qu'y a-t-il pour le chrétien de plus pernicieux et de plus mortel ? quel appât plus dangereux ? quelle fumée plus capable de faire tourner les meilleures têtes ? Considérez la princesse ; représentez-vous cet esprit qui, répandu par tout son extérieur, en rendait les grâces si vives : tout était esprit, tout était bonté. Affable à tous avec dignité, elle savait estimer les uns sans fâcher les autres ; et quoique le mérite fût distingué, la faiblesse ne se sentait pas dédaignée. Quand quelqu'un traitait avec elle, il semblait qu'elle eût oublié son rang pour ne se soutenir que par sa raison. On ne s'apercevait presque pas qu'on parlât à une personne si élevée ; on sentait seulement au fond de son cœur qu'on eût voulu lui rendre au centuple la grandeur dont elle se dépouillait si obligeamment. Fidèle en ses paroles, incapable de déguisement, sûre à ses amis, par la lumière et la droiture de son esprit elle les mettait à couvert des vains ombrages, et ne leur laissait à craindre que leurs propres fautes. Très reconnaissante des services, elle aimait à prévenir les injures par sa bonté ; vive à les sentir, facile à les pardonner. Que dirai-je de sa libéralité ? Elle donnait non seulement avec joie, mais avec une hauteur d'âme qui marquait tout ensemble et le mépris du don et l'estime de la personne. Tantôt par des paroles touchantes, tantôt même par son silence, elle relevait ses présents, et cet art de donner agréablement, qu'elle avait si bien pratiqué durant sa vie, l'a suivie, je le sais, jusqu'entre les bras de la mort. Avec tant de grandes et tant d'aimables qualités, qui eût pu lui refuser son admiration ? Mais avec son crédit, avec sa puissance, qui n'eût voulu s'attacher à elle ? N'allait-elle pas gagner tous les cœurs, c'est-à-dire, la seule chose qu'ont à gagner ceux à qui la naissance et la fortune semblent tout donner ? Et si cette haute élévation est un précipice affreux pour les chrétiens, ne puis-je pas dire, MESSIEURS, pour me servir des paroles fortes du plus grave[1] des historiens, « qu'elle allait être précipitée dans la gloire ? » Car quelle créature fut jamais plus propre à être l'idole du monde ? Mais ces idoles que le monde adore, à combien de tentations délicates ne sont-elles pas

1. Grave : qui fait autorité en matière morale. Il s'agit de Tacite (*Agricola*, XLI).

exposées ? La gloire, il est vrai, les défend de quelques faiblesses ; mais la gloire les défend-elle de la gloire même ? ne s'adorent-elles pas secrètement ? ne veulent-elles pas être adorées ? Que n'ont-elles pas à craindre de leur amour-propre ? et que se peut refuser la faiblesse humaine, pendant que le monde lui accorde tout ? N'est-ce pas là qu'on apprend à faire servir à l'ambition, à la grandeur, à la politique et la vertu et la religion et le nom de Dieu ? La modération que le monde affecte n'étouffe pas les mouvements de la vanité : elle ne sert qu'à les cacher ; et plus elle ménage le dehors, plus elle livre le cœur aux sentiments les plus délicats et les plus dangereux de la fausse gloire. On ne compte plus que soi-même, et on dit au fond de son cœur : « Je suis, et il n'y a que moi sur la terre[1]. » En cet état, MESSIEURS, la vie n'est-elle pas un péril ? La mort n'est-elle pas une grâce ? Que ne doit-on craindre de ses vices si les bonnes qualités sont si dangereuses ? N'est-ce donc pas un bienfait de Dieu d'avoir abrégé les tentations avec les jours de MADAME, de l'avoir arrachée à sa propre gloire avant que cette gloire par son excès eût mis en hasard[2] sa modération ? Qu'importe que sa vie ait été si courte ? Jamais ce qui doit finir ne peut être long. Quand nous ne compterions point ses confessions plus exactes[3], ses entretiens de dévotion plus fréquents, son application plus forte à la piété dans les derniers temps de sa vie, ce peu d'heures saintement passées parmi les plus rudes épreuves et dans les sentiments

1. **... terre :** citation du Livre d'Isaïe (XLVII, 10).
2. **En hasard :** en danger.
3. **Exactes :** ponctuelles, réglées. Il ne s'agit pas ici de leur sincérité.

les plus purs du christianisme tiennent lieu toutes seules d'un âge accompli. Le temps a été court, je l'avoue ; mais l'opération de la grâce a été forte, mais la fidélité de l'âme a été parfaite. C'est l'effet d'un art consommé de réduire en petit tout un grand ouvrage, et la grâce, cette excellente ouvrière, se plaît quelquefois à renfermer en un jour la perfection d'une longue vie. Je sais que Dieu ne veut pas qu'on s'attende à de tels miracles ; mais si la témérité insensée des hommes abuse de ses bontés, son bras pour cela n'est pas raccourci, et sa main n'est pas affaiblie. Je me confie pour MADAME en cette miséricorde qu'elle a si sincèrement et si humblement réclamée. Il semble que Dieu ne lui ait conservé le jugement libre jusques au dernier soupir qu'afin de faire durer les témoignages de sa foi. Elle a aimé en mourant le sauveur JÉSUS ; les bras lui ont manqué plutôt que l'ardeur d'embrasser la croix ; j'ai vu sa main défaillante chercher encore en tombant de nouvelles forces pour appliquer sur ses lèvres ce bienheureux signe de notre rédemption : n'est-ce pas mourir entre les bras et dans le baiser du Seigneur ? Ah ! nous pouvons achever ce saint sacrifice pour le repos de MADAME avec une pieuse confiance. Ce JÉSUS en qui elle a espéré, dont elle a porté la croix en son corps par des douleurs si cruelles, lui donnera encore son sang, dont elle est déjà toute teinte, toute pénétrée, par la participation à ses sacrements et par la communion avec ses souffrances. Mais, en priant pour son âme, CHRÉTIENS, songeons à nous-mêmes. Qu'attendons-nous pour nous convertir ? quelle dureté est semblable à la nôtre si un accident si étrange, qui devrait nous pénétrer jusqu'au fond de l'âme, ne fait que nous étourdir pour quelques moments ? Attendons-nous que Dieu ressuscite des morts pour nous instruire ? Il n'est point nécessaire que les morts reviennent, ni que quelqu'un sorte du tombeau ; ce qui entre aujourd'hui dans le tombeau doit suffire pour nous convertir. Car, si nous savons nous connaître, nous confesserons, CHRÉTIENS, que les vérités de l'éternité sont assez bien établies ; nous n'avons rien que de faible à leur opposer ; c'est par passion, et non par raison, que nous osons les combattre. Si quelque chose les empêche de régner sur nous, ces saintes et salutaires vérités, c'est que le monde nous occupe[1] ; c'est que les sens nous enchantent ; c'est que le présent nous entraîne. Faut-il un autre spectacle pour nous détromper et des sens et du présent et du monde ? La Providence divine pouvait-elle nous mettre en vue, ni de plus près ni plus fortement, la vanité des choses humaines ? et si nos cœurs s'endurcissent après un avertissement si sensible, que lui reste-t-il autre chose que de nous frapper nous-mêmes sans miséricorde ? Prévenons un coup si funeste, et n'attendons pas toujours des miracles de la grâce. Il n'est rien de plus odieux à la souveraine puissance que de la vouloir forcer par des exemples et de lui faire une loi de ses grâces et de ses faveurs. Qu'y a-t-il donc, CHRÉTIENS, qui puisse nous empêcher de recevoir, sans différer, ses inspirations ? Quoi ! le charme de sentir est-il si fort que nous ne puissions rien prévoir ? Les adorateurs des grandeurs humaines seront-ils satisfaits de leur fortune, quand

1. **Occupe** : accapare l'esprit et le cœur.

ils verront que dans un moment leur gloire passera à leur nom, leurs titres à leurs tombeaux, leurs biens à des ingrats, et leurs dignités peut-être à leurs envieux ? Que si nous sommes assurés qu'il viendra un dernier jour, où la mort nous forcera de confesser toutes nos erreurs, pourquoi ne pas mépriser par raison ce qu'il faudra un jour mépriser par force ? et quel est notre aveuglement si, toujours avançants vers notre fin et plutôt mourants que vivants, nous attendons les derniers soupirs pour prendre les sentiments que la seule pensée de la mort nous devrait inspirer à tous les moments de notre vie ? Commencez aujourd'hui à mépriser les faveurs du monde ; et toutes les fois que vous serez dans ces lieux augustes, dans ces superbes palais à qui MADAME donnait un éclat que vos yeux recherchent encore, toutes les fois que, regardant cette grande place qu'elle remplissait si bien, vous sentirez qu'elle y manque, songez que cette gloire que vous admiriez faisait son péril en cette vie, et que dans l'autre elle est devenue le sujet d'un examen rigoureux où rien n'a été capable de la rassurer que cette sincère résignation qu'elle a eue aux ordres de Dieu, et les saintes humiliations de la pénitence.

1. **Avançants :** au XVIIe siècle, le participe présent est encore parfois variable en genre et en nombre. Ce n'est plus le cas aujourd'hui, et même au moment où écrit Bossuet, cette tendance est déjà en recul.

EXAMEN MÉTHODIQUE

« ORAISON FUNÈBRE D'HENRIETTE-ANNE D'ANGLETERRE »

REPÈRES

1. Quelle est la division (plan) de cette oraison funèbre ? Étudiez l'art de l'annoncer à la fin de l'exorde.
2. Dans la citation : « la mort plus puissante *nous* l'enlevait entre ces royales mains », qui représente ce *nous* ? (lignes 388-389, pages 184).
3. Comment interprétez-vous la comparaison de la princesse avec l'« herbe des champs » ? (ligne 394, page 184). De quelle manière Bossuet revivifie-t-il cette image biblique ?
4. Que veut dire Bossuet lorsqu'il affirme que Dieu « met les âmes à ce prix ; il remue le ciel et la terre pour enfanter ses élus » ? (lignes 644-645, pages 192).

OBSERVATIONS

5. « Ô nuit désastreuse ! ô nuit effroyable, où retentit tout à coup, comme un éclat dans le tonnerre, cette étonnante nouvelle : Madame se meurt, Madame est morte ! » (lignes 365-368, pages 183). Pourquoi cette phrase est-elle si expressive ?
6. Dans la seconde partie du discours, à quels moments l'orateur affirme-t-il sa présence ? Pourquoi ?

INTERPRÉTATIONS

7. Comment Bossuet dramatise-t-il le premier récit de la mort de Madame ? Dans quelle mesure peut-on pourtant dire qu'il l'évite ?
8. En fait, l'oraison funèbre ne comprend pas un, mais deux récits de la mort de Madame. À partir de leur comparaison, essayez d'expliquer pourquoi.
9. Bossuet exploite-t-il pleinement les détails biographiques dont il pouvait disposer ? Pourquoi ?

ORAISON FUNÈBRE DE MARIE-THÉRÈSE D'AUTRICHE

INFANTE D'ESPAGNE REINE DE FRANCE ET DE NAVARRE

Prononcée à Saint-Denis le 1er de septembre 1683, en présence de Monseigneur le Dauphin.

Sine macula enim sunt ante thronum Dei.
« Ils sont sans tache devant le trône de Dieu. »
(Apoc., XIV, 5)
(Paroles de l'apôtre saint Jean dans sa *Révélation,* chap. XIV)

MONSEIGNEUR[1],

QUELLE assemblée l'apôtre saint Jean nous fait paraître !

Ce grand prophète nous ouvre le ciel, et notre foi y découvre « sur la sainte montagne de Sion », dans la partie la plus élevée de la Jérusalem bienheureuse, l'Agneau qui ôte le péché du monde, avec une compagnie digne de lui. Ce sont ceux dont il est écrit au commencement de l'Apocalypse : « Il y a dans l'Église de Sardis un petit nombre de fidèles, *pauca nomina*, qui n'ont pas souillé leurs vêtements[2] », ces riches vêtements dont le baptême les a revêtus, vête-

1. **Monseigneur :** le dauphin, élève de Bossuet.
2. **... vêtements :** citation de l'Apocalypse (III, 4).

ments qui ne sont rien moins que Jésus-Christ même, selon ce que dit l'Apôtre[1] : « Vous tous qui avez été baptisés, vous avez été revêtus de Jésus-Christ. » Ce petit nombre chéri de Dieu pour son innocence et remarquable par la rareté d'un don si exquis a su conserver ce précieux vêtement, et la grâce du baptême. Et quelle sera la récompense d'une si rare fidélité ? Écoutez parler le Juste et le Saint : « Ils marchent », dit-il, « avec moi, revêtus de blanc, parce qu'ils en sont dignes » ; dignes par leur innocence de porter dans l'éternité la livrée de l'Agneau sans tache, et de marcher toujours avec lui, puisque jamais ils ne l'ont quitté depuis qu'il les a mis dans sa compagnie : âmes pures et innocentes, « âmes vierges », comme les appelle saint Jean, au même sens que saint Paul disait à tous les fidèles de Corinthe : « Je vous ai promis, comme une vierge pudique, à un seul homme, qui est Jésus-Christ[2]. » La vraie chasteté de l'âme, la vraie pudeur chrétienne est de rougir du péché, de n'avoir d'yeux ni d'amour que pour Jésus-Christ, et de tenir toujours ses sens épurés de la corruption du siècle. C'est dans cette troupe innocente et pure que la REINE a été placée : l'horreur qu'elle a toujours eue du péché lui a mérité cet honneur. La foi, qui pénètre jusqu'aux cieux, nous la fait voir aujourd'hui dans cette bienheureuse compagnie. Il me semble que je reconnais cette modestie, cette paix, ce recueillement que nous lui

1. **L'Apôtre :** saint Paul, auteur de l'Épître aux Galates, citée ensuite (III, 27).
2. **... Jésus-Christ :** citation de la seconde Lettre de saint Paul aux Corinthiens (XI, 2).

voyions devant les autels, qui inspirait du respect pour Dieu et pour elle : Dieu ajoute à ces saintes dispositions le transport d'une joie céleste. La mort ne l'a point changée, si ce n'est qu'une immortelle beauté a pris la place d'une beauté changeante et mortelle. Cette éclatante blancheur[1], symbole de son innocence et de la candeur de son âme, n'a fait, pour ainsi parler, que passer au-dedans, où nous la voyons rehaussée d'une lumière divine. « Elle marche avec l'Agneau, car elle en est digne[2]. » La sincérité de son cœur sans dissimulation et sans artifice la range au nombre de ceux dont saint Jean a dit, dans les paroles qui précèdent celles de mon texte, que « le mensonge ne s'est point trouvé en leur bouche », ni aucun déguisement dans leur conduite, « ce qui fait qu'on les voit sans tache devant le trône de Dieu. *Sine macula sunt enim ante thronum Dei* ». En effet, elle est sans reproche devant Dieu et devant les hommes : la médisance ne peut attaquer aucun endroit de sa vie depuis son enfance jusqu'à sa mort ; et une gloire si pure, une si belle réputation est un parfum précieux qui réjouit le Ciel et la terre.

MONSEIGNEUR, ouvrez les yeux à ce grand spectacle. Pouvais-je mieux essuyer vos larmes, celles des princes qui vous environnent, et de cette auguste assemblée, qu'en vous faisant voir au milieu de cette troupe resplendissante et dans cet état glorieux une mère si chérie et si regrettée ? LOUIS même, dont la constance ne peut vaincre ses justes douleurs, les trouverait plus

1. **Blancheur :** les contemporains comparaient la blancheur du teint de la reine à du lait.
2. **... digne :** citation de l'Apocalypse (III, 4).

traitables dans cette pensée. Mais ce qui doit être votre unique consolation doit aussi, MONSEIGNEUR, être votre exemple ; et, ravi de l'éclat immortel d'une vie toujours si réglée et toujours si irréprochable, vous devez en faire passer toute la beauté dans la vôtre.

Qu'il est rare, CHRÉTIENS, qu'il est rare, encore une fois, de trouver cette pureté parmi les hommes ! mais surtout, qu'il est rare de la trouver parmi les Grands ! « Ceux que vous voyez revêtus d'une robe blanche, ceux-là », dit saint Jean[1], « viennent d'une grande affliction, de *tribulatione magna* » ; afin que nous entendions que cette divine blancheur se forme ordinairement sous la croix, et rarement dans l'éclat, trop plein de tentation, des grandeurs humaines.

Et toutefois il est vrai, MESSIEURS, que Dieu, par un miracle de sa grâce, se plaît à choisir, parmi les rois, de ces âmes pures. Tel a été saint Louis toujours pur et toujours saint dès son enfance, et MARIE-THÉRÈSE sa fille a eu de lui ce bel héritage.

Entrons, MESSIEURS, dans les desseins de la Providence, et admirons les bontés de Dieu, qui se répandent sur nous et sur tous les peuples, dans la prédestination de cette princesse. Dieu l'a élevée au faîte des grandeurs humaines, afin de rendre la pureté et la perpétuelle régularité de sa vie plus éclatante et plus exemplaire. Ainsi sa vie et sa mort, également pleines de sainteté et de grâce, deviennent l'instruction du genre humain. Notre siècle n'en pouvait recevoir de plus parfaite, parce qu'il ne voyait nulle part dans une si haute élévation une pareille pureté. C'est ce

1. **Saint Jean** : dans l'Apocalypse (VII, 13-14).

rare et merveilleux assemblage que nous aurons à considérer dans les deux parties de ce discours. Voici en peu de mots ce que j'ai à dire de la plus pieuse des reines, et tel est le digne abrégé de son éloge : il n'y a rien que d'auguste dans sa personne, il n'y a rien que de pur dans sa vie. Accourez, peuples : venez contempler dans la première place du monde la rare et majestueuse beauté d'une vertu toujours constante. Dans une vie si égale, il n'importe pas à cette princesse où la mort frappe : on n'y voit point d'endroit faible par où elle pût craindre d'être surprise ; toujours vigilante, toujours attentive à Dieu et à son salut, sa mort si précipitée, et si effroyable pour nous, n'avait rien de dangereux pour elle. Ainsi son élévation ne servira qu'à faire voir à tout l'univers, comme du lieu le plus éminent qu'on découvre dans son enceinte, cette importante vérité, qu'il n'y a rien de solide ni de vraiment grand parmi les hommes que d'éviter le péché, et que la seule précaution contre les attaques de la mort, c'est l'innocence de la vie. C'est, MESSIEURS, l'instruction que nous donne dans ce tombeau, ou plutôt du plus haut des Cieux, TRÈS HAUTE, TRÈS EXCELLENTE, TRÈS PUISSANTE ET TRÈS CHRÉTIENNE PRINCESSE MARIE-THÉRÈSE D'AUTRICHE, INFANTE D'ESPAGNE, REINE DE FRANCE ET DE NAVARRE.

Je n'ai pas besoin de vous dire que c'est Dieu qui donne les grandes naissances, les grands mariages, les enfants, la postérité. C'est lui qui dit à Abraham[1] : « Les rois sortiront de vous », et qui fait

1. **Abraham** : Dieu lui prédit une descendance royale dans la Genèse (XVII, 6).

dire par son prophète[1] à David : « Le Seigneur vous fera une maison. Dieu, qui d'un seul homme a voulu former tout le genre humain », comme dit saint Paul[2], et de cette source commune « le répandre sur toute la face de la terre », en a vu et prédestiné dès l'éternité les alliances et les divisions, « marquant les temps », poursuit-il, « et donnant des bornes à la demeure des peuples », et enfin un cours réglé à toutes ces choses. C'est donc Dieu qui a voulu élever la Reine par une auguste naissance à un auguste mariage, afin que nous la vissions honorée au-dessus de toutes les femmes de son siècle, pour avoir été chérie, estimée, et trop tôt, hélas ! regrettée par le plus grand de tous les hommes.

Que je méprise ces philosophes qui, mesurant les conseils de Dieu à leurs pensées, ne le font auteur que d'un certain ordre général d'où le reste se développe comme il peut ! Comme s'il avait à notre manière des vues générales et confuses, et comme si la souveraine Intelligence pouvait ne pas comprendre dans ses desseins les choses particulières, qui seules subsistent véritablement. N'en doutons pas, CHRÉTIENS, Dieu a préparé dans son conseil éternel les premières familles qui sont la source des nations, et dans toutes les nations les qualités dominantes qui devaient en faire la fortune. Il a aussi ordonné dans les nations les familles particulières dont elles sont composées, mais principalement celles qui devaient gouverner ces nations, et en particulier, dans ces

1. **Prophète :** Nathan, dans le second Livre de Samuel (VII, 11).
2. **Saint Paul :** dans sa prédication aux Athéniens, racontée dans les Actes des Apôtres (XVII, 24-26).

familles, tous les hommes par lesquels elles devaient ou s'élever, ou se soutenir, ou s'abattre.

C'est par la suite de ces conseils que Dieu a fait naître les deux puissantes maisons d'où la Reine devait sortir, celle de France et celle d'Autriche, dont il se sert pour balancer[1] les choses humaines ; jusqu'à quel degré et jusqu'à quel temps ? il le sait, et nous l'ignorons.

On remarque dans l'Écriture que Dieu donne aux maisons royales certains caractères propres, comme celui que les Syriens, quoiqu'ennemis des rois d'Israël, leur attribuent par ces paroles : « Nous avons appris que les rois de la maison d'Israël sont cléments[2]. »

Je n'examinerai pas les caractères particuliers qu'on a donnés aux maisons de France et d'Autriche ; et, sans dire que l'on redoutait davantage les conseils de celle d'Autriche ni qu'on trouvait quelque chose de plus vigoureux dans les armes et dans le courage de celle de France, maintenant que par une grâce particulière ces deux caractères se réunissent visiblement en notre faveur, je remarquerai seulement ce qui faisait la joie de la Reine : c'est que Dieu avait donné à ces deux maisons d'où elle est sortie la piété en partage ; de sorte que « sanctifiée » (qu'on m'entende bien : c'est-à-dire consacrée à la sainteté par sa naissance selon la doctrine de saint Paul), elle disait avec cet Apôtre[3] : « Dieu, que ma famille a toujours servi », et à qui je suis dédiée « par mes ancêtres. *Deus cui servio a progenitoribus.* »

1. **Balancer :** tenir en balance, équilibrer.
2. **… cléments :** citation du premier Livre des Rois (XX, 31).
3. **Apôtre :** Paul, dans sa seconde Lettre à Timothée (I, 3).

Que s'il faut venir au particulier de l'auguste maison d'Autriche, que peut-on voir de plus illustre que la descendance immédiate où durant l'espace de quatre cents ans on ne trouve que des rois et des empereurs, et une si grande affluence de maisons royales, avec tant d'États et tant de royaumes, qu'on a prévu il y a longtemps qu'elle en serait surchargée ?

Qu'est-il besoin de parler de la Très Chrétienne maison de France, qui par sa noble constitution[1] est incapable d'être assujettie à une famille étrangère, qui est toujours dominante dans son chef, qui, seule dans tout l'univers et dans tous les siècles, se voit, après sept cents ans d'une royauté établie[2] (sans compter ce que la grandeur d'une si haute origine fait trouver ou imaginer aux curieux observateurs des antiquités[3]), seule, dis-je, se voit après tant de siècles encore dans sa force et dans sa fleur, et toujours en possession du royaume le plus illustre qui fut jamais sous le soleil, et devant Dieu et devant les hommes : devant Dieu, d'une pureté inaltérable dans la foi, et, devant les hommes, d'une si grande dignité qu'il a pu perdre l'empire[4] sans perdre sa gloire ni son rang ?

La Reine a eu part à cette grandeur, non seulement par la riche et fière maison de Bourgogne[5], mais

1. **Noble constitution :** allusion à la loi salique, par laquelle c'est le fils aîné qui hérite du royaume.
2. **Royauté établie :** depuis 987, avènement de Hugues Capet.
3. **Antiquités :** allusion aux incertitudes qui entouraient l'histoire des ancêtres des Capétiens, ou encore à la légende – vivace depuis le XVIe siècle – selon laquelle les rois français descendaient des anciens rois de Troie.
4. **Empire :** Charles le Gros fut déposé en 837.
5. **Bourgogne :** Marie-Thérèse comptait notamment parmi ses ancêtres Charles le Téméraire, célèbre duc de Bourgogne.

encore par Isabelle de France, sa mère, digne fille de Henri le Grand et, de l'aveu de l'Espagne, la meilleure reine, comme la plus regrettée, qu'elle eût jamais vue sur le trône. Triste rapport de cette princesse avec la reine sa fille : elle avait à peine quarante-deux ans quand l'Espagne la pleura, et pour notre malheur la vie de MARIE-THÉRÈSE n'a guère eu un plus long cours. Mais la sage, la courageuse et la pieuse Isabelle devait une partie de sa gloire aux malheurs de l'Espagne, dont on sait qu'elle trouva le remède par un zèle et par des conseils qui ranimèrent les grands et les peuples et, si on le peut dire, le roi même[1]. Ne nous plaignons pas, CHRÉTIENS, de ce que la Reine sa fille, dans un état plus tranquille, donne aussi un sujet moins vif à nos discours, et contentons-nous de penser que dans des occasions aussi malheureuses, dont Dieu nous a préservés, nous y eussions pu trouver les mêmes ressources.

Avec quelle application et quelle tendresse Philippe IV son père ne l'avait-il pas élevée ! On la regardait en Espagne non pas comme une infante, mais comme un infant[2] ; car c'est ainsi qu'on y appelle la princesse qu'on reconnaît comme héritière de tant de royaumes. Dans cette vue on approcha d'elle tout ce que l'Espagne avait de plus vertueux et de plus habile. Elle se vit, pour ainsi parler, dès son enfance tout environnée de vertus, et on voyait paraître en cette jeune princesse plus de belles qualités qu'elle

1. **Le roi même :** bon roi, Philippe IV fut cependant blâmé pour sa faiblesse.
2. **Infant :** parce que le roi son père perdit successivement quatre fils.

n'attendait de couronnes. Philippe l'élève ainsi pour ses États ; Dieu, qui nous aime, la destine à LOUIS.

Cessez, princes et potentats, de troubler par vos prétentions le projet de ce mariage. Que l'amour, qui semble aussi le vouloir troubler, cède lui-même[1]. L'amour peut bien remuer le cœur des héros du monde ; il peut bien y soulever des tempêtes, et y exciter des mouvements qui fassent trembler les politiques et qui donnent des espérances aux insensés ; mais il y a des âmes d'un ordre supérieur à ses lois, à qui il ne peut inspirer des sentiments indignes de leur rang. Il y a des mesures prises dans le Ciel qu'il ne peut rompre, et l'Infante, non seulement par son auguste naissance mais encore par sa vertu et par sa réputation, est seule digne de LOUIS.

C'était « la femme prudente qui est donnée proprement par le Seigneur », comme dit le Sage[2]. Pourquoi « donnée proprement par le Seigneur », puisque c'est le Seigneur qui donne tout ? et quel est ce merveilleux avantage qui mérite d'être attribué d'une façon si particulière à la divine bonté ? Il ne faut, pour l'entendre, que considérer ce que peut dans les maisons la prudence tempérée d'une femme sage pour les soutenir, pour y faire fleurir dans la piété la véritable sagesse, et pour calmer des passions violentes qu'une résistance emportée ne ferait qu'aigrir.

1. **Cède lui-même :** Louis XIV était alors très épris de Marie Mancini, nièce de Mazarin. C'est Mazarin qui s'opposa lui-même à leur mariage de toutes ses forces.
2. **Le Sage :** auteur des Proverbes (ici, XIX, 14).

Île pacifique[1] où se doivent terminer les différends de deux grands empires à qui tu sers de limites ; île éternellement mémorable par les conférences de deux grands ministres[2], où l'on vit développer toutes les adresses et tous les secrets d'une politique si différente, où l'un se donnait du poids par sa lenteur, et l'autre prenait l'ascendant par sa pénétration ; auguste journée où deux fières nations longtemps ennemies, et alors réconciliées par Marie-Thérèse, s'avancent sur leurs confins, leurs rois à leur tête, non plus pour se combattre mais pour s'embrasser, où ces deux rois, avec leur cour d'une grandeur, d'une politesse, et d'une magnificence aussi bien que d'une conduite si différente, furent l'un à l'autre et à tout l'univers un si grand spectacle ; fêtes sacrées, mariage fortuné, voile nuptial, bénédiction, sacrifice, puis-je mêler aujourd'hui vos cérémonies et vos pompes avec ces pompes funèbres, et le comble des grandeurs avec leurs ruines ? Alors l'Espagne perdit ce que nous gagnions ; maintenant nous perdons tout les uns et les autres, et MARIE-THÉRÈSE périt pour toute la terre. L'Espagne pleurait seule ; maintenant que la France et l'Espagne mêlent leurs larmes et en versent des torrents, qui pourrait les arrêter ? Mais, si l'Espagne pleurait son infante qu'elle voyait monter sur le trône le plus glorieux de l'univers, quels seront nos gémissements à la vue de ce tombeau, où tous ensemble nous ne voyons plus que

1. **Île pacifique :** l'île des Faisans, où se rencontrèrent Louis XIV et le roi d'Espagne.
2. **Grands ministres :** les ministres Mazarin et Luis de Haro négocièrent durant plusieurs mois la paix dite « des Pyrénées ».

l'inévitable néant des grandeurs humaines ? Taisons-nous : ce n'est pas des larmes que je veux tirer de vos yeux. Je pose les fondements des instructions que je veux graver dans vos cœurs. Aussi bien la vanité des choses humaines, tant de fois étalée dans cette chaire, ne se montre que trop d'elle-même, sans le secours de ma voix, dans ce sceptre si tôt tombé d'une si royale main et dans une si haute majesté si promptement dissipée.

Mais ce qui en faisait le plus grand éclat n'a pas encore paru. Une Reine si grande par tant de titres le devenait tous les jours par les grandes actions du roi et par le continuel accroissement de sa gloire. Sous lui la France a appris à se connaître. Elle se trouve des forces que les siècles précédents ne savaient pas : l'ordre et la discipline militaire s'augmentent avec les armées. Si les Français peuvent tout, c'est que leur roi est partout leur capitaine ; et après qu'il a choisi l'endroit principal qu'il doit animer par sa valeur, il agit de tous côtés par l'impression de sa vertu.

Jamais on n'a fait la guerre avec une force plus inévitable, puisqu'en méprisant les saisons[1], il a ôté jusqu'à la défense à ses ennemis. Les soldats, ménagés et exposés quand il faut, marchent avec confiance sous ses étendards ; nul fleuve ne les arrête, nulle forteresse ne les effraye. On sait que LOUIS foudroie les villes plutôt qu'il ne les assiège, et tout est ouvert à sa puissance.

Les politiques ne se mêlent plus de deviner ses desseins. Quand il marche, tout se croit également

1. **Méprisant les saisons** : avant Louis XIV, on ne menait pas de guerres pendant la mauvaise saison.

menacé : un voyage tranquille devient tout à coup une expédition redoutable à ses ennemis. Gand tombe avant qu'on pense à le munir : LOUIS y vient par de longs détours, et la Reine, qui l'accompagne au cœur de l'hiver, joint au plaisir de le suivre celui de servir secrètement à ses desseins.

Par les soins d'un si grand roi, la France entière n'est plus, pour ainsi parler, qu'une seule forteresse[1] qui montre de tous côtés un front redoutable. Couverte de toutes parts, elle est capable de tenir la paix avec sûreté dans son sein, mais aussi de porter la guerre partout où il faut et de frapper de près et de loin avec une égale force. Nos ennemis le savent bien dire, et nos alliés ont ressenti, dans le plus grand éloignement[2], combien la main de LOUIS était secourable.

Avant lui, la France, presque sans vaisseaux, tenait en vain aux deux mers ; maintenant on les voit couvertes, depuis le Levant jusqu'au Couchant, de nos flottes victorieuses, et la hardiesse française porte partout la terreur avec le nom de LOUIS. Tu céderas, ou tu tomberas sous ce vainqueur, Alger, riche des dépouilles de la chrétienté. Tu disais en ton cœur avare[3] : Je tiens la mer sous mes lois, et les nations sont ma proie. La légèreté de tes vaisseaux te donnait de la confiance ; mais tu te verras attaquée dans tes murailles, comme un oiseau ravissant[4] qu'on irait chercher parmi ses rochers et dans son nid où il partage son butin à ses petits. Tu rends déjà

1. **Une seule forteresse** : allusion aux fortifications de Vauban.
2. **Éloignement** : allusion aux Vénitiens, au secours desquels Louis XIV envoya une petite armée.
3. **Avare** : avide.
4. **Ravissant** : ravisseur, oiseau de proie.

tes esclaves. LOUIS a brisé les fers dont tu accablais ses sujets, qui sont nés pour être libres sous son glorieux empire. Tes maisons ne sont plus qu'un amas de pierres[1]. Dans ta brutale fureur tu te tournes contre toi-même[2], et tu ne sais comment assouvir ta rage impuissante. Mais nous verrons la fin de tes brigandages. Les pilotes étonnés s'écrient par avance : « Qui est semblable à Tyr ? et toutefois elle s'est tue dans le milieu de la mer[3] » ; et la navigation va être assurée par les armes de LOUIS.

L'éloquence s'est épuisée à louer la sagesse de ses lois et l'ordre de ses finances. Que n'a-t-on pas dit de sa fermeté, à laquelle nous voyons céder jusqu'à la fureur des duels[4] ? La sévère justice de LOUIS jointe à ses inclinations bienfaisantes fait aimer à la France l'autorité sous laquelle heureusement réunie elle est tranquille et victorieuse. Qui veut entendre combien la raison préside dans les conseils de ce prince n'a qu'à prêter l'oreille quand il lui plaît d'en expliquer les motifs. Je pourrais ici prendre à témoin les sages ministres des cours étrangères, qui le trouvent aussi convaincant dans ses discours que redoutable par ses armes. La noblesse de ses expressions vient de celle de ses sentiments, et ses paroles précises sont l'image de la justesse qui règne dans ses pensées. Pendant qu'il parle avec tant de force, une douceur surprenante lui ouvre les cœurs et donne, je ne sais

1. **Amas de pierres :** la France avait fait bombarder Alger en 1682 et 1683.
2. **Contre toi-même :** les Algériens assiégés étaient plongés dans la guerre civile.
3. **... mer :** citation du livre d'Ézéchiel (XXVII, 32).
4. **Fureur des duels :** Louis XIV avait combattu cette pratique meurtrière, interdite depuis Henri IV mais jusqu'alors tolérée.

comment, un nouvel éclat à la majesté qu'elle tempère.

N'oublions pas ce qui faisait la joie de la Reine. LOUIS est le rempart de la religion : c'est à la religion qu'il fait servir ses armes redoutées par mer et par terre. Mais songeons qu'il ne l'établit partout au-dehors que parce qu'il la fait régner au-dedans et au milieu de son cœur. C'est là qu'il abat des ennemis plus terribles que ceux que tant de puissances, jalouses de sa grandeur, et l'Europe entière pourrait armer contre lui. Nos vrais ennemis sont en nous-mêmes, et LOUIS combat ceux-là plus que tous les autres. Vous voyez tomber de toutes parts les temples de l'hérésie[1] ; ce qu'il renverse au-dedans[2] est un sacrifice bien plus agréable, et l'ouvrage du chrétien, c'est de détruire les passions qui feraient de nos cœurs un temple d'idoles[3]. Que servirait à LOUIS d'avoir étendu sa gloire partout où s'étend le genre humain ? Ce ne lui est rien d'être l'homme que les autres hommes admirent : il veut être, avec David, « l'homme selon le cœur de Dieu[4] ». C'est pourquoi Dieu le bénit. Tout le genre humain demeure d'accord qu'il n'y a rien de plus grand que ce qu'il fait, si ce n'est qu'on veuille compter pour plus grand encore tout ce qu'il n'a pas voulu faire et les bornes qu'il a données à sa

1. **Temples de l'hérésie :** le roi appliquait alors l'édit de Nantes qui, bien que relativement modéré, l'autorisait à détruire les temples bâtis récemment. Deux ans plus tard, l'Édit était révoqué, afin de bannir le protestantisme de France.
2. **Au-dedans :** dans son cœur.
3. **Idoles :** Louis XIV était alors sous l'influence de Mme de Maintenon, qui l'incitait à mener une vie vertueuse et dévote.
4. **... Dieu :** citation du second Livre de Samuel (XIII, 14).

puissance. Adorez donc, Ô GRAND ROI, celui qui vous fait régner, qui vous fait vaincre, et qui vous donne dans la victoire, malgré la fierté qu'elle inspire, des sentiments si modérés ! Puisse la chrétienté ouvrir les yeux et reconnaître le vengeur que Dieu lui envoie ! Pendant, ô malheur ! ô honte ! ô juste punition de nos péchés ! pendant, dis-je, qu'elle est ravagée par les infidèles qui pénètrent jusqu'à ses entrailles, que tarde-t-elle à se souvenir et des secours de Candie[1], et de la fameuse journée du Raab[2], où LOUIS renouvela dans le cœur des infidèles l'ancienne opinion qu'ils ont des armes françaises fatales à leur tyrannie, et par des exploits inouïs devint le rempart de l'Autriche dont il avait été la terreur[3] ?

Ouvrez donc les yeux, CHRÉTIENS, et regardez ce héros, dont nous pouvons dire, comme saint Paulin disait du grand Théodose, que nous voyons en LOUIS, « non un roi, mais un serviteur de Jésus-Christ, et un prince qui s'élève au-dessus des hommes plus encore par sa foi que par sa couronne ».

C'était, MESSIEURS, d'un tel héros que MARIE-THÉRÈSE devait partager la gloire d'une façon particulière puisque, non contente d'y avoir part comme compagne de son trône, elle ne cessait d'y contribuer par la persévérance de ses vœux.

---

1. **Candie :** expédition française victorieuse pour soutenir les Vénitiens contre les Turcs.
2. **Raab :** victoire française sur les Turcs, dans l'actuelle Hongrie.
3. **Terreur :** les Turcs étaient alors arrivés jusqu'à Vienne ; Louis XIV posa en fait aux Autrichiens qui lui demandaient de l'aide des conditions qu'ils n'acceptèrent pas.

Pendant que ce grand roi la rendait la plus illustre de toutes les reines, vous la faisiez, MONSEIGNEUR, la plus illustre de toutes les mères. Vos respects l'ont consolée de la perte de ses autres enfants[1]. Vous les lui avez rendus ; elle s'est vue renaître dans ce prince[2] qui fait vos délices et les nôtres, et elle a trouvé une fille digne d'elle dans cette auguste princesse[3] qui, par son rare mérite autant que par les droits d'un nœud sacré, ne fait avec vous qu'un même cœur. Si nous l'avons admirée dès le moment qu'elle parut, le roi a confirmé notre jugement ; et maintenant devenue, malgré ses souhaits, la principale décoration d'une cour dont un si grand roi fait le soutien, elle est la consolation de toute la France.

Ainsi notre Reine, heureuse par sa naissance, qui lui rendait la piété aussi bien que la grandeur comme héréditaire, par sa sainte éducation, par son mariage, par la gloire et par l'amour d'un si grand roi, par le mérite et par les respects de ses enfants, et par la vénération de tous les peuples, ne voyait rien sur la terre qui ne fût au-dessous d'elle. Élevez maintenant, ô Seigneur ! et mes pensées et ma voix. Que je puisse représenter à cette auguste audience l'incomparable beauté d'une âme que vous avez toujours habitée, qui n'a jamais « affligé votre Esprit Saint[4] », qui jamais n'a perdu « le goût du don céleste[5] » ; afin

1. **Enfants :** Marie-Thérèse perdit cinq jeunes enfants en moins de dix ans.
2. **Ce prince :** le duc de Bourgogne était né l'année précédente.
3. **Princesse :** la dauphine, princesse de la maison de Bavière, que Bossuet, envoyé par Louis XIV à Strasbourg, fut l'un des premiers à voir.
4. **... Esprit Saint :** souvenir de la Lettre de saint Paul aux Éphésiens (IV, 38).
5. **... céleste :** souvenir de la Lettre de saint Paul aux Hébreux (VI, 4).

que nous commencions, malheureux pécheurs, à verser sur nous-mêmes un torrent de larmes et que, ravis des chastes attraits de l'innocence, jamais nous ne nous lassions d'en pleurer la perte.

À la vérité, CHRÉTIENS, quand on voit dans l'Évangile[1] la brebis perdue préférée par le bon pasteur à tout le reste du troupeau, quand on y lit cet heureux retour du prodigue retrouvé et ce transport d'un père attendri qui met en joie toute sa famille[2], on est tenté de croire que la pénitence est préférée à l'innocence même, et que le prodigue retourné reçoit plus de grâces que son aîné qui ne s'est jamais échappé de la maison paternelle. Il est l'aîné toutefois, et deux mots que lui dit son père lui font bien entendre qu'il n'a pas perdu ses avantages : « Mon fils, lui dit-il, vous êtes toujours avec moi, et tout ce qui est à moi est à vous. » Cette parole, MESSIEURS, ne se traite guère dans les chaires, parce que cette inviolable fidélité ne se trouve guère dans les mœurs. Expliquons-la toutefois, puisque notre illustre sujet nous y conduit, et qu'elle a une parfaite conformité avec notre texte[3]. Une excellente doctrine de saint Thomas nous la fait entendre, et concilie toutes choses. Dieu témoigne plus d'amour au juste toujours fidèle, il en témoigne davantage aussi au pécheur réconcilié, mais en deux manières différentes. L'un paraîtra plus favorisé si l'on a égard à ce qu'il est, et l'autre si l'on remarque d'où il est sorti. Dieu

1. **Évangile :** il s'agit de la parabole du Bon Pasteur (Luc, XV, 4).
2. **Famille :** il s'agit de la parabole du Fils prodigue (Luc, XV, 20). Les citations qui suivent en sont toutes tirées.
3. **Notre texte :** celui choisi pour cette oraison funèbre.

conserve au juste un plus grand don, il retire le pécheur d'un plus grand mal. Le juste semblera plus avantagé si l'on pèse son mérite, et le pécheur plus chéri si l'on considère son indignité. Le père du prodigue l'explique lui-même. « Mon fils, vous êtes toujours avec moi, et tout ce qui est à moi est à vous » : c'est ce qu'il dit à celui à qui il conserve un plus grand don. « Il fallait se réjouir, parce que votre frère était mort et il est ressuscité » : c'est ainsi qu'il parle de celui qu'il retire d'un plus grand abîme de maux. Ainsi les cœurs sont saisis d'une joie soudaine par la grâce inespérée d'un beau jour d'hiver qui après un temps pluvieux vient réjouir tout d'un coup la face du monde, mais on ne laisse pas de lui préférer la constante sérénité d'une saison plus bénigne[1] ; et, s'il nous est permis d'expliquer les sentiments du Sauveur par ces sentiments humains, il s'émeut plus sensiblement sur les pécheurs convertis, qui sont sa nouvelle conquête, mais il réserve une plus douce familiarité aux justes, qui sont ses anciens et perpétuels amis ; puisque, s'il dit, parlant du prodigue : « Qu'on lui rende sa première robe », il ne lui dit pas toutefois : « Vous êtes toujours avec moi », ou, comme saint Jean le répète dans l'Apocalypse[2] : « Ils sont toujours avec l'Agneau, et paraissent sans tache devant son trône. *Sine macula sunt ante thronum Dei.* »

Comment se conserve cette pureté dans ce lieu de tentations et parmi les illusions des grandeurs du monde, vous l'apprendrez de la Reine. Elle est de

1. **Bénigne :** clémente.
2. **Apocalypse :** XIV, 4.

ceux dont le Fils de Dieu a prononcé dans l'Apocalypse[1] : « Celui qui sera victorieux, je le ferai comme une colonne dans le temple de mon Dieu. *Faciam illum columnam in templo Dei mei.* » Il en sera l'ornement, il en sera le soutien par son exemple : il sera haut, il sera ferme. Voilà déjà quelque image de la Reine. « Il ne sortira jamais du temple. *Foras non egredietur amplius.* » Immobile comme une colonne, il aura sa demeure fixe dans la maison du Seigneur, et n'en sera jamais séparé par aucun crime. « Je le ferai », dit Jésus-Christ, et c'est l'ouvrage de ma grâce. Mais comment affermira-t-il cette colonne ? Écoutez, voici le mystère : et « j'écrirai dessus », poursuit le Sauveur ; j'élèverai la colonne, mais en même temps je mettrai dessus une inscription mémorable. Hé ! qu'écrirez-vous, ô Seigneur ? Trois noms seulement, afin que l'inscription soit aussi courte que magnifique : « J'y écrirai », dit-il, « le nom de mon Dieu, et le nom de la cité de mon Dieu, la nouvelle Jérusalem, et mon nouveau nom ». Ces noms, comme la suite le fera paraître, signifient une foi vive dans l'intérieur, les pratiques extérieures de la piété dans les saintes observances[2] de l'Église, et la fréquentation des saints sacrements : trois moyens de conserver l'innocence, et l'abrégé de la vie de notre sainte princesse. C'est ce que vous verrez écrit sur la colonne, et vous lirez dans son inscription les causes de sa fermeté. Et d'abord : « J'y écrirai », dit-il, « le nom de mon Dieu », en lui

1. **Apocalypse** : III, 12. Les citations qui suivent sont toutes tirées de ce chapitre de l'Apocalypse, attribuée à saint Jean.
2. **Observances** : règles, lois de l'Église.

inspirant une foi vive. C'est, MESSIEURS, par une telle foi que le nom de Dieu est gravé profondément dans nos cœurs. Une foi vive est le fondement de la stabilité que nous admirons : car d'où viennent nos inconstances, si ce n'est de notre foi chancelante ? Parce que ce fondement est mal affermi, nous craignons de bâtir dessus, et nous marchons d'un pas douteux dans le chemin de la vertu. La foi seule a de quoi fixer l'esprit vacillant ; car écoutez les qualités que saint Paul[1] lui donne : « *Fides sperandarum substantia rerum.* » « La foi », dit-il, « est une substance », un solide fondement, un ferme soutien. Mais de quoi ? De ce qui se voit dans le monde ? Comment donner une consistance ou, pour parler avec saint Paul, « une substance » et un corps à cette ombre fugitive ? La foi est donc un soutien, mais des choses « qu'on doit espérer. » Et quoi encore ? « *Argumentum non apparentium :* c'est une pleine conviction de ce qui ne paraît pas. » La foi doit avoir en elle la conviction. Vous ne l'avez pas, direz-vous ; j'en sais la cause : c'est que vous craignez de l'avoir, au lieu de la demander à Dieu, qui la donne. C'est pourquoi tout tombe en ruine dans vos mœurs, et vos sens trop décisifs emportent si facilement votre raison incertaine et irrésolue. Et que veut dire cette conviction dont parle l'apôtre[2], si ce n'est, comme il dit ailleurs, une soumission de « l'intelligence entièrement captivée » sous l'autorité d'un Dieu qui parle ? Considérez la pieuse Reine devant les autels ; voyez comme elle est saisie de la présence de Dieu :

1. **Saint Paul :** dans sa Lettre aux Hébreux (XI, 1).
2. **L'apôtre :** saint Paul, dans sa seconde Lettre aux Corinthiens (X, 5).

ce n'est pas par sa suite qu'on la connaît, c'est par son attention et par cette respectueuse immobilité qui ne lui permet pas même de lever les yeux. Le sacrement adorable approche : ah ! la foi du centurion[1], admirée par le Sauveur même, ne fut pas plus vive, et il ne dit pas plus humblement : « Je ne suis pas digne. » Voyez comme elle frappe cette poitrine innocente, comme elle se reproche les moindres péchés, comme elle abaisse cette tête auguste devant laquelle s'incline l'univers. La terre, son origine et sa sépulture, n'est pas encore assez basse pour la recevoir : elle voudrait disparaître tout entière devant la majesté du Roi des rois. Dieu lui grave par une foi vive dans le fond du cœur ce que disait Isaïe[2] : « Cherchez des antres profonds, cachez-vous dans les ouvertures de la terre devant la face du Seigneur et devant la gloire d'une si haute majesté. »

Ne vous étonnez donc pas si elle est si humble sur le trône. Ô spectacle merveilleux, et qui ravit en admiration le Ciel et la terre ! Vous allez voir une Reine qui, à l'exemple de David, attaque de tous côtés sa propre grandeur et tout l'orgueil qu'elle inspire ; vous verrez dans les paroles de ce grand roi la vive peinture de la Reine, et vous en reconnaîtrez tous les sentiments. « *Domine, non est exaltatum cor meum !* Ô Seigneur, mon cœur ne s'est point haussé ! » voilà l'orgueil attaqué dans sa source. « *Neque elati sunt oculi mei ;* mes regards ne se sont pas élevés[3] » : voilà l'ostentation et

1. **Centurion :** c'est pour lui que Jésus accomplit son premier miracle dans l'Évangile de Matthieu (VIII, 8, 10).
2. **Isaïe :** II, 10.
3. **... élevés :** Psaume CXXX, 1.

le faste réprimé. Ah ! Seigneur, je n'ai pas eu ce dédain qui empêche de jeter les yeux sur les mortels trop rampants et qui fait dire à l'âme arrogante : « Il n'y a que moi sur la terre[1]. » Combien était ennemie la pieuse Reine de ces regards dédaigneux ! Et, dans une si haute élévation, qui vit jamais paraître en cette princesse ou le moindre sentiment d'orgueil ou le moindre air de mépris ? David poursuit : « *Neque ambulavi in magnis, neque in mirabilibus super me.* Je ne marche point dans de vastes pensées, ni dans des merveilles qui me passent. » Il combat ici les excès où tombent naturellement les grandes puissances. L'orgueil, qui « monte toujours[2] », après avoir porté ses prétentions à ce que la grandeur humaine a de plus solide, ou plutôt de moins ruineux[3], pousse ses desseins jusqu'à l'extravagance, et donne témérairement dans des projets insensés, comme faisait ce roi superbe[4] (digne figure de l'ange rebelle) lorsqu'« il disait en son cœur : Je m'élèverai au-dessus des nues, je poserai mon trône sur les astres, et je serai semblable au Très-Haut. » Je ne me perds point, dit David, dans de tels excès : et voilà l'orgueil méprisé dans ses égarements. Mais, après l'avoir ainsi rabattu dans tous les endroits par où il semblait vouloir s'élever, David[5] l'atterre[6] tout à fait

1. **... sur la terre :** citation du Livre d'Isaïe (XLVII, 8).
2. **... toujours :** citation du Psaume LXXIII, 23. La devise du surintendant Fouquet était « Où ne monterai-je pas ? » Louis XIV, jaloux de son insolente réussite, le fit jeter en prison en 1662.
3. **Ruineux :** prêt à tomber en ruine.
4. **Roi superbe :** celui qu'Isaïe désigne comme le roi de Babylone, identifié à Nabuchodonosor (Is., XIV, 13-14).
5. **David :** auteur des Psaumes. Bossuet continue de commenter le Psaume CXXX.
6. **Atterre :** étend par terre.

par ces paroles : « Si », dit-il, « je n'ai pas eu d'humbles sentiments, et que j'aie exalté mon âme : *Si non humiliter sentiebam* », ou, comme traduit saint Jérôme, « *Si non silere feci animam meam :* Si je n'ai pas fait taire mon âme, si je n'ai pas imposé silence à ces flatteuses pensées qui se présentent sans cesse pour enfler nos cœurs ». Et enfin il conclut ainsi ce beau psaume : « *Sicut ablactatus ad matrem suam, sic ablactata est anima mea.* Mon âme a été », dit-il, « comme un enfant sevré ». Je me suis arraché moi-même aux douceurs de la gloire humaine, peu capables de me soutenir, pour donner à mon esprit une nourriture plus solide. Ainsi l'âme supérieure domine de tous côtés cette impérieuse grandeur, et ne lui laisse dorénavant aucune place. David ne donna jamais de plus beau combat. Non, mes Frères, les Philistins défaits, et les ours mêmes déchirés de ses mains[1], ne sont rien à comparaison de sa grandeur qu'il a domptée. Mais la sainte princesse que nous célébrons l'a égalé dans la gloire d'un si beau triomphe.

Elle sut pourtant se prêter au monde avec toute la dignité que demandait sa grandeur. Les rois, non plus que le soleil, n'ont pas reçu en vain l'éclat qui les environne ; il est nécessaire au genre humain, et ils doivent, pour le repos autant que pour la décoration de l'univers, soutenir une majesté qui n'est qu'un rayon de celle de Dieu. Il était aisé à la Reine de faire sentir une grandeur qui lui était naturelle. Elle était

1. **... mains :** David, simple berger, déchirait de ses mains les ours et les lions qui attaquaient ses troupeaux. Par sa ruse, il vainquit également en duel Goliath, géant d'une force redoutable qui combattait pour les ennemis d'Israël.

née dans une cour où la majesté se plaît à paraître avec tout son appareil, et d'un père qui sut conserver avec une grâce, comme avec une jalousie particulière, ce qu'on appelle en Espagne les coutumes de qualité et les bienséances du palais. Mais elle aimait mieux tempérer la majesté, et l'anéantir devant Dieu, que de la faire éclater devant les hommes. Ainsi nous la voyions courir aux autels, pour y goûter avec David un humble repos, et s'enfoncer dans son oratoire, où, malgré le tumulte de la cour, elle trouvait le Carmel d'Élie[1], le désert de Jean , et la montagne[3] si souvent témoin des gémissements de Jésus.

J'ai appris de saint Augustin que « l'âme attentive se fait elle-même une solitude. *Gignit enim sibi ipsa mentis intentio solitudinem* ». Mais, mes Frères, ne nous flattons pas : il faut savoir se donner des heures d'une solitude effective, si l'on veut conserver les forces de l'âme. C'est ici qu'il faut admirer l'inviolable fidélité que la Reine gardait à Dieu. Ni les divertissements, ni les fatigues des voyages[4], ni aucune occupation ne lui faisait perdre ces heures particulières qu'elle destinait à la méditation et à la prière. Aurait-elle été si persévérante dans cet exercice si elle n'y eût goûté la manne cachée que « nul ne connaît que celui qui en ressent les saintes douceurs[5] » ? C'est là qu'elle disait avec David :

1. **Le Carmel d'Élie :** le prophète Élie se retirait pour prier sur la montagne du Carmel.
2. **Le désert de Jean :** saint Jean-Baptiste vivait dans le désert avant de venir prêcher et baptiser au bord du Jourdain pour préparer la venue du Christ.
3. **Montagne :** il s'agit du mont des Oliviers.
4. **Voyages :** lorsque le roi partait en voyage, toute la cour devait l'accompagner.
5. **… douceurs :** citation de l'Apocalypse (II, 17).

« Ô Seigneur, votre servante a trouvé son cœur pour vous faire cette prière ! *Invenit servus tuus cor suum*[1]. » Où allez-vous, cœurs égarés ? Quoi ! même pendant la prière vous laissez errer votre imagination vagabonde ; vos ambitieuses pensées vous reviennent devant Dieu ; elles font même le sujet de votre prière ! Par l'effet du même transport qui vous fait parler aux hommes de vos prétentions, vous en venez encore parler à Dieu, pour faire servir le Ciel et la terre à vos intérêts. Ainsi votre ambition, que la prière devait éteindre, s'y échauffe : feu bien différent de celui que « David sentait allumer dans sa méditation[2] ». Ha ! plutôt puissiez-vous dire avec ce grand roi, et avec la pieuse Reine que nous honorons : « Ô Seigneur, votre serviteur a trouvé son cœur ! » J'ai rappelé ce fugitif, et le voilà tout entier devant votre face.

Ange saint, qui présidiez à l'oraison de cette sainte princesse, et qui portiez cet encens au-dessus des nues pour le faire brûler sur l'autel que saint Jean a vu dans le ciel[3], racontez-nous les ardeurs de ce cœur blessé de l'amour divin ; faites-nous paraître ces torrents de larmes que la Reine versait devant Dieu pour ses péchés. Quoi donc, les âmes innocentes ont-elles aussi les pleurs et les amertumes de la pénitence ? Oui sans doute, puisqu'il est écrit[4] que

1. ... ***suum*** : « Votre servante a trouvé son cœur » ; Marie-Thérèse répète l'action de grâce de David dans le second Livre de Samuel (VII, 27).
2. ... **méditation** : souvenir du Psaume XXXVIII, 4, « Mon cœur s'est échauffé au-dedans de moi ; et tandis que je méditais, un feu s'y est embrasé ».
3. **Ciel** : allusion à l'Apocalypse (VIII, 3), « Alors il vint un autre ange, qui se tint devant l'autel, ayant un encensoir d'or... »
4. **Il est écrit** : dans le Livre de Job (XV, 15).

« rien n'est pur sur la terre, et que celui qui dit qu'il ne pèche pas se trompe lui-même[1] ». Mais c'est des péchés légers. Légers par comparaison, je le confesse ; légers en eux-mêmes, la Reine n'en connaît aucun de cette nature. C'est ce que porte en son fonds toute âme innocente. La moindre ombre se remarque sur ces vêtements qui n'ont pas encore été salis, et leur vive blancheur en accuse toutes les taches. Je trouve ici les chrétiens trop savants. Chrétien, tu sais trop la distinction des péchés véniels d'avec les mortels. Quoi ! le nom commun de péché ne suffira pas pour te les faire détester les uns et les autres ? Sais-tu que ces péchés qui semblent légers deviennent accablants par leur multitude, à cause des funestes dispositions qu'ils mettent dans les consciences ? C'est ce qu'enseignent d'un commun accord tous les saints docteurs, après saint Augustin et saint Grégoire. Sais-tu que les péchés qui seraient véniels par leur objet peuvent devenir mortels par l'excès de l'attachement ? Les plaisirs innocents le deviennent bien, selon la doctrine des saints, et seuls ils ont pu damner le mauvais riche[2], pour avoir été trop goûtés. Mais qui sait le degré qu'il faut pour leur inspirer[3] ce poison mortel ? et n'est-ce pas une des raisons qui fait que David[4] s'écrie : « *Delicta quis intelligit ?* Qui peut connaître ses péchés ? » Que je hais donc ta vaine science et ta mauvaise subtilité, âme téméraire qui prononces si hardiment : Ce péché que je commets

1. **Lui-même :** citation de la première Épître de saint Jean (I, 8).
2. **Mauvais riche :** celui dont il est question dans la parabole de Lazare.
3. **Inspirer :** inoculer.
4. **David :** dans le Psaume XVIII, 13.

sans crainte est véniel ! L'âme vraiment pure n'est pas si savante. La Reine sait en général qu'il y a des péchés véniels, car la foi l'enseigne ; mais la foi ne lui enseigne pas que les siens le soient. Deux choses vous vont faire voir l'éminent degré de sa vertu. Nous le savons, CHRÉTIENS, et nous ne donnons point de fausses louanges devant ces autels : elle a dit souvent, dans cette bienheureuse simplicité qui lui était commune avec tous les saints, qu'elle ne comprenait pas comment on pouvait commettre volontairement un seul péché, pour petit qu'il fût. Elle ne disait donc pas : Il est véniel ; elle disait : Il est péché, et son cœur innocent se soulevait. Mais, comme il échappe toujours quelque péché à la fragilité humaine, elle ne disait pas : Il est léger ; encore une fois, Il est péché, disait-elle. Alors, pénétrée des siens, s'il arrivait quelque malheur à sa personne, à sa famille, à l'État, elle s'en accusait seule. Mais quels malheurs, direz-vous, dans cette grandeur et dans un si long cours de prospérités ? Vous croyez donc que les déplaisirs et les plus mortelles douleurs ne se cachent pas sous la pourpre ? ou qu'un royaume est un remède universel à tous les maux, un baume qui les adoucit, un charme qui les enchante ? Au lieu que, par un conseil de la Providence divine, qui sait donner aux conditions les plus élevées leur contrepoids, cette grandeur, que nous admirons de loin comme quelque chose au-dessus de l'homme, touche moins quand on y est né, ou se confond elle-même dans son abondance ; et qu'il se forme au contraire parmi les grandeurs une nouvelle sensibilité pour les déplaisirs, dont le coup est d'autant plus rude qu'on est moins préparé à le soutenir.

Il est vrai que les hommes aperçoivent moins cette malheureuse délicatesse dans les âmes vertueuses. On les croit insensibles, parce que non seulement elles savent taire, mais encore sacrifier leurs peines secrètes. Mais le Père céleste se plaît à les regarder dans ce secret[1] et, comme il sait leur préparer leur croix, il y mesure aussi leur récompense. Croyez-vous que la Reine pût être en repos dans ces fameuses campagnes qui nous apportaient coup sur coup tant de surprenantes nouvelles ? Non, MESSIEURS ; elle était toujours tremblante, parce qu'elle voyait toujours cette précieuse vie, dont la sienne dépendait, trop facilement hasardée[1]. Vous avez vu ses terreurs ; vous parlerai-je de ses pertes, et de la mort de ses chers enfants ? Ils lui ont tous déchiré le cœur. Représentons-nous ce jeune prince[3], que les Grâces semblaient elles-mêmes avoir formé de leurs mains (pardonnez-moi ces expressions) ; il me semble que je vois encore tomber cette fleur. Alors, triste messager d'un événement si funeste, je fus aussi le témoin, en voyant le roi et la reine, d'un côté de la douleur la plus pénétrante, et de l'autre des plaintes les plus lamentables, et sous des formes différentes je vis une affliction sans mesure. Mais je vis aussi des deux côtés la foi également victorieuse ; je vis le sacrifice agréable[4] de l'âme humiliée sous la main de

1. **Secret :** paraphrase de l'Évangile selon saint Matthieu (VI, 6), « Priez votre Père dans le secret ; et votre Père, qui voit ce qui se passe dans le secret, vous en rendra la récompense ».
2. **Hasardée :** allusion à la témérité de Louis XIV dans ses jeunes années.
3. **Ce jeune prince :** le duc d'Anjou, mort à trois ans.
4. **Agréable :** digne d'être agréé, reçu.

Dieu, et deux victimes royales immoler d'un commun accord leur propre cœur[1].

Pourrai-je maintenant jeter les yeux sur la terrible menace du ciel irrité, lorsqu'il sembla si longtemps vouloir frapper ce Dauphin[2] même, notre plus chère espérance ? Pardonnez-moi, MESSIEURS, pardonnez-moi si je renouvelle vos frayeurs. Il faut bien, et je le puis dire, que je me fasse à moi-même cette violence, puisque je ne puis montrer qu'à ce prix la constance de la Reine. Nous vîmes alors dans cette princesse, au milieu des alarmes d'une mère, la foi d'une chrétienne. Nous vîmes un Abraham prêt à immoler Isaac, et quelques traits de Marie quand elle offrit son Jésus. Ne craignons point de le dire, puisqu'un Dieu ne s'est fait homme que pour assembler autour de lui des exemples pour tous les états. La Reine, pleine de foi, ne se propose pas un moindre modèle que Marie ; Dieu lui rend aussi son fils unique qu'elle lui offre d'un cœur déchiré, mais soumis, et veut que nous lui devions[3] encore une fois un si grand bien.

On ne se trompe pas, CHRÉTIENS, quand on attribue tout à la prière. Dieu, qui l'inspire, ne lui peut rien refuser. « Un roi, » dit David[4], « ne se sauve pas par ses armées, et le puissant ne se sauve pas par sa valeur ». Ce n'est pas aussi[5] aux sages conseils qu'il

1. **Cœur** : ce fut Bossuet qui dut annoncer la nouvelle au roi et à la reine.
2. **Ce Dauphin** : le dauphin, élève de Bossuet, tomba gravement malade, au point qu'on désespéra un moment de le sauver.
3. **Lui devions** : à la reine. Après avoir mis au monde le Dauphin, elle le ressuscite, pour ainsi dire, par la ferveur de ses prières.
4. **David** : dans le Psaume XXXII, 16.
5. **Aussi** : non plus.

faut attribuer les heureux succès. « Il s'élève », dit le Sage[1], « plusieurs pensées dans le cœur de l'homme » : reconnaissez l'agitation et les pensées incertaines des conseils humains. « Mais », poursuit-il, « la volonté du Seigneur demeure ferme » ; et, pendant que les hommes délibèrent, il ne s'exécute que ce qu'il résout. « Le Terrible », le Tout-Puissant, « qui ôte » quand il lui plaît « l'esprit des princes », le leur laisse aussi quand il veut, pour les confondre davantage, et les « prendre dans leurs propres finesses[2]. Car il n'y a point de prudence, il n'y a point de sagesse, il n'y a point de conseil contre le Seigneur[3] ». Les Machabées[4] étaient vaillants, et néanmoins il est écrit « qu'ils combattaient par leurs prières » plus que par leurs armes : *« Per orationes congressi sunt »* ; assurés, par l'exemple de Moïse[5], que les mains élevées à Dieu enfoncent plus de bataillons que celles qui frappent. Quand tout cédait à LOUIS, et que nous crûmes voir revenir le temps des miracles, où les murailles tombaient au bruit des trompettes, tous les peuples jetaient les yeux sur la Reine, et croyaient voir partir de son oratoire la foudre qui accablait tant de villes.

1. **Le Sage :** auteur des Proverbes (ici, XIX, 21).
2. **... finesses :** expression récurrente dans la Bible, ainsi dans le Livre de Job (V, 13), ou dans la première Lettre de saint Paul aux Corinthiens (III, 19).
3. **... le Seigneur :** citation des Proverbes (XXI, 30).
4. **Machabées :** on désigne sous ce nom cinq frères juifs qui soutinrent glorieusement de longues guerres contre les rois de Syrie. La citation qui suit est tirée du second Livre des Machabées (XV, 26).
5. **L'exemple de Moïse :** pendant que les Hébreux combattaient contre leurs ennemis, Moïse priait sur la montagne, et, chaque fois qu'il élevait les mains vers le ciel, les Hébreux étaient victorieux. Lorsque la fatigue le forçait à les baisser, l'ennemi reprenait l'avantage.

Que si Dieu accorde aux prières les prospérités temporelles, combien plus leur accorde-t-il les vrais biens, c'est-à-dire les vertus ! Elles sont le fruit naturel d'une âme unie à Dieu par l'oraison. L'oraison, qui nous les obtient, nous apprend à les pratiquer, non seulement comme nécessaires, mais encore comme reçues « du Père des lumières, d'où descend sur nous tout don parfait[1] », et c'est là le comble de la perfection, parce que c'est le fondement de l'humilité. C'est ainsi que MARIE-THÉRÈSE attira par la prière toutes les vertus dans son âme. Dès sa première jeunesse elle fut, dans les mouvements d'une cour alors assez turbulente[2], la consolation et le seul soutien de la vieillesse infirme du roi son père. La Reine sa belle-mère[3], malgré ce nom odieux[4], trouva en elle non seulement un respect, mais encore une tendresse que ni le temps ni l'éloignement n'ont pu altérer. Aussi pleure-t-elle sans mesure et ne veut point recevoir de consolation[5]. Quel cœur, quel respect, quelle soumission n'a-t-elle pas eue pour le roi ! toujours vive pour ce grand prince, toujours jalouse de sa gloire, uniquement attachée aux intérêts de son État, infatigable dans les voyages, et

1. **... parfait :** citation de l'Épître de saint Jacques (I, 17), « Toute grâce excellente et tout don parfait vient d'en haut et descend du Père des lumières ».
2. **Turbulente :** il y avait alors des factions opposées dans la cour de Philippe IV.
3. **La reine sa belle-mère :** Marie-Anne d'Autriche, seconde femme de Philippe IV.
4. **Odieux :** qui suscite l'aversion, désagréable (sens moins fort que le sens actuel).
5. **Consolation :** comme Rachel, qui ne voulut pas être consolée (Jérémie, XXXI, 15), « Rachel qui pleure ses enfants et qui ne peut se consoler de leur perte ».

heureuse pourvu qu'elle fût en sa compagnie ; femme enfin où saint Paul aurait vu l'Église occupée de JÉSUS-CHRIST, et unie à ses volontés par une éternelle complaisance. Si nous osions demander au grand prince qui lui rend ici avec tant de piété les derniers devoirs quelle mère il a perdue, il nous répondrait par ses sanglots, et je vous dirai en son nom ce que j'ai vu avec joie, ce que je répète avec admiration, que les tendresses inexplicables[1] de MARIE-THÉRÈSE tendaient toutes à lui inspirer la foi, la piété, la crainte de Dieu, un attachement inviolable pour le roi, des entrailles de miséricorde pour les malheureux, une immuable persévérance dans tous ses devoirs, et tout ce que nous louons dans la conduite de ce prince. Parlerai-je des bontés de la Reine tant de fois éprouvées par ses domestiques, et ferai-je retentir encore devant ces autels les cris de sa maison désolée ? Et vous, pauvres de JÉSUS-CHRIST, pour qui seuls elle ne pouvait endurer qu'on lui dît que ses trésors étaient épuisés ; vous premièrement, pauvres volontaires, victimes de Jésus-Christ, religieux, vierges sacrées, âmes pures dont le monde n'était pas digne[2] ; et vous, pauvres, quelque nom que vous portiez, pauvres connus, pauvres honteux, malades, impotents, estropiés, « restes d'hommes », pour parler avec saint Grégoire de Nazianze, car la Reine respectait en vous tous les caractères de la croix de JÉSUS-CHRIST ; vous donc qu'elle assistait avec tant de joie, qu'elle visitait avec de si saints

1. **Inexplicables** : inexprimables.
2. **Digne** : souvenir de la Lettre de saint Paul aux Hébreux (XI, 38), où Paul évoque les saints qui ont vécu avant le Christ.

empressements, qu'elle servait avec tant de foi, heureuse de se dépouiller d'une majesté empruntée, et d'adorer dans votre bassesse la glorieuse pauvreté de JÉSUS-CHRIST : quel admirable panégyrique prononceriez-vous par vos gémissements à la gloire de cette princesse, s'il m'était permis de vous introduire dans cette auguste assemblée ? Recevez, Père Abraham, dans votre sein cette héritière de votre foi, comme vous servante des pauvres et digne de trouver en eux, non plus des anges[1], mais JÉSUS-CHRIST même. Que dirai-je davantage ? Écoutez tout en un mot : Fille, femme, mère, maîtresse, reine telle que nos vœux l'auraient pu faire, plus que tout cela chrétienne, elle accomplit tous ses devoirs sans présomption, et fut humble non seulement parmi toutes les grandeurs, mais encore parmi toutes les vertus.

J'expliquerai en peu de mots les deux autres noms que nous voyons écrits sur la colonne mystérieuse de l'Apocalypse[2], et dans le cœur de la Reine. Par le nom de la « sainte cité de Dieu, la nouvelle Jérusalem », vous voyez bien, MESSIEURS, qu'il faut entendre le nom de l'Église catholique, cité sainte dont toutes « les pierres sont vivantes[3] », dont Jésus-Christ est le fondement ; qui « descend du ciel[4] » avec lui, parce qu'elle y est renfermée comme dans le chef dont tous les membres reçoivent leur vie ; cité

1. **Non plus des anges :** dans la Genèse (XVIII), Abraham accueille trois voyageurs, qui lui annoncent la naissance de son fils Isaac et révèlent ensuite qu'ils sont des anges envoyés de Dieu.
2. **Apocalypse :** III, 12.
3. **... vivantes :** citation de la première Lettre de saint Pierre (II, 4-5).
4. **Descend du ciel :** comme la nouvelle Jérusalem dans l'Apocalypse (III, 12).

qui se répand par toute la terre, et s'élève jusqu'aux cieux pour y placer ses citoyens. Au seul nom de l'Église, toute la foi de la Reine se réveillait. Mais une vraie fille de l'Église, non contente d'en embrasser la sainte doctrine, en aime les observances, où elle fait consister la principale partie des pratiques extérieures de la piété.

L'Église, inspirée de Dieu et instruite par les saints apôtres, a tellement disposé l'année qu'on y trouve, avec la vie, avec les mystères, avec la prédication et la doctrine de JÉSUS-CHRIST, le vrai fruit de toutes ces choses dans les admirables vertus de ses serviteurs, et dans les exemples de ses saints, et enfin un mystérieux abrégé de l'Ancien et du Nouveau Testament et de toute l'histoire ecclésiastique. Par là toutes les saisons sont fructueuses pour les chrétiens ; tout y est plein de Jésus-Christ, qui est toujours « admirable », selon le prophète[1], et non seulement en lui-même, mais encore « dans ses saints ». Dans cette variété qui aboutit toute à l'unité sainte tant recommandée par JÉSUS-CHRIST, l'âme innocente et pieuse trouve avec des plaisirs célestes une solide nourriture, et un perpétuel renouvellement de sa ferveur. Les jeûnes y sont mêlés dans les temps convenables, afin que l'âme, toujours sujette aux tentations et au péché, s'affermisse et se purifie par la pénitence. Toutes ces pieuses observances avaient dans la Reine l'effet bienheureux que l'Église

1. **Le prophète** : allusion au Livre d'Isaïe (IX, 6), où Isaïe prophétise la venue du Christ, « Car un petit enfant nous est né, et un fils nous a été donné. Il [...] sera appelé l'Admirable, le Conseiller, Dieu, le Fort, le Père du siècle futur, le Prince de la paix ».

même demande : elle se renouvelait dans toutes les fêtes, elle se sacrifiait dans tous les jeûnes et dans toutes les abstinences. L'Espagne sur ce sujet a des coutumes que la France ne suit pas[1] ; mais la Reine se rangea bientôt à l'obéissance : l'habitude ne put rien contre la règle, et l'extrême exactitude de cette princesse marquait la délicatesse de sa conscience. Quel autre a mieux profité de cette parole : « Qui vous écoute m'écoute[2] ? » JÉSUS-CHRIST nous y enseigne cette excellente pratique de marcher dans les voies de Dieu sous la conduite particulière de ses serviteurs qui exercent son autorité dans son Église. Les confesseurs de la Reine pouvaient tout sur elle dans l'exercice de leur ministère, et il n'y avait aucune vertu où elle ne pût être élevée par son obéissance. Quel respect n'avait-elle pas pour le Souverain Pontife, vicaire de Jésus-Christ, et pour tout l'ordre ecclésiastique ! Qui pourrait dire combien de larmes lui ont coûté ces divisions[3] toujours trop longues, et dont on ne peut demander la fin avec trop de gémissements ? Le nom même et l'ombre de division faisait horreur à la Reine, comme à toute âme pieuse. Mais qu'on ne s'y trompe pas : le Saint-Siège ne peut jamais oublier la France, ni la France manquer au Saint-Siège. Et ceux qui, pour leurs intérêts particuliers, couverts, selon les maximes de leur

1. **L'Espagne sur ce sujet a des coutumes que la France ne suit pas :** l'Église d'Espagne était beaucoup moins sévère que celle de France en ce qui concerne les jeûnes et les abstinences.
2. **… m'écoute :** citation de l'Évangile selon saint Luc (X, 16).
3. **Divisions :** allusion à la lutte qui opposait la France et le pape depuis la rédaction des Quatre Articles de 1682, qui visaient à empêcher toute ingérence du Saint-Siège dans le gouvernement de l'État français.

politique, du prétexte de piété, semblent vouloir irriter le Saint-Siège contre un royaume qui en a toujours été le principal soutien sur la terre, doivent penser qu'une chaire si éminente, à qui JÉSUS-CHRIST a tant donné, ne veut pas être flattée par les hommes, mais honorée selon la règle avec une soumission profonde ; qu'elle est faite pour attirer tout l'univers à son unité, et y rappeler à la fin tous les hérétiques ; et que ce qui est excessif, loin d'être le plus attirant, n'est pas même le plus solide ni le plus durable.

Avec le saint nom de Dieu et avec le nom de la cité sainte la nouvelle Jérusalem, je vois, MESSIEURS, dans le cœur de notre pieuse Reine le nom nouveau du Sauveur. Quel est, Seigneur, votre nom nouveau, sinon celui que vous expliquez quand vous dites : « Je suis le pain de vie », et : « Ma chair est vraiment viande », et : « Prenez, mangez, ceci est mon corps[1] ? » Ce nom nouveau du Sauveur est celui de l'Eucharistie, nom composé de bien et de grâce[2], qui nous montre dans cet adorable sacrement une source de miséricorde, un miracle d'amour, un mémorial et un abrégé de toutes les grâces, et le Verbe même tout changé en grâce et en douceur pour ses fidèles. Tout est nouveau dans ce mystère : c'est le « Nouveau Testament » de notre Sauveur, et on commence à y boire ce « vin nouveau[3] » dont la céleste Jérusalem est transportée. Mais, pour le boire dans ce lieu de tentation et de péché, il s'y faut préparer par la

1. **... mon corps :** paroles de Jésus-Christ lors de la Cène, qui sont répétées lors de la célébration de l'Eucharistie.
2. **Nom composé de bien et de grâce :** en grec, *eu* signifie « bien », et *charis*, « grâce ».
3. **Vin nouveau :** il s'agit toujours des paroles de Jésus au cours de la Cène.

pénitence. La Reine fréquentait ces deux sacrements avec une ferveur toujours nouvelle. Cette humble princesse se sentait dans son état naturel quand elle était comme pécheresse aux pieds d'un prêtre, y attendant la miséricorde et la sentence de JÉSUS-CHRIST. Mais l'Eucharistie était son amour : toujours affamée de cette viande[1] céleste, et toujours tremblante en la recevant, quoiqu'elle ne pût assez communier pour son désir, elle ne cessait de se plaindre humblement et modestement des communions fréquentes qu'on lui ordonnait. Mais qui eût pu refuser l'Eucharistie à l'innocence, et JÉSUS-CHRIST à une foi si vive et si pure ? La règle que donne saint Augustin est de modérer l'usage de la communion quand elle tourne en dégoût. Ici on voyait toujours une ardeur nouvelle, et cette excellente pratique de chercher dans la communion la meilleure préparation, comme la plus parfaite action de grâces, pour la communion même. Par ces admirables pratiques, cette princesse est venue à sa dernière heure sans qu'elle eût besoin d'apporter à ce terrible passage une autre préparation que celle de sa sainte vie ; et les hommes, toujours hardis à juger les autres sans épargner les souverains, car on n'épargne que soi-même dans ses jugements, les hommes, dis-je, de tous les états, et autant les gens de bien que les autres, ont vu la Reine emportée avec une telle précipitation dans la vigueur de son âge, sans être en inquiétude pour son salut. Apprenez donc, CHRÉTIENS, et vous principalement qui ne pouvez vous accoutumer à la pensée de

1. **Viande** : nourriture.

la mort, en attendant que vous méprisiez celle que JÉSUS-CHRIST a vaincue, ou même que vous aimiez celle qui met fin à nos péchés et nous introduit à la vraie vie, apprenez à la désarmer d'une autre sorte, et embrassez la belle pratique où, sans se mettre en peine d'attaquer la mort, on n'a besoin que de s'appliquer à sanctifier sa vie.

La France a vu de nos jours deux reines plus unies encore par la piété que par le sang, dont la mort également précieuse devant Dieu, quoiqu'avec des circonstances différentes, a été d'une singulière édification à toute l'Église. Vous entendez bien que je veux parler d'ANNE D'AUTRICHE et de sa chère nièce, ou plutôt de sa chère fille, MARIE-THÉRÈSE. ANNE dans un âge déjà avancé, et MARIE-THÉRÈSE dans sa vigueur[1], mais toutes deux d'une si heureuse constitution qu'elle semblait nous promettre le bonheur de les posséder un siècle entier, nous sont enlevées contre notre attente, l'une par une longue maladie, et l'autre par un coup imprévu. ANNE, avertie de loin par un mal aussi cruel qu'irrémédiable[2], vit avancer la mort à pas lents, et sous la figure qui lui avait toujours paru la plus affreuse ; MARIE-THÉRÈSE, aussitôt emportée que frappée par la maladie, se trouve toute vive et tout entière entre les bras de la mort sans presque l'avoir envisagée. À ce fatal avertissement Anne, pleine de foi, ramasse toutes les forces qu'un long exercice de la piété lui avait acquises et regarde sans se troubler toutes les approches de la mort. Humiliée sous la main de

1. **Vigueur :** Anne d'Autriche avait 64 ans, Marie-Thérèse 45 ans.
2. **Un mal aussi cruel qu'irrémédiable :** un cancer du sein.

Dieu[1], elle lui rend grâces de l'avoir ainsi avertie ; elle multiplie ses aumônes toujours abondantes ; elle redouble ses dévotions toujours assidues ; elle apporte de nouveaux soins à l'examen de sa conscience toujours rigoureux. Avec quel renouvellement de foi et d'ardeur lui vîmes-nous recevoir le saint viatique[2] ! Dans de semblables actions il ne fallut à MARIE-THÉRÈSE que sa ferveur ordinaire : sans avoir besoin de la mort pour exciter sa piété, sa piété s'excitait toujours assez elle-même, et prenait dans sa propre force un continuel accroissement. Que dirons-nous, CHRÉTIENS, de ces deux reines ? Par l'une Dieu nous apprit comment il faut profiter du temps, et l'autre nous a fait voir que la vie vraiment chrétienne n'en a pas besoin. En effet, Chrétiens, qu'attendons-nous ? Il n'est pas digne d'un chrétien de ne s'évertuer contre la mort qu'au moment qu'elle se présente pour l'enlever. Un chrétien toujours attentif à combattre ses passions « meurt tous les jours » avec l'Apôtre : « *Quotidie morior*[3]. » Un chrétien n'est jamais vivant sur la terre, parce qu'il y est toujours mortifié, et que la mortification est un essai, un apprentissage, un commencement de la mort. Vivons-nous, CHRÉTIENS, vivons-nous ? Cet âge que nous comptons, et où tout ce que nous comptons n'est plus à nous, est-ce une vie ? et pouvons-nous n'apercevoir pas ce que nous perdons sans cesse avec les années ? Le repos et la nourriture

1. **Humiliée sous la main de Dieu :** souvenir de la première Lettre de saint Pierre (V, 6).
2. **Le saint viatique :** le sacrement des mourants, ou extrême-onction.
3. ***Quotidie morior* :** citation de la première Lettre de saint Paul aux Corinthiens (XV, 31).

ne sont-ils pas de faibles remèdes de la continuelle maladie qui nous travaille ? et celle que nous appelons la dernière, qu'est-ce autre chose, à le bien entendre, qu'un redoublement, et comme le dernier accès, du mal que nous apportons au monde en naissant ? Quelle santé nous couvrait la mort que la Reine portait dans le sein ! De combien près la menace a-t-elle été suivie du coup ! Et où en était cette grande Reine, avec toute la majesté qui l'environnait, si elle eût été moins préparée ? Tout d'un coup on voit arriver le moment fatal, où la terre n'a plus rien pour elle que des pleurs. Que peuvent tant de fidèles domestiques empressés autour de son lit ? Le roi même, que pouvait-il, lui, Messieurs, lui qui succombait à la douleur avec toute sa puissance et tout son courage ? Tout ce qui environne ce prince l'accable. Monsieur, Madame[1] venaient partager ses déplaisirs, et les augmentaient par les leurs. Et vous, MONSEIGNEUR, que pouviez-vous que de lui percer le cœur par vos sanglots ? Il l'avait assez percé par le tendre ressouvenir d'un amour qu'il trouvait toujours également vif après vingt-trois ans écoulés. On en gémit, on en pleure : voilà ce que peut la terre pour une Reine si chérie ; voilà ce que nous avons à lui donner, des pleurs, des cris inutiles. Je me trompe, nous avons encore des prières ; nous avons ce saint sacrifice, rafraîchissement de nos peines, expiation de nos ignorances et des restes de nos péchés. Mais songeons que ce sacrifice d'une valeur infinie, où toute la croix[2] de JÉSUS est renfermée, ce

1. **Monsieur, Madame :** le duc Philippe d'Orléans et sa seconde femme.
2. **Toute la croix :** toute la Passion.

sacrifice serait inutile à la Reine, si elle n'avait mérité par sa bonne vie que l'effet en pût passer jusqu'à elle. Autrement, dit saint Augustin, qu'opère un tel sacrifice ? Nul soulagement pour les morts ; une faible consolation pour les vivants. Ainsi tout le salut vient de cette vie, dont la fuite précipitée nous trompe toujours. « Je viens », dit JÉSUS-CHRIST, « comme un voleur[1] ». Il a fait selon sa parole ; il est venu surprendre la Reine dans le temps que nous la croyions la plus saine, dans le temps qu'elle se trouvait la plus heureuse. Mais c'est ainsi qu'il agit : il trouve pour nous tant de tentations et une telle malignité dans tous les plaisirs qu'il vient troubler les plus innocents dans ses élus. Mais il vient, dit-il, « comme un voleur », toujours surprenant et impénétrable dans ses démarches. C'est lui-même qui s'en glorifie dans toute son Écriture. Comme un voleur, direz-vous, indigne comparaison ! N'importe qu'elle soit indigne de lui, pourvu qu'elle nous effraye, et qu'en nous effrayant elle nous sauve. Tremblons donc, CHRÉTIENS, tremblons devant lui à chaque moment ; car qui pourrait, ou l'éviter quand il éclate, ou le découvrir quand il se cache ? « Ils mangeaient », dit-il[2], « ils buvaient, ils achetaient, ils vendaient, ils plantaient, ils bâtissaient, ils faisaient des mariages aux jours de Noé et aux jours de Loth », et une subite ruine les vint accabler. Ils mangeaient, ils buvaient, ils se mariaient. C'étaient des occupations innocentes : que sera-ce quand, en contentant nos impudiques désirs, en assouvissant

1. **Jésus-Christ** : dans l'Apocalypse (III, 3).
2. **Il** : Jésus, dans l'Évangile selon saint Luc (XVII, 26-28).

nos vengeances et nos secrètes jalousies, en accumulant dans nos coffres des trésors d'iniquité sans jamais vouloir séparer le bien d'autrui d'avec le nôtre, trompés par nos plaisirs, par nos jeux, par notre santé, par notre jeunesse, par l'heureux succès de nos affaires, par nos flatteurs, parmi lesquels il faudrait peut-être compter des directeurs infidèles que nous avons choisis pour nous séduire, et enfin par nos fausses pénitences qui ne sont suivies d'aucun changement de nos mœurs, nous viendrons tout à coup au dernier jour ? La sentence partira d'en haut : « La fin est venue, la fin est venue. *Finis venit, venit finis*. La fin est venue sur vous. *Nunc finis super te*[1] » : tout va finir pour vous en ce moment. Tranchez, « concluez. *Fac conclusionem* ». Frappez l'arbre infructueux[2] qui n'est plus bon que pour le feu : « Coupez l'arbre, arrachez ses branches, secouez ses feuilles, abattez ses fruits[3] » : périsse par un seul coup tout ce qu'il avait avec lui-même. Alors s'élèveront des frayeurs mortelles, et des grincements de dents, préludes de ceux de l'enfer. Ha, mes Frères, n'attendons pas ce coup terrible ! Le glaive qui a tranché les jours de la Reine est encore levé sur nos têtes ; nos péchés en ont affilé le tranchant fatal. « Le glaive que je tiens en main », dit le Seigneur notre Dieu, « est aiguisé et poli : il est aiguisé, afin qu'il perce ; il est poli et limé, afin qu'il brille ». Tout l'univers en voit le brillant éclat. Glaive du Seigneur, quel coup vous venez de faire !

1. ... *super te* : citation d'Ézéchiel (VII, 3).
2. **Infructueux** : stérile.
3. **... ses fruits** : citation du Livre de Daniel (IV, 11).

Toute la terre en est étonnée. Mais que nous sert ce brillant qui nous étonne, si nous ne prévenons le coup qui tranche ? Prévenons-le, CHRÉTIENS, par la pénitence. Qui pourrait n'être pas ému à ce spectacle ? Mais ces émotions d'un jour, qu'opèrent-elles ? Un dernier endurcissement, parce qu'à force d'être touché inutilement, on ne se laisse plus toucher d'aucun objet. Le sommes-nous des maux de la Hongrie et de l'Autriche ravagées[1] ? Leurs habitants passés au fil de l'épée (et ce sont encore les plus heureux : la captivité entraîne bien d'autres maux et pour le corps et pour l'âme), ces habitants désolés, ne sont-ce pas des chrétiens et des catholiques, nos frères, nos propres membres, enfants de la même Église et nourris à la même table du pain de vie ? Dieu accomplit sa parole : « Le jugement commence par sa maison[2] », et le reste de la maison ne tremble pas ! CHRÉTIENS, laissez-vous fléchir, faites pénitence, apaisez Dieu par vos larmes. Écoutez la pieuse Reine, qui parle plus haut que tous les prédicateurs. Écoutez-la, princes ; écoutez-la, peuples ; écoutez-la, Monseigneur, plus que tous les autres. Elle vous dit par ma bouche, et par une voix qui vous est connue, que la grandeur est un songe, la joie une erreur, la jeunesse une fleur qui tombe, et la santé un nom trompeur. Amassez donc les biens qu'on ne peut perdre. Prêtez l'oreille aux graves discours que saint Grégoire de Nazianze adressait aux princes et à la maison régnante. « Respectez », leur disait-il, « votre

1. **De la Hongrie et de l'Autriche ravagées :** 200 000 Turcs appelés par les Hongrois révoltés contre l'Autriche avaient envahi ces deux pays.
2. **… sa maison :** citation de la première Épître de saint Pierre (IV, 17).

pourpre », respectez votre puissance qui vient de Dieu, et ne l'employez que pour le bien. « Connaissez ce qui vous a été confié, et le grand mystère que Dieu accomplit en vous. Il se réserve à lui seul les choses d'en haut ; il partage avec vous celles d'en bas : montrez-vous dieux aux peuples soumis », en imitant la bonté et la munificence divine. C'est, Monseigneur, ce que vous demandent ces empressements de tous les peuples, ces perpétuels applaudissements et tous ces regards qui vous suivent. Demandez à Dieu avec Salomon[1] la sagesse qui vous rendra digne de l'amour des peuples et du trône de vos ancêtres ; et quand vous songerez à vos devoirs, ne manquez pas de considérer à quoi vous obligent les immortelles actions de LOUIS LE GRAND et l'incomparable piété de MARIE-THÉRÈSE.

1. **Avec Salomon :** considéré comme l'auteur du Livre de la Sagesse (IX).

EXAMEN MÉTHODIQUE

« ORAISON FUNÈBRE DE MARIE-THÉRÈSE D'AUTRICHE »

REPÈRES

1. Pourquoi Bossuet, parlant des « Grâces », se sent-il obligé de s'excuser : « Pardonnez-moi ces expressions ? » (lignes 781-782, page 235).
2. Expliquez l'expression « Il me semble que je vois encore tomber cette fleur » (lignes 782-783, page 235), en la comparant à un passage célèbre de l'oraison funèbre d'Henriette-Anne d'Angleterre.
3. Avec quelle délicatesse Bossuet parvient-il à évoquer les infidélités de Louis XIV ?

OBSERVATIONS

4. « Que je méprise ces philosophes qui, mesurant les conseils de Dieu à leurs pensées, ne le font auteur que d'un certain ordre général d'où le reste se développe comme il peut ! » (lignes 142-145, page 212) : quelle pensée philosophique Bossuet vise-t-il ici ? En quoi était-elle actuelle ?
5. Étudiez les paraphrases bibliques des paraboles de saint Luc et de l'Apocalypse.

INTERPRÉTATIONS

6. Marie-Thérèse d'Autriche n'était liée ni à de grands événements, ni à de grandes catastrophes. Comment Bossuet exploite-t-il cette figure un peu effacée ?
7. Étudiez le thème des larmes. Comment Bossuet l'exploite-t-il ?

ORAÏSON FUNEBRE

DE TRES-HAUTE

ET TRES-PUISSANTE PRINCESSE

ANNE DE GONZAGUE DE CLEVES,

PRINCESSE PALATINE.

Prononcée en présence de Monseigneur LE DUC, *de Madame* LA DUCHESSE, *& de Monseigneur le Duc* DE BOURBON, *dans l'Eglise des Carmelites du Fauxbourg Saint Jacques, le 9. Aoust 1685.*

Par Messire JACQUES BENIGNE BOSSUET, Evesque de Meaux, Conseiller du Roy en ses Conseils, cy-devant Précepteur de Monseigneur LE DAUPHIN, Premier Aumosnier de Madame LA DAUPHINE.

A PARIS,

Par SEBASTIEN MABRE-CRAMOISY, Imprimeur du Roy,

M. DC. LXXXV.

AVEC PRIVILEGE DE SA MAJESTE'.

ORAISON FUNÈBRE
DE TRÈS HAUTE ET TRÈS PUISSANTE PRINCESSE ANNE DE GONZAGUE DE CLÈVES

PRINCESSE PALATINE[1]

Prononcée en présence de Monseigneur le Duc[2], de Madame la Duchesse[3], et de Monseigneur le Duc de Bourbon[4], dans l'église des Carmélites du Faubourg Saint-Jacques, le neuvième jour d'août 1685.

Apprehendi te ab extremis terræ, et a longinquis ejus vocavi te : elegi te, et non abjeci te ; ne timeas, quia ego tecum sum.
« Je t'ai pris par la main pour te ramener des extrémités de la terre ; je t'ai appelé des lieux les plus éloignés ; je t'ai choisi, et je ne t'ai pas rejeté : ne crains point, parce que je suis avec toi. »

C'est Dieu même qui parle ainsi.

(Isaïe, XLI, 9-10)

MONSEIGNEUR[5],

Je voudrais que toutes les âmes éloignées de Dieu, que tous ceux qui se persuadent qu'on ne peut se

1. **Princesse Palatine :** depuis son mariage avec le prince Édouard, comte palatin du Rhin, en 1645.
2. **Monseigneur le Duc :** le duc d'Enghien, fils du Grand Condé.
3. **Madame la Duchesse :** son épouse Anne de Bavière, fille d'Anne de Gonzague.
4. **Monseigneur le Duc de Bourbon :** leur fils.
5. **Monseigneur :** s'adresse au duc d'Enghien.

vaincre soi-même ni soutenir sa constance parmi les combats et les douleurs[1], tous ceux enfin qui désespèrent de leur conversion ou de leur persévérance, fussent présents à cette assemblée. Ce discours leur ferait connaître qu'une âme fidèle à la grâce, malgré les obstacles les plus invincibles, s'élève à la perfection la plus éminente. La princesse à qui nous rendons les derniers devoirs, en récitant selon sa coutume l'office divin, lisait les paroles d'Isaïe que j'ai rapportées. Qu'il est beau de méditer l'Écriture sainte, et que Dieu y sait bien parler non seulement à toute l'Église, mais encore à chaque fidèle selon ses besoins ! Pendant qu'elle méditait ces paroles (c'est elle-même qui le raconte dans une lettre admirable[2]), Dieu lui imprima dans le cœur que c'était à elle qu'il les adressait. Elle crut entendre une voix douce et paternelle qui lui disait : « Je t'ai ramenée des extrémités de la terre, des lieux les plus éloignés[3] », des voies détournées où tu te perdais, abandonnée à ton propre sens, si loin de la céleste patrie et de la véritable voie, qui est JÉSUS-CHRIST. Pendant que tu disais en ton cœur rebelle : Je ne puis me captiver[4], j'ai mis sur toi ma puissante main, « et j'ai dit : Tu seras ma servante, je t'ai choisie » dès l'éternité, « et je n'ai pas rejeté » ton âme superbe et dédaigneuse. Vous voyez par quelles

1. **Parmi les combats et les douleurs :** ces expressions ont un sens mental et spirituel : les « combats » désignent la lutte du bien et du mal dans la conscience, les « douleurs », les souffrances de la pénitence.
2. **Lettre admirable :** cette lettre, perdue, était sans doute adressée à Rancé, autre converti qui réforma l'ordre religieux de la Trappe dans le sens d'une très grande austérité.
3. **... éloignés :** citation d'Isaïe (XLI, 9-10).
4. **Me captiver :** me soumettre.

paroles Dieu lui fait sentir l'état d'où il l'a tirée ; mais écoutez comme il l'encourage parmi les dures épreuves où il met sa patience : « Ne crains point » au milieu des maux dont tu te sens accablée, « parce que je suis ton Dieu » qui te fortifie ; « ne te détourne pas de la voie » où je t'engage, « puisque je suis avec toi » ; jamais je ne cesserai de te secourir, « et le juste que j'envoie au monde », ce Sauveur miséricordieux, ce pontife compatissant, « te tient par la main : *Tenebit te dextera justi mei* ». Voilà, MESSIEURS, le passage entier du saint prophète Isaïe, dont je n'avais récité que les premières paroles. Puis-je mieux vous représenter les conseils de Dieu sur cette princesse que par des paroles dont il s'est servi pour lui expliquer les secrets de ces admirables conseils ? Venez maintenant, pécheurs, quels que vous soyez, en quelques régions écartées que la tempête de vos passions vous ait jetés, fussiez-vous dans ces terres ténébreuses dont il est parlé dans l'Écriture[1], et dans l'ombre de la mort ; s'il vous reste quelque pitié de votre âme malheureuse, venez voir d'où la main de Dieu a retiré la princesse Anne, venez voir où la main de Dieu l'a élevée. Quand on voit de pareils exemples dans une princesse d'un si haut rang, dans une princesse qui fut nièce d'une impératrice, et unie par ce lien à tant d'empereurs, sœur d'une puissante reine[2], épouse d'un fils de roi[3], mère de deux grandes princesses, dont l'une est un ornement dans l'auguste maison de France et l'autre

1. **Écriture :** dans le livre d'Isaïe (IX, 2).
2. **D'une puissante reine :** Marie de Gonzague, reine de Pologne.
3. **D'un fils de roi :** le prince Édouard était fils de Frédéric V, dont la royauté fut très éphémère.

s'est fait admirer dans la puissante maison de Brunswick ; enfin dans une princesse dont le mérite passe la naissance, encore que, sortie d'un père et de tant d'aïeux souverains, elle ait réuni en elle avec le sang de Gonzague et de Clèves celui des Paléologue[1], celui de Lorraine et celui de France par tant de côtés ; quand Dieu joint à ces avantages une égale réputation, et qu'il choisit une personne d'un si grand éclat pour être l'objet de son éternelle miséricorde, il ne se propose rien moins que d'instruire tout l'univers. Vous donc qu'il assemble en ce saint lieu, et vous principalement, pécheurs, dont il attend la conversion avec une si longue patience, n'endurcissez pas vos cœurs[2], ne croyez pas qu'il vous soit permis d'apporter seulement à ce discours des oreilles curieuses. Toutes les vaines excuses dont vous couvrez votre impénitence vous vont être ôtées. Ou la princesse Palatine portera la lumière dans vos yeux, ou elle fera tomber, comme un déluge de feu, la vengeance de Dieu sur vos têtes. Mon discours, dont vous vous croyez peut-être les juges, vous jugera au dernier jour ; ce sera sur vous un nouveau fardeau, comme parlaient les prophètes : « *Onus verbi Domini super Israel*[3] », et si vous n'en sortez plus chrétiens, vous en sortirez plus coupables. Commençons donc avec confiance l'œuvre de Dieu. Apprenons avant toutes choses à n'être pas éblouis du bonheur qui ne remplit

1. **Gonzague, Clèves et Paléologue** : les premiers étaient une grande famille italienne, les seconds une petite principauté belge, les troisièmes une famille illustre de Constantinople.
2. **N'endurcissez pas vos cœurs** : expression récurrente dans les Psaumes (par ex., XCIV) et dans les Lettres de saint Paul.
3. ... ***super Israel*** : citation du Livre de Zacharie (XII, 1).

pas le cœur de l'homme, ni des belles qualités qui ne le rendent pas meilleur, ni des vertus dont l'enfer est rempli, qui nourrissent le péché et l'impénitence et qui empêchent l'horreur salutaire que l'âme pécheresse aurait d'elle-même. Entrons encore plus profondément dans les voies de la divine Providence, et ne craignons pas de faire paraître notre princesse dans les états différents où elle a été. Que ceux-là craignent de découvrir les défauts des âmes saintes, qui ne savent pas combien est puissant le bras de Dieu pour faire servir ces défauts non seulement à sa gloire, mais encore à la perfection de ses élus. Pour nous, mes Frères, qui savons à quoi ont servi à saint Pierre ses reniements, à saint Paul les persécutions qu'il a fait souffrir à l'Église, à saint Augustin ses erreurs, à tous les saints pénitents leurs péchés, ne craignons pas de mettre la princesse Palatine dans ce rang, ni de la suivre jusque dans l'incrédulité où elle était enfin[1] tombée. C'est de là que nous la verrons sortir pleine de gloire et de vertu, et nous bénirons avec elle la main qui l'a relevée : heureux si la conduite que Dieu tient sur elle nous fait craindre la justice qui nous abandonne à nous-mêmes, et désirer la miséricorde qui nous en[2] arrache ! C'est ce que demande de vous TRÈS HAUTE ET TRÈS PUISSANTE PRINCESSE ANNE DE GONZAGUE DE CLÈVES, PRINCESSE DE MANTOUE ET DE MONTFERRAT, ET COMTESSE PALATINE DU RHIN.

Jamais plante ne fut cultivée avec plus de soin, ni ne se vit plus tôt couronnée de fleurs et de fruits que la princesse ANNE. Dès ses plus tendres années elle perdit

1. **Enfin** : finalement.
2. **En** : à nous-mêmes.

sa pieuse mère Catherine de Lorraine. Charles duc de Nevers, et depuis duc de Mantoue, son père, lui en trouva une digne d'elle, et ce fut la vénérable Mère Françoise de La Châtre[1], d'heureuse et sainte mémoire, abbesse de Faremoutiers, que nous pouvons appeler la restauratrice de la règle de saint Benoît[2], et la lumière de la vie monastique. Dans la solitude de sainte Fare, autant éloignée des voies du siècle que sa bienheureuse situation la sépare de tout commerce du monde, dans cette sainte montagne que Dieu avait choisie depuis mille ans[3], où les épouses de JÉSUS-CHRIST faisaient revivre la beauté des anciens jours, où les joies de la terre étaient inconnues, où les vestiges[4] des hommes du monde, des curieux et des vagabonds[5] ne paraissaient pas, sous la conduite de la sainte abbesse, qui savait donner le lait aux enfants aussi bien que le pain aux forts[6], les commencements de la princesse ANNE étaient heureux. Les mystères lui furent révélés[7] ; l'Écriture lui devint familière ; on lui avait appris la langue latine, parce que c'était celle de l'Église, et l'office divin faisait ses délices. Elle aimait tout dans la vie religieuse,

1. **Mère Françoise de La Châtre :** grande réformatrice de la vie religieuse au XVIIe siècle, qui réforma et gouverna notamment l'abbaye de Faremoutiers.
2. **Règle de saint Benoît :** fondateur des Bénédictins, qui doivent respecter les trois vœux (chasteté, obéissance, pauvreté) et partager leur temps entre la prière, le travail manuel et le travail intellectuel.
3. **Mille ans :** le monastère, fondé par sainte Fare au VIIe siècle, était très connu et apprécié de Bossuet, d'autant qu'il se trouvait dans son diocèse de Meaux.
4. **Vestiges :** traces de pas.
5. **Vagabonds :** promeneurs.
6. **… le pain aux forts :** souvenir de la première Lettre de saint Paul aux Corinthiens (III, 2).
7. **Les mystères lui furent révélés :** elle reçut une solide instruction religieuse.

jusqu'à ses austérités et ses humiliations, et, durant douze ans qu'elle fut dans ce monastère, on lui voyait tant de modestie et tant de sagesse qu'on ne savait à quoi elle était le plus propre, ou à commander ou à obéir. Mais la sage abbesse, qui la crut capable de soutenir sa réforme, la destinait au gouvernement, et déjà on la comptait parmi les princesses[1] qui avaient conduit cette célèbre abbaye quand sa famille, trop empressée à exécuter ce pieux projet, le rompit. Nous sera-t-il permis de le dire ? La princesse MARIE[2], pleine alors de l'esprit du monde, croyait, selon la coutume des grandes maisons, que ses jeunes sœurs devaient être sacrifiées à ses grands desseins. Qui ne sait où son rare mérite et son éclatante beauté, avantage toujours trompeur, lui firent porter ses espérances[3] ? Et d'ailleurs, dans les plus puissantes maisons, les partages ne sont-ils pas regardés comme une espèce de dissipation[4] par où elles se détruisent d'elles-mêmes, tant le néant y est attaché ? La princesse BÉNÉDICTE, la plus jeune des trois sœurs, fut la première immolée à ces intérêts de famille. On la fit abbesse[5], sans que dans un âge si tendre elle sût ce qu'elle faisait, et la marque d'une si grave dignité[6] fut comme un jouet entre ses mains. Un

1. **Les princesses :** plusieurs princesses, notamment une fille de Charlemagne et une sœur de François Ier, avaient été abbesses de Faremoutiers.
2. **Princesse Marie :** sœur aînée de la princesse Anne.
3. **Espérances :** elle projeta d'épouser Gaston d'Orléans, frère de Louis XIV.
4. **Dissipation :** allusion au droit d'aînesse sous l'Ancien Régime : l'aîné recevait toute la fortune, et on tâchait de placer les autres en leur donnant des abbayes ou des bénéfices.
5. **Abbesse :** d'Avenay, monastère de bénédictines du diocèse de Reims.
6. **Marque d'une si grave dignité :** la crosse, marque distinctive de la dignité d'abbesse.

sort semblable était destiné à la princesse ANNE. Elle eût pu renoncer à sa liberté si on lui eût permis de la sentir, et il eût fallu la conduire, et non pas la précipiter, dans le bien. C'est ce qui renversa tout à coup les desseins de Faremoutiers[1]. Avenay parut avoir un air plus libre, et la princesse BÉNÉDICTE y présentait à sa sœur une retraite agréable. Quelle merveille de la grâce ! Malgré une vocation si peu régulière, la jeune abbesse devint un modèle de vertu. Ses douces conversations rétablirent dans le cœur de la princesse ANNE ce que d'importuns empressements en avaient banni. Elle prêtait de nouveau l'oreille à Dieu, qui l'appelait avec tant d'attraits à la vie religieuse, et l'asile qu'elle avait choisi pour défendre sa liberté devint un piège innocent pour la captiver. On remarquait dans les deux princesses la même noblesse dans les sentiments, le même agrément et, si vous me permettez de parler ainsi, les mêmes insinuations[2] dans les entretiens : au-dedans les mêmes désirs, au-dehors les mêmes grâces, et jamais sœurs ne furent unies par des liens ni si doux ni si puissants. Leur vie eût été heureuse dans leur éternelle union, et la princesse ANNE n'aspirait plus qu'au bonheur d'être une humble religieuse d'une sœur dont elle admirait la vertu[3]. En ce temps le duc de Mantoue leur père mourut : les affaires les appelèrent à la cour ; la princesse BÉNÉDICTE, qui avait son partage dans le

1. **Desseins de Faremoutiers :** la volonté qu'on avait de faire d'Anne l'abbesse de Faremoutiers.
2. **Insinuations :** action de s'introduire dans les bonnes grâces de quelqu'un, de plaire.
3. **Vertu :** en réalité, dès cette époque (1636), la princesse eut une liaison avec le duc de Guise, qui lui signa même une promesse de mariage secrète. Bossuet ne connaît vraisemblablement pas cet épisode.

Ciel, fut jugée propre à concilier les intérêts différents dans la famille. Mais, ô coup funeste pour la princesse ANNE ! la pieuse abbesse mourut dans ce beau travail, et dans la fleur de son âge. Je n'ai pas besoin de vous dire combien le cœur tendre de la princesse ANNE fut profondément blessé par cette mort. Mais ce ne fut pas là sa plus grande plaie. Maîtresse de ses désirs, elle vit le monde, elle en fut vue : bientôt elle sentit qu'elle plaisait, et vous savez le poison subtil qui entre dans un jeune cœur avec ces pensées. Ces beaux desseins furent oubliés[1]. Pendant que tant de naissance, tant de biens, tant de grâces qui l'accompagnaient, lui attiraient les regards de toute l'Europe, le prince ÉDOUARD de Bavière, fils de l'électeur FRÉDÉRIC V, comte Palatin du Rhin, et roi de Bohême, jeune prince qui s'était réfugié en France durant les malheurs de sa maison[2], la mérita. Elle préféra aux richesses les vertus de ce prince, et cette noble alliance où de tous côtés on ne trouvait que des rois. La princesse ANNE l'invite à se faire instruire[3] ; il connut bientôt les erreurs où les derniers de ses pères, déserteurs de l'ancienne foi, l'avaient engagé. Heureux présages pour la maison Palatine ! Sa conversion fut suivie de celle de la princesse LOUISE, sa sœur, dont les vertus font éclater par toute l'Église la gloire du saint monastère de Maubuisson[4], et ces bienheureuses prémices ont attiré une telle bénédiction sur la maison

1. **Oubliés :** en réalité, elle se déguisa en homme pour rejoindre le duc à Sedan en 1640.
2. **Malheurs de sa maison :** Frédéric V, mis au ban de l'Empire, fut dépouillé de son royaume et son fils fut exilé.
3. **Instruire :** dans la foi catholique, à laquelle il se convertit en 1645.
4. **Maubuisson :** après s'être convertie au catholicisme, cette princesse était entrée dans ce monastère, dont elle devint abbesse en 1664.

Palatine que nous la voyons enfin catholique dans son chef[1]. Le mariage de la princesse ANNE fut un heureux commencement d'un si grand ouvrage. Mais, hélas ! tout ce qu'elle aimait devait être de peu de durée. Le prince son époux lui fut ravi, et lui laissa trois princesses, dont les deux qui restent pleurent encore la meilleure mère qui fut jamais et ne trouvent de consolation que dans le souvenir de ses vertus. Ce n'est pas encore le temps de vous en parler. La princesse Palatine est dans l'état le plus dangereux de sa vie[2]. Que le monde voit peu de ces veuves dont parle saint Paul[3], qui, « vraiment veuves et désolées[4] », s'ensevelissent, pour ainsi dire, elles-mêmes dans le tombeau de leur époux, y enterrent tout amour humain avec ces cendres chéries et, délaissées sur la terre, « mettent leur espérance en Dieu et passent les nuits et les jours dans la prière ! » Voilà l'état d'une veuve chrétienne, selon les préceptes de saint Paul : état oublié parmi nous, où la viduité est regardée, non plus comme un état de désolation, car ces mots ne sont plus connus, mais comme un état désirable où, affranchi de tout joug, on n'a plus à contenter que soi-même, sans songer à cette terrible sentence de saint Paul : « La veuve qui passe sa vie dans les plaisirs (remarquez qu'il ne dit pas : “la veuve qui passe sa vie dans les crimes”, il dit : “la veuve qui la passe dans les plaisirs”), elle est morte toute

1. **Chef** : Philippe Guillaume de Bavière, catholique, succéda à son cousin éloigné Charles de Bavière, protestant, par les règles usuelles de succession.
2. **Vie** : le début de son veuvage, au cours duquel elle mena la vie la plus mondaine.
3. **Paul** : dans sa première Lettre à Timothée (V, 5). La citation suivante est tirée de la même lettre.
4. **Désolées** : solitaires.

vive », parce qu'oubliant le deuil éternel et le caractère de désolation qui fait le soutien comme la gloire de son état, elle s'abandonne aux joies du monde. Combien donc en devrait-on pleurer comme mortes, de ces veuves jeunes et riantes que le monde trouve si heureuses ! Mais surtout, quand on a connu JÉSUS-CHRIST et qu'on a eu part à ses grâces, quand la lumière divine s'est découverte et qu'avec des yeux illuminés[1] on se jette dans les voies du siècle, qu'arrive-t-il à une âme qui tombe d'un si haut état, qui renouvelle contre JÉSUS-CHRIST, et encore contre JÉSUS-CHRIST connu et goûté, tous les outrages des Juifs et le crucifie encore une fois ? Vous reconnaissez le langage de saint Paul[2]. Achevez donc, grand apôtre, et dites-nous ce qu'il faut attendre d'une chute si déplorable. « Il est impossible », dit-il, « qu'une telle âme soit renouvelée par la pénitence ». Impossible : quelle parole, soit, MESSIEURS, qu'elle signifie que la conversion de ces âmes autrefois si favorisées surpasse toute la mesure des dons ordinaires et demande, pour ainsi parler, le dernier effort de la puissance divine, soit que l'impossibilité dont parle saint Paul veuille dire qu'en effet il n'y a plus de retour à ces premières douceurs qu'a goûtées une âme innocente, quand elle y a renoncé avec connaissance, de sorte qu'elle ne peut rentrer dans la grâce que par des chemins difficiles et avec des peines extrêmes ! Quoi qu'il en soit, CHRÉTIENS, l'un et l'autre s'est vérifié dans la princesse Palatine. Pour la plonger entièrement dans l'amour du monde, il fallait ce dernier malheur : quoi ? la faveur de la cour. La cour veut

1. **Illuminés :** éclairés par Dieu.
2. **Paul :** dans sa Lettre aux Hébreux (VI, 4-6).

toujours unir les plaisirs avec les affaires. Par un mélange étonnant, il n'y a rien de plus sérieux, ni ensemble[1] de plus enjoué. Enfoncez[2] : vous trouvez partout des intérêts cachés, des jalousies délicates qui causent une extrême sensibilité et, dans une ardente ambition, des soins et un sérieux aussi triste qu'il est vain. Tout est couvert d'un air gai et vous diriez qu'on ne songe qu'à s'y divertir. Le génie de la princesse Palatine se trouva également propre aux divertissements et aux affaires. La cour ne vit jamais rien de plus engageant ; et, sans parler de sa pénétration ni de la fertilité infinie de ses expédients, tout cédait au charme secret de ses entretiens. Que vois-je durant ce temps ? Quel trouble ! Quel affreux spectacle[3] se présente ici à mes yeux ! La monarchie ébranlée jusqu'aux fondements[4], la guerre civile, la guerre étrangère[5], le feu au-dedans et au-dehors ; les remèdes de tous côtés plus dangereux que les maux ; les princes[6] arrêtés avec grand péril, et délivrés avec un péril encore plus grand ; ce prince[7], que l'on regardait comme le héros de son siècle, rendu inutile à sa patrie, dont il avait été le soutien, et ensuite, je ne sais comment, contre sa propre inclination, armé

1. **Ensemble :** à la fois.
2. **Enfoncez :** examinez à fond, allez au fond.
3. **Affreux spectacle :** sans transition, Bossuet effectue une remontée brutale dans le temps ; il ne s'agit plus du veuvage de la princesse, mais de son rôle important pendant la Fronde.
4. **Fondements :** une assemblée instituée en 1648 élabora un programme de réformes qui tendait à remplacer la monarchie absolue par une monarchie constitutionnelle.
5. **Étrangère :** la guerre avec l'Espagne continuait parallèlement.
6. **Les princes :** Condé, son frère Conti, et son beau-frère Longueville, furent arrêtés et incarcérés en 1650.
7. **Ce prince :** Condé, une fois libéré, rejoignit le camp espagnol en 1652, et ne regagna la France qu'en 1659.

contre elle ; un ministre[1] persécuté et devenu nécessaire, non seulement par l'importance de ses services, mais encore par ses malheurs où l'autorité souveraine était engagée. Que dirai-je ? Était-ce là de ces tempêtes par où le Ciel a besoin de se décharger quelquefois, et le calme profond de nos jours devait-il être précédé par de tels orages ? Ou bien était-ce les derniers efforts d'une liberté remuante, qui allait céder la place à l'autorité légitime ? Ou bien était-ce comme un travail de la France prête à enfanter le règne miraculeux de LOUIS ? Non, non : c'est Dieu qui voulait montrer qu'il donne la mort, et qu'il ressuscite ; qu'il plonge jusqu'aux enfers, et qu'il en retire[2] ; qu'il secoue la terre et la brise, et qu'il guérit en un moment toutes ses brisures[3]. Ce fut là que la princesse Palatine signala sa fidélité, et fit paraître toutes les richesses de son esprit. Je ne dis rien qui ne soit connu. Toujours fidèle à l'État et à la grande reine ANNE D'AUTRICHE, on sait qu'avec le secret de cette princesse elle eut encore celui de tous les partis : tant elle était pénétrante, tant elle s'attirait de confiance, tant il lui était naturel de gagner les cœurs ! Elle déclarait aux chefs des partis jusqu'où elle pouvait s'engager, et on la croyait incapable ni de tromper ni d'être trompée. Mais son caractère particulier était de concilier les intérêts opposés et, en s'élevant au-dessus, de trouver le secret endroit et comme le nœud par où on les peut réunir. Que lui servirent ses rares talents ? que lui servit d'avoir mérité la confiance intime de la cour ? d'en soutenir le ministre, deux fois

1. **Un ministre :** Mazarin.
2. **Retire :** premier Livre de Samuel (II, 6).
3. **Brisures :** parties brisées. Traduction du Psaume LIX, 4.

éloigné[1], contre sa mauvaise fortune, contre ses propres frayeurs[2], contre la malignité de ses ennemis, et enfin contre ses amis ou partagés, ou irrésolus, ou infidèles ? Que ne lui promit-on pas dans ces besoins ! Mais quel fruit lui en revint-il, sinon de connaître par expérience le faible des grands politiques, leurs volontés changeantes ou leurs paroles trompeuses, la diverse face des temps, les amusements des promesses, l'illusion des amitiés de la terre qui s'en vont avec les années et les intérêts[3], et la profonde obscurité du cœur de l'homme, qui ne sait jamais ce qu'il voudra, qui souvent ne sait pas bien ce qu'il veut, et qui n'est pas moins caché ni moins trompeur à lui-même qu'aux autres ? Ô éternel roi des siècles, qui possédez seul l'immortalité, voilà ce qu'on vous préfère, voilà ce qui éblouit les âmes qu'on appelle grandes ! Dans ces déplorables erreurs, la princesse Palatine avait les vertus que le monde admire, et qui font qu'une âme séduite s'admire elle-même : inébranlable dans ses amitiés et incapable de manquer aux devoirs humains. La reine sa sœur en fit l'épreuve dans un temps où leurs cœurs étaient désunis. Un nouveau conquérant s'élève en Suède. On y voit un autre Gustave non moins fier[4], ni moins hardi ou moins belliqueux que celui dont le nom fait encore trembler l'Allemagne. Charles-Gustave

1. **Deux fois éloigné :** Mazarin fut exilé en 1651 et en 1652-1653.
2. **Contre ses propres frayeurs :** Mazarin se montra à plusieurs reprises plus prudent, voire plus lâche, que la princesse.
3. **Les années et les intérêts :** trois jours avant de mourir, Mazarin la dépouilla d'une place qu'il lui avait promise au profit de sa nièce.
4. **Fier :** farouche et cruel. Gustave II Adolphe, grand roi de Suède (1611-1632), obtint plusieurs victoires considérables sur l'Allemagne pendant la guerre de Trente Ans. Il manifesta une bravoure hors du commun lors de la guerre qu'il fit au Danemark.

parut à la Pologne surprise et trahie comme un lion qui tient sa proie dans ses ongles, tout prêt à la mettre en pièces[1]. Qu'est devenue cette redoutable cavalerie qu'on voit fondre sur l'ennemi avec la vitesse d'un aigle ? Où sont ces âmes guerrières, ces marteaux d'armes[2] tant vantés, et ces arcs qu'on ne vit jamais tendus en vain ? Ni les chevaux ne sont vites, ni les hommes ne sont adroits que pour fuir devant le vainqueur. En même temps la Pologne se voit ravagée par le rebelle Cosaque[3], par le Moscovite infidèle, et plus encore par le Tartare, qu'elle appelle à son secours dans son désespoir. Tout nage dans le sang, et on ne tombe que sur des corps morts. La reine n'a plus de retraite ; elle a quitté le royaume ; après de courageux, mais de vains efforts, le roi est contraint de la suivre. Réfugiés dans la Silésie, où ils manquent des choses les plus nécessaires, il ne leur reste qu'à considérer de quel côté allait tomber ce grand arbre[4] ébranlé par tant de mains et frappé de tant de coups à sa racine, ou qui en enlèverait les rameaux épars. Dieu en avait disposé autrement. La Pologne était nécessaire à son Église, et lui devait un vengeur[5]. Il la regarde en pitié. Sa main

1. **Pièces :** Charles-Gustave était monté sur le trône de Suède en 1654, après l'abdication de la reine Christine en sa faveur. Le roi de Pologne ayant protesté, Charles-Gustave en saisit ce prétexte pour envahir la Pologne en 1657.
2. **Marteaux d'armes :** armes offensives, en forme de marteau d'un côté, de hache de l'autre.
3. **Le rebelle Cosaque :** les Cosaques, après s'être soumis aux Polonais, se révoltèrent à plusieurs reprises.
4. **Arbre :** image récurrente dans la Bible, notamment chez les prophètes Daniel (IV, 11, 20) et Ézéchiel (XXXI, 12).
5. **Vengeur :** Bossuet pense que la Pologne échappa à la destruction parce qu'elle était destinée à fournir à la chrétienté un sauveur, en la personne du roi Jean Sobieski, qui en 1683 délivra Vienne de l'invasion ottomane et musulmane.

puissante ramène en arrière[1] le Suédois indompté, tout frémissant qu'il était. Il se venge sur le Danois[2], dont la soudaine invasion l'avait rappelé, et déjà il l'a réduit à l'extrémité. Mais l'Empire et la Hollande se remuent contre un conquérant qui menaçait tout le Nord de la servitude. Pendant qu'il rassemble de nouvelles forces et médite de nouveaux carnages, Dieu tonne du plus haut des cieux : le redouté capitaine tombe au plus beau temps de sa vie[3], et la Pologne est délivrée. Mais le premier rayon d'espérance vint de la princesse Palatine : honteuse de n'envoyer que cent mille livres au roi et à la reine de Pologne, elle les envoie du moins avec une incroyable promptitude. Qu'admira-t-on davantage, ou de ce que ce secours vint si à propos, ou de ce qu'il vint d'une main dont on ne l'attendait pas, ou de ce que, sans chercher d'excuse dans le mauvais état où se trouvaient ses affaires, la princesse Palatine s'ôta tout pour soulager une sœur qui ne l'aimait pas ? Les deux princesses ne furent plus qu'un même cœur : la reine parut vraiment reine par une bonté et par une magnificence dont le bruit a retenti par toute la terre[4], et la princesse Palatine joignit au respect qu'elle avait pour une aînée de ce rang et de ce mérite une éternelle reconnaissance.

Quel est, MESSIEURS, cet aveuglement dans une âme chrétienne, et qui le pourrait comprendre, d'être incapable de manquer aux hommes, et de ne craindre

1. **Arrière :** souvenir du second Livre des Rois (XIX, 28).
2. **Il se venge sur le Danois :** Charles-Gustave mena une guerre acharnée contre le Danemark.
3. **Vie :** il mourut subitement à l'âge de 38 ans.
4. **Terre :** elle avait très richement doté sa nièce, Anne de Bavière, à l'occasion de son mariage avec le fils du Grand Condé.

pas de manquer à Dieu ? comme si le culte de Dieu ne tenait aucun rang parmi les devoirs ! Contez-nous donc maintenant, vous qui les savez, toutes les grandes qualités de la princesse Palatine ; faites-nous voir, si vous le pouvez, toutes les grâces de cette douce éloquence qui s'insinuait dans les cœurs par des tours si nouveaux et si naturels ; dites qu'elle était généreuse, libérale, reconnaissante, fidèle dans ses promesses, juste : vous ne faites que raconter ce qui l'attachait à elle-même. Je ne vois dans tout ce récit que le prodigue de l'Évangile[1], qui veut avoir son partage, qui veut jouir de soi-même et des biens que son père lui a donnés, qui s'en va le plus loin qu'il peut de la maison paternelle, « dans un pays écarté » où il dissipe tant de rares trésors et, en un mot, où il donne au monde tout ce que Dieu voulait avoir. Pendant qu'elle contentait le monde et se contentait elle-même, la princesse Palatine n'était pas heureuse, et le vide des choses humaines se faisait sentir à son cœur. Elle n'était heureuse, ni pour avoir, avec l'estime du monde qu'elle avait tant désirée, celle du ROI même, ni pour avoir l'amitié et la confiance de PHILIPPE[2] et des deux princesses qui ont fait successivement avec lui la seconde lumière de la cour, de PHILIPPE, dis-je, ce grand prince, que ni sa naissance, ni sa valeur, ni la victoire[3] elle-même, quoiqu'elle se donne à lui avec tous ses avantages, ne peuvent enfler, et de ces deux grandes princesses dont l'on

1. **Évangile :** Luc (XV, 12-13).
2. **Philippe :** il s'agit de Philippe d'Orléans, frère de Louis XIV, et de ses deux femmes successives, Henriette-Anne d'Angleterre et Charlotte-Élisabeth de Bavière, nièce de la défunte.
3. **Victoire :** allusion à la victoire de Cassel.

ne peut nommer l'une[1] sans douleur ni connaître l'autre[2] sans l'admirer. Mais peut-être que le solide établissement de la famille de notre princesse achèvera son bonheur. Non, elle n'était heureuse, ni pour avoir placé auprès d'elle[3] la princesse Anne, sa chère fille et les délices de son cœur, ni pour l'avoir placée dans une maison où tout est grand. Que sert de s'expliquer davantage ? On dit tout quand on prononce seulement le nom de Louis de Bourbon prince de Condé, et de Henri-Jules de Bourbon duc d'Enghien. Avec un peu plus de vie, elle aurait vu les grands dons, et le premier des mortels, touché de ce que le monde admire le plus après lui, se plaire à le reconnaître par de dignes distinctions. C'est ce qu'elle devait attendre du mariage de la princesse Anne. Celui de la princesse Bénédicte ne fut guère moins heureux, puisqu'elle épousa Jean-Frédéric duc de Brunswick et d'Hanovre, souverain puissant, qui avait joint le savoir avec la valeur, la religion catholique avec les vertus de sa maison et, pour comble de joie à notre princesse, le service de l'Empire avec les intérêts de la France. Tout était grand dans sa famille, et la princesse Marie[4] sa fille n'aurait eu à désirer sur la terre qu'une vie plus longue. Que s'il fallait, avec tant d'éclat, la tranquillité et la douceur, elle trouvait dans un prince, aussi grand d'ailleurs que celui qui honore cette

1. **L'une :** Henriette-Anne d'Angleterre, première épouse de Philippe d'Orléans.
2. **L'autre :** Charlotte-Élisabeth de Bavière, nièce de la princesse Palatine.
3. **Placé auprès d'elle :** marié au fils du Grand Condé, le duc d'Enghien.
4. **Marie :** la discrétion de Bossuet s'explique par le peu d'affection de la Palatine pour cette aînée au physique peu avantageux, qu'elle avait essayé d'envoyer au couvent, mais qui lui avait résisté.

audience[1], avec les grandes qualités, celles qui pouvaient contenter sa délicatesse, et dans la duchesse sa chère fille un naturel tel qu'il le fallait à un cœur comme le sien, un esprit qui se fait sentir sans vouloir briller, une vertu qui devait bientôt forcer l'estime du monde et, comme une vive lumière, percer tout à coup avec grand éclat un beau mais sombre nuage. Cette alliance fortunée lui donnait une perpétuelle et étroite liaison avec le prince[2] qui de tout temps avait le plus ravi son estime, prince qu'on admire autant dans la paix que dans la guerre, en qui l'univers attentif ne voit plus rien à désirer, et s'étonne de trouver enfin toutes les vertus en un seul homme[3]. Que fallait-il davantage, et que manquait-il au bonheur de notre princesse ? Dieu, qu'elle avait connu, et tout avec lui. Une fois elle lui avait rendu son cœur. Les douceurs célestes qu'elle avait goûtées sous les ailes de sainte Fare étaient revenues dans son esprit. Retirée à la campagne, séquestrée du monde, elle s'occupa trois ans entiers à régler sa conscience et ses affaires. Un million qu'elle retira du duché de Rethélois servit à multiplier ses bonnes œuvres, et la première fut d'acquitter ce qu'elle devait avec une scrupuleuse régularité, sans se permettre ces compositions si adroitement colorées[4] qui souvent ne sont qu'une injustice couverte d'un nom spécieux. Est-ce donc ici cet heureux retour que je vous promets

1. **Celui qui honore cette audience** : le duc d'Enghien, fils de Condé.
2. **Le prince** : le Grand Condé.
3. **Un seul homme** : allusion à la conversion du Grand Condé en 1685.
4. **Compositions colorées** : arrangements si adroitement déguisés. Allusion à une pratique courante chez les grands, qui ne daignaient pas s'occuper de leurs affaires et ne remboursaient que partiellement les sommes dues.

depuis si longtemps ? Non, MESSIEURS : vous ne verrez encore à cette fois qu'un plus déplorable éloignement. Ni les conseils de la Providence, ni l'état de la princesse ne permettaient qu'elle partageât tant soit peu son cœur : une âme comme la sienne ne souffre point de tels partages, et il fallait ou tout à fait rompre, ou se rengager tout à fait avec le monde. Les affaires l'y rappelèrent ; sa piété s'y dissipa encore une fois ; elle éprouva que JÉSUS-CHRIST n'a pas dit en vain : « *Fiunt novissima hominis illius pejora prioribus :* l'état de l'homme qui retombe devient pire que le premier[1]. » Tremblez, âmes réconciliées, qui renoncez si souvent à la grâce de la pénitence ; tremblez, puisque chaque chute creuse sous vos pas de nouveaux abîmes ; tremblez enfin au terrible exemple de la princesse Palatine. À ce coup le Saint-Esprit irrité se retire, les ténèbres s'épaississent, la foi s'éteint. Un saint abbé[2], dont la doctrine[3] et la vie sont un ornement de notre siècle, ravi d'une conversion aussi admirable et aussi parfaite que celle de notre princesse, lui ordonna de l'écrire pour l'édification de l'Église. Elle commence ce récit en confessant son erreur. Vous, Seigneur, dont la bonté infinie n'a rien donné aux hommes de plus efficace pour effacer leurs péchés que la grâce de les reconnaître, recevez l'humble confession de votre servante ; et, en mémoire d'un tel sacrifice[4], s'il lui reste quelque chose à expier après une si longue pénitence, faites-

1. **... premier :** Évangile de Luc (XI, 26).
2. **Saint abbé :** Rancé.
3. **Doctrine :** science.
4. **Tel sacrifice :** celui de la confession, humiliation de l'aveu de ses fautes.

lui sentir aujourd'hui vos miséricordes. Elle confesse donc, CHRÉTIENS, qu'elle avait tellement perdu les lumières de la foi que, lorsqu'on parlait sérieusement des mystères de la religion, elle avait peine à retenir ce ris[1] dédaigneux qu'excitent les personnes simples lorsqu'on leur voit croire des choses impossibles : « Et », poursuit-elle, « c'eût été pour moi le plus grand de tous les miracles que de me faire croire fermement le christianisme ». Que n'eût-elle pas donné pour obtenir ce miracle ! Mais l'heure marquée par la divine Providence n'était pas encore venue. C'était le temps où elle devait être livrée à elle-même, pour mieux sentir dans la suite la merveilleuse victoire de la grâce. Ainsi elle gémissait dans son incrédulité qu'elle n'avait pas la force de vaincre. Peu s'en faut qu'elle ne s'emporte jusqu'à la dérision, qui est le dernier excès et comme le triomphe de l'orgueil, et qu'elle ne se trouve parmi « ces moqueurs dont le jugement est si proche », selon la parole du Sage : « *Parata sunt derisoribus judicia*[2] ». Déplorable aveuglement ! Dieu a fait un ouvrage au milieu de nous qui, détaché de toute autre cause et ne tenant qu'à lui seul, remplit tous les temps et tous les lieux, et porte par toute la terre, avec l'impression de sa main, le caractère de son autorité : c'est JÉSUS-CHRIST et son Église. Il a mis dans cette Église une autorité seule capable d'abaisser l'orgueil et de relever la simplicité, et qui, également propre aux savants et aux ignorants, imprime aux uns et aux autres un même respect. C'est contre cette autorité que les

1. Ris : rire.
2. … *judicia* : citation des Proverbes (XIX, 29).

libertins se révoltent avec un air de mépris. Mais qu'ont-ils vu, ces rares génies, qu'ont-ils vu plus que les autres ? Quelle ignorance est la leur ! et qu'il serait aisé de les confondre si, faibles et présomptueux, ils ne craignaient d'être instruits ! Car pensent-ils avoir mieux vu les difficultés à cause qu'ils y succombent et que les autres, qui les ont vues, les ont méprisées ? Ils n'ont rien vu, ils n'entendent rien ; ils n'ont pas même de quoi établir le néant auquel ils espèrent après cette vie, et ce misérable partage ne leur est pas assuré. Ils ne savent s'ils trouveront un Dieu propice, ou un Dieu contraire. S'ils le font égal[1] au vice et à la vertu, quelle idole ! Que s'il ne dédaigne pas de juger ce qu'il a créé, et encore ce qu'il a créé capable d'un bon et d'un mauvais choix, qui leur dira ou ce qui lui plaît, ou ce qui l'offense, ou ce qui l'apaise ? Par où ont-ils deviné que tout ce qu'on pense de ce premier être soit indifférent, et que toutes les religions qu'on voit sur la terre lui soient également bonnes ? Parce qu'il y en a de fausses, s'ensuit-il qu'il n'y en ait pas une véritable, ou qu'on ne puisse plus connaître l'ami sincère, parce qu'on est environné de trompeurs ? Est-ce peut-être que tous ceux qui errent sont de bonne foi ? L'homme ne peut-il pas, selon sa coutume, s'en imposer à lui-même ? Mais quel supplice ne méritent pas les obstacles qu'il aura mis par ses préventions à des lumières plus pures ? Où a-t-on pris que la peine et la récompense ne soient que pour les jugements humains, et qu'il n'y ait pas en Dieu une justice dont celle qui reluit en

1. **Égal** : indifférent.

nous ne soit qu'une étincelle ? Que s'il est une telle justice, souveraine et par conséquent inévitable, divine et par conséquent infinie, qui nous dira qu'elle n'agisse jamais selon sa nature, et qu'une justice infinie ne s'exerce pas à la fin par un supplice infini et éternel ? Où en sont donc les impies, et quelle assurance ont-ils contre la vengeance éternelle dont on les menace ? Au défaut d'un meilleur refuge, iront-ils enfin se plonger dans l'abîme de l'athéisme, et mettront-ils[1] leur repos dans une fureur qui ne trouve presque point de place dans les esprits ? Qui leur résoudra ces doutes, puisqu'ils veulent les appeler de ce nom ? Leur raison, qu'ils prennent pour guide, ne présente à leur esprit que des conjectures et des embarras. Les absurdités où ils tombent en niant la religion deviennent plus insoutenables que les vérités dont la hauteur les étonne et, pour ne vouloir pas croire des mystères incompréhensibles, ils suivent l'une après l'autre d'incompréhensibles erreurs. Qu'est-ce donc, après tout, MESSIEURS, qu'est-ce que leur malheureuse incrédulité, sinon une erreur sans fin, une témérité qui hasarde tout, un étourdissement volontaire et, en un mot, un orgueil qui ne peut souffrir son remède, c'est-à-dire qui ne peut souffrir une autorité légitime ? Ne croyez pas que l'homme ne soit emporté que par l'intempérance des sens. L'intempérance de l'esprit n'est pas moins flatteuse. Comme l'autre elle se fait des plaisirs cachés, et s'irrite[2] par la défense. Ce superbe croit s'élever au-dessus de tout et au-dessus de lui-même quand il s'élève, ce lui semble,

1. **Mettre** : faire consister.
2. **S'irrite** : s'avive, s'accroît.

au-dessus de la religion qu'il a si longtemps révérée ; il se met au rang des gens désabusés[1] ; il insulte en son cœur aux faibles esprits qui ne font que suivre les autres sans rien trouver par eux-mêmes et, devenu le seul objet de ses complaisances[2], il se fait lui-même son Dieu. C'est dans cet abîme profond que la princesse Palatine allait se perdre. Il est vrai qu'elle désirait avec ardeur de connaître la vérité. Mais où est la vérité sans la foi, qui lui paraissait impossible à moins que Dieu ne l'établît en elle par un miracle ? Que lui servait d'avoir conservé la connaissance de la divinité[3] ? Les esprits même les plus déréglés n'en rejettent pas l'idée, pour n'avoir point à se reprocher un aveuglement trop visible. Un Dieu qu'on fait à sa mode, aussi patient, aussi insensible que nos passions le demandent, n'incommode pas. La liberté qu'on se donne de penser tout ce qu'on veut fait qu'on croit respirer un air nouveau. On s'imagine jouir de soi-même et de ses désirs et, dans le droit qu'on pense acquérir de ne se rien refuser, on croit tenir tous les biens, et on les goûte par avance.

En cet état, CHRÉTIENS, où la foi même est perdue, c'est-à-dire où le fondement est renversé, que restait-il à notre princesse ? que restait-il à une âme qui, par un juste jugement de Dieu, était déchue de toutes les grâces et ne tenait à JÉSUS-CHRIST par aucun lien ? qu'y restait-il, CHRÉTIENS, si ce n'est ce que dit saint Augustin ? Il restait la souveraine misère et la souve-

1. **Désabusés :** détrompés.
2. **Complaisances :** amour.
3. **Connaissance de la divinité :** croyance en une divinité.

raine miséricorde : « *Restabat magna miseria, et magna misericordia.* » Il restait ce secret regard d'une Providence miséricordieuse qui la voulait rappeler des extrémités de la terre ; et voici quelle fut la première touche[1]. Prêtez l'oreille, MESSIEURS : elle a quelque chose de miraculeux. Ce fut un songe admirable, de ceux que Dieu même fait venir du Ciel par le ministère des anges, dont les images sont si nettes et si démêlées[2], où l'on voit je ne sais quoi de céleste. Elle crut (c'est elle-même qui le raconte au saint abbé : écoutez, et prenez garde surtout de n'écouter pas avec mépris l'ordre des avertissements divins et la conduite de la grâce), elle crut, dis-je, « que, marchant seule dans une forêt, elle y avait rencontré un aveugle dans une petite loge[3]. Elle s'approche pour lui demander s'il était aveugle de naissance, ou s'il l'était devenu par quelque accident. Il répondit qu'il était aveugle-né. Vous ne savez donc pas, reprit-elle, ce que c'est que la lumière, qui est si belle et si agréable, et le soleil, qui a tant d'éclat et de beauté ? Je n'ai, dit-il, jamais joui de ce bel objet, et je ne m'en puis former aucune idée. Je ne laisse pas de croire, continua-t-il, qu'il est d'une beauté ravissante. L'aveugle parut alors changer de voix et de visage et, prenant un ton d'autorité : Mon exemple, dit-il, vous doit apprendre qu'il y a des choses très excellentes et très admirables qui échappent à notre vue, et qui n'en sont ni moins vraies ni moins désirables quoiqu'on ne les puisse ni comprendre ni imaginer ». C'est en effet

1. **Touche** : atteinte.
2. **Démêlées** : claires.
3. **Loge** : hutte.

qu'il manque un sens aux incrédules comme à l'aveugle, et ce sens, c'est Dieu qui le donne, selon ce que dit saint Jean[1] : « Il nous a donné un sens pour connaître le vrai Dieu, et pour être en son vrai Fils : *Dedit nobis sensum, ut cognoscamus verum Deum, et simus in vero Filio ejus.* » Notre princesse le comprit. En même temps, au milieu d'un songe si mystérieux, « elle fit l'application de la belle comparaison de l'aveugle aux vérités de la religion et de l'autre vie » (ce sont ses mots que je vous rapporte). Dieu, qui n'a besoin ni de temps ni d'un long circuit de raisonnements pour se faire entendre, tout à coup lui ouvrit les yeux. Alors, par une soudaine illumination, « elle se sentit si éclairée (c'est elle-même qui continue à vous parler) et tellement transportée de la joie d'avoir trouvé ce qu'elle cherchait depuis si longtemps qu'elle ne put s'empêcher d'embrasser l'aveugle, dont le discours lui découvrait une plus belle lumière que celle dont il était privé. Et », dit-elle, « il se répandit dans mon cœur une joie si douce et une foi si sensible qu'il n'y a point de paroles capables de l'exprimer ». Vous attendez, CHRÉTIENS, quel sera le réveil d'un sommeil si doux et si merveilleux. Écoutez, et reconnaissez que ce songe est vraiment divin. « Elle s'éveilla là-dessus », dit-elle, et se trouva dans le même état où elle s'était vue dans cet admirable songe, c'est-à-dire tellement changée qu'elle avait peine à le croire. Le miracle qu'elle attendait est arrivé : elle croit, elle qui jugeait la foi impossible ; Dieu la change par une lumière soudaine, et par un

1. **Saint Jean :** dans sa première Lettre (V, 20).

songe qui tient de l'extase. Tout suit en elle de la même force. « Je me levai », poursuit-elle, « avec précipitation : mes actions étaient mêlées d'une joie et d'une activité extraordinaire ». Vous le voyez : cette nouvelle vivacité qui animait ses actions se ressent encore dans ses paroles. « Tout ce que je lisais sur la religion me touchait jusqu'à répandre des larmes. Je me trouvais à la Messe dans un état bien différent de celui où j'avais accoutumé d'être. » Car c'était de tous les mystères celui qui lui paraissait le plus incroyable. « Mais alors », dit-elle, « il me semblait sentir la présence réelle de Notre-Seigneur à peu près comme l'on sent les choses visibles et dont l'on ne peut douter ». Ainsi elle passa tout à coup d'une profonde obscurité à une lumière manifeste. Les nuages de son esprit sont dissipés : miracle aussi étonnant que celui où JÉSUS-CHRIST fit tomber en un instant des yeux de Saul converti cette espèce d'écaille dont ils étaient couverts[1]. Qui donc ne s'écrierait à un si soudain changement : « Le doigt de Dieu est ici[2] ? » La suite ne permet pas d'en douter, et l'opération de la grâce se reconnaît dans ses fruits. Depuis ce bienheureux moment, la foi de notre princesse fut inébranlable, et même cette joie sensible qu'elle avait à croire lui fut continuée quelque temps. Mais, au milieu de ces célestes douceurs, la justice divine eut son tour. L'humble princesse ne crut pas qu'il lui fût permis d'approcher d'abord des saints sacrements. Trois mois entiers furent employés à repasser avec

1. **... couverts** : allusion à la conversion de Saul (Paul) racontée dans les Actes des Apôtres (IX, 18).
2. **... ici** : citation du Livre de l'Exode (VIII, 19).

larmes ses ans écoulés parmi tant d'illusions, et à préparer sa confession. Dans l'approche du jour désiré où elle espérait de la faire, elle tomba dans une syncope qui ne lui laissa ni couleur, ni pouls, ni respiration. Revenue d'une si longue et si étrange défaillance, elle se vit replongée dans un plus grand mal et, après les affres[1] de la mort, elle ressentit toutes les horreurs de l'enfer. Digne effet des sacrements de l'Église, qui, donnés ou différés, font sentir à l'âme la miséricorde de Dieu ou tout le poids de ses vengeances. Son confesseur, qu'elle appelle, la trouve sans force, incapable d'application et prononçant à peine quelques mots entrecoupés : il fut contraint de remettre la confession au lendemain. Mais il faut qu'elle vous raconte elle-même quelle nuit elle passa dans cette attente. Qui sait si la Providence n'aura pas amené ici quelque âme égarée, qui doive être touchée de ce récit ? « Il est », dit-elle, « impossible de s'imaginer les étranges peines de mon esprit, sans les avoir éprouvées. J'appréhendais à chaque moment le retour de ma syncope, c'est-à-dire ma mort et ma damnation. J'avouais bien que je n'étais pas digne d'une miséricorde que j'avais si longtemps négligée, et je disais à Dieu dans mon cœur que je n'avais aucun droit de me plaindre de sa justice, mais qu'enfin, chose insupportable, je ne le verrais jamais, que je serais éternellement avec ses ennemis, éternellement sans l'aimer, éternellement haïe de lui. Je sentais tendrement[2] ce déplaisir, et je le sentais même, comme je crois (ce sont ses propres paroles) entière-

1. **Affres** : frayeurs.
2. **Tendrement** : vivement.

ment détaché des autres peines de l'enfer ». Le voilà, MES CHÈRES SŒURS[1], vous le connaissez, le voilà, ce pur amour que Dieu lui-même répand dans les cœurs avec toutes ses délicatesses et dans toute sa vérité. La voilà, cette crainte qui change les cœurs : non point la crainte de l'esclave qui craint l'arrivée d'un maître fâcheux[2], mais la crainte d'une chaste épouse qui craint de perdre ce qu'elle aime. Ces sentiments tendres, mêlés de larmes et de frayeur, aigrissaient[3] son mal jusqu'à la dernière extrémité. Nul n'en pénétrait la cause, et on attribuait ces agitations à la fièvre dont elle était tourmentée. Dans cet état pitoyable, pendant qu'elle se regardait comme une personne réprouvée et presque sans espérance de salut, Dieu, qui fait entendre ses vérités en telle manière et sous telles figures qu'il lui plaît, continua de l'instruire comme il a fait Joseph et Salomon[4] et, durant l'assoupissement que l'accablement lui causa, il lui mit dans l'esprit cette parabole si semblable à celles de l'Évangile. Elle voit paraître ce que JÉSUS-CHRIST n'a pas dédaigné de nous donner comme l'image de sa tendresse[5], une poule devenue mère, empressée autour des petits qu'elle conduisait. Un d'eux s'étant écarté, notre malade le voit englouti par un chien avide. Elle accourt, elle lui arrache cet innocent

1. **Mes chères sœurs :** les Carmélites.
2. **Fâcheux :** tyrannique.
3. **Aigrissaient :** accroissaient.
4. **Joseph et Salomon :** Dieu leur a parlé par l'intermédiaire d'un songe.
5. **... tendresse :** allusion à une image employée par Jésus dans l'Évangile selon saint Matthieu (XXIII, 37), « Jérusalem, Jérusalem, [...] combien de fois ai-je voulu rassembler tes enfants, comme une poule rassemble ses petits sous ses ailes, et tu ne l'as pas voulu » ?

animal. En même temps on lui crie d'un autre côté qu'il le fallait rendre au ravisseur, dont on éteindrait l'ardeur en lui enlevant sa proie. « Non », dit-elle, « je ne le rendrai jamais ». En ce moment elle s'éveilla, et l'application de la figure qui lui avait été montrée se fit en un instant dans son esprit, comme si on lui eût dit : « Si vous, qui êtes mauvaise[1], ne pouvez vous résoudre à rendre ce petit animal que vous avez sauvé, pourquoi croyez-vous que Dieu, infiniment bon, vous redonnera au démon après vous avoir tirée de sa puissance ? Espérez, et prenez courage. » À ces mots elle demeura dans un calme et dans une joie qu'elle ne pouvait exprimer, « comme si un ange lui eût appris (ce sont encore ses paroles) que Dieu ne l'abandonnerait pas ». Ainsi tomba tout à coup la fureur des vents et des flots à la voix de JÉSUS-CHRIST qui les menaçait[2], et il ne fit pas un moindre miracle dans l'âme de notre sainte pénitente lorsque, parmi les frayeurs d'une conscience alarmée et « les douleurs de l'enfer[3] », il lui fit sentir tout à coup par une vive confiance, avec la rémission de ses péchés, cette « paix qui surpasse toute intelligence[4] ». Alors une joie céleste saisit tous ses sens, « et les os humiliés tressaillirent[5] ». Souvenez-vous, ô sacré

1. **... mauvaise :** allusion à la fin du Sermon de Jésus sur la montagne, rapporté par saint Matthieu (VII, 11), « Si donc étant méchants comme vous êtes, vous savez donner de bonnes choses à vos enfants, à combien plus forte raison votre Père qui est dans les cieux donnera-t-il les vrais biens à ceux qui les lui demandent » ?
2. **Menaçait :** voir les Évangiles de Luc (VIII, 24) et de Marc (IV, 39).
3. **Douleurs de l'enfer :** souvenir du Psaume XVII, 6, « J'ai été affligé par les douleurs de l'enfer ».
4. **... intelligence :** citation de la Lettre de saint Paul aux Philippiens (IV, 7).
5. **... tressaillirent :** citation du Psaume L, 10.

Pontife, quand vous tiendrez en vos mains la sainte victime[1] qui ôte les péchés du monde, souvenez-vous de ce miracle de sa grâce. Et vous, saints Prêtres, venez ; et vous, saintes Filles, et vous, Chrétiens ; venez aussi, ô pécheurs : tous ensemble commençons d'une même voix le cantique de la délivrance, et ne cessons de répéter avec David[2] : « Que Dieu est bon ; que sa miséricorde est éternelle ! » Il ne faut point manquer à de telles grâces, ni les recevoir avec mollesse. La princesse Palatine change en un moment tout entière : nulle parure que la simplicité, nul ornement que la modestie. Elle se montre au monde à cette fois ; mais ce fut pour lui déclarer qu'elle avait renoncé à ses vanités. Car aussi quelle erreur à une chrétienne, et encore à une chrétienne pénitente, d'orner ce qui n'est digne que de son mépris ! de peindre et de parer l'idole du monde ! de retenir comme par force, et avec mille artifices autant indignes qu'inutiles, ces grâces qui s'envolent avec le temps ! Sans s'effrayer de ce qu'on dirait, sans craindre comme autrefois ce vain fantôme des âmes infirmes, dont les grands sont épouvantés plus que tous les autres, la princesse Palatine parut à la cour si différente d'elle-même, et dès lors elle renonça à tous les divertissements, à tous les jeux, jusqu'aux plus innocents, se soumettant aux sévères lois de la pénitence chrétienne, et ne songeant qu'à restreindre et à punir une liberté qui n'avait pu demeurer dans ses bornes. Douze ans de persévérance au milieu des

1. **Sainte victime :** allusion au sacrifice de l'Eucharistie, qui sera célébrée après cette oraison.
2. **David :** considéré comme l'auteur des Psaumes (ici, CXXXV, 1).

épreuves les plus difficiles l'ont élevée à un éminent degré de sainteté. La règle qu'elle se fit dès le premier jour fut immuable ; toute sa maison y entra : chez elle on ne faisait que passer d'un exercice de piété à un autre. Jamais l'heure de l'oraison ne fut changée ni interrompue, pas même par les maladies. Elle savait que dans ce commerce sacré tout consiste à s'humilier sous la main de Dieu, et moins à donner qu'à recevoir. Ou plutôt, selon le précepte de JÉSUS-CHRIST[1], son oraison fut perpétuelle pour être égale au besoin. La lecture de l'Évangile et des livres saints en fournissait la matière ; si le travail semblait l'interrompre, ce n'était que pour la continuer d'une autre sorte. Par le travail on charmait l'ennui, on ménageait le temps, on guérissait la langueur de la paresse et les pernicieuses rêveries de l'oisiveté. L'esprit se relâchait pendant que les mains industrieusement occupées s'exerçaient dans des ouvrages dont la piété avait donné le dessin : c'était ou des habits pour les pauvres, ou des ornements pour les autels. Les psaumes avaient succédé aux cantiques des joies du siècle. Tant qu'il n'était point nécessaire de parler, la sage princesse gardait le silence : la vanité et les médisances, qui soutiennent tout le commerce du monde, lui faisaient craindre tous les entretiens, et rien ne lui paraissait ni agréable ni sûr que la solitude. Quand elle parlait de Dieu, le goût intérieur d'où sortaient toutes ses paroles se communiquait à ceux qui conversaient avec elle, et les nobles expres-

1. **Précepte de Jésus-Christ :** allusion à l'Évangile selon saint Luc (XVIII, 1), « [Jésus] leur dit aussi cette parabole pour faire voir qu'il faut toujours prier et ne se lasser point de le faire ».

sions qu'on remarquait dans ses discours ou dans ses écrits venaient de la haute idée qu'elle avait conçue des choses divines. Sa foi ne fut pas moins simple que vive : dans les fameuses questions[1] qui ont troublé en tant de manières le repos de nos jours, elle déclarait hautement qu'elle n'avait autre part à y prendre que celle d'obéir à l'Église. Si elle eût eu la fortune des ducs de Nevers ses pères, elle en aurait surpassé la pieuse magnificence, quoique cent temples fameux en portent la gloire jusqu'au Ciel, « et que les églises des saints publient leurs aumônes[2] ». Le duc son père avait fondé dans ses terres de quoi marier tous les ans soixante filles : riche oblation[3], présent agréable. La princesse sa fille en mariait aussi tous les ans ce qu'elle pouvait, ne croyant pas assez honorer les libéralités de ses ancêtres si elle ne les imitait. On ne peut retenir ses larmes quand on lui voit épancher son cœur sur de vieilles femmes qu'elle nourrissait. Des yeux si délicats firent leurs délices de ces visages ridés, de ces membres courbés sous les ans. Écoutez ce qu'elle en écrit au fidèle ministre de ses charités, et dans un même discours apprenez à goûter la simplicité et la charité chrétienne. « Je suis ravie », dit-elle, « que l'affaire de nos bonnes vieilles soit si avancée. Achevons vite, au nom de Notre-Seigneur ; ôtons vitement cette bonne femme de l'étable où elle est, et la mettons dans un de ces petits lits ». Quelle nouvelle vivacité succède à celle que le monde

1. **Questions :** la querelle de la grâce, dans laquelle plusieurs dames prirent parti.
2. **... aumônes :** citation de l'Ecclésiaste (XXXI, 11).
3. **Oblations :** offrandes.

inspire ! Elle poursuit : « Dieu me donnera peut être de la santé pour aller servir cette paralytique ; au moins je le ferai par mes soins, si les forces me manquent ; et, joignant mes maux aux siens, je les offrirai plus hardiment à Dieu. Mandez-moi[1] ce qu'il faut pour la nourriture et les ustensiles de ces pauvres femmes ; peu à peu nous les mettrons à leur aise. » Je me plais à répéter toutes ces paroles, malgré les oreilles délicates : elles effacent les discours les plus magnifiques, et je voudrais ne parler que ce langage. Dans des nécessités extraordinaires, sa charité faisait de nouveaux efforts. Le rude hiver des années dernières acheva de la dépouiller de ce qui lui restait de superflu ; tout devint pauvre dans sa maison et sur sa personne : elle voyait disparaître avec une joie sensible les restes des pompes du monde, et l'aumône lui apprenait à se retrancher tous les jours quelque chose de nouveau. C'est en effet la vraie grâce de l'aumône, en soulageant les besoins des pauvres, de diminuer en nous d'autres besoins, c'est-à-dire ces besoins honteux qu'y fait la délicatesse, comme si la nature n'était pas assez accablée de nécessités. Qu'attendez-vous, CHRÉTIENS, à vous convertir, et pourquoi désespérez-vous de votre salut ? Vous voyez la perfection où s'élève l'âme pénitente quand elle est fidèle à la grâce. Ne craignez ni la maladie, ni les dégoûts, ni les tentations, ni les peines les plus cruelles. Une personne si sensible et si délicate, qui ne pouvait seulement entendre nommer les maux, a souffert douze ans entiers, et presque sans intervalle, ou les plus vives douleurs ou

1. **Mandez-moi** : dites-moi par lettre, écrivez-moi.

des langueurs qui épuisaient le corps et l'esprit ; et cependant, durant tout ce temps, et dans les tourments inouïs de sa dernière maladie, où ses maux s'augmentèrent jusques aux derniers excès, elle n'a eu à se repentir que d'avoir une seule fois souhaité une mort plus douce. Encore réprima-t-elle ce faible désir, en disant aussitôt après avec JÉSUS-CHRIST la prière du sacré mystère du Jardin (c'est ainsi qu'elle appelait la prière de l'agonie de notre Sauveur) : « Ô mon Père, que votre volonté soit faite, et non pas la mienne[1] ! » Ses maladies lui ôtèrent la consolation qu'elle avait tant désirée d'accomplir ses premiers desseins, et de pouvoir achever ses jours sous la discipline et dans l'habit de sainte Fare. Son cœur donné, ou plutôt rendu[2], à ce monastère où elle avait goûté les premières grâces a témoigné son désir, et sa volonté a été aux yeux de Dieu un sacrifice parfait. C'eût été un soutien sensible à une âme comme la sienne d'accomplir de grands ouvrages pour le service de Dieu ; mais elle est menée par une autre voie, par celle qui crucifie davantage, qui, sans rien laisser entreprendre à un esprit courageux, le tient accablé et anéanti sous la rude loi de souffrir. Encore s'il eût plu à Dieu de lui conserver ce goût sensible de la piété qu'il avait renouvelé dans son cœur au commencement de sa pénitence ! Mais non : tout lui est ôté ; sans cesse elle est travaillée de peines insupportables. « Ô Seigneur », disait le saint homme Job[3], « vous

1. **... mienne :** dans l'Évangile selon saint Luc (XXII, 42), prière que Jésus prononce juste avant d'être arrêté, dans le jardin des Oliviers.
2. **Rendu :** son cœur avait été déposé à Faremoutiers.
3. **Job :** X, 16. C'est ce même livre qui est cité ensuite à plusieurs reprises.

me tourmentez d'une manière merveilleuse » ! C'est que, sans parler ici de ses autres peines, il portait au fond de son cœur une vive et continuelle appréhension de déplaire à Dieu. Il voyait d'un côté sa sainte justice, devant laquelle les anges ont peine à soutenir leur innocence. Il le voyait avec ces yeux éternellement ouverts[1] observer toutes les démarches, compter tous les pas[2] d'un pécheur, et « garder ses péchés comme sous le sceau », pour les lui représenter au dernier jour : « *Signasti quasi in sacculo delicta mea.* » D'un autre côté, il ressentait ce qu'il y a de corrompu dans le cœur de l'homme : « Je craignais », dit-il, « toutes mes œuvres ». Que vois-je ? Le péché ! le péché partout ! Et il s'écriait jour et nuit : « Ô Seigneur, pourquoi n'ôtez-vous pas mes péchés ? » et que ne tranchez-vous une fois ces malheureux jours où l'on ne fait que vous offenser, afin qu'il ne soit pas dit « que je sois contraire à la parole du Saint ? » Tel était le fond de ses peines, et ce qui paraît de si violent dans ses discours n'est que la délicatesse d'une conscience qui se redoute elle-même, ou l'excès d'un amour qui craint de déplaire. La princesse Palatine souffrit quelque chose de semblable. Quel supplice à une conscience timorée[3] ! Elle croyait voir partout dans ses actions un amour-propre déguisé en vertu. Plus elle était clairvoyante, plus elle était tourmentée. Ainsi Dieu l'humiliait par ce qui a coutume de nourrir l'orgueil, et lui faisait un remède de la cause de son mal. Qui pourrait dire par quelles terreurs elle

1. **Ces yeux éternellement ouverts :** il s'agit des yeux de Dieu.
2. **Pas :** action.
3. **Timorée :** pénétrée d'une crainte respectueuse.

arrivait aux délices de la sainte table ? Mais elle ne perdait pas la confiance. « Enfin », dit-elle (c'est ce qu'elle écrit au saint prêtre que Dieu lui avait donné pour la soutenir dans ses peines), « enfin je suis parvenue au divin banquet. Je m'étais levée dès le matin pour être devant le jour aux portes du Seigneur ; mais lui seul sait les combats qu'il a fallu rendre[1] ». La matinée se passait dans ce cruel exercice. « Mais à la fin », poursuit-elle, « malgré mes faiblesses, je me suis comme traînée moi-même aux pieds de Notre-Seigneur, et j'ai connu qu'il fallait, puisque tout s'est fait en moi par la force de la divine bonté, que je reçusse encore avec une espèce de force ce dernier et souverain bien ». Dieu lui découvrait dans ses peines l'ordre secret de sa justice sur ceux qui ont manqué de fidélité aux grâces de la pénitence. « Il n'appartient pas », disait-elle, « aux esclaves fugitifs, qu'il faut aller reprendre par force, et les ramener comme malgré eux, de s'asseoir au festin avec les enfants et les amis ; et c'est assez qu'il leur soit permis de venir recueillir à terre les miettes qui tombent de la table de leurs seigneurs ». Ne vous étonnez pas, CHRÉTIENS, si je ne fais plus, faible orateur, que de répéter les paroles de la princesse Palatine : c'est que j'y ressens la manne cachée[2], et le goût des Écritures divines, que ses peines et ses sentiments lui faisaient entendre. Malheur à moi si dans cette chaire j'aime mieux me chercher moi-même que votre salut, et si je ne préfère à mes inventions, quand

1. **Rendre :** affronter.
2. **Manne cachée :** allusion au séjour des Hébreux affamés dans le désert et nourris par la manne (nourriture envoyée par Dieu).

elles pourraient vous plaire, les expériences de cette princesse, qui peuvent vous convertir ! Je n'ai regret qu'à ce que je laisse, et je ne puis vous taire ce qu'elle a écrit touchant les tentations d'incrédulité. « Il est bien croyable », disait-elle, « qu'un Dieu qui aime infiniment en donne des preuves proportionnées à l'infinité de son amour et à l'infinité de sa puissance : et ce qui est propre à la toute-puissance d'un Dieu passe de bien loin la capacité de notre faible raison. C'est », ajoute-t-elle, « ce que je me dis à moi-même quand les démons tâchent d'étonner ma foi ; et, depuis qu'il a plu à Dieu de me mettre dans le cœur (remarquez ces belles paroles) que son amour est la cause de tout ce que nous croyons, cette réponse me persuade plus que tous les livres ». C'est en effet l'abrégé de tous les saints livres et de toute la doctrine chrétienne. Sortez, parole éternelle, Fils unique du Dieu vivant, sortez du bienheureux sein de votre Père[1], et venez annoncer aux hommes le secret que vous y voyez. Il l'a fait, et durant trois ans il n'a cessé de nous dire le secret des conseils de Dieu. Mais tout ce qu'il en a dit est renfermé dans ce seul mot de son Évangile : « Dieu a tant aimé le monde qu'il lui a donné son Fils unique[2]. » Ne demandez plus ce qui a uni en JÉSUS-CHRIST le Ciel et la terre, et la croix avec les grandeurs. « Dieu a tant aimé le monde. » Est-il incroyable que Dieu aime, et que la bonté se communique ? Que ne fait pas entreprendre aux âmes courageuses l'amour de la gloire, aux âmes les plus vulgaires l'amour des richesses, à tous enfin tout ce

1. **... sein de votre Père :** souvenir de l'Évangile selon saint Jean (I, 18).
2. **... unique :** citation de l'Évangile selon saint Jean (III, 16).

qui porte le nom d'amour ! Rien ne coûte, ni périls, ni travaux, ni peines : et voilà les prodiges dont l'homme est capable. Que si l'homme, qui n'est que faiblesse, tente l'impossible, Dieu, pour contenter son amour, n'exécutera-t-il rien d'extraordinaire ? Disons donc pour toute raison dans tous les mystères : « Dieu a tant aimé le monde. » C'est la doctrine du Maître, et le disciple bien-aimé l'avait bien comprise. De son temps un Cérinthe[1], un hérésiarque, ne voulait pas croire qu'un Dieu eût pu se faire homme, et se faire la victime des pécheurs. Que lui répondit cet apôtre vierge, ce prophète du Nouveau Testament, cet aigle, ce théologien par excellence, ce saint vieillard qui n'avait de force que pour prêcher la charité et pour dire : « Aimez-vous les uns les autres en Notre-Seigneur », que répondit-il à cet hérésiarque ? Quel symbole[2], quelle nouvelle confession[3] de foi opposa-t-il à son hérésie naissante ? Écoutez, et admirez. « Nous croyons », dit-il, « et nous confessons l'amour que Dieu a pour nous : *Et nos credidimus charitati quam habet Deus in nobis*[4] ». C'est là toute la foi des chrétiens, c'est la cause et l'abrégé de tout le symbole. C'est là que la princesse Palatine a trouvé la résolution de ses anciens doutes. Dieu a aimé : c'est tout dire. S'il a fait, disait-elle, de si grandes choses pour déclarer son amour dans l'Incarnation, que n'aura-t-il pas fait pour le consommer dans l'Eucha-

1. **Cérinthe :** hérésiarque juif du temps de l'apôtre Jean (fin du Ier siècle). C'est pour le réfuter que saint Jean a composé son Évangile, dans lequel la divinité du Verbe est d'emblée si clairement affirmée.
2. **Symbole :** formulaire des articles de la foi.
3. **Confession :** liste et déclaration des articles de foi d'une religion.
4. ***... nobis* :** citation de l'Évangile selon saint Jean (IV, 16).

ristie, pour se donner, non plus en général à la nature humaine, mais à chaque fidèle en particulier ? Croyons donc avec saint Jean en l'amour d'un Dieu : la foi nous paraîtra douce, en la prenant par un endroit si tendre. Mais n'y croyons pas à demi, à la manière des hérétiques, dont l'un en retranche une chose et l'autre une autre, l'un le mystère de l'Incarnation et l'autre celui de l'Eucharistie, chacun ce qui lui déplaît : faibles esprits, ou plutôt cœurs étroits et entrailles resserrées, que la foi et la charité n'ont pas assez dilatées[1] pour comprendre toute l'étendue de l'amour d'un Dieu ! Pour nous, croyons sans réserve, et prenons le remède entier, quoi qu'il en coûte à notre raison. Pourquoi veut-on que les prodiges coûtent tant à Dieu ? Il n'y a plus qu'un seul prodige, que j'annonce aujourd'hui au monde. Ô Ciel, ô terre, étonnez-vous à ce prodige nouveau ! C'est que, parmi tant de témoignages de l'amour divin, il y ait tant d'incrédules et tant d'insensibles. N'en augmentez pas le nombre, qui va croissant tous les jours. N'alléguez plus votre malheureuse incrédulité, et ne faites pas une excuse de votre crime. Dieu a des remèdes pour vous guérir, et il ne reste qu'à les obtenir par des vœux continuels. Il a su prendre la sainte princesse dont nous parlons par le moyen qu'il lui a plu ; il en a d'autres pour vous jusqu'à l'infini, et vous n'avez rien à craindre que de désespérer de ses bontés. Vous osez nommer vos ennuis, après les peines terribles où vous l'avez vue ! Cependant, si quelquefois elle désirait

1. **Dilatées :** souvenir de la seconde Lettre de saint Paul aux Corinthiens (VI, 11-12), « La bouche s'ouvre et mon cœur s'étend par l'affection que je vous porte. Mes entrailles ne sont point resserrées pour vous… »

d'en être un peu soulagée, elle se le reprochait à elle-même. « Je commence », disait-elle, « à m'apercevoir que je cherche le paradis terrestre à la suite de JÉSUS-CHRIST, au lieu de chercher la montagne des Olives et le Calvaire, par où il est entré dans sa gloire ». Voilà ce qu'il lui servit de méditer l'Évangile nuit et jour, et de se nourrir de la parole de vie. C'est encore ce qui lui fit dire cette admirable parole, « qu'elle aimait mieux vivre et mourir sans consolation que d'en chercher hors de Dieu ». Elle a porté ces sentiments jusqu'à l'agonie et, prête à rendre l'âme, on entendit qu'elle disait d'une voix mourante : « Je m'en vais voir comment Dieu me traitera ; mais j'espère en ses miséricordes. » Cette parole de confiance emporta son âme sainte au séjour des justes. Arrêtons ici, CHRÉTIENS ; et vous, Seigneur, imposez silence à cet indigne ministre, qui ne fait qu'affaiblir votre parole. Parlez dans les cœurs, Prédicateur invisible[1], et faites que chacun se parle à soi-même. Parlez, mes Frères, parlez : je ne suis ici que pour aider vos réflexions. Elle viendra, cette heure dernière ; elle approche, nous y touchons, la voilà venue. Il faut dire avec ANNE DE GONZAGUE : Il n'y a plus ni princesse ni Palatine ; ces grands noms, dont on s'étourdit, ne subsistent plus. Il faut dire avec elle : Je m'en vais, je suis emporté par une force inévitable ; tout fuit, tout diminue, tout disparaît à mes yeux. Il ne reste plus à l'homme que le néant et le péché : pour tout fonds, le

1. **Prédicateur invisible :** doctrine empruntée par Bossuet à saint Augustin, selon laquelle à travers le prédicateur de chair, humain (Bossuet), qui ne parle qu'aux oreilles de l'auditeur, c'est en fait Dieu, Prédicateur invisible, qui s'adresse directement à son cœur.

néant ; pour toute acquisition, le péché. Le reste, qu'on croyait tenir, échappe : semblable à de l'eau gelée, dont le vil cristal se fond entre les mains qui le serrent, et ne fait que les salir. Mais voici ce qui glacera le cœur, ce qui achèvera d'éteindre la voix, ce qui répandra la frayeur dans toutes les veines : « Je m'en vais voir comment Dieu me traitera » ; dans un moment je serai entre ces mains dont saint Paul écrit en tremblant : « Ne vous y trompez pas, on ne se moque pas de Dieu[1] », et encore : « C'est une chose horrible de tomber entre les mains du Dieu vivant[2] ». Entre ces mains où tout est action, où tout est vie, rien ne s'affaiblit ni se relâche, ni ne se ralentit jamais ! Je m'en vais voir si ces mains toutes-puissantes me seront favorables ou rigoureuses, si je serai éternellement ou parmi leurs dons ou sous leurs coups. Voilà ce qu'il faudra dire nécessairement avec notre princesse. Mais pourrons-nous ajouter avec une conscience aussi tranquille : « J'espère en sa miséricorde ? » Car qu'aurons-nous fait pour la fléchir ? Quand aurons-nous écouté « la voix de celui qui crie dans le désert : Préparez les voies du Seigneur[3] » ? Comment ? par la pénitence ? Mais serons-nous fort contents d'une pénitence commencée à l'agonie, qui n'aura jamais été éprouvée, dont jamais on n'aura vu aucun fruit[4] ; d'une pénitence imparfaite ; d'une pénitence nulle ; douteuse, si vous le voulez ; sans forces, sans réflexion, sans loisir pour

1. **... Dieu :** citation de l'Épître de saint Paul aux Galates (VI, 7).
2. **... vivant :** citation de l'Épître de saint Paul aux Hébreux (IX, 3).
3. **... voies du Seigneur :** citation de l'Évangile selon saint Luc (III, 4).
4. **... fruit :** il s'agit de nouveau d'une paraphrase de l'Évangile selon saint Luc (III, 8).

en réparer les défauts ? N'en est-ce pas assez pour être pénétré de crainte jusque dans la moelle des os ? Pour celle dont nous parlons, ha ! MES FRÈRES, toutes les vertus qu'elle a pratiquées se ramassent dans cette dernière parole, dans ce dernier acte de sa vie : la foi, le courage, l'abandon à Dieu, la crainte de ses jugements, et cet amour plein de confiance, qui seul efface tous les péchés. Je ne m'étonne donc pas si le saint pasteur qui l'assista dans sa dernière maladie, et qui recueillit ses derniers soupirs, pénétré de tant de vertus, les porta jusque dans la chaire et ne put s'empêcher de les célébrer dans l'assemblée des fidèles. Siècle vainement subtil, où l'on veut pécher avec raison, où la faiblesse veut s'autoriser par des maximes, où tant d'âmes insensées cherchent leur repos dans le naufrage de la foi et ne font d'effort contre elles-mêmes que pour vaincre, au lieu de leurs passions, les remords de leur conscience, la princesse Palatine t'est donnée « comme un signe et un prodige : *in signum et in portentum*[1] ». Tu la verras au dernier jour, comme je t'en ai menacé, confondre ton impénitence et tes vaines excuses. Tu la verras se joindre à ces saintes Filles et à toute la troupe des saints : et qui pourra soutenir leurs redoutables clameurs ? Mais que sera-ce quand JÉSUS-CHRIST paraîtra lui-même à ces malheureux, quand ils verront celui qu'ils auront percé, comme dit le prophète[2], dont ils auront rouvert toutes les plaies, et qu'il leur dira d'une voix terrible : Pourquoi me déchirez-vous par vos blasphèmes, nation impie ?

1. … *portentum* : citation d'Isaïe (VIII, 18).
2. Prophète : Zacharie (XII, 8).

« *Me configitis, gens tota*[1]. » Ou, si vous ne le faisiez pas par vos paroles, pourquoi le faisiez-vous par vos œuvres ? Ou pourquoi avez-vous marché dans mes voies d'un pas incertain, comme si mon autorité était douteuse ? Race infidèle, me connaissez-vous à cette fois ? Suis-je votre roi, suis-je votre juge, suis-je votre Dieu ? Apprenez-le par votre supplice. Là commencera ce pleur éternel, là ce grincement de dents[2] qui n'aura jamais de fin. Pendant que les orgueilleux seront confondus, vous, Fidèles « qui tremblez à sa parole[3] », en quelque endroit que vous soyez de cet auditoire, peu connus des hommes et connus de Dieu, vous commencerez à lever la tête[4]. Si, touchés des saints exemples que je vous propose, vous laissez attendrir vos cœurs, si Dieu a béni le travail par lequel je tâche de vous enfanter en JÉSUS-CHRIST et que, trop indigne ministre de ses conseils, je n'y aie pas été moi-même un obstacle, vous bénirez la bonté divine qui vous aura conduits à la pompe funèbre de cette pieuse princesse, où vous aurez peut-être trouvé le commencement de la véritable vie. Et vous, PRINCE[5], qui l'avez tant honorée pendant qu'elle était au monde, qui, favorable interprète de ses moindres désirs, continuez votre protection et vos soins à tout ce qui lui fut cher, et qui lui donnez les dernières marques de piété avec tant de magnificence et tant de zèle, vous, PRINCESSE[6],

1. ***tota*** : citation du Livre de Malachie (III, 9).
2. **Grincement de dents** : souvenir de l'Évangile selon saint Matthieu (VIII, 18).
3. **... parole** : citation d'Isaïe (LXVI, 2, 5).
4. **... tête** : paraphrase de l'Évangile selon saint Luc (XXI, 8).
5. **Prince** : le duc d'Enghien, gendre de la princesse.
6. **Princesse** : Anne, fille de la défunte, malheureuse en ménage et qui trouvait auprès de sa mère une consolation.

qui gémissez en lui rendant ce triste devoir et qui avez espéré de la voir revivre dans ce discours, que vous dirai-je pour vous consoler ? Comment pourrai-je, MADAME, arrêter ce torrent de larmes que le temps[1] n'a pas épuisé, que tant de justes sujets de joie n'ont pas tari ? Reconnaissez ici le monde : reconnaissez ses maux toujours plus réels que ses biens, et ses douleurs par conséquent plus vives et plus pénétrantes que ses joies. Vous avez perdu ces heureux moments où vous jouissiez des tendresses d'une mère qui n'eut jamais son égale ; vous avez perdu cette source inépuisable de sages conseils ; vous avez perdu ces consolations qui, par un charme secret, faisaient oublier les maux dont la vie humaine n'est jamais exempte. Mais il vous reste ce qu'il y a de plus précieux : l'espérance de la rejoindre dans le jour de l'éternité, et en attendant, sur la terre, le souvenir de ses instructions, l'image de ses vertus et les exemples de sa vie.

1. Le temps : il y avait un an que la princesse était morte.

« ORAISON FUNÈBRE D'ANNE DE GONZAGUE »

REPÈRES

1. Montrez la richesse de l'image de la glace. En quoi est-elle supérieure à l'image plus traditionnelle du sable qui fuit entre les doigts ?
2. Comment Bossuet atténue-t-il dans la première partie la responsabilité de la princesse ? Quelle pratique de son époque attaque-t-il, et invoque-t-il comme circonstance atténuante ?
3. Que signifie : « Elle vit le monde, elle en fut vue » ? (lignes 189-190, page 262). Pourquoi Bossuet s'exprime-t-il de manière si allusive ? Plus généralement, comment évite-t-il toute critique trop précise, tout en ne voilant pas complètement les fautes de la princesse au début de son veuvage et en critiquant violemment ses contemporains en général ?

OBSERVATIONS

4. Étudiez l'art de la paraphrase de la Bible au début de l'exorde. En quoi Bossuet développe et adapte-t-il ici le texte placé en épigraphe (au-dessus de l'oraison) ? En quoi s'adapte-t-il à la vie d'Anne de Gonzague ?
5. Comment l'orateur réussit-il à transmettre à son auditoire la frayeur devant la mort qu'a éprouvée la Palatine ?
6. Dans la prose de Bossuet alternent les longues périodes, harmonieuses et cadencées, et les phrases plus brèves, traduisant une émotion particulièrement violente. Donnez un exemple de chacun de ces rythmes, et indiquez l'effet produit.

INTERPRÉTATIONS

7. Quels tons se succèdent dans cette oraison funèbre ? Quelles postures rhétoriques l'orateur adopte-t-il conjointement ?

8. Que désigne le terme de « libertinage » au XVIIe siècle ? Quels sont les arguments de Bossuet contre les libertins (nature, ton, portée) ? En tentant d'expliciter tout ce que contiennent les formules concises de Bossuet dans ce passage, montrez l'interprétation psychologique que Bossuet donne du libertinage de son époque. Vous semble-t-elle adéquate ?

TRAVAIL D'ÉCRITURE

9. « Mais qu'ont-ils vu, ces rares génies, qu'ont-ils vu de plus que les autres ? » (lignes 530-532, page 275) ; intégrez cette phrase dans un discours de votre composition, où vous dénoncerez violemment, à la manière de Bossuet, une fausse lucidité.

ORAISON FUNEBRE DE MESSIRE MICHEL LE TELLIER CHANCELIER DE FRANCE.

Poſſide ſapientiam, acquire prudentiam; arripe illam, & exaltabit te: glorificaberis ab eâ, cùm eam fueris amplexatus.

Poſſedez la ſageſſe, & aquerez la prudence: ſi vous la cherchez avec ardeur, elle vous élevera; & vous remplira de gloire, quand vous l'aurez embraſſée. Prov. IV. 7.

MESSEIGNEURS,

EN LOUANT l'homme incomparable dont cette illuſtre Aſſemblée célebre

A

ORAISON FUNÈBRE
DE TRÈS HAUT ET PUISSANT SEIGNEUR MESSIRE MICHEL LE TELLIER

CHEVALIER, CHANCELIER DE FRANCE

Prononcée dans l'église paroissiale de Saint-Gervais, où il est inhumé, le 25 janvier 1686.

> *Posside sapientiam, acquire prudentiam ; arripe illam, et exaltabit te : glorificaberis ab ea, cum eam fueris amplexatus.*
> « Possédez la sagesse, et acquérez la prudence : si vous la cherchez avec ardeur, elle vous élèvera, et vous remplira de gloire quand vous l'aurez embrassée. »
>
> (Prov., IV, 7.)

MESSEIGNEURS[1],

En louant l'homme incomparable dont cette illustre assemblée célèbre les funérailles et honore les vertus, je louerai la sagesse même ; et la sagesse que je dois louer dans ce discours n'est pas celle qui élève les hommes et qui agrandit les maisons, ni celle qui gouverne les empires, qui règle la paix et la guerre, et enfin qui dicte les lois et qui dispense les grâces. Car, encore que ce grand ministre, choisi par la divine

1. **Messeigneurs :** Bossuet a noté en marge : « À Messeigneurs les évêques qui étaient présents en habit. »

Providence pour présider aux conseils du plus sage de tous les rois, ait été le digne instrument des desseins les mieux concertés que l'Europe ait jamais vus, encore que la sagesse, après l'avoir gouverné dès son enfance, l'ait porté aux plus grands honneurs et au comble des félicités humaines, sa fin nous a fait paraître que ce n'était pas pour ces avantages qu'il en écoutait les conseils. Ce que nous lui avons vu quitter sans peine n'était pas l'objet de son amour. Il a connu la sagesse que le monde ne connaît pas, cette sagesse « qui vient d'en haut, qui descend du Père des lumières[1] », et qui fait marcher les hommes dans les sentiers de la justice. C'est elle dont la prévoyance s'étend aux siècles futurs, et enferme dans ses desseins l'éternité tout entière. Touché de ses immortels et invisibles attraits, il l'a recherchée avec ardeur, selon le précepte du Sage[2]. « La sagesse vous élèvera », dit Salomon, « et vous donnera de la gloire, quand vous l'aurez embrassée ». Mais ce sera une gloire que le sens humain ne peut comprendre. Comme ce sage et puissant ministre aspirait à cette gloire, il l'a préférée à celle dont il se voyait environné sur la terre. C'est pourquoi sa modération l'a toujours mis au-dessus de sa fortune. Incapable d'être ébloui des grandeurs humaines, comme il y paraît sans ostentation, il y est vu sans envie, et nous remarquons dans sa conduite ces trois caractères de la véritable sagesse, qu'élevé sans empressement aux premiers

1. **... des lumières :** citation de l'Épître de saint Jacques (III, 15 et 17), qui l'oppose à « la sagesse terrestre, animale et diabolique ».
2. **Sage :** il s'agit de Salomon, nommé plus bas, considéré comme l'auteur des Proverbes, dont est issue cette citation (qui est aussi le texte du discours).

honneurs il y a vécu aussi modeste que grand ; que dans ses importants emplois, soit qu'il nous paraisse, comme Chancelier, chargé de la principale administration de la justice ou que nous le considérions, dans les autres occupations d'un long ministère, supérieur à ses intérêts, il n'a regardé que le bien public ; et qu'enfin dans une heureuse vieillesse, prêt à rendre avec sa grande âme le sacré dépôt de l'autorité si bien confié à ses soins, il a vu disparaître toute sa grandeur avec sa vie sans qu'il lui en ait coûté un seul soupir : tant il avait mis en lieu haut et inaccessible à la mort son cœur et ses espérances ! De sorte qu'il nous paraît, selon la promesse du Sage, dans « une gloire immortelle », pour s'être soumis aux lois de la véritable sagesse et pour avoir fait céder à la modestie l'éclat ambitieux des grandeurs humaines, l'intérêt particulier à l'amour du bien public, et la vie même au désir des biens éternels : C'est la gloire qu'a remportée TRÈS HAUT ET PUISSANT SEIGNEUR MESSIRE MICHEL LE TELLIER, CHEVALIER[1], CHANCELIER DE FRANCE.

Le grand cardinal de Richelieu achevait son glorieux ministère, et finissait tout ensemble une vie pleine de merveilles. Sous sa ferme et prévoyante conduite, la puissance d'Autriche[2] cessait d'être redoutée et la France, sortie enfin des guerres civiles[3], commençait à donner le branle aux affaires de

1. **Chevalier :** titre de noblesse, au-dessous de baron.
2. **La puissance d'Autriche :** les deux branches de la maison d'Autriche possédaient alors la plus grande partie de l'Europe.
3. **Guerres civiles :** allusion à la soumission des protestants, et à l'abaissement de la noblesse.

l'Europe. On avait une attention particulière à celles d'Italie ; et, sans parler des autres raisons[1], LOUIS XIII, de glorieuse et triomphante mémoire, devait sa protection à la duchesse de Savoie sa sœur[2] et à ses enfants. Jules Mazarin, dont le nom devait être si grand dans notre histoire, employé par la cour de Rome en diverses négociations, s'était donné à la France ; et, propre par son génie et par ses correspondances à ménager les esprits de sa nation, il avait fait prendre un cours si heureux aux conseils du cardinal de Richelieu que ce ministre se crut obligé de l'élever à la pourpre. Par là il sembla montrer son successeur à la France, et le cardinal Mazarin s'avançait secrètement à la première place. En ces temps MICHEL LE TELLIER, encore maître des requêtes[3], était intendant de justice en Piémont[4]. Mazarin, que ses négociations attiraient souvent à Turin, fut ravi d'y trouver un homme d'une si grande capacité et d'une conduite si sûre dans les affaires ; car les ordres de la cour obligeaient l'ambassadeur à concerter toutes choses avec l'intendant, à qui la divine Providence faisait faire ce léger apprentissage des affaires d'État. Il ne fallait qu'en ouvrir l'entrée à un génie si perçant pour l'introduire bien avant dans les secrets de la politique. Mais son esprit modéré ne se

1. **Autres raisons :** allusion à l'emplacement hautement stratégique de la Savoie, qui ouvrait aux Français l'entrée de l'Italie.
2. **La duchesse de Savoie sa sœur :** Christine, veuve du duc de Savoie. Les princes de Savoie, frères de ce dernier, lui disputaient la Régence.
3. **Maître des requêtes, intendant de justice :** magistrat qui possédait des attributions très étendues, entre autres celle d'« intendant de la justice », de la police, des finances et des vivres dans les provinces.
4. **Piémont :** les Français occupaient alors l'Italie.

perdait pas dans ces vastes pensées et, renfermé à l'exemple de ses pères dans les modestes emplois de la robe, il ne jetait pas seulement les yeux sur les engagements éclatants mais périlleux de la cour. Ce n'est pas qu'il ne parût toujours supérieur à ses emplois. Dès sa première jeunesse tout cédait aux lumières de son esprit, aussi pénétrant et aussi net qu'il était grave et sérieux. Poussé par ses amis, il avait passé du Grand Conseil[1], sage compagnie où sa réputation vit encore, à l'importante charge de Procureur du Roi[2]. Cette grande ville se souvient de l'avoir vu, quoique jeune, avec toutes les qualités d'un grand magistrat, opposé non seulement aux brigues et aux partialités qui corrompent l'intégrité de la justice et aux préventions qui en obscurcissent les lumières, mais encore aux voies irrégulières et extraordinaires où elle perd avec sa constance la véritable autorité de ses jugements. On y vit enfin tout l'esprit et les maximes d'un juge qui, attaché à la règle, ne porte pas dans le tribunal ses propres pensées, ni des adoucissements ou des rigueurs arbitraires, et qui veut que les lois gouvernent et non pas les hommes. Telle est l'idée qu'il avait de la magistrature. Il apporta ce même esprit dans le Conseil[3], où l'autorité du prince, qu'on y exerce avec un pouvoir plus absolu, semble ouvrir un champ plus libre à la

1. **Grand Conseil :** cour souveraine, autonome par rapport aux parlements, entre lesquels elle prononçait en cas de conflit. Elle jugeait aussi de diverses affaires ecclésiastiques, concernant notamment les bénéfices et les évêchés.
2. **Procureur du Roi :** haut magistrat.
3. **Dans le Conseil :** il ne s'agit plus ici du Grand Conseil, mais du Conseil d'État, auquel Le Tellier se trouvait attaché, comme maître des requêtes.

justice ; et, toujours semblable à lui-même, il y suivit dès lors la même règle qu'il y a établie depuis, quand il en a été le chef[1].

Et certainement, MESSIEURS, je puis dire avec confiance que l'amour de la justice était comme né avec ce grave magistrat, et qu'il croissait avec lui dès son enfance. C'est aussi de cette heureuse naissance que sa modestie se fit un rempart contre les louanges qu'on donnait à son intégrité, et l'amour qu'il avait pour la justice ne lui parut pas mériter le nom de vertu parce qu'il le portait, disait-il, en quelque manière dans le sang. Mais Dieu, qui l'avait prédestiné à être un exemple de justice dans un si beau règne et dans la première charge d'un si grand royaume, lui avait fait regarder le devoir de juge, où il était appelé, comme le moyen particulier qu'il lui donnait pour accomplir l'œuvre de son salut. C'était la sainte pensée qu'il avait toujours dans le cœur, c'était la belle parole qu'il avait toujours à la bouche, et par là il faisait assez connaître combien il avait pris le goût véritable de la piété chrétienne. Saint Paul en a mis l'exercice, non pas dans ces pratiques particulières que chacun se fait à son gré, plus attaché à ces lois qu'à celles de Dieu, mais à se sanctifier dans son état, et « chacun dans les emplois de sa vocation, *Unusquisque in qua vocatione vocatus est*[2] ». Mais si, selon la doctrine de ce grand apôtre, on trouve la sainteté dans les emplois les plus bas, et qu'un esclave s'élève à la perfection dans le service

1. Le chef : il présida plus tard le Conseil en qualité de chancelier.
2. ... *est* : citation de la première Lettre de saint Paul aux Corinthiens (VII, 20).

d'un maître mortel pourvu qu'il y sache regarder l'ordre de Dieu, à quelle perfection l'âme chrétienne ne peut-elle pas aspirer dans l'auguste et saint ministère de la justice, puisque, selon l'Écriture[1], « l'on y exerce le jugement, non des hommes, mais du Seigneur même » ? Ouvrez les yeux, CHRÉTIENS ; contemplez ces augustes tribunaux où la justice rend ses oracles : vous y verrez, avec David[2], « les dieux de la terre, qui meurent à la vérité comme des hommes », mais qui cependant doivent juger comme des dieux, sans crainte, sans passion, sans intérêt, le Dieu des dieux à leur tête, comme le chante ce grand roi d'un ton sublime dans ce divin psaume : « Dieu assiste », dit-il, « à l'assemblée des dieux, et au milieu il juge les dieux ». Ô juges[3], quelle majesté de vos séances ! quel président de vos assemblées ! mais aussi quel censeur de vos jugements ! Sous ces yeux redoutables notre sage magistrat écoutait également le riche et le pauvre ; d'autant plus pur et d'autant plus ferme dans l'administration de la justice que, sans porter ses regards sur les hautes places dont tout le monde le jugeait digne, il mettait son élévation comme son étude à se rendre parfait dans son état. Non, non, ne le croyez pas, que la justice habite jamais dans les âmes où l'ambition domine. Toute âme inquiète et ambitieuse est incapable de règle. L'ambition a fait trouver ces dangereux expédients

1. **Écriture :** il s'agit du second Livre des Paralipomènes ou Chroniques (XIX, 6).
2. **David :** considéré comme l'auteur des Psaumes, qui sont des chants adressés à Dieu. La citation et la suivante sont extraites du psaume LXXXI, 1, qui désigne les juges par le terme de « dieux ».
3. **Ô juges :** l'auditoire de Bossuet comportait de nombreux magistrats.

où, semblable à un sépulcre blanchi[1], un juge artificieux ne garde que les apparences de la justice. Ne parlons pas des corruptions qu'on a honte d'avoir à se reprocher. Parlons de la lâcheté ou de la licence d'une justice arbitraire qui, sans règle et sans maxime, se tourne au gré de l'ami puissant. Parlons de la complaisance, qui ne veut jamais ni trouver le fil ni arrêter le progrès d'une procédure malicieuse. Que dirai-je du dangereux artifice qui fait prononcer à la justice, comme autrefois aux démons, des oracles ambigus et captieux ? Que dirai-je des difficultés qu'on suscite dans l'exécution, lorsqu'on n'a pu refuser la justice à un droit trop clair ? « La loi est déchirée », comme disait le prophète[2], « et le jugement n'arrive jamais à sa perfection : *Non pervenit usque ad finem judicium* ». Lorsque le juge veut s'agrandir, et qu'il change en une souplesse de cour le rigide et inexorable ministère de la justice, il fait naufrage contre ces écueils. On ne voit dans ses jugements qu'une justice imparfaite, semblable, je ne craindrai pas de le dire, à la justice de Pilate[3] : justice qui fait semblant d'être vigoureuse, à cause qu'elle résiste aux tentations médiocres et peut-être aux cla-

1. **Sépulcre blanchi :** dans la Bible, cette expression désigne les hypocrites, « qui au-dehors paraissent beaux aux yeux des hommes, mais au-dedans sont pleins d'ossements de morts, et de toute sorte de pourriture » (Matth., XXIII, 27).
2. **Prophète :** il s'agit d'Habacuc (I, 4), qui écrit au moment où Nabuchodonosor semble avoir définitivement écrasé le peuple d'Israël.
3. **Pilate :** Pilate refusait de condamner Jésus parce qu'il affirmait être le roi des Juifs, jusqu'à ce que les Juifs lui crient : « Si vous délivrez cet homme, vous n'êtes point ami de César ; car quiconque se fait roi se déclare contre César. » Voir le récit de la Passion du Christ dans l'Évangile selon saint Jean (XIX, 12-16).

meurs d'un peuple irrité, mais qui tombe et disparaît tout à coup lorsqu'on allègue, sans ordre même et mal à propos, le nom de César. Que dis-je, le nom de César ? Ces âmes prostituées à l'ambition ne se mettent pas à si haut prix : tout ce qui parle, tout ce qui approche, ou les gagne ou les intimide, et la justice se retire d'avec elles. Que si elle s'est construit un sanctuaire éternel et incorruptible dans le cœur du sage MICHEL LE TELLIER, c'est que, libre des empressements de l'ambition, il se voit élevé aux plus grandes places non par ses propres efforts, mais par la douce impulsion d'un vent favorable ou plutôt, comme l'événement l'a justifié, par un choix particulier de la divine Providence. Le cardinal de Richelieu était mort, peu regretté de son maître qui craignit de lui devoir trop. Le gouvernement passé fut odieux : ainsi de tous les ministres le cardinal Mazarin, plus nécessaire et plus important, fut le seul dont le crédit se soutint, et le Secrétaire d'État chargé des ordres de la guerre, ou rebuté d'un traitement qui ne répondait pas à son attente, ou déçu par la douceur apparente du repos qu'il crut trouver dans la solitude, ou flatté d'une secrète espérance de se voir plus avantageusement rappelé par la nécessité de ses services, ou agité de ces je ne sais quelles inquiétudes dont les hommes ne savent pas se rendre raison à eux-mêmes, se résolut tout à coup à quitter cette grande charge. Le temps était arrivé que notre sage ministre devait être montré à son prince et à sa patrie. Son mérite le fit chercher à Turin sans qu'il y pensât. Le cardinal Mazarin, plus heureux, comme vous verrez, de l'avoir trouvé qu'il ne le conçut alors, rappela au roi ses agréables services, et le rapide moment d'une conjoncture imprévue, loin de donner lieu aux sollicitations, n'en laissa pas même aux désirs. LOUIS XIII rendit au ciel son âme juste et pieuse, et il parut que notre ministre était réservé au Roi son fils. Tel était l'ordre de la Providence, et je vois ici quelque chose de ce qu'on lit dans Isaïe. La sentence partit d'en haut, et il fut dit à Sobna[1], chargé d'un ministère principal : « Je t'ôterai de ton poste, et je te déposerai de ton ministère : *Expellam te de statione tua, et de ministerio tuo deponam te.* En ce temps j'appellerai mon serviteur Eliakim, et je le revêtirai de ta puissance. » Mais un plus grand honneur lui est destiné : le temps viendra que, par l'administration de la justice, « il sera le père des habitants de Jérusalem et de la maison de Juda : *Erit pater habitantibus Jerusalem* ». « La clef de la maison de David », c'est-à-dire de la maison régnante, « sera attachée à ses épaules : il ouvrira, et personne ne pourra fermer ; il fermera et personne ne pourra ouvrir » ; il aura la souveraine dispensation[2] de la justice et des grâces.

Parmi ces glorieux emplois notre ministre a fait voir à toute la France que sa modération durant quarante ans[3] était le fruit d'une sagesse consommée. Dans les fortunes médiocres, l'ambition encore tremblante se tient si cachée qu'à peine se connaît-elle

1. **Sobna :** secrétaire sous le roi Ézéchias, contre lequel Isaïe prononça une prophétie (Isaïe, XXII, 19).
2. **Dispensation :** pouvoir de dispenser, de distribuer (lorsqu'il sera chancelier), la « clef » évoquée par Isaïe renvoyant peut-être à la clef des sceaux, dont l'usage et la garde étaient confiés au seul chancelier.
3. **Quarante ans :** depuis le moment où il reçut une charge de secrétaire d'État (1645) jusqu'à sa mort (1685).

elle-même. Lorsqu'on se voit tout d'un coup élevé aux places les plus importantes, et que je ne sais quoi nous dit dans le cœur qu'on mérite d'autant plus de si grands honneurs qu'ils sont venus à nous comme d'eux-mêmes, on ne se possède plus ; et, si vous me permettez de vous dire une pensée de saint Chrysostome, c'est aux hommes vulgaires un trop grand effort que celui de se refuser à cette éclatante beauté qui se donne à eux. Mais notre sage ministre ne s'y laissa pas emporter. Quel autre parut d'abord plus capable des grandes affaires ? Qui connaissait mieux les hommes et les temps ? Qui prévoyait de plus loin, et qui donnait des moyens plus sûrs pour éviter les inconvénients dont les grandes entreprises sont environnées ? Mais, dans une si haute capacité et dans une si belle réputation, qui jamais a remarqué ou sur son visage un air dédaigneux ou la moindre vanité dans ses paroles ? Toujours libre dans la conversation, toujours grave dans les affaires, et toujours aussi modéré que fort et insinuant dans ses discours, il prenait sur les esprits un ascendant que la seule raison lui donnait. On voyait et dans sa maison et dans sa conduite, avec des mœurs sans reproche, tout également éloigné des extrémités, tout enfin mesuré par la sagesse. S'il sut soutenir le poids des affaires, il sut aussi les quitter, et reprendre son premier repos. Poussé par la cabale[1], Chaville[2] le vit tranquille

1. **Poussé par la cabale :** chassé par des menées secrètes de plusieurs personnes œuvrant de concert. Sous la pression du parti des princes, mené par Condé, la régente fut contrainte de l'éloigner du Conseil en 1651, mais elle l'y rappela bientôt.
2. **Chaville :** maison de ses ancêtres, dans laquelle le défunt se retira de juillet à septembre 1651.

durant plusieurs mois au milieu de l'agitation de toute la France. La cour le rappelle en vain ; il persiste dans sa paisible retraite, tant que l'état des affaires le put souffrir, encore qu'il n'ignorât pas ce qu'on machinait contre lui durant son absence ; et il ne parut pas moins grand en demeurant sans action qu'il l'avait paru en se soutenant au milieu des mouvements les plus hasardeux. Mais, dans le plus grand calme de l'État, aussitôt qu'il lui fut permis de se reposer des occupations de sa charge sur un fils qu'il n'eût jamais donné au roi s'il ne l'eût senti capable de le bien servir ; après qu'il eut reconnu que le nouveau Secrétaire d'État savait, avec une ferme et continuelle action, suivre les desseins et exécuter les ordres d'un maître si entendu dans l'art de la guerre : ni la hauteur des entreprises ne surpassait sa capacité ni les soins infinis de l'exécution n'étaient au-dessus de sa vigilance, tout était prêt aux lieux destinés, l'ennemi également menacé dans toutes ses places, les troupes, aussi vigoureuses que disciplinées, n'attendaient que les derniers ordres du grand capitaine[1] et l'ardeur que ses yeux inspirent, tout tombe sous ses coups et il se voit l'arbitre du monde ; alors le zélé ministre, dans une entière vigueur d'esprit et de corps, crut qu'il pouvait se permettre une vie plus douce. L'épreuve en est hasardeuse pour un homme d'État, et la retraite presque toujours a trompé ceux qu'elle flattait de l'espérance du repos. Celui-ci fut d'un caractère plus ferme. Les conseils où il assistait lui laissaient presque tout son temps et, après cette grande foule d'hommes

1. **Du grand capitaine :** éloge du roi. Il était d'usage de réserver au souverain une part de tout éloge décerné publiquement à ses ministres.

et d'affaires qui l'environnaient, il s'était lui-même réduit à une espèce d'oisiveté et de solitude ; mais il la sut soutenir. Les heures qu'il avait libres furent remplies de bonnes lectures et, ce qui passe toutes les lectures, de sérieuses réflexions sur les erreurs de la vie humaine et sur les vains travaux des politiques, dont il avait tant d'expérience. L'éternité se présentait à ses yeux comme le digne objet du cœur de l'homme. Parmi ces sages pensées, et renfermé dans un doux commerce avec ses amis aussi modestes que lui (car il savait les choisir de ce caractère, et il leur apprenait à le conserver dans les emplois les plus importants et de la plus haute confiance), il goûtait un véritable repos dans la maison de ses pères, qu'il avait accommodée peu à peu à sa fortune présente sans lui faire perdre les traces de l'ancienne simplicité, jouissant en sujet fidèle des prospérités de l'État et de la gloire de son Maître. La charge de Chancelier vaqua, et toute la France la destinait à un ministre si zélé pour la justice. Mais, comme dit le Sage[1], « autant que le ciel s'élève et que la terre s'incline au-dessous de lui, autant le cœur des rois est impénétrable ». Enfin le moment du prince n'était pas encore arrivé, et le tranquille ministre, qui connaissait les dangereuses jalousies des cours et les sages tempéraments[2] des conseils des rois, sut encore lever les yeux vers la divine Providence dont les décrets éternels règlent tous ces mouvements. Lorsqu'après de longues années il se vit élevé à cette grande charge, encore qu'elle reçût un nouvel éclat en sa personne, où elle

1. **Le Sage :** auteur des Proverbes (XXV, 3).
2. **Tempéraments :** arrangements.

était jointe à la confiance du prince, sans s'en laisser éblouir le modeste ministre disait seulement que le roi, pour couronner plutôt la longueur que l'utilité de ses services, voulait donner un titre à son tombeau et un ornement à sa famille. Tout le reste de sa conduite répondit à de si beaux commencements. Notre siècle, qui n'avait point vu de Chancelier si autorisé, vit en celui-ci autant de modération et de douceur que de dignité et de force, pendant qu'il ne cessait de se regarder comme devant bientôt rendre compte à Dieu d'une si grande administration. Ses fréquentes maladies le mirent souvent aux prises avec la mort : exercé par tant de combats, il en sortait toujours plus fort et plus résigné à la volonté divine. La pensée de la mort ne rendit pas sa vieillesse moins tranquille ni moins agréable. Dans la même vivacité on lui vit faire seulement de plus graves réflexions sur la caducité[1] de son âge et sur le désordre extrême que causerait dans l'État une si grande autorité dans des mains trop faibles. Ce qu'il avait vu arriver à tant de sages vieillards, qui semblaient n'être plus rien que leur ombre propre, le rendait continuellement attentif à lui-même. Souvent il se disait en son cœur que le plus malheureux effet de cette faiblesse de l'âge était de se cacher à ses propres yeux, de sorte que tout à coup on se trouve plongé dans l'abîme sans avoir pu remarquer le fatal moment d'un insensible déclin, et il conjurait ses enfants, par toute la tendresse qu'il avait pour eux et par toute leur reconnaissance qui faisait sa consolation dans ce court reste de vie, de

1. **Caducité :** vieillesse. Le Tellier avait soixante-quatorze ans quand il fut nommé chancelier.

l'avertir de bonne heure quand ils verraient sa mémoire vaciller ou son jugement s'affaiblir, afin que, par un reste de force[1], il pût garantir le public et sa propre conscience des maux dont les menaçait l'infirmité de son âge. Et lors même qu'il sentait son esprit entier, il prononçait la même sentence, si le corps abattu n'y répondait pas ; car c'était la résolution qu'il avait prise dans sa dernière maladie et, plutôt que de voir languir les affaires avec lui, si ses forces ne lui revenaient, il se condamnait, en rendant les sceaux, à rentrer dans la vie privée, dont aussi jamais il n'avait perdu le goût, au hasard de s'ensevelir tout vivant et de vivre peut-être assez pour se voir longtemps traversé[2] par la dignité qu'il aurait quittée : tant il était au-dessus de sa propre élévation et de toutes les grandeurs humaines !

Mais ce qui rend sa modération plus digne de nos louanges, c'est la force de son génie né pour l'action, et la vigueur qui durant cinq ans lui fit dévouer sa tête aux fureurs civiles[1]. Si aujourd'hui je me vois contraint de retracer l'image de nos malheurs, je n'en ferai point d'excuse à mon auditoire où, de quelque côté que je me tourne, tout ce qui frappe mes yeux me montre une fidélité irréprochable, ou peut-être une courte erreur réparée par de longs services. Dans ces fatales conjonctures, il fallait à un ministre étranger un homme d'un ferme génie et d'une égale sûreté, qui, nourri dans les

1. **Par un reste de force :** par un dernier effort, celui de démissionner de sa charge.
2. **Traversé :** affligé d'avoir quitté cette dignité.
3. **Fureurs civiles :** il s'agit de la Fronde, qui marqua beaucoup Bossuet alors enfant.

compagnies[1], connût les ordres du royaume[2] et l'esprit de la nation. Pendant que la magnanime et intrépide régente était obligée à montrer le roi enfant aux provinces[3] pour dissiper les troubles qu'on y excitait de toutes parts, Paris et le cœur du royaume demandaient un homme capable de profiter des moments, sans attendre de nouveaux ordres et sans troubler le concert de l'État. Mais le ministre lui-même, souvent éloigné de la cour, au milieu de tant de conseils que l'obscurité des affaires, l'incertitude des événements et les différents intérêts faisaient hasarder, n'avait-il pas besoin d'un homme que la régente pût croire ? Enfin il fallait un homme qui, pour ne pas irriter la haine publique déclarée contre le ministère, sût se conserver de la créance dans tous les partis, et ménager les restes de l'autorité. Cet homme, si nécessaire au jeune roi, à la régente, à l'État, au ministre, aux cabales même, pour ne les précipiter pas aux dernières extrémités par le désespoir, vous me prévenez, MESSIEURS, c'est celui dont nous parlons. C'est donc ici qu'il parut comme un génie principal. Alors nous le vîmes s'oublier lui-même et, comme un sage pilote, sans s'étonner ni des vagues ni des orages ni de son propre péril, aller droit, comme au terme unique d'une si périlleuse navigation, à la conservation du corps de l'État et au rétablissement de l'autorité royale. Pendant que la cour réduisait Bordeaux, et

1. **Nourri dans les compagnies :** élevé dans la magistrature (comme Bossuet).
2. **Ordres du royaume :** les trois ordres qui structuraient la société d'Ancien Régime (noblesse, clergé, tiers état).
3. **Montrer le roi enfant aux provinces :** pour calmer la population et réaffirmer l'autorité royale, malmenée par ces temps de régence, la régente lui montra le futur Louis XIV, alors âgé de treize ans.

que GASTON[1], laissé à Paris pour le maintenir dans le devoir, était environné de mauvais conseils, LE TELLIER fut le Chusaï[2] qui les confondit et qui assura la victoire à l'OINT DU SEIGNEUR[3]. Fallut-il éventer les conseils d'Espagne[4] et découvrir le secret d'une paix trompeuse que l'on proposait afin d'exciter la sédition, pour peu qu'on l'eût différée ? LE TELLIER en fit d'abord accepter les offres ; notre plénipotentiaire partit, et l'archiduc[5], forcé d'avouer qu'il n'avait pas de pouvoir, fit connaître lui-même au peuple ému, si toutefois un peuple ému connaît quelque chose, qu'on ne faisait qu'abuser de sa crédulité. Mais, s'il y eut jamais une conjoncture où il fallut montrer de la prévoyance et un courage intrépide, ce fut lorsqu'il s'agit d'assurer la garde des trois illustres captifs[6]. Quelle cause les fit arrêter ? Si ce fut ou des soupçons ou des vérités, ou de vaines terreurs ou de vrais périls et, dans un pas si glissant, des précautions nécessaires, qui le pourra dire à la postérité ? Quoi qu'il en soit, l'oncle du roi est persuadé ; on croit pouvoir s'assurer des autres princes, et on en fait des coupables en les traitant comme tels. Mais

1. **Gaston :** duc d'Orléans, homme faible et hésitant, qui se laissa manipuler par les Frondeurs.
2. **Chusaï :** fidèle ami de David qui feignit de se rallier à son fils Absalon, en révolte contre l'autorité paternelle, pour déjouer ses plans (second Livre de Samuel, XVII).
3. **L'Oint du Seigneur :** David.
4. **Éventer les conseils d'Espagne :** pour exciter le peuple et faire tomber Mazarin, la cour d'Espagne voulait répandre la rumeur que la cour de France refusait de faire la paix.
5. **L'archiduc :** l'archiduc d'Autriche, qui avait proposé sa médiation pour faire conclure la paix, mais n'aboutit à rien dans cette atmosphère tendue et mensongère.
6. **Trois illustres captifs :** les meneurs de la Fronde, à savoir les princes de Condé et de Conti, et le duc de Longueville.

où garder des lions toujours prêts à rompre leurs chaînes[1], pendant que chacun s'efforce de les avoir en sa main pour les retenir ou les lâcher au gré de son ambition ou de ses vengeances ? GASTON, que la cour avait attiré dans ses sentiments, était-il inaccessible aux factieux ? Ne vois-je pas au contraire autour de lui des âmes hautaines qui, pour faire servir les princes à leurs intérêts cachés, ne cessaient de lui inspirer qu'il devait s'en rendre le maître ? De quelle importance, de quel éclat, de quelle réputation au-dedans et au-dehors d'être le maître du sort du PRINCE DE CONDÉ ! Ne craignons point de le nommer, puisque enfin tout est surmonté par la gloire de son grand nom et de ses actions immortelles. L'avoir entre ses mains, c'était y avoir la victoire même qui le suit éternellement dans les combats. Mais il était juste que ce précieux dépôt de l'État demeurât entre les mains du roi, et il lui appartenait de garder une si noble partie de son sang. Pendant donc que notre ministre travaillait à ce glorieux ouvrage où il y allait de la royauté et du salut de l'État, il fut seul en butte aux factieux. Lui seul, disaient-ils, savait dire et taire ce qu'il fallait. Seul il savait épancher et retenir son discours ; impénétrable, il pénétrait tout et, pendant qu'il tirait le secret des cœurs, il ne disait, maître de lui-même, que ce qu'il voulait. Il perçait dans tous les secrets, démêlait toutes les intrigues, découvrait les entreprises les plus cachées et les plus sourdes machinations. C'était ce sage dont il est écrit : « Les conseils se recèlent dans le cœur de l'homme à la manière d'un profond abîme, sous une eau dormante ; mais l'homme

1. **Rompre leurs chaînes :** allusion à leurs tentatives d'évasion et aux complots fomentés pour les délivrer.

sage les épuise » ; il en découvre le fond : « *Sicut aqua profunda, sic consilium in corde viri ; vir sapiens exhauriet illud*[1]. » Lui seul réunissait les gens de bien, rompait les liaisons des factieux, en déconcertait les desseins et allait recueillir dans les égarés ce qu'il y restait quelquefois de bonnes intentions. GASTON ne croyait que lui, et lui seul savait profiter des heureux moments et des bonnes dispositions d'un si grand prince. « Venez, venez, faisons contre lui de secrètes menées : *Venite, cogitemus adversus eum cogitationes.* » Unissons-nous pour le décréditer ; tous ensemble « frappons-le de notre langue, et ne souffrons plus qu'on écoute tous ses beaux discours : *Percutiamus eum lingua, neque attendamus universos sermones ejus*[2]. » Mais on faisait contre lui de plus funestes complots. Combien reçut-il d'avis secrets que sa vie n'était pas en sûreté ! Et il connaissait dans le parti[3] de ces fiers courages[4] dont la force malheureuse et l'esprit extrême ose tout, et sait trouver des exécuteurs. Mais sa vie ne lui fut pas précieuse, pourvu qu'il fût fidèle à son ministère. Pouvait-il faire à Dieu un plus beau sacrifice que de lui offrir une âme pure de l'iniquité de son siècle, et dévouée à son prince et à sa patrie ? JÉSUS nous a montré l'exemple : les Juifs mêmes le reconnaissaient pour un si bon citoyen qu'ils crurent ne pouvoir donner auprès de lui une meilleure recommandation à ce centenier qu'en disant à notre Sauveur : « Il aime notre

1. **…*illud*** : citation des Proverbes (XX, 5).
2. **… *ejus*** : citation de Jérémie (XVIII, 18). Il s'agit des conspirations des ennemis de Jérémie.
3. **Parti** : troupe de soldats qu'on détachait pour servir d'éclaireurs. Ici, parti des factieux, des rebelles.
4. **Fiers courages** : traduction littérale de l'expression latine *feroces animos*, des « cœurs audacieux, violents ».

nation[1]. » Jérémie a-t-il plus versé de larmes que lui sur les ruines de sa patrie ? Que n'a pas fait ce Sauveur miséricordieux pour prévenir les malheurs de ses citoyens ? Fidèle au prince comme à son pays, il n'a pas craint d'irriter l'envie des Pharisiens[2] en défendant les droits de César[3], et lorsqu'il est mort pour nous sur le Calvaire, victime de l'univers, il a voulu que le plus chéri de ses évangélistes[4] remarquât qu'il mourait spécialement « pour sa nation : *quia moriturus erat pro gente* ». Si notre zélé ministre, touché de ces vérités, exposa sa vie, craindrait-il de hasarder sa fortune ? Ne sait-on pas qu'il fallait souvent s'opposer aux inclinations du cardinal son bienfaiteur ? Deux fois, en grand politique, ce judicieux favori sut céder au temps, et s'éloigner de la cour. Mais, il le faut dire, toujours il y voulait revenir trop tôt. LE TELLIER s'opposait à ses impatiences jusqu'à se rendre suspect et, sans craindre ni ses envieux ni les défiances d'un ministre également soupçonneux et ennuyé de son état, il allait d'un pas intrépide où la raison d'État le déterminait. Il sut suivre ce qu'il conseillait. Quand l'éloignement de ce grand ministre eut attiré celui de ses confidents, supérieur par cet endroit au ministre même, dont il admirait

1. **... notre nation :** ce centenier, qui souhaitait que Jésus guérisse son serviteur, avait fait bâtir une synagogue (Luc, VII, 5).

2. **Pharisiens :** secte juive, qui revendiquait un zèle rigoureux pour le culte extérieur et la lettre de la loi. Le Christ leur reprocha leur trop grand formalisme et leur absence de piété véritable.

3. **César :** allusion à la célèbre réplique de Jésus aux Pharisiens qui tentaient de le mettre en difficulté en lui demandant si les Juifs devaient payer l'impôt aux Romains : « Rendez donc à César ce qui est à César, et à Dieu ce qui est à Dieu. » (Matthieu, XXII, 21).

4. **Le plus chéri de ses évangélistes :** saint Jean, identifié comme « le disciple que Jésus aimait ». C'est Caïphe, grand-prêtre, désireux de faire mourir Jésus, qui prophétise que Jésus doit mourir pour sauver le peuple juif (Jean, XI, 51).

d'ailleurs les profonds conseils, nous l'avons vu retiré dans sa maison, où il conserva sa tranquillité parmi les incertitudes des émotions[1] populaires et d'une cour agitée ; et, résigné à la Providence, il vit sans inquiétude frémir à l'entour les flots irrités ; et, parce qu'il souhaitait le rétablissement du ministre, comme un soutien nécessaire de la réputation et de l'autorité de la régence et non pas, comme plusieurs autres, pour son intérêt que le poste qu'il occupait[2] lui donnait assez de moyens de ménager d'ailleurs[3], aucun mauvais traitement ne le rebutait. Un beau-frère sacrifié[4] malgré ses services lui montrait ce qu'il pouvait craindre. Il savait, crime irrémissible[5] dans les cours, qu'on écoutait des propositions contre lui-même, et peut-être que sa place eût été donnée si on eût pu la remplir d'un homme aussi sûr. Mais il n'en tenait pas moins la balance droite. Les uns donnaient au ministre des espérances trompeuses ; les autres lui inspiraient de vaines terreurs et, en s'empressant beaucoup, ils faisaient les zélés et les importants[6]. LE TELLIER lui montrait la vérité, quoique souvent importune, et, industrieux à se cacher dans les actions éclatantes, il en renvoyait la gloire au ministre, sans craindre dans le même temps de se charger des refus que l'intérêt de l'État rendait nécessaires. Et c'est de là qu'il est arrivé qu'en méprisant par raison la haine de

1. **Émotions :** soulèvements.
2. **Le poste qu'il occupait :** intendant des finances et de la guerre.
3. **D'ailleurs :** d'un autre côté, dans ses rapports continuels avec la régente.
4. **Un beau-frère sacrifié :** son beau-frère fut disgracié en 1642, lors de la conspiration de Cinq-Mars, puis rappelé à la cour au début de la régence.
5. **Irrémissible :** impardonnable.
6. **Les zélés et les importants :** l'année où le défunt fut nommé ministre de la Guerre, en 1643, se forma contre Mazarin la faction politique qu'on nomma « les importants ».

ceux dont il lui fallait combattre les prétentions, il en acquérait l'estime et souvent même l'amitié et la confiance. L'histoire en racontera de fameux exemples, je n'ai pas besoin de les rapporter ; et, content de remarquer des actions de vertu dont les sages auditeurs puissent profiter, ma voix n'est pas destinée à satisfaire les politiques ni les curieux. Mais puis-je oublier celui que je vois partout[1] dans le récit de nos malheurs, cet homme si fidèle aux particuliers, si redoutable à l'État, d'un caractère si haut qu'on ne pouvait ni l'estimer ni le craindre ni l'aimer ni le haïr à demi ; ferme génie, que nous avons vu en ébranlant l'univers s'attirer une dignité[2] qu'à la fin il voulut quitter comme trop chèrement achetée, ainsi qu'il eut le courage de le reconnaître dans le lieu le plus éminent de la chrétienté, et enfin comme peu capable de contenter ses désirs, tant il connut son erreur et le vide des grandeurs humaines ? Mais, pendant qu'il voulait acquérir ce qu'il devait un jour mépriser, il remua tout par de secrets et puissants ressorts et, après que tous les partis furent abattus, il sembla encore se soutenir seul, et seul encore menacer le favori victorieux de ses tristes et intrépides regards. La religion s'intéresse dans[3] ses infortunes, la ville royale s'émeut, et Rome même menace. Quoi donc ! n'est-ce pas assez que nous soyons attaqués au-dedans et au-dehors[4] par toutes les puissances temporelles ?

1. **Celui que je vois partout :** le cardinal de Retz.
2. **Une dignité :** la fonction de cardinal, qu'il considérait comme le meilleur moyen pour prendre la place de Mazarin. À la fin de sa vie, il voulut réformer sa vie et se démettre de cette dignité.
3. **S'intéresse dans :** prend part à.
4. **Au-dedans et au-dehors :** la Fronde divisait la France de l'intérieur, pendant que la guerre avec l'Espagne se poursuivait à l'étranger. En outre, les rebelles, en particulier le prince de Condé, s'étaient alliés avec l'Espagne.

Faut-il que la religion se mêle dans nos malheurs, et qu'elle semble nous opposer de près et de loin une autorité sacrée ? Mais, par les soins du sage MICHEL LE TELLIER, Rome n'eut point à reprocher au cardinal Mazarin d'avoir terni l'éclat de la pourpre[1] dont il était revêtu ; les affaires ecclésiastiques prirent une forme réglée. Ainsi le calme fut rendu à l'État : on revoit dans sa première vigueur l'autorité affaiblie ; Paris et tout le royaume, avec un fidèle et admirable empressement, reconnaît son roi gardé par la Providence et réservé à ses grands ouvrages ; le zèle des compagnies, que de tristes expériences avaient éclairées, est inébranlable ; les pertes de l'État sont réparées ; le Cardinal fait la paix avec avantage[2]. Au plus haut point de sa gloire, sa joie est troublée par la triste apparition de la mort ; intrépide, il domine jusqu'entre ses bras et au milieu de son ombre : il semble qu'il ait entrepris de montrer à toute l'Europe que sa faveur, attaquée par tant d'endroits, est si hautement rétablie que tout devient faible contre elle, jusqu'à une mort prochaine et lente. Il meurt avec cette triste consolation, et nous voyons commencer ces belles années dont on ne peut assez admirer le cours glorieux. Cependant la grande et pieuse ANNE D'AUTRICHE rendait un perpétuel témoignage à l'inviolable fidélité de notre ministre[3] où parmi tant de divers mouvements elle n'avait jamais remarqué un pas douteux. Le roi, qui dès son enfance l'avait vu

1. **Terni l'éclat de la pourpre :** en faisant un procès au cardinal de Retz, qui s'était révolté contre l'autorité royale, sans tenir compte de son immunité ecclésiastique.
2. **Paix avec avantage :** il s'agit de la paix dite « des Pyrénées » (1659), qui donna à la France le Roussillon, la Cerdagne et l'Artois.
3. **Notre ministre :** Le Tellier.

toujours attentif au bien de l'État et tendrement attaché à sa personne sacrée, prenait confiance en ses conseils, et le ministre conservait sa modération, soigneux surtout de cacher l'important service qu'il rendait continuellement à l'État, en faisant connaître les hommes capables de remplir les grandes places et en leur rendant à propos des offices qu'ils ne savaient pas. Car que peut faire de plus utile un zélé ministre, puisque le prince, quelque grand qu'il soit, ne connaît sa force qu'à demi s'il ne connaît les grands hommes que la Providence fait naître en son temps pour le seconder ? Ne parlons pas des vivants, dont les vertus non plus que les louanges ne sont jamais sûres dans le variable état de cette vie ; mais je veux ici nommer par honneur le sage, le docte et le pieux LAMOIGNON[1], que notre ministre proposait toujours comme digne de prononcer les oracles de la justice dans le plus majestueux de ses tribunaux. La justice, leur commune amie, les avait unis ; et maintenant ces deux âmes pieuses, touchées sur la terre du même désir de faire régner les lois, contemplent ensemble à découvert les lois éternelles d'où les nôtres sont dérivées et, si quelque légère trace de nos faibles distinctions paraît encore dans une si simple et si claire vision, elles adorent Dieu en qualité de justice et de règle.

« *Ecce in justitia regnabit rex, et principes in judicio praeerunt :* Le roi régnera selon la justice, et les juges présideront en jugement[2]. » La justice passe du prince dans les magistrats, et du trône elle se répand sur les tri-

1. **Lamoignon :** premier Président du parlement de Paris.
2. **... en jugement :** citation du Livre d'Isaïe (XXXII, 1), qui prédit le règne du Sauveur d'Israël.

bunaux. C'est dans le règne d'Ézéchias[1] le modèle de nos jours. Un prince zélé pour la justice[2] nomme un principal et universel magistrat capable de contenter ses désirs. L'infatigable ministre ouvre des yeux attentifs sur tous les tribunaux ; animé des ordres du prince, il y établit la règle, la discipline, le concert, l'esprit de justice. Il sait que, si la prudence du souverain magistrat est obligée quelquefois dans les cas extraordinaires de suppléer à la prévoyance des lois, c'est toujours en prenant leur esprit, et enfin qu'on ne doit sortir de la règle qu'en suivant un fil qui tienne pour ainsi dire à la règle même. Consulté de toutes parts, il donne des réponses courtes, mais décisives, aussi pleines de sagesse que de dignité, et le langage des lois est dans son discours. Par toute l'étendue du royaume chacun peut faire ses plaintes, assuré de la protection du prince, et la justice ne fut jamais ni si éclairée ni si secourable. Vous voyez comme ce sage magistrat modère tout le corps de la justice. Voulez-vous voir ce qu'il fait dans la sphère où il est attaché[3], et qu'il doit mouvoir par lui-même ? Combien de fois s'est-on plaint que les affaires n'avaient ni de règle ni de fin, que la force des choses jugées n'était presque plus connue, que la compagnie où l'on renversait avec tant de facilité les jugements de toutes les autres ne respectait pas davantage les siens, enfin que le nom du prince était employé à rendre tout incertain, et que souvent l'iniquité sortait du lieu d'où elle devait être foudroyée ! Sous le sage MICHEL LE TELLIER le

1. **Ézéchias :** « Ézéchias, le plus pieux et le plus juste de tous les rois, après David, régnait en Judée (714-707). » (Bossuet, *Discours sur l'Histoire universelle*).
2. **Un prince zélé pour la justice :** éloge de Louis XIV.
3. **La sphère où il est attaché :** le Conseil d'État, qu'il présidait.

Conseil fit sa véritable fonction, et l'autorité de ses arrêts, semblable à un juste contrepoids, tenait par tout le royaume la balance égale. Les juges que leurs coups hardis et leurs artifices faisaient redouter furent sans crédit : leur nom ne servit qu'à rendre la justice plus attentive. Au Conseil comme au Sceau[1], la multitude, la variété, la difficulté des affaires n'étonnèrent jamais ce grand magistrat : il n'y avait rien de plus difficile, ni aussi de plus hasardeux, que de le surprendre, et dès le commencement de son ministère cette irrévocable sentence sortit de sa bouche, que le crime de le tromper serait le moins pardonnable. De quelque belle apparence que l'iniquité se couvrît, il en pénétrait les détours, et d'abord il savait connaître, même sous les fleurs, la marche tortueuse de ce serpent. Sans châtiment, sans rigueur, il couvrait l'injustice de confusion, en lui faisant seulement sentir qu'il la connaissait, et l'exemple de son inflexible régularité fut l'inévitable censure de tous les mauvais desseins. Ce fut donc par cet exemple admirable, plus encore que par ses discours et par ses ordres, qu'il établit dans le Conseil une pureté et un zèle de la justice qui attire la vénération des peuples, assure la fortune des particuliers, affermit l'ordre public et fait la gloire de ce règne. Sa justice n'était pas moins prompte qu'elle était exacte. Sans qu'il fallût le presser, les gémissements des malheureux plaideurs, qu'il croyait entendre nuit et jour, étaient pour lui une perpétuelle et vive sollicitation[2]. Ne dites

1. **Au Conseil comme au Sceau :** au Conseil d'État comme en tant que garde des Sceaux (chargé de sceller les lettres royales, ce qui lui donnait un certain contrôle sur les décisions des autres ministres).
2. **Sollicitation :** tourment, inquiétude.

pas à ce zélé magistrat qu'il travaille plus que son grand âge ne le peut souffrir : vous irriterez le plus patient de tous les hommes. Est-on, disait-il, dans les places pour se reposer et pour vivre ? Ne doit-on pas sa vie à Dieu, au prince, et à l'État ? Sacrés autels, vous m'êtes témoins que ce n'est pas aujourd'hui par ces artificieuses fictions de l'éloquence que je lui mets en la bouche ces fortes paroles ! Sache la postérité, si le nom d'un si grand ministre fait aller mon discours jusqu'à elle, que j'ai moi-même souvent entendu ces saintes réponses. Après de grandes maladies causées par de grands travaux, on voyait revivre cet ardent désir de reprendre ses exercices ordinaires au hasard de retomber dans les mêmes maux et, tout sensible qu'il était aux tendresses de sa famille, il l'accoutumait à ces courageux sentiments. C'est, comme nous l'avons dit, qu'il faisait consister avec son salut le service particulier qu'il devait à Dieu dans une sainte administration de la justice. Il en faisait son culte perpétuel, son sacrifice du matin et du soir, selon cette parole du Sage[1] : « La justice vaut mieux devant Dieu que de lui offrir des victimes. » Car quelle plus sainte hostie, quel encens plus doux, quelle prière plus agréable, que de faire entrer devant soi la cause de la veuve, que d'essuyer les larmes du pauvre oppressé et de faire taire l'iniquité par toute la terre ? Combien le pieux ministre était touché de ces vérités, ses paisibles audiences le faisaient paraître. Dans les audiences vulgaires l'un, toujours précipité, vous trouble l'esprit, l'autre, avec un visage inquiet, des regards incertains, vous ferme le cœur ; celui-là se présente à

1. Sage : auteur des Proverbes (XXI, 3).

vous par coutume ou par bienséance, et il laisse vaguer ses pensées sans que vos discours arrêtent son esprit distrait ; celui-ci, plus cruel encore, a les oreilles bouchées par ses préventions et, incapable de donner entrée aux raisons des autres, il n'écoute que ce qu'il a dans son cœur. À la facile audience de ce sage magistrat, et par la tranquillité de son favorable visage, une âme agitée se calmait. C'est là qu'on trouvait « ces douces réponses qui apaisent la colère[1] », et « ces paroles qu'on préfère aux dons : *Verbum melius quam datum*[2] ». Il connaissait les deux visages de la justice : l'un facile, dans le premier abord ; l'autre sévère et impitoyable, quand il faut conclure. Là elle veut plaire aux hommes, et également contenter les deux partis ; ici elle ne craint ni d'offenser le puissant ni d'affliger le pauvre et le faible. Ce charitable magistrat était ravi d'avoir à commencer par la douceur, et dans toute l'administration de la justice il nous paraissait un homme que sa nature avait fait bienfaisant, et que la raison rendait inflexible. C'est par où il avait gagné les cœurs. Tout le royaume faisait des vœux pour la prolongation de ses jours ; on se reposait sur sa prévoyance : ses longues expériences étaient pour l'État un trésor inépuisable de sages conseils, et sa justice, sa prudence, la facilité qu'il apportait aux affaires lui méritaient la vénération et l'amour de tous les peuples. Ô Seigneur, vous avez fait, comme dit le Sage, « l'œil qui regarde et l'oreille qui écoute[3] » ! Vous donc qui donnez aux juges ces regards bénins, ces oreilles atten-

1. ... **colère** : citation des Proverbes (XV, 1).
2. ... ***datum*** : citation du Livre de l'Ecclésiastique (XVIII, 16).
3. ... **qui écoute** : citation des Proverbes (XX, 12).

tives, et ce cœur toujours ouvert à la vérité, écoutez-nous pour celui qui écoutait tout le monde. Et vous, doctes interprètes des lois, fidèles dépositaires de leurs secrets, et implacables vengeurs de leur sainteté méprisée, suivez ce grand exemple de nos jours. Tout l'univers a les yeux sur vous : affranchis des intérêts et des passions, sans yeux comme sans mains[1], vous marchez sur la terre semblables aux esprits célestes ; ou plutôt, images de Dieu, vous en imitez l'indépendance ; comme lui vous n'avez besoin ni des hommes ni de leurs présents ; comme lui vous faites justice à la veuve et au pupille ; l'étranger n'implore pas en vain votre secours[2] ; et, assurés que vous exercez la puissance du Juge de l'univers, vous n'épargnez personne dans vos jugements. Puisse-t-il avec ses lumières et avec son esprit de force vous donner cette patience, cette attention et cette docilité toujours accessible à la raison que Salomon lui demandait pour juger son peuple[3] !

Mais ce que cette chaire, ce que ces autels, ce que l'Évangile que j'annonce et l'exemple du grand ministre dont je célèbre les vertus m'oblige à recommander plus que toutes choses, c'est les droits sacrés de l'Église. L'Église ramasse ensemble tous les titres par où l'on peut espérer le secours de la justice. La justice doit une

1. **Sans yeux comme sans mains :** on représente traditionnellement la justice sans yeux (ou les yeux bandés) pour montrer qu'elle ne fait aucune distinction entre les personnes, et sans mains, pour montrer qu'elle ne reçoit pas de présents. Voir Deut. (X, 17).
2. **… votre secours :** souvenir du Livre du Deutéronome, testament spirituel de Moïse, où celui-ci compare implicitement Dieu à un juge intègre, « qui n'a point d'égard à la qualité des personnes, qu'on ne gagne point par les présents, qui fait justice à l'orphelin et à la veuve, qui aime l'étranger… » (X, 17-18).
3. **… son peuple :** premier Livre des Rois (III, 9). C'est Salomon qui y fait cette demande à Dieu.

assistance particulière aux faibles, aux orphelins, aux épouses délaissées et aux étrangers. Qu'elle est forte cette Église, et que redoutable est le glaive que le Fils de Dieu lui a mis dans la main ! Mais c'est un glaive spirituel, dont les superbes et les incrédules ne ressentent pas le « double tranchant[1] ». Elle est fille du Tout-Puissant, mais son Père, qui la soutient au-dedans, l'abandonne souvent aux persécuteurs et, à l'exemple de JÉSUS-CHRIST, elle est obligée de crier dans son agonie : « Mon Dieu, mon Dieu, pourquoi m'avez-vous délaissée[2] ? » Son Époux est le plus puissant comme le plus beau et le plus parfait de tous les enfants des hommes[3] ; mais elle n'a entendu sa voix agréable, elle n'a joui de sa douce et désirable présence qu'un moment : tout d'un coup il a pris la fuite avec une course rapide, « et plus vite qu'un faon de biche il s'est élevé au-dessus des plus hautes montagnes[4] ». Semblable à une épouse désolée, l'Église ne fait que gémir, et le chant de la tourterelle délaissée est dans sa bouche[5]. Enfin elle est étrangère et comme errante sur la terre où elle vient recueillir les enfants de Dieu sous ses ailes, et le monde, qui s'efforce de les lui ravir, ne cesse de traverser son pèlerinage[6]. Mère affligée, elle a souvent à se plaindre de ses enfants

1. **Double tranchant :** expression récurrente dans le Nouveau Testament pour caractériser la parole de Dieu, notamment dans l'Apocalypse (I, 16) et la Lettre de saint Paul aux Hébreux (IV, 12).
2. **Délaissée :** cri de Jésus à son Père avant sa mort (Matth., XXVII, 46).
3. **… les enfants des hommes :** citation du Psaume XLIV, 3.
4. **… montagnes :** citation du Cantique des cantiques (VIII, 14), duo d'amour interprété comme le chant de Dieu, le Bien-aimé, à l'Église, sa bien-aimée. Dans cette lignée, la désignation de Jésus comme l'Époux est récurrente dans le Nouveau Testament.
5. **… dans sa bouche :** souvenir du Cantique des cantiques (II, 12).
6. **Traverser son pèlerinage :** se jeter en travers de sa route.

qui l'oppriment ; on ne cesse d'entreprendre sur ses droits sacrés ; sa puissance céleste est affaiblie, pour ne pas dire tout à fait éteinte. On se venge sur elle de quelques-uns de ses ministres trop hardis usurpateurs des droits temporels ; à son tour la puissance temporelle a semblé vouloir tenir l'Église captive, et se récompenser de ses pertes sur JÉSUS-CHRIST même : les tribunaux séculiers[1] ne retentissent que des affaires ecclésiastiques ; on ne songe pas au don particulier qu'a reçu l'Ordre apostolique pour les décider, don céleste que nous ne recevons qu'une fois « par l'imposition des mains », mais que saint Paul[2] nous ordonne de ranimer, de renouveler et de rallumer sans cesse en nous-mêmes comme un feu divin, afin que la vertu en soit immortelle. Ce don nous est-il seulement accordé pour annoncer la sainte parole, ou pour sanctifier les âmes par les sacrements ? N'est-ce pas aussi pour policer les églises, pour y établir la discipline, pour appliquer les canons inspirés de Dieu à nos saints prédécesseurs, et accomplir tous les devoirs du ministère ecclésiastique ? Autrefois et les canons et les lois, et les évêques et les empereurs concouraient ensemble à empêcher les ministres des autels de paraître, pour les affaires même temporelles, devant les juges de la terre : on voulait avoir des intercesseurs purs du commerce des hommes, et on

1. **Séculiers :** civils, par opposition aux tribunaux religieux (le « siècle » désigne le monde profane, par opposition au domaine religieux). Leurs prérogatives s'étaient largement étendues sous Louis XIV, au point d'inclure dans leur domaine de juridiction des affaires de discipline et d'administration concernant à la fois l'Église et l'État, qui étaient autrefois de la compétence exclusive des tribunaux religieux. Bossuet regrette la perte de pouvoir de ces derniers.
2. **Saint Paul :** dans sa seconde Épître à Timothée (I, 6), où il décrit le messager idéal de l'Évangile.

craignait de les rengager dans le siècle d'où ils avaient été séparés pour être le partage du Seigneur. Maintenant c'est pour les affaires ecclésiastiques qu'on les y[1] voit entraînés : tant le siècle a prévalu, tant l'Église est faible et impuissante ! Il est vrai que l'on commence à l'écouter : l'auguste Conseil et le premier Parlement[2] donnent du secours à son autorité blessée, les sources du droit sont révélées, les saintes maximes revivent. Un roi zélé pour l'Église, et toujours prêt à lui rendre davantage qu'on ne l'accuse de lui ôter[3], opère ce changement heureux ; son sage et intelligent Chancelier seconde ses désirs ; sous la conduite de ce ministre, nous avons comme un nouveau code favorable à l'épiscopat, et nous vanterons désormais, à l'exemple de nos pères, les lois unies aux canons. Quand ce sage magistrat renvoie les affaires ecclésiastiques aux tribunaux séculiers, ses doctes arrêts leur marquent la voie qu'ils doivent tenir, et le remède qu'il pourra donner à leurs entreprises. Ainsi la sainte clôture[4] protectrice de l'humilité et de l'innocence est établie ; ainsi la puissance séculière ne donne plus ce qu'elle n'a pas, et la sainte subordination des puissances ecclésiastiques[5], image des célestes

1. **Y** : devant les tribunaux civils.
2. **L'auguste Conseil et le premier Parlement** : le Conseil d'État et le Parlement de Paris.
3. **Prêt à lui rendre davantage qu'on ne l'accuse de lui ôter** : en 1681, après s'être attribué d'importantes prérogatives, notamment des prérogatives financières auparavant réservées à des ecclésiastiques concernant par exemple (la nomination des évêques et la gestion des bénéfices), Louis XIV avait fait aux évêques des concessions (modérées) en matière de pouvoir décisionnel.
4. **Sainte clôture** : la règle qui interdit à certains ordres religieux toute communication avec le monde.
5. **La sainte subordination des puissances ecclésiastiques** : la hiérarchie qui fait dépendre les évêques du pape, les abbés des évêques, et les simples religieux des abbés.

hiérarchies[1] et lien de notre unité, est conservée ; ainsi la cléricature jouit par tout le royaume de son privilège ; ainsi, sur le sacrifice des vœux[2] et sur « ce grand sacrement de *l'indissoluble* union de JÉSUS-CHRIST avec son Église[3] », les opinions sont plus saines dans le barreau éclairé, et parmi les magistrats intelligents, que dans les livres de quelques auteurs qui se disent ecclésiastiques et théologiens. Un grand prélat[4] a part à ces grands ouvrages : habile autant qu'agréable intercesseur auprès d'un père porté par lui-même à favoriser l'Église, il sait ce qu'il faut attendre de la piété éclairée d'un grand ministre, et il représente les droits de Dieu sans blesser ceux de César. Après ces commencements, ne pourrons-nous pas enfin espérer que les jaloux de la France n'auront pas éternellement à lui reprocher les libertés de l'Église toujours employées contre elle-même ? Âme pieuse du sage MICHEL LE TELLIER, après avoir avancé ce grand ouvrage, recevez devant ces autels ce témoignage sincère de votre foi et de notre reconnaissance, de la bouche d'un évêque trop tôt obligé à changer en sacrifices[5] pour votre repos ceux qu'il offrait pour une vie si précieuse. Et vous, saints évêques, interprètes du ciel, juges de la terre[6], apôtres, docteurs, et serviteurs des églises, vous qui sanctifiez

1. **Célestes hiérarchies :** hiérarchies des créatures spirituelles : Anges, Archanges, Chérubins, Séraphins, etc.
2. **Vœux :** vœux de chasteté, de pauvreté et d'obéissance que prononcent les religieux et les religieuses.
3. **... son Église :** Lettre de saint Paul aux Éphésiens (V, 32). Il s'agit du sacrement du mariage, comparé par saint Paul, dans la lignée du Cantique des cantiques, à l'union du Christ avec son Église.
4. **Un grand prélat :** le second fils du défunt, archevêque.
5. **Sacrifices :** messes.
6 **Juges de la terre :** ils ont en effet, comme tous les prêtres, le pouvoir de remettre ou non les péchés (Matth., XVIII, 18).

cette assemblée par votre présence et vous qui, dispersés par tout l'univers, entendrez le bruit d'un ministère si favorable à l'Église, offrez à jamais de saints sacrifices pour cette âme pieuse. Ainsi puisse la discipline ecclésiastique être entièrement rétablie ! Ainsi puisse être rendue la majesté à vos tribunaux, l'autorité à vos jugements, la gravité et le poids à vos censures ! Puissiez-vous souvent, assemblés au nom de JÉSUS-CHRIST, l'avoir au milieu de vous, et revoir la beauté des anciens jours ! Qu'il me soit permis du moins de faire des vœux devant ces autels, de soupirer après les antiquités[1] devant une compagnie si éclairée, et d'annoncer la sagesse entre les parfaits[2] ! Mais, Seigneur, que ce ne soit pas seulement des vœux inutiles ! Que ne pouvons-nous obtenir de votre bonté si, comme nos prédécesseurs, nous faisons nos chastes délices de votre Écriture, notre principal exercice de la prédication de votre parole et notre félicité de la sanctification de votre peuple ; si, attachés à nos troupeaux par un saint amour, nous craignons d'en être arrachés ; si nous sommes soigneux de former des prêtres que LOUIS puisse choisir[3] pour remplir nos chaires ; si nous lui donnons le moyen de décharger sa conscience de cette partie la plus périlleuse de ses devoirs, et que, par une règle inviolable, ceux-là demeurent exclus de l'épiscopat[4] qui

1. **Soupirer après les antiquités :** regretter vivement les mœurs de l'Église primitive.
2. **... la sagesse entre les parfaits :** souvenir de la première Lettre de saint Paul aux Corinthiens, « Nous prêchons néanmoins la sagesse aux parfaits, non la sagesse de ce monde [...] mais la sagesse de Dieu » (II, 6-7).
3. **Que Louis puisse choisir :** en vertu du Concordat de 1516, c'était le roi qui nommait les évêques.
4. **Exclus de l'épiscopat :** Bossuet avait obtenu du roi que seuls ceux qui auraient pratiqué la prédication pourraient être nommés évêques.

ne veulent pas y arriver par des travaux apostoliques ! Car aussi comment pourrons-nous sans ce secours incorporer tout à fait à l'Église de JÉSUS-CHRIST tant de peuples nouvellement convertis[1], et porter avec confiance un si grand accroissement de notre fardeau ? Ha ! si nous ne sommes infatigables à instruire, à reprendre, à consoler, à donner le lait aux infirmes et le pain aux forts[2], enfin à cultiver ces nouvelles plantes et à expliquer à ce nouveau peuple la sainte parole, dont, hélas ! on s'est tant servi pour le séduire, « le fort armé chassé de sa demeure reviendra *plus furieux que jamais*, avec sept esprits plus malins que lui, et notre état deviendra pire que le précédent[3] » ! Ne laissons pas cependant de publier ce miracle de nos jours ; faisons-en passer le récit aux siècles futurs. Prenez vos plumes sacrées, vous qui composez les annales de l'Église : agiles instruments « d'un prompt écrivain et d'une main diligente », hâtez-vous de mettre LOUIS avec les Constantin et les Théodose[4]. Ceux qui vous ont précédés dans ce beau travail racontent « qu'avant qu'il y eût des empereurs dont les lois eussent ôté les assemblées aux hérétiques, les sectes demeuraient unies et s'entretenaient longtemps. Mais », poursuit Sozomène[5] « depuis que Dieu suscita des princes chrétiens, et qu'ils eurent défendu

1. **Peuples nouvellement convertis :** allusion aux protestants, considérés depuis la dramatique révocation de l'édit de Nantes comme des *nouveaux convertis,* mais dont la plupart n'avaient pas abandonné leur confession.
2. **Le lait aux infirmes et le pain aux forts :** souvenir de la première Épître de saint Paul aux Corinthiens (III, 2).
3. **… que le précédent :** Bossuet amalgame deux citations de Jésus (Luc, XI, 21-26).
4. **Constantin :** empereur du IVe siècle qui renonça à persécuter les chrétiens et se fit baptiser avant de mourir. Théodose : empereur du IVe siècle qui combattit l'arianisme.
5. **Sozomène :** juif converti qui se fit historien ecclésiastique (Ve siècle).

ces conventicules, la loi ne permettait pas aux hérétiques de s'assembler en public, et le clergé, qui veillait sur eux, les empêchait de le faire en particulier. De cette sorte, la plus grande partie se réunissait, et les opiniâtres mouraient sans laisser de postérité, parce qu'ils ne pouvaient ni communiquer entre eux ni enseigner librement leurs dogmes ». Ainsi tombait l'hérésie avec son venin, et la discorde rentrait dans les enfers, d'où elle était sortie. Voilà, MESSIEURS, ce que nos pères ont admiré dans les premiers siècles de l'Église. Mais nos pères n'avaient pas vu, comme nous, une hérésie invétérée tomber tout à coup[1] ; les troupeaux égarés revenir en foule[2], et nos églises trop étroites pour les recevoir ; leurs faux pasteurs les abandonner[3], sans même en attendre l'ordre, et heureux d'avoir à leur alléguer leur bannissement pour excuse ; tout calme[4] dans un si grand mouvement ; l'univers étonné de voir dans un événement si nouveau la marque la plus assurée, comme le plus bel usage, de l'autorité, et le mérite du prince plus reconnu et plus révéré que son autorité même. Touchés de tant de merveilles, épanchons nos cœurs sur la piété de LOUIS. Poussons jusqu'au Ciel nos acclamations, et disons à ce nouveau Constantin, à ce nou-

1. **Tout à coup :** en fait, elle ne tomba qu'après une résistance désespérée et la plus inhumaine persécution.
2. **En foule :** en fait, non seulement les protestants ne revenaient pas, mais ils fuyaient la France en masse. Quant aux conversions effectivement obtenues, elles l'étaient par l'intimidation et par la violence.
3. **Leurs faux pasteurs les abandonner :** en fait, malgré les persécutions, de nombreux pasteurs ne renièrent pas leur foi, parfois même n'abandonnèrent pas leur paroisse.
4. **Tout calme :** ce calme était trompeur ; c'est précisément à ce moment que la plupart des État protestants commencèrent à former, contre la France, la ligue d'Augsbourg (1686).

veau Théodose, à ce nouveau Marcien[1], à ce nouveau Charlemagne, ce que les six cent trente Pères dirent autrefois dans le concile de Chalcédoine : « Vous avez affermi la foi, vous avez exterminé[2] les hérétiques : c'est le digne ouvrage de votre règne, c'en est le propre caractère. Par vous l'hérésie n'est plus : Dieu seul a pu faire cette merveille. Roi du ciel, conservez le roi de la terre : c'est le vœu des Églises ; c'est le vœu des évêques. »

Quand le sage Chancelier reçut l'ordre de dresser ce pieux édit qui donne le dernier coup à l'hérésie, il avait déjà ressenti l'atteinte de la maladie dont il est mort. Mais un ministre si zélé pour la justice ne devait pas mourir avec le regret de ne l'avoir pas rendue à tous ceux dont les affaires étaient préparées. Malgré cette fatale faiblesse[3] qu'il commençait de sentir, il écouta, il jugea, et il goûta le repos d'un homme heureusement dégagé, à qui ni l'Église ni le monde ni son prince ni sa patrie ni les particuliers ni le public n'avaient plus rien à demander. Seulement Dieu lui réservait l'accomplissement du grand ouvrage de la religion, et il dit, en scellant la révocation du fameux édit de Nantes, qu'après ce triomphe de la foi et un si beau monument de la piété du roi, il ne se souciait plus de finir ses jours. C'est la dernière parole qu'il ait prononcée dans la fonction de sa charge : parole digne de couronner un si glorieux ministère ! En effet la mort se déclare ; on ne tente plus de remède contre ses funestes attaques ; dix jours

1. **Marcien :** empereur d'Orient, qui n'hésita pas à recourir à la violence pour faire appliquer les décisions du concile de Chalcédoine (451), qui avait condamné l'hérésie monophysite.
2. **Exterminé :** écarté, chassé.
3. **Fatale faiblesse :** faiblesse qui annonce la mort.

entiers il la considère avec un visage assuré ; tranquille, toujours assis, comme son mal le demandait, on croit assister jusqu'à la fin ou à la paisible audience d'un ministre, ou à la douce conversation d'un ami commode. Souvent il s'entretient seul avec la mort : la mémoire, le raisonnement, la parole ferme, et aussi vivant par l'esprit qu'il était mourant par le corps, il semble lui demander d'où vient qu'on la nomme cruelle. Elle lui fut nuit et jour toujours présente, car il ne connaissait plus le sommeil, et la froide main de la mort pouvait seule lui clore les yeux. Jamais il ne fut si attentif : « Je suis », disait-il, « en faction » ; car il me semble que je lui vois prononcer encore cette courageuse parole. Il n'est pas temps de se reposer : à chaque attaque il se tient prêt, et il attend le moment de sa délivrance. Ne croyez pas que cette constance ait pu naître tout à coup entre les bras de la mort : c'est le fruit des méditations que vous avez vues, et de la préparation de toute la vie. La mort révèle les secrets des cœurs. Vous, riches, vous qui vivez dans les joies du monde, si vous saviez avec quelle facilité vous vous laissez prendre aux richesses que vous croyez posséder, si vous saviez par combien d'imperceptibles liens elles s'attachent et, pour ainsi dire, elles s'incorporent à votre cœur, et combien sont forts et pernicieux ces liens que vous ne sentez pas, vous entendriez la vérité de cette parole du Sauveur[1] : « Malheur à vous, riches », et vous pousseriez, comme dit saint Jacques[2], « des cris lamentables et des hurlements à la vue de vos misères ». Mais vous ne sentez pas un attachement si déréglé. Le désir se fait mieux

1. **Parole du Sauveur :** rapportée par saint Luc (VI, 24).
2. **Saint Jacques :** dans son Épître (V, 1).

sentir, parce qu'il a de l'agitation et du mouvement. Mais dans la possession on trouve comme dans un lit un repos funeste, et on s'endort dans l'amour des biens de la terre sans s'apercevoir de ce malheureux engagement. C'est, MES FRÈRES, où tombe celui qui met sa confiance dans les richesses, je dis même dans les richesses bien acquises. Mais l'excès de l'attachement, que nous ne sentons pas dans la possession, se fait, dit saint Augustin, sentir dans la perte. C'est là qu'on entend ce cri d'un roi malheureux, d'un Agag[1] outré contre la mort qui lui vient ravir tout à coup avec la vie sa grandeur et ses plaisirs : « *Siccine separat amara mors ?* Est-ce ainsi que la mort amère vient rompre tout à coup de si doux liens ? » Le cœur saigne ; dans la douleur de la plaie, on sent combien ces richesses y tenaient, et le péché que l'on commettait par un attachement si excessif se découvre tout entier : « *Quantum amando deliquerint, perdendo senserunt*[2]. » Par une raison contraire, un homme dont la fortune protégée du Ciel ne connaît pas les disgrâces, qui, élevé sans envie aux plus grands honneurs, heureux dans sa personne et dans sa famille, pendant qu'il voit disparaître une vie si fortunée, bénit la mort et aspire aux biens éternels, ne fait-il pas voir qu'il n'avait pas mis « son cœur dans le trésor que les voleurs peuvent enlever[3] » et

1. **Agag :** roi des Amalécites, il fut vaincu et pris par Saül, qui l'épargna, mais Samuel le fit mettre à mort (premier Livre de Samuel, XV, 32).
2. **...** ***senserunt*** **:** citation de saint Augustin.
3. **... enlever :** souvenir condensé de l'Évangile selon saint Matthieu, « Ne vous faites point de trésor dans la terre, où la rouille et les vers les mangent, et où les voleurs les déterrent et les dérobent. Mais faites-vous des trésors dans le ciel, où ni la rouille ni les vers ne les mangent point, et où il n'y a point de voleurs qui les déterrent et qui les dérobent. Car où est votre trésor, là aussi est votre cœur » (VI, 19-21).

que, comme un autre Abraham, il ne connaît de repos que « dans la Cité permanente[1] ? » Un fils consacré à Dieu[2] s'acquitte courageusement de son devoir comme de toutes les autres parties de son ministère, et il va porter la triste parole à un père si tendre et si chéri : il trouve ce qu'il espérait, un chrétien préparé à tout, qui attendait ce dernier office de sa piété. L'extrême-onction, annoncée par la même bouche à ce philosophe chrétien, excite autant sa piété qu'avait fait le saint viatique. Les saintes prières des agonisants réveillent sa foi ; son âme s'épanche dans les célestes cantiques, et vous diriez qu'il soit devenu un autre David par l'application qu'il se fait à lui-même de ses divins psaumes. Jamais juste n'attendit la grâce de Dieu avec une plus ferme confiance ; jamais pécheur ne demanda un pardon plus humble, ni ne s'en crut plus indigne. Qui me donnera le burin que Job désirait[3], pour graver sur l'airain et sur le marbre cette parole sortie de sa bouche en ses derniers jours, que, depuis quarante-deux ans qu'il servait le Roi, il avait la consolation de ne lui avoir jamais donné de conseil que selon sa conscience et, dans un si long ministère, de n'avoir jamais souffert une injustice qu'il pût empêcher ? La justice demeurer constante et pour ainsi dire toujours vierge et incorruptible parmi des occasions si délicates, quelle merveille de la grâce ! Après ce témoignage de sa conscience,

1. **… Cité permanente :** allusion à l'Épître de saint Paul aux Hébreux (XI, 10), qui prend pour modèle Abraham attendant avec confiance l'affermissement du royaume d'Israël.
2. **Un fils consacré à Dieu :** l'archevêque déjà mentionné.
3. **… que Job désirait :** allusion au Livre de Job, « Qui m'accordera que mes paroles soient écrites […] Qu'elles soient gravées sur une lame de plomb avec une plume de fer, ou sur la pierre avec le ciseau » ? (XIX, 23-24).

qu'avait-il besoin de nos éloges ? Vous étonnez-vous de sa tranquillité ? Quelle maladie ou quelle mort peut troubler celui qui porte au fond de son cœur un si grand calme ? Que vois-je durant ce temps ? des enfants percés de douleur ; car ils veulent bien que je rende ce témoignage à leur piété, et c'est la seule louange qu'ils peuvent écouter sans peine. Que vois-je encore ? une femme forte, pleine d'aumônes et de bonnes œuvres, précédée malgré ses désirs par celui que tant de fois elle avait cru devancer. Tantôt elle va offrir devant les autels cette plus chère et plus précieuse partie d'elle-même ; tantôt elle rentre auprès du malade, non par faiblesse, mais, dit-elle, « pour apprendre à mourir, et profiter de cet exemple ». L'heureux vieillard jouit jusqu'à la fin des tendresses de sa famille, où il ne voit rien de faible ; mais, pendant qu'il en goûte la reconnaissance, comme un autre Abraham[1], il la sacrifie, et en l'invitant à s'éloigner : « Je veux », dit-il, « m'arracher jusqu'aux moindres vestiges de l'humanité ». Reconnaissez-vous un chrétien qui achève son sacrifice, qui fait le dernier effort afin de rompre tous les liens de la chair et du sang, et ne tient plus à la terre ? Ainsi, parmi les souffrances et dans les approches de la mort, s'épure comme dans un feu l'âme chrétienne. Ainsi elle se dépouille de ce qu'il y a de terrestre et de trop sensible, même dans les affections les plus innocentes. Telles sont les grâces qu'on trouve à la mort. Mais qu'on ne s'y trompe pas, c'est quand on l'a souvent méditée, quand on s'y est longtemps préparé par de bonnes œuvres ; autrement la mort porte en elle-même

1. **Comme un autre Abraham :** allusion au sacrifice d'Abraham, dont Dieu testa la foi en lui ordonnant de lui sacrifier son fils Isaac, avant d'épargner ce dernier.

ou l'insensibilité, ou un secret désespoir, ou dans ses justes frayeurs l'image d'une pénitence trompeuse, et enfin un trouble fatal à la piété. Mais voici, dans la perfection de la charité, la consommation de l'œuvre de Dieu. Un peu après, parmi ses langueurs et percé de douleurs aiguës, le courageux vieillard se lève et, les bras en haut, après avoir demandé la persévérance : « Je ne désire point », dit-il, « la fin de mes peines, mais je désire de voir Dieu ». Que vois-je ici, CHRÉTIENS ? la foi véritable, qui d'un côté ne se lasse pas de souffrir : vrai caractère d'un chrétien, et de l'autre ne cherche plus qu'à se développer de ses ténèbres[1] et, en dissipant le nuage, se changer en pure lumière et en claire vision. Ô moments heureux où nous sortirons des ombres et des énigmes pour voir la vérité manifeste[2] ! Courons-y, MES FRÈRES, avec ardeur : hâtons-nous de « purifier notre cœur, afin de voir Dieu[3] », selon la promesse de l'Évangile. Là est le terme du voyage ; là se finissent les gémissements ; là s'achève le travail[4] de la foi, quand elle va, pour ainsi dire, enfanter la vue[5]. Heureux moment, encore une fois, qui ne te désire pas n'est pas chrétien. Après que ce pieux désir est formé par le Saint-Esprit dans le cœur de ce vieillard plein de foi, que reste-t-il, CHRÉTIENS, sinon qu'il aille jouir de l'objet qu'il aime ? Enfin, prêt à rendre l'âme : « Je

1. **Se développer de ses ténèbres :** se dégager des ténèbres qui l'enveloppent.
2. **… manifeste :** souvenir de la première Lettre de saint Paul aux Corinthiens, influencée par le néoplatonisme, « Nous ne voyons maintenant que comme en un miroir, et en des énigmes ; mais alors nous verrons Dieu face à face » (XIII, 12).
3. **… voir Dieu :** citation de l'Évangile selon saint Matthieu (V, 8). Il s'agit d'une des Béatitudes.
4. **Travail :** douleurs de l'enfantement.
5. **La vue :** la vue de Dieu face à face, la vision béatifique.

rends grâces à Dieu », dit-il, « de voir défaillir mon corps devant mon esprit ». Touché d'un si grand bienfait et ravi de pouvoir pousser ses reconnaissances jusques au dernier soupir, il commença l'hymne des divines miséricordes : « *Misericordias Domini in aeternum cantabo* : Je chanterai », dit-il, « éternellement les miséricordes du Seigneur[1] ». Il expire en disant ces mots, et il continue avec les anges le sacré cantique. Reconnaissez maintenant que sa perpétuelle modération venait d'un cœur détaché de l'amour du monde, et réjouissez-vous en Notre-Seigneur de ce que riche il a mérité les grâces et la récompense de la pauvreté. Quand je considère attentivement dans l'Évangile la parabole, ou plutôt l'histoire, du mauvais riche, et que je vois de quelle sorte JÉSUS-CHRIST y parle des fortunés de la terre, il me semble d'abord qu'il ne leur laisse aucune espérance au siècle futur. Lazare, pauvre et couvert d'ulcères, « est porté par les anges au sein d'Abraham », pendant que le riche, toujours heureux dans cette vie, « est enseveli dans les enfers[2] ». Voilà un traitement bien différent que Dieu fait à l'un et à l'autre. Mais comment est-ce que le Fils de Dieu nous en explique la cause ? « Le riche », dit-il, « a reçu ses biens, et le pauvre ses maux dans cette vie » ; et de là quelle conséquence ? Écoutez, riches, et tremblez : « Et maintenant », poursuit-il, « l'un reçoit sa consolation, et l'autre son juste supplice ». Terrible distinction ! funeste partage pour les grands du monde ! Et toutefois ouvrez les yeux : c'est le riche Abraham qui reçoit le pauvre

1. **... du Seigneur :** Psaume LXXXVIII, 1.
2. **... les enfers :** Évangile selon saint Luc (XVI, 22). Les deux citations suivantes ainsi que la référence à Lazare sont extraites de cette même parabole, qui oppose le riche Lazare, destiné à l'Enfer, et le pauvre Lazare, « emporté par les anges dans le sein d'Abraham ».

Lazare dans son sein, et il vous montre, ô riches du siècle, à quelle gloire vous pouvez aspirer si, « pauvres en esprit[1] » et détachés de vos biens, vous vous tenez aussi prêts à les quitter qu'un voyageur empressé à déloger de la tente où il passe une courte nuit. Cette grâce, je le confesse, est rare dans le Nouveau Testament, où les afflictions et la pauvreté des enfants de Dieu doivent sans cesse représenter à toute l'Église un JÉSUS-CHRIST sur la croix ; et cependant, CHRÉTIENS, Dieu nous donne quelquefois de pareils exemples, afin que nous entendions qu'on peut mépriser les charmes de la grandeur, même présente, et que les pauvres apprennent à ne désirer pas avec tant d'ardeur ce qu'on peut quitter avec joie. Ce ministre si fortuné et si détaché tout ensemble leur doit inspirer ce sentiment. La mort a découvert le secret de ses affaires, et le public, rigide censeur des hommes de cette fortune et de ce rang, n'y a rien vu que de modéré. On a vu ses biens accrus naturellement par un si long ministère et par une prévoyante économie, et on ne fait qu'ajouter à la louange de grand magistrat et de sage ministre celle de sage et vigilant père de famille, qui n'a pas été jugée indigne des saints patriarches. Il a donc, à leur exemple, quitté sans peine ce qu'il avait acquis sans empressement : ses vrais biens ne lui sont pas ôtés, et sa justice demeure aux siècles des siècles. C'est d'elle que sont découlées tant de grâces et tant de vertus que sa dernière maladie a fait éclater. Ses aumônes, si bien cachées dans le sein du pauvre, ont prié pour lui[2] : sa

1. **Pauvres en esprit :** allusion à une autre Béatitude, « Bienheureux les pauvres d'esprit, parce que le royaume des cieux est à eux, » (Matth., V, 3).
2. **... prié pour lui :** souvenir de l'Ecclésiastique, « Renfermez l'aumône dans le sein du pauvre, et elle priera pour vous » (XXIX, 15).

main droite les cachait à sa main gauche[1] et, à la réserve de quelque ami qui en a été le ministre ou le témoin nécessaire, ses plus intimes confidents les ont ignorées ; mais « le Père qui les a vues dans le secret lui en a rendu la récompense ». Peuples, ne le pleurez plus ; et vous qui, éblouis de l'éclat du monde, admirez le tranquille cours d'une si longue et si belle vie, portez plus haut vos pensées. Quoi donc ! quatre-vingt-trois ans passés au milieu des prospérités, quand il n'en faudrait retrancher ni l'enfance où l'homme ne se connaît pas, ni les maladies où l'on ne vit point, ni tout le temps dont on a toujours tant de sujet de se repentir, paraîtront-ils quelque chose à la vue de l'éternité où nous nous avançons à si grands pas ? Après cent trente ans de vie, Jacob, amené au roi d'Égypte, lui raconte la courte durée de son laborieux pèlerinage, qui n'égale pas les jours de son père Isaac ni de son aïeul Abraham[2]. Mais les ans d'Abraham et d'Isaac, qui ont fait paraître si courts ceux de Jacob, s'évanouissent auprès de la vie de Sem, que celle d'Adam et de Noé efface. Que si le temps comparé au temps, la mesure à la mesure et le terme au terme se réduit à rien, que sera-ce si l'on compare le temps à l'éternité, où il n'y a ni mesure ni terme ? Comptons donc comme très court, CHRÉTIENS, ou plutôt comptons comme un pur néant tout ce qui finit, puisqu'enfin, quand on aurait multi-

1. **Sa main droite les cachait à sa main gauche :** allusion au conseil de Jésus dans son Sermon sur la montagne, « Lorsque vou ferez l'aumône, que votre main gauche ne sache point ce que fait votre main droite, afin que votre aumône soit dans le secret » (Matth., VI, 3-4). La citation suivante est tirée du même passage.

2. **Abraham :** Jacob répond au roi d'Égypte, « Il y a cent trente ans que je suis voyageur, et ce petit nombre d'années [...] n'est pas venu jusqu'à égaler celui des années de mes pères » (Genèse, XLVII, 9).

plié les années au-delà de tous les nombres connus, visiblement ce ne sera rien quand nous serons arrivés au terme fatal. Mais peut-être que, prêt à mourir, on comptera pour quelque chose cette vie de réputation[1], ou cette imagination de revivre dans sa famille qu'on croira laisser solidement établie. Qui ne voit, MES FRÈRES, combien vaines, mais combien courtes et combien fragiles sont encore ces secondes vies que notre faiblesse nous fait inventer pour couvrir en quelque sorte l'horreur de la mort ? Dormez votre sommeil[2], riches de la terre, et demeurez dans votre poussière. Ha ! si quelques générations, que dis-je ? si quelques années après votre mort vous reveniez, hommes oubliés, au milieu du monde, vous vous hâteriez de rentrer dans vos tombeaux, pour ne voir pas votre nom terni, votre mémoire abolie et votre prévoyance trompée dans vos amis, dans vos créatures et plus encore dans vos héritiers et dans vos enfants ! Est-ce là le fruit du travail dont vous vous êtes consumés sous le soleil, vous amassant un trésor de haine et de colère éternelle au juste jugement de Dieu ? Surtout, mortels, désabusez-vous de la pensée, dont vous vous flattez, qu'après une longue vie la mort vous sera plus douce et plus facile. Ce ne sont pas les années, c'est une longue préparation qui vous donnera de l'assurance. Autrement un philosophe[3] vous dira en vain que vous devez être rassasié d'années et de jours, et que vous avez assez vu les

1. **Vie de réputation :** cette seconde vie, qui consiste dans notre réputation après la mort.
2. **Dormez votre sommeil :** souvenir du Psaume LXXV, 6.
3. **Un philosophe :** il s'agit sans doute de Lucrèce (*De natura rerum*, III) ou d'Horace (*Satires*), qui tous deux développèrent cette idée. Peut-être Bossuet pense-t-il également à Montaigne, plus proche encore.

saisons se renouveler et le monde rouler autour de vous, ou plutôt que vous vous êtes assez vu rouler vous-même et passer avec le monde. La dernière heure n'en sera pas moins insupportable, et l'habitude de vivre ne fera qu'en accroître le désir. C'est de saintes méditations, c'est de bonnes œuvres, c'est ces véritables richesses que vous enverrez devant vous au siècle futur, qui vous inspireront de la force, et c'est par ce moyen que vous affermirez votre courage. Le vertueux MICHEL LE TELLIER vous en a donné l'exemple : la Sagesse, la Fidélité, la Justice, la Modestie, la Prévoyance, la Piété, toute la troupe sacrée des vertus, qui veillaient pour ainsi dire autour de lui, en ont banni les frayeurs, et ont fait du jour de sa mort le plus beau, le plus triomphant, le plus heureux jour de sa vie.

Examen méthodique

« Oraison funèbre de Michel Le Tellier »

Repères

1. À quel public Bossuet s'adresse-t-il dans cette oraison funèbre ?
2. Quel est le point de vue de Bossuet sur les tribunaux religieux ?
3. Commentez les désignations de Le Tellier au moment de sa mort : « un père si tendre et si chéri », « un chrétien préparé à tout » (lignes 1097-1098, page 341). Pourquoi Bossuet utilise-t-il ces dénominations génériques ?

Observations

4. Comment s'organise cette oraison funèbre ?
5. Relevez les critiques que Bossuet formule envers la justice de son temps.

Interprétation

6. À partir de la documentation historique dont vous disposez, précisez ce que désignent « l'agitation de toute la France » (lignes 280-281, page 313), « les fureurs civiles » (ligne 389, page 316), les « fatales conjonctures » (lignes 394-395, page 316). Bossuet loue le roi tout en n'attaquant pas trop sévèrement les Frondeurs. Pourquoi ? Comment s'y prend-il ?

Travail d'écriture

7. Le second fils de Michel Le Tellier raconte, de son point de vue, les derniers instants de son père. Imaginez son récit.

ORAISON FUNÈBRE DE TRÈS HAUT ET TRÈS PUISSANT PRINCE LOUIS DE BOURBON

PRINCE DE CONDÉ, PREMIER PRINCE DU SANG

Prononcée dans l'église de Notre-Dame de Paris
le dixième jour de mars 1687.

Dominus tecum, virorum fortissime... Vade in hac fortitudine tua... Ego ero tecum.
« Le Seigneur est avec vous, ô le plus courageux de tous les hommes. Allez avec ce courage dont vous êtes rempli. Je serai avec vous. »
(Juges, VI, 12, 14, 16.)

MONSEIGNEUR[1],

Au moment que j'ouvre la bouche pour célébrer la gloire immortelle de LOUIS DE BOURBON, PRINCE DE CONDÉ, je me sens également confondu, et par la grandeur du sujet, et, s'il m'est permis de l'avouer, par l'inutilité du travail. Quelle partie du monde habitable n'a pas ouï les victoires du prince de Condé, et les merveilles de sa vie ? On les raconte partout : le Français qui les vante n'apprend rien à l'étranger ; et, quoi que je puisse aujourd'hui vous en rapporter, toujours prévenu par vos pensées j'aurai encore à répondre au

1. **Monseigneur :** le duc d'Enghien, fils de Condé.

secret reproche que vous me ferez d'être demeuré beaucoup au-dessous. Nous ne pouvons rien, faibles orateurs, pour la gloire des âmes extraordinaires : le Sage[1] a raison de dire que « leurs seules actions les peuvent louer » ; toute autre louange languit auprès des grands noms ; et la seule simplicité d'un récit fidèle pourrait soutenir la gloire du prince de Condé. Mais en attendant que l'histoire, qui doit ce récit aux siècles futurs, le fasse paraître, il faut satisfaire comme nous pourrons à la reconnaissance publique et aux ordres du plus grand de tous les rois[2]. Que ne doit point le royaume à un prince qui a honoré la maison de France, tout le nom français[3], son siècle, et pour ainsi dire l'humanité tout entière ? LOUIS LE GRAND est entré lui-même dans ces sentiments. Après avoir pleuré ce grand homme et lui avoir donné par ses larmes, au milieu de toute sa cour, le plus glorieux éloge qu'il pût recevoir, il assemble dans un temple si célèbre[4] ce que son royaume a de plus auguste pour y rendre des devoirs publics à la mémoire de ce prince ; et il veut que ma faible voix anime toutes ces tristes représentations et tout cet appareil funèbre. Faisons donc cet effort sur notre douleur. Ici un plus grand objet, et plus digne de cette chaire, se présente à ma pensée. C'est Dieu qui fait les guerriers et les conquérants. « C'est vous », lui disait David[5], « qui avez ins-

1. **Sage :** auteur des Proverbes (XXXI, 31).
2. **Plus grand de tous les rois :** Bossuet composa son oraison funèbre sur ordre de Louis XIV.
3. **Nom français :** puissance française, nation française (expression calquée sur *nomen romanum*).
4. **Temple si célèbre :** Notre-Dame de Paris.
5. **David :** considéré comme l'auteur des Psaumes (ici, CXLIII, 1).

truit mes mains à combattre, et mes doigts à tenir l'épée ». S'il inspire le courage, il ne donne pas moins les autres grandes qualités naturelles et surnaturelles, et du cœur et de l'esprit. Tout part de sa puissante main : c'est lui qui envoie du ciel les généreux sentiments, les sages conseils, et toutes les bonnes pensées ; mais il veut que nous sachions distinguer entre les dons qu'il abandonne à ses ennemis et ceux qu'il réserve à ses serviteurs. Ce qui distingue ses amis d'avec tous les autres, c'est la piété ; jusqu'à ce qu'on ait reçu ce don du ciel, tous les autres non seulement ne sont rien, mais encore tournent en ruine à ceux qui en sont ornés. Sans ce don inestimable de la piété, que serait-ce que le prince de Condé avec tout ce grand cœur et ce grand génie ! Non, MES FRÈRES, si la piété n'avait comme consacré[1] ses autres vertus, ni ces princes ne trouveraient aucun adoucissement à leur douleur, ni ce religieux pontife[2] aucune confiance dans ses prières, ni moi-même aucun soutien aux louanges que je dois à un si grand homme. Poussons donc à bout la gloire humaine par cet exemple ; détruisons l'idole des ambitieux ; qu'elle tombe anéantie devant ces autels. Mettons ensemble aujourd'hui, car nous le pouvons dans un si noble sujet, toutes les plus belles qualités d'une excellente nature ; et, à la gloire de la vérité, montrons dans un prince admiré de tout l'univers que ce qui fait les héros, ce qui porte la gloire du monde jusqu'au comble, valeur, magnanimité, bonté naturelle, voilà pour le cœur ; vivacité, pénétration, grandeur et sublimité de génie, voilà pour l'esprit, ne

1. **Consacré** : donné un caractère sacré.
2. **Pontife** : il s'agit de l'archevêque de Paris, qui célébrait.

seraient qu'une illusion si la piété ne s'y était jointe ; et enfin que la piété est le tout de l'homme. C'est, MESSIEURS, ce que vous verrez dans la vie éternellement mémorable de TRÈS HAUT ET TRÈS PUISSANT PRINCE LOUIS DE BOURBON, PRINCE DE CONDÉ, PREMIER PRINCE DU SANG.

Dieu nous a révélé que lui seul il fait les conquérants, et que seul il les fait servir à ses desseins. Quel autre a fait un Cyrus[1], si ce n'est Dieu, qui l'avait nommé deux cents ans avant sa naissance dans les oracles d'Isaïe[2] ? Tu n'es pas encore, lui disait-il, « mais je te vois, et je t'ai nommé par ton nom : tu t'appelleras Cyrus. Je marcherai devant toi dans les combats ; à ton approche je mettrai les rois en fuite ; je briserai les portes d'airain. C'est moi qui étends les cieux, qui soutiens la terre, qui nomme ce qui n'est pas comme ce qui est » ; c'est-à-dire : c'est moi qui fais tout, et moi qui vois dès l'éternité tout ce que je fais. Quel autre a pu former un Alexandre[3], si ce n'est ce même Dieu qui en a fait voir de si loin et par des figures si vives l'ardeur indomptable à son prophète Daniel[4] ? « Le voyez-vous », dit-il, « ce conquérant, avec quelle rapidité il s'élève de l'occident comme par bonds, et ne touche pas à terre » ?

1. **Cyrus :** fondateur de l'Empire perse (VIe siècle av. J.-C.)
2. **Isaïe :** la citation qui suit est un amalgame des extraits des versets 1, 2, 3, 4, 7 du chapitre XLV d'Isaïe.
3. **Alexandre :** fils de Philippe II de Macédoine, roi de Macédoine et chef militaire exceptionnel qui étendit ses conquêtes jusqu'à l'Indus.
4. **Daniel :** dans son Livre (VIII, 5, 21). La citation suivante en est également extraite (6, 7, 20). Daniel fut emmené comme prisonnier à Babylone et eut des visions, prévoyant notamment la venue du Messie. Ici, la vision est celle d'un bouc qui représente la monarchie des Grecs, c'est-à-dire l'empire d'Alexandre.

Semblable, dans ses sauts hardis et dans sa légère démarche à ces animaux vigoureux et bondissants, il ne s'avance que par vives et impétueuses saillies, et n'est arrêté ni par montagnes ni par précipices. Déjà le roi de Perse est entre ses mains ; « à sa vue il s'est animé : *effe-ratus est in eum* » dit le prophète ; « il l'abat, il le foule aux pieds : nul ne le peut défendre des coups qu'il lui porte, ni lui arracher sa proie ». À n'entendre que ces paroles de Daniel, qui croiriez-vous voir, MESSIEURS, sous cette figure ? Alexandre ou le prince de Condé ? Dieu donc lui avait donné cette indomptable valeur pour le salut de la France durant la minorité d'un roi de quatre ans. Laissez-le croître, ce roi chéri du ciel ; tout cédera à ses exploits : supérieur aux siens comme aux ennemis, il saura, tantôt se servir, tantôt se passer de ses plus fameux capitaines ; et seul sous la main de Dieu qui sera continuellement à son secours, on le verra l'assuré rempart de ses États. Mais Dieu avait choisi le duc d'Enghien pour le défendre dans son enfance. Aussi, vers les premiers jours de son règne, à l'âge de vingt-deux ans, le duc conçut un dessein où les vieillards expérimentés ne purent atteindre ; mais la victoire le justifia devant Rocroi. L'armée ennemie est plus forte, il est vrai ; elle est composée de ces vieilles bandes wallonnes, italiennes et espagnoles qu'on n'avait pu rompre jusqu'alors. Mais pour combien fallait-il compter le courage qu'inspirait à nos troupes le besoin pressant de l'État, les avantages passés, et un jeune prince du sang qui portait la victoire dans ses yeux ? Don Francisco de Mellos[1] l'attend de pied

1. **Don Francisco de Mellos :** le gouverneur des Pays-Bas espagnols, qui commandait l'armée ennemie.

ferme ; et, sans pouvoir reculer, les deux généraux et les deux armées semblent avoir voulu se renfermer dans des bois et dans des marais pour décider leur querelle, comme deux braves en champ clos. Alors, que ne vit-on pas ? Le jeune prince parut un autre homme. Touchée d'un si digne objet, sa grande âme se déclara tout entière : son courage croissait avec les périls, et ses lumières avec son ardeur. À la nuit qu'il fallut passer en présence des ennemis, comme un vigilant capitaine il reposa le dernier ; mais jamais il ne reposa plus paisiblement. À la veille d'un si grand jour, et dès la première bataille, il est tranquille, tant il se trouve dans son naturel ; et on sait que le lendemain, à l'heure marquée, il fallut réveiller d'un profond sommeil cet autre Alexandre[1]. Le voyez-vous comme il vole ou à la victoire ou à la mort ? Aussitôt qu'il eut porté de rang en rang l'ardeur dont il était animé, on le vit presque en même temps pousser l'aile droite des ennemis, soutenir la nôtre ébranlée, rallier le Français à demi vaincu, mettre en fuite l'Espagnol victorieux, porter partout la terreur, et étonner de ses regards étincelants ceux qui échappaient à ses coups. Restait cette redoutable infanterie de l'armée d'Espagne, dont les gros bataillons serrés, semblables à autant de tours, mais à des tours qui sauraient réparer leurs brèches, demeuraient inébranlables au milieu de tout le reste en déroute, et lançaient des feux de toutes parts. Trois fois le jeune vainqueur s'efforça de rompre ces intrépides combattants ; trois fois il fut repoussé par

1. **Autre Alexandre :** allusion au sommeil d'Alexandre, à la veille de la bataille d'Arbèle.

le valeureux comte de Fontaines[1], qu'on voyait porté dans sa chaise et, malgré ses infirmités, montrer qu'une âme guerrière est maîtresse du corps qu'elle anime. Mais enfin il faut céder. C'est en vain qu'à travers des bois, avec sa cavalerie toute fraîche, Beck[2] précipite sa marche pour tomber sur nos soldats épuisés ; le prince l'a prévenu, les bataillons enfoncés demandent quartier[3] ; mais la victoire va devenir plus terrible pour le duc d'Enghien que le combat. Pendant qu'avec un air assuré il s'avance pour recevoir la parole de ces braves gens, ceux-ci, toujours en garde, craignent la surprise de quelque nouvelle attaque : leur effroyable décharge met les nôtres en furie ; on ne voit plus que carnage ; le sang enivre le soldat, jusqu'à ce que le grand prince, qui ne put voir égorger ces lions comme de timides brebis, calma les courages émus, et joignit au plaisir de vaincre celui de pardonner. Quel fut alors l'étonnement de ces vieilles troupes et de leurs braves officiers, lorsqu'ils virent qu'il n'y avait plus de salut pour eux qu'entre les bras du vainqueur ! De quels yeux regardèrent-ils le jeune prince, dont la victoire avait relevé la haute contenance, à qui la clémence ajoutait de nouvelles grâces ! Qu'il eût encore volontiers sauvé la vie au brave comte de Fontaines ! Mais il se trouva par terre parmi ces milliers de morts dont l'Espagne sent encore la perte. Elle ne savait pas que le prince qui lui fit perdre tant de ses vieux régiments à la journée de Rocroi en devait achever les restes dans les plaines de Lens[4]. Ainsi la première

1. **Fontaines :** général de l'armée espagnole, alors âgé de 82 ans.
2. **Beck :** chef des renforts allemands.
3. **Quartier :** grâce, la vie sauve.
4. **Dans les plaines de Lens :** cette bataille eut lieu cinq ans plus tard, en 1648.

victoire fut le gage de beaucoup d'autres. Le prince fléchit le genou, et dans le champ de bataille il rend au Dieu des armées la gloire qu'il lui envoyait. Là on célébra Rocroi délivré, les menaces d'un redoutable ennemi tournées à sa honte, la régence affermie, la France en repos, et un règne qui devait être si beau commencé par un si heureux présage. L'armée commença l'action de grâces ; toute la France suivit ; on y élevait jusqu'au ciel le coup d'essai du duc d'Enghien. C'en serait assez pour illustrer une autre vie que la sienne ; mais, pour lui, c'est le premier pas de sa course.

Dès cette première campagne, après la prise de Thionville[1], digne prix de la victoire de Rocroi, il passa pour un capitaine également redoutable dans les sièges et dans les batailles. Mais voici dans un jeune prince victorieux quelque chose qui n'est pas moins beau que la victoire. La cour, qui lui préparait à son arrivée les applaudissements qu'il méritait, fut surprise de la manière dont il les reçut. La reine régente lui a témoigné que le roi était content de ses services. C'est, dans la bouche du souverain, la digne récompense de ses travaux. Si les autres osaient le louer, il repoussait leurs louanges comme des offenses, et, indocile à la flatterie, il en craignait jusqu'à l'apparence. Telle était la délicatesse, ou plutôt telle était la solidité de ce prince. Aussi avait-il pour maxime (écoutez, c'est la maxime qui fait les grands hommes) que dans les grandes actions il faut uniquement songer à bien faire, et laisser venir la gloire après la vertu. C'est ce qu'il inspirait aux autres, c'est

1. **Thionville :** cette place lorraine capitula trois mois après la victoire de Rocroi.

ce qu'il suivait lui-même. Ainsi la fausse gloire ne le tentait pas : tout tendait au vrai et au grand. De là vient qu'il mettait sa gloire dans le service du roi et dans le bonheur de l'État : c'était là le fond de son cœur, c'étaient ses premières et ses plus chères inclinations. La cour ne le retint guère, quoiqu'il en fût la merveille. Il fallait montrer partout, et à l'Allemagne comme à la Flandre, le défenseur intrépide que Dieu nous donnait. Arrêtez ici vos regards. Il se prépare contre le prince quelque chose de plus formidable qu'à Rocroi ; et, pour éprouver sa vertu, la guerre va épuiser toutes ses inventions et tous ses efforts. Quel objet se présente à mes yeux[1] ? Ce n'est pas seulement des hommes à combattre, c'est des montagnes inaccessibles ; c'est des ravines et des précipices d'un côté, c'est de l'autre un bois impénétrable dont le fond est un marais, et, derrière des ruisseaux, de prodigieux retranchements ; c'est partout des forts élevés, et des forêts abattues qui traversent des chemins affreux ; et au-dedans c'est Mercy[2] avec ses braves Bavarois, enflés de tant de succès et de la prise de Fribourg ; Mercy qu'on ne vit jamais reculer dans les combats ; Mercy que le prince de Condé et le vigilant Turenne n'ont jamais surpris dans un mouvement irrégulier, et à qui ils ont rendu ce grand témoignage, que jamais il n'avait perdu un seul moment favorable, ni manqué de prévenir leurs desseins, comme s'il eût assisté à leurs conseils. Ici donc durant huit jours, et à quatre attaques différentes, on vit tout ce qu'on peut soutenir et entreprendre à la guerre. Nos troupes semblent

1. **Yeux** : Bossuet va maintenant évoquer la campagne de 1644.
2. **Mercy** : général lorrain au service des Allemands.

rebutées autant par la résistance des ennemis que par l'effroyable disposition des lieux, et le prince se vit quelque temps comme abandonné. Mais, comme un autre Maccabée, « son bras ne l'abandonna pas, et son courage irrité par tant de périls vint à son secours[1] ». On ne l'eut pas plutôt vu pied à terre forcer le premier ces inaccessibles hauteurs[2] que son ardeur entraîna tout après elle. Mercy voit sa perte assurée : ses meilleurs régiments sont défaits. La nuit sauve les restes de son armée ; mais que des pluies excessives s'y[3] joignent encore, afin que nous ayons à la fois, avec tout le courage et tout l'art, toute la nature à combattre : quelque avantage que prenne un ennemi habile autant que hardi, et dans quelque affreuse montagne qu'il se retranche de nouveau, poussé de tous côtés, il faut qu'il laisse en proie au duc d'Enghien, non seulement son canon et son bagage[4], mais encore tous les environs du Rhin[5]. Voyez comme tout s'ébranle : Philippsbourg est aux abois en dix jours malgré l'hiver qui approche ; Philippsbourg, qui tint si longtemps le Rhin captif sous nos lois, et dont le plus grand des rois a si glorieusement réparé la perte. Worms, Spire, Mayence, Lan-

1. **Secours :** citation du Livre d'Isaïe (LXIII, 5).
2. **Hauteurs :** Condé, voyant ses soldats hésiter, descendit de cheval et s'élança sur les retranchements ennemis.
3. **Y :** à la nuit.
4. **Son canon et son bagage :** ensemble de l'artillerie et de l'équipement d'une armée.
5. **Rhin :** Bossuet condense une série de manœuvres. Condé entreprit d'attaquer les Allemands, puis dut y renoncer à la tombée de la nuit. Les Allemands évacuèrent en silence leur position à la faveur de la nuit, et s'installèrent dans la montagne de Fribourg. Le lendemain, Condé tenta une attaque de cette nouvelle position, mais de violentes pluies l'en empêchèrent. L'assaut définitif n'eut lieu qu'ensuite.

dau, vingt autres places de nom ouvrent leurs portes. Mercy ne les peut défendre, et ne paraît plus devant son vainqueur. Ce n'est pas assez : il faut qu'il tombe à ses pieds, digne victime de sa valeur ; Nordlingue en verra la chute[1] ; il y sera décidé qu'on ne tient non plus[2] devant les Français en Allemagne qu'en Flandre, et on devra tous ces avantages au même prince. Dieu, protecteur de la France, et d'un roi qu'il a destiné à ses grands ouvrages, l'ordonne ainsi.

Par ces ordres[3] tout paraissait sûr sous la conduite du duc d'Enghien et, sans vouloir ici achever le jour à vous marquer seulement ses autres exploits, vous savez parmi tant de fortes places attaquées qu'il n'y en eut qu'une seule qui put échapper ses mains ; encore releva-t-elle la gloire du prince[4]. L'Europe, qui admirait la divine ardeur dont il était animé dans les combats, s'étonna qu'il en fût le maître, et dès l'âge de vingt-six ans aussi capable de ménager ses troupes que de les pousser dans les hasards, et de céder à la fortune que de la faire servir à ses desseins. Nous le vîmes partout ailleurs comme un de ces hommes extraordinaires qui forcent tous les obstacles. La promptitude de son action ne donnait pas le loisir de la traverser. C'est là le caractère des conquérants. Lorsque David[5], un si grand guerrier, déplora

1. **Chute :** Mercy fut tué à la bataille de Nordlingen.
2. **Non plus :** pas plus.
3. **Ordres :** ordres de Dieu.
4. **Releva-t-elle la gloire du prince :** Condé leva le siège de Lérida, en Catalogne, pour éviter une cinglante défaite. Mazarin saisit ce prétexte pour le déconsidérer, mais tout le monde donna raison à Condé.
5. **David :** dans le second Livre de Samuel (I, 23). Les capitaines en question sont Saül et Jonathas.

la mort de deux fameux capitaines qu'on venait de perdre, il leur donna cet éloge : « Plus vites que les aigles, plus courageux que les lions. » C'est l'image du prince que nous regrettons. Il paraît en un moment comme un éclair dans les pays les plus éloignés ; on le voit en même temps à toutes les attaques, à tous les quartiers[1]. Lorsqu'occupé d'un côté il envoie reconnaître l'autre, le diligent officier qui porte ses ordres s'étonne d'être prévenu, et trouve déjà tout ranimé par la présence du prince. Il semble qu'il se multiplie dans une action ; ni le fer ni le feu ne l'arrêtent. Il n'a pas besoin d'armer cette tête[2] qu'il expose à tant de périls ; Dieu lui est une armure plus assurée ; les coups semblent perdre leur force en l'approchant, et laisser seulement sur lui des marques de son courage et de la protection du ciel[3]. Ne lui dites pas que la vie d'un premier prince du sang, si nécessaire à l'État, doit être épargnée ; il répond qu'un prince du sang, plus intéressé par sa naissance à la gloire du roi et de la couronne, doit dans le besoin de l'État être dévoué plus que tous les autres pour en relever l'éclat. Après avoir fait sentir aux ennemis durant tant d'années l'invincible puissance du roi, s'il fallut agir au-dedans pour la soutenir, je dirai tout en un mot, il fit respecter la régente[4] ; et,

1. **Quartiers :** corps de bataille.
2. **Armer cette tête :** l'invention et le perfectionnement des armes à feu avaient fait disparaître presque totalement les armes défensives, et Condé refusa toujours de porter le casque.
3. **Marques de son courage et de la protection du ciel :** il fut blessé deux fois, sans gravité.
4. **Il fit respecter la régente :** le parlement apportant à la reine ses remontrances trouva près d'elle Condé menaçant.

puisqu'il faut une fois parler de ces choses dont je voudrais pouvoir me taire éternellement, jusqu'à cette fatale prison[1] il n'avait pas seulement songé qu'on pût rien attenter contre l'État ; et, dans son plus grand crédit, s'il souhaitait d'obtenir des grâces, il souhaitait encore plus de les mériter. C'est ce qui lui faisait dire (je puis bien ici répéter devant ces autels les paroles que j'ai recueillies de sa bouche, puisqu'elles marquent si bien le fond de son cœur) : il disait donc, en parlant de cette prison malheureuse, qu'il y était entré le plus innocent de tous les hommes, et qu'il en était sorti le plus coupable. « Hélas ! » poursuivait-il, « je ne respirais que le service du roi, et la grandeur de l'État » ! On ressentait dans ses paroles un regret sincère d'avoir été poussé si loin[2] par ses malheurs. Mais, sans vouloir excuser ce qu'il a si hautement condamné lui-même, disons, pour n'en parler jamais, que, comme dans la gloire éternelle les fautes des saints pénitents, couvertes de ce qu'ils ont fait pour les réparer et de l'éclat infini de la divine miséricorde, ne paraissent plus, ainsi, dans des fautes si sincèrement reconnues, et dans la suite si glorieusement réparées par de fidèles services, il ne faut plus regarder que l'humble reconnaissance[3] du prince qui s'en repentit, et la clémence du grand roi qui les oublia.

Que s'il est enfin entraîné dans ces guerres infortunées, il y aura du moins cette gloire de n'avoir pas

1. **Fatale prison :** la reine et Mazarin, indignés de l'insolence de Condé à leur égard, le firent emprisonner en 1650.
2. **Poussé si loin :** à sa sortie de prison, révolté contre le royaume de France, il se rangea du côté des Espagnols.
3. **Reconnaissance :** aveu.

laissé avilir la grandeur de sa maison chez les étrangers. Malgré la majesté de l'Empire, malgré la fierté d'Autriche et les couronnes héréditaires attachées à cette maison, même dans la branche qui domine en Allemagne, réfugié à Namur, soutenu de son seul courage et de sa seule réputation, il porta si loin les avantages d'un prince de France, et de la première maison de l'univers, que tout ce qu'on put obtenir de lui fut qu'il consentît de traiter d'égal avec l'archiduc[1], quoique frère de l'Empereur et fils de tant d'empereurs, à condition qu'en lieu tiers[2] ce prince ferait les honneurs des Pays-Bas. Le même traitement fut assuré au duc d'Enghien[3], et la maison de France garda son rang sur celle d'Autriche jusque dans Bruxelles. Mais voyez ce que fait faire un vrai courage. Pendant que le prince se soutenait si hautement avec l'archiduc qui dominait, il rendait au roi d'Angleterre et au duc d'York, maintenant un roi si fameux[4], malheureux alors, tous les honneurs qui leur étaient dus ; et il apprit enfin à l'Espagne trop dédaigneuse quelle était cette majesté que la mauvaise fortune ne pouvait ravir à de si grands princes[5]. Le reste de sa conduite ne fut pas moins grand.

1. **Archiduc :** le gouverneur des Pays-Bas, Léopold-Guillaume, déjà mentionné dans l'oraison funèbre de Le Tellier. En sa qualité de prince du sang, Condé aurait dû garder la préséance sur l'archiduc, mais, malade et pressé par les Espagnols, il consentit à ce que l'égalité fût instaurée entre eux à l'intérieur des Pays-Bas.
2. **Lieu tiers :** lieu qui ne soit ni la France ni les Pays-Bas.
3. **Duc d'Enghien :** fils de Condé.
4. **Roi si fameux :** le duc d'York règne alors en Angleterre sous le nom de Jacques II.
5. **Princes :** le duc d'York et le duc de Gloucester, frères du roi d'Angleterre Charles II. C'est à la mort de Charles II que le duc d'York lui succédera.

Parmi les difficultés que ses intérêts apportaient au traité des Pyrénées, écoutez quels furent ses ordres, et voyez si jamais un particulier traita si noblement ses intérêts. Il mande à ses agents dans la conférence qu'il n'est pas juste que la paix de la chrétienté soit retardée davantage à sa considération ; qu'on ait soin de ses amis ; et, pour lui, qu'on lui laisse suivre sa fortune. Ha ! quelle grande victime se sacrifie au bien public ! Mais quand les choses changèrent, et que l'Espagne lui voulut donner ou Cambrai et ses environs, ou le Luxembourg, en pleine souveraineté, il déclara qu'il préférait à ces avantages, et à tout ce qu'on pouvait jamais lui accorder de plus grand, quoi ? son devoir et les bonnes grâces du roi. C'est ce qu'il avait toujours dans le cœur ; c'est ce qu'il répétait sans cesse au duc d'Enghien. Le voilà dans son naturel : la France le vit alors accompli par ces derniers traits, et avec ce je ne sais quoi d'achevé que les malheurs ajoutent aux grandes vertus ; elle le revit dévoué plus que jamais à l'État et à son roi. Mais dans ses premières guerres il n'avait qu'une seule vie à lui offrir ; maintenant il en a une autre qui lui est plus chère que la sienne. Après avoir à son exemple glorieusement achevé le cours de ses études, le duc d'Enghien est prêt à le suivre dans les combats. Non content de lui enseigner la guerre, comme il a fait jusqu'à la fin, par ses discours, le prince le mène aux leçons vivantes et à la pratique. Laissons le passage du Rhin, le prodige de notre siècle et de la vie de LOUIS LE GRAND. À la journée de Senef[1], le jeune

1. **Senef** : victoire de Condé sur Guillaume d'Orange en 1674.

duc, quoiqu'il commandât, comme il avait déjà fait en d'autres campagnes, vient dans les plus rudes épreuves apprendre la guerre aux côtés du prince son père. Au milieu de tant de périls, il voit ce grand prince renversé dans un fossé, sous un cheval tout en sang. Pendant qu'il lui offre le sien et s'occupe à relever le prince abattu, il est blessé entre les bras d'un père si tendre, sans interrompre ses soins, ravi de satisfaire à la fois à la piété et à la gloire. Que pouvait penser le prince, si ce n'est que, pour accomplir les plus grandes choses, rien ne manquerait à ce digne fils que les occasions ? Et ses tendresses se redoublaient avec son estime.

Ce n'était pas seulement pour un fils, ni pour sa famille, qu'il avait des sentiments si tendres. Je l'ai vu, et ne croyez pas que j'use ici d'exagération, je l'ai vu vivement ému des périls de ses amis ; je l'ai vu, simple et naturel, changer de visage au récit de leurs infortunes, entrer avec eux dans les moindres choses comme dans les plus importantes ; dans les accommodements calmer les esprits aigris avec une patience et une douceur qu'on n'aurait jamais attendue d'une humeur si vive[1] ni d'une si haute élévation. Loin de nous les héros sans humanité ! Ils pourront bien forcer les respects et ravir l'admiration, comme font tous les objets extraordinaires ; mais ils n'auront pas les cœurs. Lorsque Dieu forma le cœur et les entrailles de l'homme, il y mit premièrement la bonté comme le propre caractère de la nature divine, et pour être comme la marque de cette main bienfai-

1. **Humeur si vive :** le prince de Condé était colérique et violent.

sante dont nous sortons. La bonté devait donc faire comme le fonds de notre cœur, et devait être en même temps le premier attrait que nous aurions en nous-mêmes pour gagner les autres hommes. La grandeur qui vient par-dessus, loin d'affaiblir la bonté, n'est faite que pour l'aider à se communiquer davantage, comme une fontaine publique qu'on élève pour la répandre. Les cœurs sont à ce prix, et les grands dont la bonté n'est pas le partage, par une juste punition de leur dédaigneuse insensibilité, demeureront privés éternellement du plus grand bien de la vie humaine, c'est-à-dire des douceurs de la société. Jamais homme ne les goûta mieux que le prince dont nous parlons ; jamais homme ne craignit moins que la familiarité blessât le respect. Est-ce là celui qui forçait les villes et qui gagnait les batailles ? Quoi ! il semble avoir oublié ce haut rang qu'on lui a vu si bien défendre. Reconnaissez le héros qui, toujours égal à lui-même, sans se hausser pour paraître grand, sans s'abaisser pour être civil et obligeant, se trouve naturellement tout ce qu'il doit être envers tous les hommes, comme un fleuve majestueux et bienfaisant qui porte paisiblement dans les villes l'abondance qu'il a répandue dans les campagnes en les arrosant, qui se donne à tout le monde, et ne s'élève et ne s'enfle que lorsqu'avec violence on s'oppose à la douce pente qui le porte à continuer son tranquille cours. Telle a été la douceur et telle a été la force du prince de Condé. Avez-vous un secret important ? versez-le hardiment dans ce noble cœur : votre affaire devient la sienne par la confiance. Il n'y a rien de plus inviolable pour ce prince que les droits sacrés de l'amitié. Lorsqu'on lui demande une grâce, c'est lui qui paraît l'obligé, et jamais on ne vit de joie ni si vive ni si naturelle que celle qu'il ressentait à faire plaisir. Le premier argent qu'il reçut d'Espagne avec la permission du roi, malgré les nécessités de sa maison épuisée, fut donné à ses amis, encore qu'après la paix il n'eût rien à espérer de leurs secours ; et quatre cent mille écus distribués par ses ordres firent voir, chose rare dans la vie humaine, la reconnaissance aussi vive dans le prince de Condé que l'espérance d'engager les hommes l'est dans les autres. Avec lui la vertu eut toujours son prix. Il la louait jusque dans ses ennemis. Toutes les fois qu'il avait à parler de ses actions[1], et même dans les relations qu'il en envoyait à la cour, il vantait les conseils de l'un, la hardiesse de l'autre, chacun avait son rang dans ses discours ; et, parmi ce qu'il donnait à tout le monde, on ne savait où placer ce qu'il avait fait lui-même. Sans envie, sans fard, sans ostentation, toujours grand dans l'action et dans le repos, il parut à Chantilly[2] comme à la tête des troupes. Qu'il embellît cette magnifique et délicieuse maison, ou bien qu'il munît un camp au milieu du pays ennemi, et qu'il fortifiât une place ; qu'il marchât avec une armée parmi les périls, ou qu'il conduisît ses amis dans ces superbes allées au bruit de tant de jets d'eau qui ne se taisaient ni jour ni nuit : c'était toujours le même homme, et sa gloire le suivait partout. Qu'il est beau, après les combats et le tumulte des armes, de savoir encore goûter ces vertus paisibles et cette gloire tranquille qu'on n'a point à partager avec le

1. **Actions :** batailles.
2. **Chantilly :** château de Condé.

soldat non plus qu'avec la fortune ; où tout charme, et rien n'éblouit ; qu'on regarde sans être étourdi ni par le son des trompettes, ni par le bruit des canons, ni par les cris des blessés ; où l'homme paraît tout seul aussi grand, aussi respecté, que lorsqu'il donne des ordres, et que tout marche à sa parole !

Venons maintenant aux qualités de l'esprit ; et puisque, pour notre malheur, ce qu'il y a de plus fatal à la vie humaine, c'est-à-dire l'art militaire, est en même temps ce qu'elle a de plus ingénieux et de plus habile, considérons d'abord par cet endroit le grand génie de notre prince. Et premièrement, quel général porta jamais plus loin sa prévoyance ? C'était une de ses maximes, qu'il fallait craindre les ennemis de loin pour ne les plus craindre de près, et se réjouir à leur approche. Le voyez-vous comme il considère tous les avantages qu'il peut ou donner ou prendre ? avec quelle vivacité il se met dans l'esprit en un moment les temps, les lieux, les personnes, et non seulement leurs intérêts et leurs talents, mais encore leurs humeurs et leurs caprices ? Le voyez-vous comme il compte la cavalerie et l'infanterie des ennemis par le naturel des pays ou des princes confédérés ? Rien n'échappe à sa prévoyance. Avec cette prodigieuse compréhension de tout le détail et du plan universel de la guerre, on le voit toujours attentif à ce qui survient ; il tire d'un déserteur, d'un transfuge, d'un prisonnier, d'un passant, ce qu'il veut dire, ce qu'il veut taire, ce qu'il sait, et pour ainsi dire ce qu'il ne sait pas : tant il est sûr dans ses conséquences ! Ses partis[1] lui rapportent

1. Partis : patrouilles.

jusqu'aux moindres choses ; on l'éveille à chaque moment ; car il tenait encore pour maxime qu'un habile capitaine peut bien être vaincu, mais qu'il ne lui est pas permis d'être surpris. Aussi lui devons-nous cette louange qu'il ne l'a jamais été. À quelque heure et de quelque côté que viennent les ennemis, ils le trouvent toujours sur ses gardes, toujours prêt à fondre sur eux, et à prendre ses avantages : comme une aigle qu'on voit toujours, soit qu'elle vole au milieu des airs, soit qu'elle se pose sur le haut de quelque rocher, porter de tous côtés des regards perçants, et tomber si sûrement sur sa proie qu'on ne peut éviter ses ongles non plus que ses yeux, aussi vifs étaient les regards, aussi vite et impétueuse était l'attaque, aussi fortes et inévitables étaient les mains du prince de Condé. En son camp on ne connaît point les vaines terreurs, qui fatiguent et rebutent[1] plus que les véritables. Toutes les forces demeurent entières pour les vrais périls ; tout est prêt au premier signal ; et, comme dit le prophète, « toutes les flèches sont aiguisées, et tous les arcs sont tendus ». En attendant on repose d'un sommeil tranquille, comme on ferait sous son toit et dans son enclos. Que dis-je qu'on repose ? À Piéton[2], près de ce corps redoutable que trois puissances réunies[3] avaient assemblé, c'était dans nos troupes de continuels divertissements : toute l'armée était en joie, et jamais elle ne sentit qu'elle fût plus faible que celle des ennemis. Le prince par son campement avait mis en sûreté non seu-

1. **Fatiguent et rebutent :** harcèlent et découragent.
2. **Piéton :** Condé, menacé par Guillaume d'Orange, prit position sur le ruisseau de Piéton, et Guillaume, avec une armée pourtant plus nombreuse, n'osa pas l'attaquer.
3. **Trois puissances réunies :** Hollande, Espagne et Allemagne.

lement toute notre frontière et toutes nos places, mais encore tous nos soldats : il veille, c'est assez. Enfin l'ennemi décampe ; c'est ce que le prince attendait. Il part à ce premier mouvement : déjà l'armée hollandaise avec ses superbes étendards ne lui échappera pas ; tout nage dans le sang, tout est en proie[1] ; mais Dieu sait donner des bornes aux plus beaux desseins. Cependant les ennemis sont poussés partout. Oudenarde[2] est délivrée de leurs mains : pour les tirer eux-mêmes de celles du prince, le ciel les couvre d'un brouillard épais ; la terreur et la désertion se met dans leurs troupes ; on ne sait plus ce qu'est devenue cette formidable armée. Ce fut alors que LOUIS, qui, après avoir achevé le rude siège de Besançon, et avoir encore une fois réduit[3] la Franche-Comté avec une rapidité inouïe, était revenu tout brillant de gloire pour profiter de l'action de ses armées de Flandre et d'Allemagne, commanda ce détachement qui fit en Alsace les merveilles que vous savez, et parut le plus grand de tous les hommes, tant par les prodiges qu'il avait faits en personne, que par ceux qu'il fit faire à ses généraux.

Quoiqu'une heureuse naissance eût apporté de si grands dons à notre prince, il ne cessait de l'enrichir par ses réflexions. Les campements de César firent son étude. Je me souviens qu'il nous ravissait en nous racontant comme en Catalogne[4], dans les lieux

1. **Tout nage dans le sang, tout est en proie :** la bataille de Senef, quelques jours après Piéton, fut l'une des plus sanglantes de l'époque.
2. **Oudenarde :** après Senef, Condé obligea Guillaume à lever le siège d'Oudenarde.
3. **Encore une fois réduit :** Louis XIV l'avait conquise en 1688, mais il avait été obligé de la rendre par la paix d'Aix-la-Chapelle, la même année.
4. **Catalogne :** durant la guerre civile, en Espagne.

où ce fameux capitaine, par l'avantage des postes, contraignit cinq légions romaines et deux chefs expérimentés à poser les armes sans combat[1], lui-même il avait été reconnaître les rivières et les montagnes qui servirent à ce grand dessein ; et jamais un si digne maître n'avait expliqué par de si doctes leçons les *Commentaires* de César. Les capitaines des siècles futurs lui rendront un honneur semblable. On viendra étudier sur les lieux ce que l'histoire racontera du campement de Piéton, et des merveilles dont il fut suivi. On remarquera dans celui de Chatenay[2] l'éminence qu'occupa ce grand capitaine, et le ruisseau dont il se couvrit sous le canon du retranchement de Sélestat. Là on lui verra mépriser l'Allemagne conjurée, suivre à son tour les ennemis, quoique plus forts, rendre leurs projets inutiles, et leur faire lever le siège de Saverne, comme il avait fait un peu auparavant celui de Haguenau. C'est par de semblables coups, dont sa vie est pleine, qu'il a porté si haut sa réputation que ce sera dans nos jours s'être fait un nom parmi les hommes, et s'être acquis un mérite dans les troupes, d'avoir servi sous le prince de Condé, et comme un titre pour commander, de l'avoir vu faire.

Mais si jamais il parut un homme extraordinaire, s'il parut être éclairé, et voir tranquillement toutes choses, c'est dans ces rapides moments d'où dépendent les victoires, et dans l'ardeur du combat. Partout ailleurs il délibère ; docile[3], il prête l'oreille à tous les

1. **Combat :** il s'agit de deux lieutenants de Pompée, Afranius et Petreius.
2. **Chatenay :** Condé s'était rendu dans ce bourg lorrain après la mort de Turenne.
3. **Docile :** qui reçoit des enseignements de bonne grâce.

conseils. Ici, tout se présente à la fois ; la multitude des objets ne le confond pas ; à l'instant le parti est pris, il commande et il agit tout ensemble, et tout marche en concours et en sûreté. Le dirai-je ? mais pourquoi craindre que la gloire d'un si grand homme puisse être diminuée par cet aveu ? Ce n'est plus ses promptes saillies, qu'il savait si vite et si agréablement réparer, mais enfin qu'on lui voyait quelquefois dans les occasions ordinaires : vous diriez qu'il y a en lui un autre homme à qui sa grande âme abandonne de moindres ouvrages où elle ne daigne se mêler. Dans le feu, dans le choc, dans l'ébranlement, on voit naître tout à coup je ne sais quoi de si net, de si posé, de si vif, de si ardent, de si doux, de si agréable pour les siens, de si hautain et de si menaçant pour les ennemis qu'on ne sait d'où lui peut venir ce mélange de qualités si contraires. Dans cette terrible journée[1] où, aux portes de la ville et à la vue de ses citoyens, le ciel sembla vouloir décider du sort de ce prince, où avec l'élite des troupes il avait en tête un général si pressant, où il se vit plus que jamais exposé aux caprices de la fortune, pendant que les coups venaient de tous côtés, ceux qui combattaient auprès de lui nous ont dit souvent que, si l'on avait à traiter quelque grande affaire avec ce prince, on eût pu choisir de ces moments où tout était en feu autour de lui : tant son esprit s'élevait alors, tant son âme leur paraissait éclairée comme d'en haut en ces terribles rencontres ! semblable à ces hautes montagnes dont la cime, au-dessus des nues et des tem-

1. **Terrible journée :** allusion au combat de la porte Saint-Antoine où Turenne, à la tête des troupes royales, fit reculer Condé (1er juillet 1652).

pêtes, trouve la sérénité dans sa hauteur, et ne perd aucun rayon de la lumière qui l'environne. Ainsi, dans les plaines de Lens, nom agréable à la France[1], l'archiduc[2], contre son dessein tiré d'un poste invincible par l'appât d'un succès trompeur, par un soudain mouvement du prince qui lui oppose des troupes fraîches à la place des troupes fatiguées, est contraint à prendre la fuite. Ses vieilles troupes périssent ; son canon, où il avait mis sa confiance, est entre nos mains ; et Beck, qui l'avait flatté d'une victoire assurée, pris et blessé dans le combat, vient rendre en mourant un triste hommage à son vainqueur par son désespoir[3]. S'agit-il ou de secourir ou de forcer une ville ? le prince saura profiter de tous les moments. Ainsi, au premier avis que le hasard lui porta d'un siège important, il traverse, trop promptement, tout un grand pays, et d'une première vue il découvre un passage assuré pour le secours, aux endroits qu'un ennemi vigilant n'a pu encore assez munir. Assiège-t-il quelque place ? il invente tous les jours de nouveaux moyens d'en avancer la conquête. On croit qu'il expose les troupes : il les ménage en abrégeant le temps des périls par la vigueur des attaques. Parmi tant de coups surprenants, les gouverneurs les plus courageux ne tiennent pas les promesses qu'ils ont faites à leurs généraux : Dunkerque[4] est pris en treize jours au milieu des

1. **Nom agréable à la France :** en 1648, cette bataille décisive amena la célèbre paix de Westphalie.
2. **L'archiduc :** Léopold-Guillaume, déjà mentionné.
3. **Désespoir :** grièvement blessé et fait prisonnier, il ne décoléra pas jusqu'à sa mort.
4. **Dunkerque :** la ville était jusque-là aux mains des Espagnols.

pluies de l'automne, et ses barques si redoutées de nos alliés[1] paraissent tout à coup dans tout l'Océan avec nos étendards.

Mais ce qu'un sage général doit le mieux connaître c'est ses soldats et ses chefs. Car de là vient ce parfait concert qui fait agir les armées comme un seul corps, ou, pour parler avec l'Écriture, « comme un seul homme : *Egressus est Israel tanquam vir unus*[2] ». Pourquoi comme un seul homme ? Parce que sous un même chef, qui connaît et les soldats et les chefs comme ses bras et ses mains, tout est également vif et mesuré. C'est ce qui donne la victoire ; et j'ai ouï dire à notre grand prince qu'à la journée de Nordlingue, ce qui l'assurait du succès, c'est qu'il connaissait M. de Turenne, dont l'habileté consommée n'avait besoin d'aucun ordre pour faire tout ce qu'il fallait. Celui-ci publiait de son côté qu'il agissait sans inquiétude, parce qu'il connaissait le prince, et ses ordres toujours sûrs. C'est ainsi qu'ils se donnaient mutuellement un repos qui les appliquait[3] chacun tout entier à son action : ainsi finit heureusement la bataille la plus hasardeuse et la plus disputée qui fut jamais.

Ç'a été dans notre siècle un grand spectacle, de voir dans le même temps et dans les mêmes campagne ces deux hommes que la voix commune de toute l'Europe égalait aux plus grands capitaines des siècles passés, tantôt à la tête de corps séparés, tantôt

1. **Ses barques si redoutées de nos alliés :** les corsaires de Dunkerque gênaient la flotte hollandaise, sous pavillon français.
2. … ***unus*** : citation du premier Livre de Samuel (XI, 7).
3. **Repos qui les appliquait :** détente qui leur permettait de se concentrer.

unis plus encore par le concours des mêmes pensées que par les ordres que l'inférieur recevait de l'autre, tantôt opposés front à front[1], et redoublant l'un dans l'autre l'activité et la vigilance : comme si Dieu, dont souvent, selon l'Écriture, la sagesse se joue dans l'univers, eût voulu nous les montrer en toutes les formes, et nous montrer ensemble tout ce qu'il peut faire des hommes. Que de campements, que de belles marches, que de hardiesse, que de précautions, que de périls, que de ressources ! Vit-on jamais en deux hommes les mêmes vertus avec des caractères si divers, pour ne pas dire si contraires ? L'un paraît agir par des réflexions profondes, et l'autre par de soudaines illuminations ; celui-ci par conséquent plus vif, mais sans que son feu eût rien de précipité ; celui-là, d'un air plus froid sans jamais rien avoir de lent, plus hardi à faire qu'à parler, résolu et déterminé au-dedans lors même qu'il paraissait embarrassé au-dehors. L'un, dès qu'il parut dans les armées, donne une haute idée de sa valeur et fait attendre quelque chose d'extraordinaire, mais toutefois s'avance par ordre, et vient comme par degrés aux prodiges qui ont fini le cours de sa vie ; l'autre, comme un homme inspiré, dès sa première bataille s'égale aux maîtres les plus consommés. L'un par de vifs et continuels efforts emporte l'admiration du genre humain, et fait taire l'envie ; l'autre jette d'abord une si vive lumière qu'elle[2] n'osait l'attaquer. L'un enfin, par la profondeur de son génie et les incroyables ressources de son courage, s'élève au-

1. **Opposés front à front :** lors de la révolte de Condé.
2. **Elle :** l'envie.

dessus des plus grands périls, et sait même profiter de toutes les infidélités de la fortune ; l'autre, et par l'avantage d'une si haute naissance, et par ces grandes pensées que le ciel envoie, et par une espèce d'instinct admirable dont les hommes ne connaissent pas le secret, semble né pour entraîner la fortune dans ses desseins, et forcer les destinées. Et afin que l'on vît toujours dans ces deux hommes de grands caractères, mais divers, l'un emporté d'un coup soudain[1] meurt pour son pays comme un Judas le Maccabée ; l'armée le pleure comme son père, et la cour et tout le peuple gémit, sa piété est louée comme son courage, et sa mémoire ne se flétrit point par le temps ; l'autre, élevé par les armes au comble de la gloire comme un David, comme lui meurt dans son lit en publiant les louanges de Dieu et instruisant sa famille, et laisse tous les cœurs remplis tant de l'éclat de sa vie que de la douceur de sa mort. Quel spectacle de voir et d'étudier ces deux hommes, et d'apprendre de chacun d'eux toute l'estime que méritait l'autre ! C'est ce qu'a vu notre siècle ; et, ce qui est encore plus grand, il a vu un roi se servir de ces deux grands chefs, et profiter du secours du ciel, et, après qu'il en est privé par la mort de l'un et les maladies de l'autre, concevoir de plus grands desseins, exécuter de plus grandes choses, s'élever au-dessus de lui-même, surpasser et l'espérance des siens et l'attente de l'univers : tant est haut son courage, tant est vaste son intelligence, tant ses destinées sont glorieuses !

1. **D'un coup soudain :** Turenne victorieux fut atteint par un boulet de canon.

Voilà, MESSIEURS, les spectacles que Dieu donne à l'univers, et les hommes qu'il y envoie quand il y veut faire éclater, tantôt dans une nation, tantôt dans une autre, selon ses conseils éternels, sa puissance ou sa sagesse. Car ses divins attributs paraissent-ils mieux dans les cieux qu'il a formés de ses doigts[1] que dans ces rares talents qu'il distribue comme il lui plaît aux hommes extraordinaires ? Quel astre brille davantage dans le firmament que le prince de Condé n'a fait dans l'Europe ? Ce n'était pas seulement la guerre qui lui donnait de l'éclat ; son grand génie embrassait tout, l'antique comme le moderne, l'histoire, la philosophie, la théologie la plus sublime, et les arts avec les sciences. Il n'y avait livre qu'il ne lût ; il n'y avait homme excellent, ou dans quelque spéculation, ou dans quelque ouvrage, qu'il n'entretînt ; tous sortaient plus éclairés d'avec lui, et rectifiaient leurs pensées, ou par ses pénétrantes questions, ou par ses réflexions judicieuses. Aussi sa conversation était un charme, parce qu'il savait parler à chacun selon ses talents ; et non seulement aux gens de guerre de leurs entreprises, aux courtisans de leurs intérêts, aux politiques de leurs négociations, mais encore aux voyageurs curieux de ce qu'ils avaient découvert ou dans la nature ou dans le gouvernement ou dans le commerce, à l'artisan de ses inventions, et enfin aux savants de toutes les sortes de ce qu'ils avaient trouvé de plus merveilleux. C'est de Dieu que viennent ces dons : qui en doute ? Ces dons sont admirables : qui ne le voit pas ? Mais pour

1. **... doigts :** expression biblique (Psaume VIII, 4).

confondre l'esprit humain qui s'enorgueillit de tels dons, Dieu ne craint point d'en faire part à ses ennemis. Saint Augustin considère parmi les païens tant de sages, tant de conquérants, tant de graves législateurs, tant d'excellents citoyens, un Socrate, un Marc-Aurèle, un Scipion, un César, un Alexandre, tous privés de la connaissance de Dieu, et exclus de son royaume éternel. N'est-ce donc pas Dieu qui les a faits ? Mais quel autre les pouvait faire, si ce n'est celui qui fait tout dans le ciel et dans la terre ? Mais pourquoi les a-t-il faits ? et quels étaient les desseins particuliers de cette sagesse profonde qui jamais ne fait rien en vain ? Écoutez la réponse de saint Augustin : « Il les a faits », nous dit-il, « pour orner le siècle présent : *ut ordinem sæculi præsentis ornaret* ». Il a fait dans les grands hommes ces rares qualités, comme il a fait le soleil. Qui n'admire ce bel astre ? qui n'est ravi de l'éclat de son midi, et de la superbe parure de son lever et de son coucher ? Mais puisque Dieu le fait luire sur les bons et sur les mauvais, ce n'est pas un si bel objet qui nous rend heureux : Dieu l'a fait pour embellir et pour éclairer ce grand théâtre du monde. De même, quand il a fait dans ses ennemis aussi bien que dans ses serviteurs ces belles lumières d'esprit, ces rayons de son intelligence, ces images de sa bonté, ce n'est pas pour les rendre heureux qu'il leur a fait ces riches présents ; c'est une décoration de l'univers, c'est un ornement du siècle présent. Et voyez la malheureuse destinée de ces hommes qu'il a choisis pour être les ornements de leur siècle. Qu'ont-ils voulu, ces hommes rares, sinon des louanges et la gloire que les hommes donnent ? Peut-être que, pour les confondre, Dieu refusera cette gloire à leurs vains désirs ? Non, il les confond mieux en la leur donnant, et même au-delà de leur attente. Cet Alexandre qui ne voulait que faire du bruit dans le monde y en a fait plus qu'il n'aurait osé espérer. Il faut encore qu'il se trouve dans tous nos panégyriques, et il semble, par une espèce de fatalité glorieuse à ce conquérant, qu'aucun prince ne puisse recevoir de louanges qu'il ne les partage. S'il a fallu quelques récompenses à ces grandes actions des Romains, Dieu leur en a su trouver une convenable à leurs mérites comme à leurs désirs. Il leur donne pour récompense l'empire du monde, comme un présent de nul prix : ô rois, confondez-vous dans votre grandeur ; conquérants, ne vantez pas vos victoires. Il leur donne pour récompense la gloire des hommes : récompense qui ne vient pas jusqu'à eux, qui s'efforce de s'attacher, quoi ? peut-être à leurs médailles ou à leurs statues déterrées, restes des ans et des barbares[1] ; aux ruines de leurs monuments et de leurs ouvrages qui disputent avec le temps ; ou plutôt à leur idée, à leur ombre, à ce qu'on appelle leur nom. Voilà le digne prix de tant de travaux, et dans le comble de leurs vœux la conviction de leur erreur. Venez, rassasiez-vous, grands de la terre ; saisissez-vous, si vous pouvez, de ce fantôme de gloire, à l'exemple de ces grands hommes que vous admirez. Dieu, qui punit leur orgueil dans les enfers, ne leur a pas envié, dit saint Augustin, cette gloire tant désirée ; et « vains ils ont reçu une

1. **Restes des ans et des barbares** : ce que n'ont pas détruit les ans et les Barbares.

récompense aussi vaine que leurs désirs. *Receperunt mercedem suam, vani vanam*[1] ».

Il n'en sera pas ainsi de notre grand prince : l'heure de Dieu est venue, heure attendue[2], heure désirée, heure de miséricorde et de grâce. Sans être averti par la maladie, sans être pressé par le temps, il exécute ce qu'il méditait. Un sage religieux, qu'il appelle exprès, règle les affaires de sa conscience : il obéit, humble chrétien, à sa décision ; et nul n'a jamais douté de sa bonne foi. Dès lors aussi on le vit toujours sérieusement occupé du soin de se vaincre soi-même, de rendre vaines toutes les attaques de ses insupportables douleurs, d'en faire par sa soumission un continuel sacrifice. Dieu, qu'il invoquait avec foi, lui donna le goût de son Écriture, et dans ce livre divin la solide nourriture de la piété. Ses conseils[3] se réglaient plus que jamais par la justice ; on y soulageait la veuve et l'orphelin, et le pauvre en approchait avec confiance. Sérieux autant qu'agréable père de famille, dans les douceurs qu'il goûtait avec ses enfants il ne cessait de leur inspirer les sentiments de la véritable vertu ; et ce jeune prince son petit-fils[4] se sentira éternellement d'avoir été cultivé par de telles mains. Toute sa maison profitait de son exemple. Plusieurs de ses domestiques avaient été malheureusement nourris dans l'erreur[5] que la France tolérait

1. *... vanam* : citation de saint Augustin.
2. **Heure attendue** : la conversion de Condé n'eut lieu que trois ans avant sa mort.
3. **Conseils** : séances où se réglaient les affaires domestiques du prince.
4. **Ce jeune prince son petit-fils** : le duc de Bourbon.
5. **Nourris dans l'erreur** : élevés dans l'hérésie (protestante).

alors : combien de fois l'a-t-on vu inquiété de leur salut, affligé de leur résistance, consolé par leur conversion ! Avec quelle incomparable netteté d'esprit leur faisait-il voir l'antiquité et la vérité de la religion catholique ! Ce n'était plus cet ardent vainqueur qui semblait vouloir tout emporter ; c'était une douceur, une patience, une charité qui songeait à gagner les cœurs, et à guérir des esprits malades. Ce sont, MESSIEURS, ces choses simples, gouverner sa famille, édifier ses domestiques, faire justice et miséricorde, accomplir le bien que Dieu veut, et souffrir les maux qu'il envoie, ce sont ces communes pratiques de la vie chrétienne que JÉSUS-CHRIST louera au dernier jour devant ses saints anges, et devant son Père céleste. Les histoires seront abolies avec les empires, et il ne se parlera plus de tous ces faits éclatants dont elles sont pleines. Pendant qu'il passait sa vie dans ces occupations, et qu'il portait au-dessus de ses actions les plus renommées la gloire d'une si belle et si pieuse retraite, la nouvelle de la maladie de la duchesse de Bourbon vint à Chantilly comme un coup de foudre. Qui ne fut frappé de la crainte de voir éteindre cette lumière naissante ? On appréhenda qu'elle n'eût le sort des choses avancées. Quels furent les sentiments du prince de Condé, lorsqu'il se vit menacé de perdre ce nouveau lien[1] de sa famille avec la personne du roi ? C'est donc dans cette occasion que devait mourir ce héros ! Celui que tant de sièges et tant de batailles n'ont pu emporter va périr par sa tendresse ! Pénétré de toutes les

1. **Ce nouveau lien :** le neveu du prince de Condé, le prince de Conti, avait épousé une fille illégitime du roi.

inquiétudes que donne un mal affreux[1], son cœur, qui le soutient seul depuis si longtemps, achève à ce coup de l'accabler : les forces qu'il lui fait trouver l'épuisent. S'il oublie toute sa faiblesse à la vue du roi qui approche de la princesse malade, si, transporté de son zèle, et sans avoir besoin de secours[2] à cette fois, il accourt pour l'avertir de tous les périls que ce grand roi ne craignait pas, et qu'il l'empêche enfin d'avancer, il va tomber évanoui à quatre pas[3], et on admire cette nouvelle manière de s'exposer pour son roi. Quoique la duchesse d'Enghien[4], princesse dont la vertu ne craignit jamais que de manquer à sa famille et à ses devoirs, eût obtenu de demeurer auprès de lui pour le soulager, la vigilance de cette princesse ne calme pas les soins qui le travaillent ; et, après que la jeune princesse est hors de péril, la maladie du roi va bien causer d'autres troubles à notre prince. Puis-je ne m'arrêter pas en cet endroit ? À voir la sérénité qui reluisait sur ce front auguste, eût-on soupçonné que ce grand roi, en retournant à Versailles, allât s'exposer à ces cruelles douleurs où l'univers a connu sa piété, sa constance, et tout l'amour de ses peuples ? De quels yeux le regardions-nous lorsqu'aux dépens d'une santé qui nous est si chère il voulait bien adoucir nos cruelles inquiétudes par la consolation de le voir, et que, maître de sa douleur comme de tout le reste des choses, nous le voyions tous les jours, non seulement régler

1. **Mal affreux :** la petite vérole.
2. **Sans avoir besoin de secours à cette fois :** malade de la goutte, Condé avait habituellement besoin d'aide pour marcher.
3. **À quatre pas :** tout près de là.
4. **La duchesse d'Enghien :** fille d'Anne de Gonzague.

ses affaires selon sa coutume, mais encore entretenir sa cour attendrie avec la même tranquillité qu'il lui fait paraître dans ses jardins enchantés ! Béni soit-il de Dieu et des hommes, d'unir ainsi toujours la bonté à toutes les autres qualités que nous admirons ! Parmi toutes ses douleurs, il s'informait avec soin de l'état du prince de Condé, et il marquait pour la santé de ce prince une inquiétude qu'il n'avait pas pour la sienne. Il s'affaiblissait, ce grand prince, mais la mort cachait ses approches. Lorsqu'on le crut en meilleur état, et que le duc d'Enghien, toujours partagé entre les devoirs de fils et de sujet, était retourné par son ordre auprès du roi, tout change en un moment, et on déclare au prince sa mort prochaine.

CHRÉTIENS, soyez attentifs, et venez apprendre à mourir ; ou plutôt venez apprendre à n'attendre pas la dernière heure pour commencer à bien vivre. Quoi ! attendre à commencer une vie nouvelle lorsqu'entre les mains de la mort, glacés sous ses froides mains, vous ne saurez si vous êtes avec les morts ou encore avec les vivants ! Ha ! prévenez par la pénitence cette heure de troubles et de ténèbres. Par là, sans être étonné de cette dernière sentence qu'on lui prononça, le prince demeure un moment dans le silence, et tout à coup : « Ô mon Dieu », dit-il, « vous le voulez, votre volonté soit faite : je me jette entre vos bras ; donnez-moi la grâce de bien mourir ». Que désirez-vous davantage ? Dans cette courte prière, vous voyez la soumission aux ordres de Dieu, l'abandon à sa providence, la confiance en sa grâce, et toute la piété. Dès lors aussi, tel qu'on l'avait vu dans tous ses combats, résolu, paisible, occupé sans inquiétude de ce qu'il fallait faire pour les soutenir, tel fut-il à ce dernier choc ; et la mort ne lui parut pas plus affreuse, pâle et languissante, que lorsqu'elle se présente au milieu du feu sous l'éclat de la victoire qu'elle montre seule. Pendant que les sanglots éclataient de toutes parts, comme si un autre que lui en eût été le sujet, il continuait à donner ses ordres ; et s'il défendait les pleurs, ce n'était pas comme un objet dont il fût troublé, mais comme un empêchement qui le retardait. À ce moment il étend ses soins jusqu'aux moindres de ses domestiques. Avec une libéralité digne de sa naissance et de leurs services, il les laisse comblés de ses dons, mais encore plus honorés des marques de son souvenir. Comme il donnait des ordres particuliers et de la plus haute importance, puisqu'il y allait de sa conscience et de son salut éternel, averti qu'il fallait écrire et ordonner dans les formes, quand je devrais, MONSEIGNEUR, renouveler vos douleurs et rouvrir toutes les plaies de votre cœur, je ne tairai pas ces paroles qu'il répéta si souvent : qu'il vous connaissait, qu'il n'y avait sans formalités[1] qu'à vous dire ses intentions, que vous iriez encore au-delà, et suppléeriez de vous-même à tout ce qu'il pourrait avoir oublié. Qu'un père vous ait aimé, je ne m'en étonne pas, c'est un sentiment que la nature inspire ; mais qu'un père si éclairé vous ait témoigné cette confiance jusqu'au dernier soupir, qu'il se soit reposé sur vous de choses si importantes, et qu'il meure tranquillement sur cette assurance, c'est le plus beau témoignage que votre vertu pouvait remporter ; et, malgré

1. **Sans formalités** : sans actes notariés.

tout votre mérite, VOTRE ALTESSE n'aura de moi aujourd'hui que cette louange.

Ce que le prince commença ensuite pour s'acquitter des devoirs de la religion mériterait d'être raconté à toute la terre, non à cause qu'il[1] est remarquable, mais à cause pour ainsi dire qu'il ne l'est pas, et qu'un prince si exposé à tout l'univers ne donne rien aux spectateurs. N'attendez donc pas, MESSIEURS, de ces magnifiques paroles qui ne servent qu'à faire connaître, sinon un orgueil caché, du moins les efforts d'une âme agitée qui combat ou qui dissimule son trouble secret. Le prince de Condé ne sait ce que c'est que de prononcer de ces pompeuses sentences ; et dans la mort, comme dans la vie, la vérité fit toujours toute sa grandeur. Sa confession fut humble, pleine de componction[2] et de confiance. Il ne lui fallut pas longtemps pour la préparer : la meilleure préparation pour celle des derniers temps, c'est de ne les attendre pas. Mais, MESSIEURS, prêtez l'oreille à ce qui va suivre. À la vue du saint viatique[3] qu'il avait tant désiré, voyez comme il s'arrête sur ce doux objet. Alors il se souvient des irrévérences dont, hélas ! on déshonore ce divin mystère. Les chrétiens ne connaissent plus la sainte frayeur dont on était saisi autrefois à la vue du sacrifice. On dirait qu'il eût cessé d'être terrible, comme l'appelaient les saints Pères, et que le sang de notre victime n'y coule pas encore aussi véritablement que sur le Calvaire. Loin de trembler devant les autels, on y méprise

1. **Il** : pronom neutre, qui reprend tout ce qui précède.
2. **Componction** : regret qui « pique » l'âme du pénitent.
3. **Saint viatique** : sacrement des malades, extrême-onction.

JÉSUS-CHRIST présent ; et dans un temps où tout un royaume se remue[1] pour la conversion des hérétiques, on ne craint point d'en autoriser les blasphèmes. Gens du monde, vous ne pensez pas à ces horribles profanations : à la mort vous y penserez avec confusion et saisissement. Le prince se ressouvint de toutes les fautes qu'il avait commises ; et trop faible pour expliquer avec force ce qu'il en sentait, il emprunta la voix de son confesseur pour en demander pardon au monde, à ses domestiques, et à ses amis. On lui répondit par des sanglots : ha ! répondez-lui maintenant en profitant de cet exemple. Les autres devoirs de la religion furent accomplis avec la même piété et la même présence d'esprit. Avec quelle foi, et combien de fois pria-t-il le Sauveur des âmes, en baisant sa croix, que son sang répandu pour lui ne le fût pas inutilement ! C'est ce qui justifie le pécheur ; c'est ce qui soutient le juste ; c'est ce qui rassure le chrétien. Que dirai-je des saintes prières des agonisants, où dans les efforts que fait l'Église on entend ses vœux les plus empressés, et comme les derniers cris par où cette sainte mère achève de nous enfanter à la vie céleste ? Il se les fit répéter trois fois, il y trouva toujours de nouvelles consolations. En remerciant ses médecins, « Voilà », dit-il, « maintenant mes vrais médecins » : il montrait les ecclésiastiques dont il écoutait les avis, dont il continuait les prières, les psaumes toujours à la bouche, la confiance toujours dans le cœur. S'il se plaignit, c'était seulement d'avoir si peu à souffrir

1. **Se remue :** l'édit de Nantes avait été révoqué deux ans auparavant, et les persécutions faisaient rage.

pour expier ses péchés : sensible jusques à la fin à la tendresse des siens, il ne s'y[1] laissa jamais vaincre ; et au contraire il craignait toujours de trop donner à la nature. Que dirai-je de ses derniers entretiens avec le duc d'Enghien[2] ? Quelles couleurs assez vives pourraient vous représenter et la constance du père et les extrêmes douleurs du fils ? D'abord le visage en pleurs, avec plus de sanglots que de paroles, tantôt la bouche collée sur ces mains victorieuses et maintenant défaillantes, tantôt se jetant entre ces bras et dans ce sein paternel, il semble par tant d'efforts vouloir retenir ce cher objet de ses respects et de ses tendresses. Les forces lui manquent : il tombe à ses pieds. Le prince, sans s'émouvoir, lui laisse reprendre ses esprits ; puis appelant la duchesse sa belle-fille, qu'il voyait aussi sans parole et presque sans vie, avec une tendresse qui n'eut rien de faible il leur donne ses derniers ordres où tout respirait la piété. Il les finit en les bénissant[3] avec cette foi et avec ces vœux que Dieu exauce, et en bénissant avec eux, ainsi qu'un autre Jacob[4], chacun de leurs enfants en particulier ; et on vit de part et d'autre tout ce qu'on affaiblit en le répétant. Je ne vous oublierai pas, ô PRINCE son cher neveu[5], et comme son second fils, ni le glorieux témoignage qu'il a rendu constamment à votre mérite, ni ses tendres empressements et la lettre

1. **Y :** par cela (la souffrance).
2. **Duc d'Enghien :** Bossuet effectue ici un retour en arrière, dans la matinée.
3. **Il les finit en les bénissant :** il finit ses ordres en bénissant ses fils.
4. **Jacob :** allusion au chapitre XLIX de la Genèse, où Jacob bénit tous ses enfants en leur adressant successivement la parole.
5. **Son cher neveu :** fils du prince de Conti presque adopté par Condé.

qu'il écrivit en mourant pour vous rétablir dans les bonnes grâces du roi, le plus cher objet de vos vœux ; ni tant de belles qualités qui vous ont fait juger digne d'avoir si vivement occupé les dernières heures d'une si belle vie. Je n'oublierai pas non plus les bontés du roi qui prévinrent les désirs du prince mourant, ni les généreux soins du duc d'Enghien qui ménagea cette grâce, ni le gré que lui sut le prince d'avoir été si soigneux, en lui donnant cette joie, d'obliger un si cher parent. Pendant que son cœur s'épanche, et que sa voix se ranime en louant le roi, le prince de Conti arrive, pénétré de reconnaissance et de douleur. Les tendresses se renouvellent ; les deux princes ouïrent ensemble ce qui ne sortira jamais de leur cœur ; et le prince conclut en leur confirmant qu'ils ne seraient jamais ni grands hommes, ni grands princes, ni honnêtes gens, qu'autant qu'ils seraient gens de bien, fidèles à Dieu et au roi. C'est la dernière parole qu'il laissa gravée dans leur mémoire ; c'est, avec la dernière marque de sa tendresse, l'abrégé de leurs devoirs. Tout retentissait de cris, tout fondait en larmes ; le prince seul n'était pas ému, et le trouble n'arrivait pas dans l'asile[1] où il s'était mis. Ô Dieu, vous étiez sa force, son inébranlable refuge, et, comme disait David[2], ce ferme rocher où s'appuyait sa constance ! Puis-je taire durant ce temps ce qui se faisait à la cour et en la présence du roi ? Lorsqu'il y fit lire la dernière lettre[3]

1. **Asile** : refuge.
2. **David** : dans le second Livre de Samuel (XXII, 2-3).
3. **Dernière lettre** : il s'agit de la lettre déjà mentionnée, dont la première partie contenait l'adieu du prince à Louis XIV, et la seconde une intervention en faveur de Conti.

que lui écrivit ce grand homme, et qu'on y vit, dans les trois temps que marquait le prince, ses services, qu'il y passait si légèrement au commencement et à la fin de sa vie, et dans le milieu ses fautes dont il faisait une si sincère reconnaissance[1], il n'y eut cœur qui ne s'attendrît à l'entendre parler de lui-même avec tant de modestie ; et cette lecture suivie des larmes du roi fit voir ce que les héros sentent les uns pour les autres. Mais lorsqu'on vint à l'endroit du remerciement où le prince marquait qu'il mourait content, et trop heureux d'avoir encore assez de vie pour témoigner au roi sa reconnaissance, son dévouement et, s'il l'osait dire, sa tendresse, tout le monde rendit témoignage à la vérité de ses sentiments ; et ceux qui l'avaient ouï parler si souvent de ce grand roi dans ses entretiens familiers pouvaient assurer que jamais ils n'avaient rien entendu ni de plus respectueux et de plus tendre pour sa personne sacrée, ni de plus fort pour célébrer ses vertus royales, sa piété, son courage, son grand génie, principalement à la guerre, que ce qu'en disait ce grand prince avec aussi peu d'exagération que de flatterie. Pendant qu'on lui rendait ce beau témoignage, ce grand homme n'était plus. Tranquille entre les bras de son Dieu où il s'était une fois[2] jeté, il attendait sa miséricorde et implorait son secours, jusqu'à ce qu'il cessa enfin de respirer et de vivre. C'est ici qu'il faudrait laisser éclater ses justes douleurs à la perte d'un si grand homme ; mais pour l'amour de la vérité, et à

1. **Reconnaissance :** l'aveu fait par le prince, avec l'humilité qui convient au repentir.
2. **Une fois :** une fois pour toutes.

la honte de ceux qui la méconnaissent, écoutez encore ce beau témoignage qu'il lui rendit en mourant. Averti par son confesseur que, si notre cœur n'était pas encore entièrement selon Dieu, il fallait, en s'adressant à Dieu même, obtenir qu'il nous fît un cœur comme il le voulait, et lui dire avec David ces tendres paroles : « Ô Dieu ! créez en moi un cœur pur », à ces mots le prince s'arrête comme occupé de quelque grande pensée ; puis, appelant le saint religieux qui lui avait inspiré ce beau sentiment : « Je n'ai jamais douté », dit-il, « des mystères de la religion, quoi qu'on ait dit ». Chrétiens, vous l'en devez croire ; et, dans l'état où il est, il ne doit plus rien au monde que la vérité. « Mais », poursuivit-il, « j'en doute moins que jamais ». « Que ces vérités », continuait-il avec une douceur ravissante, « se démêlent et s'éclaircissent dans mon esprit » ! « Oui », dit-il, « nous verrons Dieu comme il est, face à face ». Il répétait en latin avec un goût merveilleux ces grands mots : *« Sicuti est, facie ad faciem »*, et on ne se lassait point de le voir dans ce doux transport. Que se faisait-il dans cette âme ? quelle nouvelle lumière lui apparaissait ? quel soudain rayon perçait la nue, et faisait comme évanouir en ce moment, avec toutes les ignorances des sens, les ténèbres mêmes, si je l'ose dire, et les saintes obscurités de la foi ? Que devinrent alors ces beaux titres dont notre orgueil est flatté ? Dans l'approche d'un si beau jour, et dès la première atteinte d'une si vive lumière, combien promptement disparaissent tous les fantômes du monde ! que l'éclat de la plus belle victoire paraît sombre ! qu'on en méprise la gloire, et qu'on veut de mal à ces faibles yeux qui s'y[1] sont laissé éblouir ! Venez, peuples, venez maintenant ; mais venez plutôt, princes et seigneurs, et vous qui jugez la terre[2], et vous qui ouvrez aux hommes les portes du ciel[3], et vous plus que tous les autres, princes et princesses, nobles rejetons de tant de rois, lumières de la France, mais aujourd'hui obscurcies et couvertes de votre douleur comme d'un nuage : venez voir le peu qui nous reste d'une si auguste naissance, de tant de grandeur, de tant de gloire. Jetez les yeux de toutes parts[4] : voilà tout ce qu'a pu faire la magnificence et la piété pour honorer un héros : des titres, des inscriptions, vaines marques de ce qui n'est plus ; des figures qui semblent pleurer autour d'un tombeau, et des fragiles images d'une douleur que le temps emporte avec tout le reste ; des colonnes qui semblent vouloir porter jusqu'au ciel le magnifique témoignage de notre néant ; et rien enfin ne manque dans tous ces honneurs, que celui à qui on les rend. Pleurez donc sur ces faibles restes de la vie humaine, pleurez sur cette triste[5] immortalité que nous donnons aux héros. Mais approchez en particulier, ô vous qui courez avec tant d'ardeur dans la carrière de la gloire, âmes guerrières et intrépides. Quel autre fut plus digne de vous commander ? mais dans quel autre avez-vous trouvé le commandement plus honnête ? Pleurez donc ce grand capitaine, et dites en gémissant : Voilà celui qui nous menait dans

1. **Y :** par elle.
2. **Vous qui jugez la terre :** les magistrats.
3. **Vous qui ouvrez aux hommes les portes du ciel :** le clergé.
4. **Jetez les yeux de toutes parts :** allusion à la pompe funèbre qui entourait l'orateur.
5. **Triste :** vaine.

les hasards ; sous lui se sont formés tant de renommés capitaines que ses exemples ont élevés aux premiers honneurs de la guerre ; son ombre eût pu encore gagner des batailles ; et voilà que dans son silence son nom même nous anime, et ensemble il nous avertit que pour trouver à la mort quelque reste de nos travaux, et n'arriver pas sans ressource à notre éternelle demeure, avec le roi de la terre il faut encore servir le roi du ciel. Servez donc ce roi immortel et si plein de miséricorde, qui vous comptera un soupir et un verre d'eau donné en son nom plus que tous les autres ne feront jamais tout votre sang répandu[1], et commencez à compter le temps de vos utiles services du jour que vous vous serez donnés à un maître si bienfaisant. Et vous, ne viendrez-vous pas à ce triste monument, vous, dis-je, qu'il a bien voulu mettre au rang de ses amis ? Tous ensemble, en quelque degré de sa confiance qu'il vous ait reçus, environnez ce tombeau ; versez des larmes avec des prières ; et, admirant dans un si grand prince une amitié si commode et un commerce si doux, conservez le souvenir d'un héros dont la bonté avait égalé le courage. Ainsi puisse-t-il toujours vous être un cher entretien ! ainsi puissiez-vous profiter de ses vertus ! et que sa mort, que vous déplorez, vous serve à la fois de consolation et d'exemple ! Pour moi, s'il m'est permis après tous les autres de venir rendre les derniers devoirs à ce tombeau, ô PRINCE, le digne sujet de nos louanges et de nos regrets, vous vivrez éternellement dans ma mémoire ; votre image

1. **Répandu :** souvenir de l'Évangile selon saint Matthieu (X, 42).

y sera tracée, non point avec cette audace qui promettait la victoire ; non, je ne veux rien voir en vous de ce que la mort y efface ; vous aurez dans cette image des traits immortels : je vous y verrai tel que vous étiez à ce dernier jour sous la main de Dieu, lorsque sa gloire sembla commencer à vous apparaître. C'est là que je vous verrai plus triomphant qu'à Fribourg et à Rocroi ; et, ravi d'un si beau triomphe, je dirai en actions de grâces ces belles paroles du bien-aimé disciple : « *Et haec est victoria quae vincit mundum, fides nostra* : La véritable victoire, celle qui met sous nos pieds le monde entier, c'est notre foi[1]. » Jouissez, PRINCE, de cette victoire, jouissez-en éternellement par l'immortelle vertu de ce sacrifice. Agréez ces derniers efforts d'une voix qui vous fut connue. Vous mettrez fin à tous ces discours. Au lieu de déplorer la mort des autres, GRAND PRINCE, dorénavant je veux apprendre de vous à rendre la mienne sainte : heureux si, averti par ces cheveux blancs du compte que je dois rendre de mon administration, je réserve au troupeau que je dois nourrir de la parole de vie les restes d'une voix qui tombe, et d'une ardeur qui s'éteint[2].

1. **... notre foi :** citation de la première Épître de saint Jean (V, 4).
2. **... s'éteint :** Bossuet ne cessera pas de prêcher, mais il réservera aux fidèles de son diocèse, et non plus à la cour, son éloquence.

« ORAISON FUNÈBRE DU PRINCE DE CONDÉ »

REPÈRES

1. Par quel lieu commun *(topos)* rhétorique Bossuet commence-t-il son discours ?
2. Quels défauts de Condé transparaissent à travers l'éloge de Bossuet ? À quelles qualités font-ils place après la conversion ?
3. « Versez des larmes avec des prières » (lignes 1231-1232, page 392) ; à quoi tient l'expressivité de cette formulation ?
4. « Que dirai-je des saintes prières des agonisants, où dans les efforts que fait l'Église on entend ses vœux les plus empressés, et comme les derniers cris par où cette sainte mère achève de nous enfanter à la vie céleste ? » (lignes 1058-1062, page 386). Comment cette phrase rassure-t-elle l'auditeur au cœur du récit de mort ?

OBSERVATIONS

5. Est-ce le portrait ou la leçon morale qui domine dans cette oraison funèbre ?
6. Pourquoi la prose de Bossuet est-elle si puissamment visuelle ? Relevez le champ lexical du regard, du spectacle, les évocations qui visent à « mettre sous les yeux » du public les événements relatés. De quelle figure de rhétorique s'agit-il ?
7. Montrez que Bossuet esquive le récit de mort à proprement parler. Comment s'y prend-il ?

INTERPRÉTATIONS

8. Quelle est la conception du héros chrétien selon Bossuet ? Montrez qu'elle se traduit dans la division même du discours.

9. Le parallèle établi par Bossuet, à la manière de Plutarque, entre Condé et Turenne a choqué plus d'un contemporain. Pourquoi ? Comment se présente ce parallèle ? Dans quelle tradition s'inscrit-il ?

EXERCICE D'ÉCRITURE

10. Racontez sur le mode épique un événement historique ou sportif de votre choix.

ORAISON FUNEBRE DE LOUIS DE BOURBON PRINCE DE CONDE'.

Dominus tecum, virorum fortissime . . . . . Vade in hac fortitudine tua . . . . Ego ero tecum.

Le Seigneur est avec vous, ô le plus courageux de tous les hommes. Allez avec ce courage dont vous estes rempli. Je seray avec vous. Aux Juges. VI. 12. 14. 16.

MONSEIGNEUR, A M. LE PRINCE.

AU MOMENT que j'ouvre la bouche pour célébrer la gloire immortelle de

A

Première page de l'exemplaire de deuil, réservée à la famille, de l'oraison funèbre du Prince de Condé.

Comment lire l'œuvre

Bossuet orateur : la réinterprétation chrétienne d'un genre initialement païen

L'éloge

Comme le sermon, l'oraison funèbre obéit à des règles relativement précises au moment où Bossuet commence à prêcher. Elle doit évidemment prendre pour point de départ la vie du défunt, dresser son portrait, rappeler son action, retracer les événements historiques qu'il a vécus, voire influencés. Mais, en aucun cas, il ne s'agit d'évoquer tous ces éléments de manière purement objective : avatar aujourd'hui disparu du genre épidictique, mais autrefois prestigieux et répandu, l'oraison funèbre est d'abord *laudatio funebris*, éloge funèbre. Pas plus que les auteurs de nécrologie actuels, l'orateur du XVIIe siècle ne pouvait se considérer comme un historien complet et impartial. Les plus élémentaires convenances l'empêchaient de juger trop sévèrement son héros. La seule marge de manœuvre qui lui restait était de refuser de prononcer l'oraison funèbre de tel ou tel personnage, s'il le jugeait trop immoral.

Cet éloge obligé n'est pas sans poser problème en contexte chrétien, où toute grandeur humaine est suspecte : comment à la fois célébrer une gloire et en dire toute la vanité ? Comment célébrer des qualités humaines, alors même qu'on affirme que seule compte la foi ? L'*Oraison funèbre du prince de Condé* est particulièrement significative de ce malaise : le récit de sa mort, s'efforçant de montrer qu'elle a fait du défunt un saint, tente de concilier ces inconciliables. Dans l'*Oraison funèbre d'Henriette-Marie de France*, Bossuet justifie son éloge de la défunte par des considérations didactiques,

la reine étant destinée à devenir un modèle pour tous : « Quoique personne n'ignore les grandes qualités d'une reine dont l'histoire a rempli tout l'univers, je me sens obligé d'abord à les rappeler en votre mémoire, afin que cette idée nous serve pour toute la suite du discours. »
Dans l'*Oraison funèbre du Père Bourgoing*, la louange du défunt est associée à la recherche de la vérité, ce qui représentait également un cliché du genre : il s'agissait de dresser le portrait le plus flatteur possible du défunt sans altérer la valeur de vérité du discours sacré, sans travestir les faits, ce qui pouvait parfois apparaître comme une gageure. Le prédicateur remercie donc Dieu « de ce que la vie de celui dont je dois prononcer l'éloge a été telle par sa grâce que je ne rougirai point de la célébrer en présence de ses saints autels et au milieu de son Église ».
De cet éloge relève également le rappel de la généalogie glorieuse du défunt, passage obligé de toute oraison funèbre. Là encore se manifeste la difficulté de christianiser l'oraison funèbre, genre essentiellement païen : comment dire dans le même temps la gloire d'une lignée et l'inanité de toute gloire humaine ? Bossuet tente de concilier ces deux obligations contradictoires, comme en témoigne notamment l'*Oraison funèbre d'Anne de Gonzague*, où il interprète la célébrité et la haute noblesse de la défunte comme un signe que Dieu a voulu, à travers sa vie et sa mort, toucher le plus d'hommes possible.
En outre, Bossuet ne se contente pas de louer le héros du jour : il flatte sa famille, et même, assez fréquemment, l'ensemble du public noble auquel il doit déférence et respect : « Voilà les vérités... que j'ai crues dignes d'être proposées à un si grand prince, et à la plus illustre assemblée de l'univers. » On sait que le compliment aux aristocrates présents était alors attendu, voire obligatoire ; le fait est que Bossuet n'y manque jamais, et qu'il saisit la moindre occasion de rappeler à ses auditeurs, en particulier à la famille royale, leur propre importance et son respect envers eux. Cette déférence envers les puissants, qui paraît souvent hypocrite à nos oreilles de modernes, a constitué l'un des principaux chefs d'accusation contre Bossuet.

Pourtant, Bossuet rejette explicitement la posture que la tradition lui assigne, puisque la louange prend très souvent la forme paradoxale de la prétérition, comme dans l'*Oraison funèbre d'Yolande de Monterby*, où le prédicateur commence par annoncer qu'il ne veut pas « satisfaire l'ambition des vivants par de vains éloges des morts » : suit l'affirmation, très fréquente chez Bossuet, de son dédain pour la généalogie, mais il s'agit là encore d'une prétérition : « Ce n'est pas aussi mon dessein de rechercher bien loin dans l'antiquité les marques d'une très illustre noblesse, qu'il me serait aisé de vous faire voir dans la race de Monterby, dont l'éclat est assez connu par son nom et ses alliances. » C'est que l'oraison funèbre vise moins à glorifier le défunt, à le mesurer selon des critères humains, qu'à le sanctifier, à le mesurer, si cela est possible, à l'aune du Jugement divin. Bossuet rejette donc la conception statique de l'oraison funèbre comme monument littéraire à la gloire du héros défunt, et insiste sur la leçon morale que les vivants doivent en tirer.

La déploration

Cet éloge s'accompagne d'une déploration de sa mort, et a donc partie liée avec le *pathos* ; ainsi l'*Oraison funèbre du prince de Condé*, par ailleurs relativement sereine, présente pourtant d'autres exemples d'appel violent au pathos : « Pleurez donc sur ces faibles restes de la vie humaine, pleurez sur cette triste immortalité que nous donnons aux héros. » La déploration peut aussi s'appliquer aux malheurs du défunt, ainsi dans l'*Oraison funèbre d'Henriette de France*, où Bossuet va jusqu'à comparer les malheurs de l'héroïne à ceux de Jérémie, en les estimant même supérieurs à ces derniers : « Jérémie lui-même, qui seul semble être capable d'égaler les lamentations aux calamités, ne suffirait pas à de tels regrets. » Cependant, la lamentation est, là encore, explicitement rejetée par Bossuet, qui refuse d'accroître la pompe du deuil par des plaintes étudiées », ce qui serait « indigne de [la] fermeté [de l'Église] » : « Ainsi n'attendez pas, Chrétiens, que je vous représente aujourd'hui, ni la perte de cette maison, ni la juste affliction de toutes ces dames... » Ce refus paradoxal fonctionne en fait, bien évidemment, comme un instrument de prétérition, et permet au prédicateur à la fois de conserver cette dimension originelle fondamentale de l'oraison funèbre, et d'orienter son discours vers ce qu'il considère comme une méditation plus importante, comme il le souligne avec autorité dans l'*Oraison funèbre de Marie-Thérèse d'Autriche*, en invoquant l'opposition entre les yeux et le cœur : « Taisons-nous : ce n'est pas des larmes que je veux tirer de vos yeux. Je pose les fondements des instructions que je veux graver dans vos cœurs. » L'oraison funèbre du Père Bourgoing, chant joyeux et confiant, va jusqu'à abolir toute tristesse ; la déploration est plus présente dans les oraisons funèbres consacrées aux personnages royaux et princiers, mais elle n'a jamais le dernier mot.

L'enseignement des fidèles : l'oraison funèbre, un genre didactique

La déploration et l'éloge sont donc explicitement rejetés dans un même mouvement, aussi bien dans l'exorde de l'*Oraison funèbre d'Yolande de Monterby* que dans l'exhortation finale de l'*Oraison funèbre du Père Bourgoing*. En contexte chrétien en effet, et surtout à partir des années 1640-1650, s'ajoutent d'autres éléments : des références à l'actualité, voire des prises de position sur les débats en cours, et surtout l'instruction des fidèles. À partir du cas particulier du défunt, l'oraison doit élargir la perspective, en amenant l'auditeur à réfléchir sur les exemples offerts et à méditer sur la mort qui réduit brutalement à néant des personnages hors du commun. C'est à l'instruction morale et spirituelle des fidèles que seront subordonnées les deux composantes traditionnelles et profanes de l'oraison funèbre, condition pour que l'oraison funèbre, genre païen, se laisse – difficilement – christianiser.

Le but de l'oraison funèbre est donc clairement didactique, comme l'explique Bossuet dans l'*Oraison funèbre d'Henri de Gornay* : « Proposer trois ou quatre réflexions tirées des principes du christianisme, qui serviront, si Dieu le permet, pour l'instruction de tout ce peuple. » Même dans l'*Oraison funèbre de Henriette-Anne d'Angleterre*, marquée par une intensité émotionnelle particulièrement forte, Bossuet généralise presque aussitôt cette perspective, à travers l'opposition martelée entre un(e) et tous (toutes) : « Je veux dans un seul malheur déplorer toutes les calamités du genre humain, et dans une seule mort faire voir la mort et le néant de toutes les grandeurs humaines. »

Cette finalité pédagogique se manifeste par un ton volontiers professoral. Ainsi, Bossuet revendique régulièrement le contrôle qu'il exerce sur son discours. Il conduit ostensiblement la méditation qu'il propose à ses auditeurs, souvent à travers l'utilisation du pluriel de première personne : « Mais élevons plus haut nos esprits ; et, après avoir regardé le temps dans cette perpétuelle dissipation, considérons-le maintenant en un autre sens... » (*Oraison funèbre d'Yolande de Monterby*). L'emploi du « je » sert souvent à organiser très clairement le discours.

L'orateur n'hésite pas à exhiber les raisonnements logiques, surtout dans ses premières oraisons, souvent jugées trop lourdement didactiques : « De cette distinction importante du temps considéré en lui-même et du temps par rapport à l'éternité, je tire cette conséquence infaillible. » (*Oraison funèbre d'Yolande de Monterby*). Fort de cet appui sur la raison, il affirme explicitement son autorité : « C'est ce que vous comprendrez sans difficulté par ce raisonnement invincible... », « je soutiens que... », « je tire cette conséquence infaillible », « il s'ensuit que... ». Dans la même perspective, il n'hésite pas à répéter plusieurs fois le plan de son discours, pour que son auditoire le mémorise plus facilement. Il le rappellera à plusieurs reprises au cours de son développement, s'assurant ainsi que le public suit sans peine la démonstration. Ainsi, l'exorde de l'*Oraison funèbre d'Henriette-Marie de France* se clôt sur l'annonce répétée des deux points opposés et complémentaires qui composeront le discours : la manière dont la défunte a servi Dieu dans son règne ; la manière dont elle l'a servi une fois exilée et misérable. La dichotomie entre ces deux états, traduite par de multiples parallélismes et rythmes binaires, est martelée pour s'imprimer dans l'esprit des auditeurs : « J'ai déjà dit que ce grand Dieu les enseigne, et en leur donnant (1) et en leur ôtant (2) leur puissance. La reine dont nous parlons a également entendu deux leçons si opposées ; c'est-à-dire qu'elle a usé chrétiennement de la bonne (1) et de la mauvaise (2) fortune. Dans l'une elle a été bienfaisante (1) ; dans l'autre elle s'est montrée toujours invincible (2). Tant qu'elle a été heureuse, elle a fait sentir son pouvoir au monde par des bontés infinies (1) ; quand la fortune l'eut abandonnée, elle s'enrichit plus que jamais elle-même de vertus (2) [...] si ses sujets, si ses alliés, si l'Église universelle a profité de ses grandeurs (1), elle-même a su profiter de ses malheurs et de ses disgrâces (2) plus qu'elle ne l'avait fait de toute sa gloire. »

L'oraison funèbre, malgré ses origines païennes et sa tendance au mensonge et à la flatterie, est donc intégrée tant bien que mal à l'éloquence religieuse. Elle se rapproche ainsi à la fois du panégyrique de saint, genre que Bossuet a également beaucoup pratiqué, et du sermon, dont elle emprunte le *texte* (court extrait de la Bible placé en tête du discours, comme inspiration principale), l'exorde terminé par un appel à l'attention des auditeurs, la division (plan détaillé annoncé à la fin de l'exorde) en deux ou trois parties, et la péroraison. Dans la seconde moitié du XVIIe siècle, deux divisions sont privilégiées par les orateurs : la première consiste à rappeler chronologiquement les grandes étapes de la vie du défunt, avant de consacrer la dernière partie du discours au récit de la maladie qui précéda la mort. C'est le cas, par exemple, de l'*Oraison funèbre d'Henriette-Marie de France*. La seconde consiste à agencer le discours en fonction des principales vertus du défunt, souvent au nombre de trois : qualités de cœur, qualités intellectuelles, piété. C'est dans cette dernière partie que s'insère le récit de mort, qui vient couronner et confirmer la piété du personnage. L'*Oraison funèbre du prince de Condé* correspond parfaitement à ce second canevas. Dans ce cas, les premières parties de l'oraison funèbre ne cherchent souvent qu'à susciter l'admiration du public, admiration stérile, qui n'implique nul changement dans la vie personnelle des auditeurs. Ce n'est qu'à partir du récit de mort que le défunt peut devenir non seulement un objet d'admiration, mais un exemple à imiter, imitation qui sera proposée à chaque auditeur à la fin du discours, et que l'orateur se proposera à lui-même à la fin de l'oraison funèbre du prince de Condé.

Historien ou prophète ? : Bossuet, l'Histoire et la Providence dans les *Oraisons funèbres*

De l'*histôr* à l'historien

Évoquant les actes de bravoure militaire sur le mode épique (bataille de Rocroi) ou la situation de l'État sur le mode pathétique (révolution d'Angleterre), brossant des tableaux ou des portraits, Bossuet se rapproche tout naturellement de l'historien, et en particulier de l'historien à la manière antique. En effet, ce n'est peut-être pas un hasard si, le terme étant dérivé du grec *histôr*, (signifiant « celui qui a vu », le témoin oculaire), l'évocation de l'histoire par Bossuet est souvent hautement visuelle, avec un usage fréquent de l'hypotypose, qui transforme l'auditeur en spectateur captivé : « Que vois-je durant ce temps ? Quel trouble ! Quel affreux spectacle se présente ici à mes yeux ! » (*Oraison funèbre d'Anne de Gonzague*), ou : « Je vois la maison de France... Je vois les rois d'Écosse... » (*Oraison funèbre d'Henriette-Anne d'Angleterre*).

La répétition anaphorique de « je vois », l'usage de phrases sans verbe ou du présent historique concourent à créer une progression de type visuel, imitant le trajet du regard parcourant un tableau.

Plus proche de l'historien au sens moderne cette fois, dans l'*Oraison funèbre du prince de Condé*, Bossuet fonde son discours sur une documentation d'une précision remarquable, en particulier le récit des campagnes de 1643 et 1644 par La Moussaye, l'aide de camp de Condé. À la manière d'un historien également, Bossuet suggère parfois plusieurs explications du même fait : « Que dirai-je ? Était-ce là de ces tempêtes par où le Ciel a besoin de se décharger quelquefois [...] ? Ou bien était-ce les derniers efforts d'une liberté remuante [...] ? Ou bien était-ce comme un travail de la France prête à enfanter le règne miraculeux de Louis ? Non, non : c'est Dieu qui voulait montrer qu'il donne la mort, et qu'il ressuscite... »

Cette jubilation à dire l'histoire, et en particulier l'histoire militaire, se manifeste notamment dans l'*Oraison funèbre d'Anne de Gonzague*, où le tableau de l'invasion de la Pologne, nullement indispensable au discours, semble témoigner d'un goût peu chrétien de Bossuet pour les évocations de bataille. Le récit de Rocroi dans l'*Oraison funèbre du prince de Condé* fournit un autre exemple de cette fascination pour l'épopée guerrière.

Le rejet de l'histoire

Or, juste après l'ouverture de l'*Oraison funèbre du Père Bourgoing*, qui place le discours sous le signe de la vérité et du refus de la flatterie, Bossuet revendique le rejet de l'histoire, discréditée comme foncièrement profane : « L'éclat de telles actions semble illuminer un discours ; et le bruit qu'elles font déjà dans le monde aide celui qui parle à se faire entendre d'un ton plus ferme et plus magnifique. Mais [...] il arrive ordinairement que Dieu a si peu de part dans de telles vies qu'on a peine à y trouver quelques actions qui méritent d'être louées par ses ministres. »

En effet, quand il prêche, Bossuet prétend refuser l'*ethos* de l'historien (*ethos*, ou preuve éthique : manière de persuader qui utilise l'image positive que l'orateur donne de lui à travers son discours : autorité, affection, honnêteté...), et préfère limiter son rôle à celui d'un témoin. En feignant de ne se fier qu'à ce qu'il a vu, il espère échapper à l'accusation

d'extrapolations abusives ou malhonnêtes : « Ne pensez pas que je veuille, en interprète téméraire des secrets d'État, discourir sur le voyage d'Angleterre, ni que j'imite ces politiques spéculatifs qui arrangent suivant leurs idées les conseils des rois, et composent sans instruction les annales de leur siècle. » (*Oraison funèbre du prince de Condé*).
De même, il affirme dans l'*Oraison funèbre de Le Tellier* : « L'histoire en racontera de fameux exemples, je n'ai pas besoin de les rapporter ; et, content de remarquer des actions de vertu dont les sages auditeurs puissent profiter, ma voix n'est pas destinée à satisfaire les politiques ni les curieux. » La même opposition entre sagesse et connaissance historique inutile apparaissait déjà dans l'*Oraison funèbre d'Henri de Gornay*, en une dichotomie forte entre le profane (liée à l'invention) et le sacré : « La hardiesse humaine n'aime pas à demeurer court : où elle ne trouve rien de certain, elle invente. Je laisse toutes ces considérations profanes pour m'arrêter à des choses saintes. » En effet, comme Bossuet le répétera dans l'*Oraison funèbre du prince de Condé*, « Les histoires seront abolies avec les empires, et il ne se parlera plus de tous ces faits éclatants dont elles sont pleines ».
La seule leçon qui puisse être tirée de l'histoire est qu'elle illustre la puissance et la volonté divines. Le recours à l'histoire n'est finalement pleinement justifié que quand il s'agit de l'histoire de l'Église, dans l'*Oraison funèbre d'Henriette-Marie de France* notamment. Plus généralement, l'attention accordée au rôle de la Providence fait de Bossuet une sorte d'intermédiaire entre le sacré et le profane. Il lie les événements terrestres à leurs équivalents bibliques, et donc à leur interprétation spirituelle : « Que puis-je penser autre chose, sinon que la Providence... a voulu qu'elle survéquît à ses grandeurs... ? Ce fut un conseil à peu près semblable qui abaissa autrefois David sous la main du rebelle Absalon. » Le prédicateur rassemble ainsi les traces que la vie du défunt a laissées dans la mémoire de ses auditeurs, pour les insérer dans l'ordre éternel et universel voulu par Dieu et ainsi, littéralement, les transcender.

De l'historien au prophète

En reconnaissant dans l'Histoire la volonté divine, le prédicateur se fait, en quelque sorte, prophète. Plusieurs éléments convergent vers cette identification : l'idée de mission (« Puisqu'on a bien voulu employer ma voix », *Oraison funèbre de Nicolas Cornet*), la lamentation, l'autorité, l'enseignement de la volonté de Dieu, et bien sûr le statut de porte-parole de Dieu. Cependant, l'*ethos* prophétique, lié au déchiffrement du passé et du présent, ajoute une dimension nouvelle, le rapport à l'avenir, puisque prophétiser implique une sorte de connaissance intuitive du futur, que l'on communique à ses auditeurs pour les avertir.

La construction de cet *ethos* prophétique comprend plusieurs stades. Le premier est la simple citation d'un prophète biblique, qui n'implique pas nécessairement une identification de l'orateur avec le prophète cité. Dans l'*Oraison funèbre d'Henriette-Anne d'Angleterre*, le « je » lie l'événement présent et les paroles d'Ézéchiel : « ... et il me semble que je vois l'accomplissement de cette parole du prophète : Le roi pleurera, le prince sera désolé... » Le deuxième stade est la manifestation par l'orateur du pouvoir de son discours, qui ne s'identifie pas à proprement parler à une prophétie, mais possède une sorte de puissance surnaturelle, par exemple, dans l'*Oraison funèbre de Nicolas Cornet*, le pouvoir d'invocation : « Et vous, grandes mânes, je vous appelle, sortez de ce tombeau », « Sortez, grand homme, de ce tombeau » ou, dans l'*Oraison funèbre d'Henriette-Marie de France* : « Ce cœur, qui n'a jamais vécu que pour lui, se réveille, tout poudre qu'il est, et devient sensible, même sous ce drap mortuaire, au nom d'un époux si cher... » Le dernier stade est l'identification pure et simple. Bossuet se présente alors comme un relais du message divin à l'homme et n'hésite pas, en particulier, à s'identifier à David, en rejetant l'*ethos* de l'historien : « Ce n'est pas un ouvrage humain que je médite. Je ne suis pas ici un historien [...] : il faut que je m'élève au-dessus de l'homme, pour faire trembler toute créature sous les jugements de Dieu. J'entrerai avec David dans les puissances du Seigneur, et j'ai à vous faire voir les merveilles de sa main et de ses conseils. »

Il est significatif que ce soit dans l'oraison funèbre de l'ancienne libertine Anne de Gonzague que cet *ethos* est le plus marqué. Bossuet se présente comme un censeur menaçant et s'attribue le même rôle à double tranchant que les prophètes : « Mon discours, dont vous vous croyez peut-être les juges, vous jugera au dernier jour ; ce sera sur vous un nouveau fardeau, comme parlaient les prophètes [...] si vous n'en sortez plus chrétiens, vous en sortirez plus coupables. »

Un autre aspect de cet *ethos* prophétique est la remontrance au roi, fonction traditionnellement dévolue aux prophètes dans l'Ancien Testament. Bossuet, prédicateur de cour, s'adresse lui aussi de manière privilégiée aux puissants, et en particulier au roi ; la citation biblique qui ouvre l'*Oraison funèbre d'Henriette-Marie de France*, bien que tirée des Psaumes, est à cet égard significative : « Maintenant, ô Rois, apprenez ; instruisez-vous, jugez de la terre. » Et Bossuet insistera plus loin sur le caractère exceptionnel de cette adresse au prince : « S'il n'est pas permis aux particuliers de faire des leçons aux princes sur des événements si étranges, un roi me prête ses paroles pour leur dire : ... » Chateaubriand s'écriera à propos de l'*Oraison funèbre d'Henriette-Anne d'Angleterre* : « Jamais les rois ont-ils reçu de pareilles leçons ? »

Cependant, ce ton prophétique n'est pas seulement synonyme de puissance. Il aboutit finalement à une sorte de disparition du « je », qui s'efface pour laisser Dieu parler à travers lui. La doctrine du « Prédicateur intérieur », héritée de saint Augustin, joue un rôle majeur dans la manière, non dépourvue d'ambiguïté, dont le prédicateur devient transparence absolue, simple intermédiaire de la Parole divine. Il disparaît comme personne, pour devenir pure efficacité. Cette soumission absolue du prédicateur à Dieu apparaît par exemple dans l'*Oraison funèbre de Marie-Thérèse d'Autriche* : « Élevez maintenant, ô Seigneur ! et mes pensées et ma voix. » Plus explicitement encore, Bossuet déclare dans l'*Oraison funèbre d'Anne de Gonzague* : « Seigneur, imposez silence à cet indigne ministre, qui ne fait qu'affaiblir votre parole. Parlez dans les cœurs, Prédicateur invisible, et faites que chacun se parle à soi-même. Parlez, mes Frères, parlez : je ne suis ici que pour aider vos réflexions. » C'est ainsi que l'orateur parvient à combiner humilité chrétienne et revendication de possession de la vérité. Ce thème n'est pas sans lien avec la revendication paradoxale, dans un texte saturé de rhétorique, du rejet de la rhétorique. Celle-ci tend en effet à faire valoir l'orateur et son habileté aux dépens du message qu'il est censé transmettre : « Pour orner une telle vie, je n'ai pas besoin d'emprunter les fausses couleurs de la rhétorique » ; « Que ferez-vous ici, faibles discoureurs ? Détruisez-vous ces remparts en jetant des fleurs ? Dissiperez-vous ces conseils cachés en chatouillant les oreilles ? Croyez-vous que ces superbes hauteurs tombent au bruit de vos périodes mesurées ? » (*Oraison funèbre du Père Bourgoing*).

Un thème central : la mort

On a souvent fait de la mort le thème principal de l'œuvre de Bossuet. Ce constat était peut-être exagéré, mais il est évident qu'elle ne peut que jouer un rôle central dans les oraisons funèbres. Omniprésente, obsédante, souvent personnifiée (par exemple, ses « bras », qui entrent en résonance avec le(s) bras de Dieu, symbole de sa puissance et/ou de sa protection, dans les oraisons funèbres d'Henriette-Anne d'Angleterre, de Marie-Thérèse d'Autriche, de Michel Le Tellier), elle revêt de multiples formes. Dans l'*Oraison funèbre d'Henriette-Anne d'Angleterre*, elle est évoquée à la manière lyrique des poètes baroques. Elle se présente comme le dénouement attendu et prévisible – mais jamais totalement prévu – de la comédie de l'existence, comme le passage obligatoire de la vie terrestre à la vie éternelle. Elle nivelle les individus et les statuts sociaux : face à elle, qu'importe d'avoir brillé par sa beauté et son esprit, comme Henriette-Anne d'Angleterre, par sa bravoure, comme le prince de Condé, ou par ses talents d'administrateur, comme Le Tellier : il ne restera plus comme trace de la vie terrestre qu'un « je ne sais quoi » informe, selon la formule puissante que Bossuet emprunte à Tertullien (non sans malice, puisque ce « je ne sais quoi » est à l'époque proposé comme définition du beau indéfinissable). Les images qui lui sont associées sont variées, et plus ou moins traditionnelles : tableau ou trait (*Oraison funèbre d'Yolande de Monterby*), fleur fanée, « grand gouffre du néant » (*Oraison funèbre d'Henriette-Anne d'Angleterre*) vers lequel roulent les hommes, bête carnassière qui pourrait bien être la version chrétienne du Minotaure (*Oraison funèbre du Père Bourgoing*), etc.

L'évocation de la mort du défunt acquiert dans la seconde moitié du XVIIe siècle une importance considérable, en ce qu'elle représente le meilleur témoignage de sa piété et souligne d'autant plus efficacement son caractère exemplaire qu'elle clôt le discours sur une note pathétique affirmée. Cependant, le cas de Bossuet semble à cet égard assez singulier. En effet, seules ses trois dernières oraisons funèbres contiennent un récit de mort en bonne et due forme. On peut penser que l'*Oraison funèbre d'Henriette-Anne d'Angleterre* a joué à cet égard le rôle d'une expérience décisive et fondatrice. Le récit de cette mort brutale et vaguement mystérieuse ne pouvait être occulté, d'autant plus que Bossuet, ayant assisté la défunte dans ses derniers instants, pouvait – cas exceptionnel – se fonder sur ses propres souvenirs. Il semble que cette première expérimentation remarquablement convaincante des pouvoirs pathétiques et édifiants d'un récit de mort l'ait poussé à renouveler l'expérience dans les oraisons suivantes comme le souligne Constance Cagnat (*la Mort classique*).

Le récit de mort se présente rarement sous la forme d'une pure narration. Il est très souvent entrecoupé d'interventions de l'orateur, qui peuvent prendre des formes diverses, dont la plus explicite est l'apostrophe aux auditeurs, et la plus discrète, la paraphrase explicative. Ces interventions correspondent à plusieurs intentions selon Constance Cagnat :

– **Expliquer, souligner le caractère exemplaire de cette mort** en précisant l'interprétation de gestes ou de déclarations : « Dans cette courte prière, vous voyez la soumission aux ordres de Dieu... » (*Oraison funèbre du prince de Condé*) ; « Reconnaissez-vous un chrétien qui achève son sacrifice, qui fait le dernier effort... » (*Oraison funèbre de Michel Le Tellier*). Il s'agit avant tout d'exclure la possibilité que cette mort ait été une « male [mauvaise] mort », mort non chrétienne qui ne peut conduire qu'à la damnation. C'est pourquoi Bossuet ôte toute ambiguïté aux dispositions du mourant, ainsi à propos du désir de mourir de Le Tellier, qu'il ne faut absolument pas confondre avec un désespoir suicidaire ou avec une lâcheté devant la souffrance physique alors qu'il s'agit d'un ardent désir de voir Dieu : « Que vois-je ici, Chrétiens... » L'orateur prend bien soin d'éviter les signes de la male mort, d'où une prédilection pour les énoncés négatifs : « sans », « bien loin de... », « ni la gloire ni la

jeunesse n'auront un soupir » (*Oraison funèbre d'Henriette-Anne d'Angleterre*) ;
– **Rassurer** : Bossuet rappelle quels secours offre la religion au mourant, à travers notamment les « saintes prières des agonisants », expression qui revient dans les oraisons funèbres de Le Tellier et du prince de Condé. Le moment de la mort proprement dit est très souvent esquivé en une sorte de récit sans fin, reflétant en quelque sorte la conviction chrétienne que la mort n'est pas une fin en soi. Le *topos* selon lequel le saint meurt en parlant permet cette ellipse finale ; la parole du défunt se poursuit donc dans l'au-delà, rejoignant les anges avec lesquels il peut chanter la louange de Dieu ;
– **Effrayer** : l'orateur multiplie les mises en garde, à grand renfort d'apostrophes pathétiques, souvent sur un ton prophétique : « Chrétiens, soyez attentifs, et venez apprendre à mourir ; ou plutôt venez apprendre à n'attendre pas la dernière heure pour commencer à bien vivre. Quoi ! attendre à commencer une vie nouvelle lorsqu'entre les mains de la mort, glacés sous ses froides mains, vous ne saurez si vous êtes avec les morts ou encore avec les vivants ! Ha ! prévenez par la pénitence cette heure de troubles et de ténèbres... » (*Oraison funèbre du prince de Condé*) ; « Vous, riches, vous qui vivez dans les joies du monde, si vous saviez avec quelle facilité vous vous laissez prendre aux richesses que vous croyez posséder... » (*Oraison funèbre de Michel Le Tellier*).

Correspondances

1

Dans *le Paradis perdu* de **Milton**, Dieu, prévoyant la déchéance de l'homme, demande qui se sacrifiera pour le sauver. Personne ne répond, sauf son fils, qui se porte volontaire ; il se sacrifiera, et vaincra la mort :

Mais cette dette payée, tu ne me laisseras pas sa proie dans l'impur tombeau ; tu ne souffriras pas que mon âme sans tache habite là pour jamais avec la corruption ; mais je ressusciterai victorieux, et je subjuguerai mon vainqueur dépouillé de ses dépouilles vantées. La Mort recevra alors sa blessure de mort, et rampera inglorieuse, désarmée de son dard mortel. Moi, à travers les airs, dans un grand triomphe, j'emmènerai l'Enfer captif malgré l'Enfer, et je montrerai les pouvoirs des ténèbres enchaînés. Toi, charmé à cette vue, tu laisseras tomber du Ciel un regard, et tu souriras, tandis qu'élevé par toi je confondrai tous mes ennemis, la Mort la dernière, et avec sa carcasse je rassasierai le sépulcre. Alors, entouré de la multitude par moi rachetée, je rentrerai dans le Ciel après une longue absence ; j'y reviendrai, ô mon Père, pour contempler ta face, sur laquelle aucun nuage de colère ne restera, mais où l'on verra la paix assurée et la réconciliation ; désormais la colère n'existera plus, mais en ta présence la joie sera entière.

John Milton, *le Paradis perdu*, trad. de Chateaubriand, III, vers 217 à 265, Paris, Belin, 1990.

2

Laurent Drelincourt. « Sur la Mort. Assurance ».

« Quel est ce monstre horrible, et sans chair et sans yeux,
Qui d'une faux armé, grands et petits menace ;
Et qui, d'un pied superbe, également terrasse,
Et le riche, et le pauvre, et le jeune, et le vieux ?

Chrétien, vois sans horreur cet objet odieux ;
Vois, sous son masque affreux, de ton Sauveur la face ;
Vois, dans sa dure main, des nouvelles de grâce ;
Et, sous son manteau noir, la lumière des cieux.

L'inévitable coup de sa faux meurtrière,
Termine, avec tes jours, ta pénible carrière,
Et fait voler ton âme au séjour de la paix.

Ainsi, le châtiment, dont l'offense est suivie,
Porte un vieux nom, contraire à ses nouveaux effets :
La mort n'est maintenant, qu'un passage à la vie. »

Laurent Drelincourt, *Sonnets chrétiens*, XXIV, Paris, Éd. Du Chêne, 1948 (orthographe modernisée).

L'oraison funèbre

En Grèce, l'oraison funèbre constitue un genre bien répertorié. Cependant, la subordination absolue de l'individuel au collectif et la défiance ancrée dans les mentalités athéniennes envers toute réputation qui, en s'élevant trop haut, pourrait porter atteinte à l'égalité constitutionnelle des citoyens, empêchaient qu'on pût consacrer des discours publics à la gloire d'un seul homme, quelque grand qu'il fût. L'oraison funèbre sera donc fondamentalement collective, et non personnelle.

Correspondances

1

Démosthène est désigné pour prononcer l'oraison funèbre en l'honneur des soldats tombés à Chéronée (338 av. J.-C.). Son discours reflète certes la tristesse collective, mais il traduit également son propre sentiment d'échec, dans la mesure où son plan, bien qu'il eût obtenu l'alliance de Thèbes et que les soldats se soient montrés valeureux, a échoué. C'est sous le regard vigilant du vainqueur, Philippe de Macédoine, que Démosthène, représentant autorisé de la cité vaincue, doit se prononcer ainsi sur son propre échec. Voici le début de son discours, où il met en scène le *topos* de l'impuissance de l'orateur à dire ce qui est au-delà de tout discours :

Quand la Cité eut décidé de faire des funérailles nationales à ceux qui gisent dans ce tombeau, aux héros vaillants de cette guerre, et qu'elle m'eut chargé personnellement de prononcer en leur honneur le discours d'usage, je me suis mis tout de suite à examiner le moyen de leur faire obtenir l'éloge qui leur revient ; mais durant cette recherche et cet examen, je me suis aperçu que parler dignement de ces disparus était une tâche difficile entre toutes : eux qui ont méprisé cet instinct profond et universel, le goût de la vie, et qui ont préféré mourir en braves plutôt que de voir de leur vivant une Grèce malheureuse, se peut-il qu'ils ne nous aient pas légué leur vaillance comme un exemple au-dessus de toute expression ? Il me semble toutefois possible de parler aussi bien que les orateurs qui ont jamais pris la parole en ce lieu. [...] Or, si, parmi tout ce qui se rapporte à la gloire, je ne voyais à leur actif que le courage, j'en ferais l'éloge et me tiendrais quitte du reste. Mais puisqu'ils ont eu cet avantage de jouir à la fois d'une belle naissance, d'une sage éducation et d'une vie éprise d'illustration, je rougirais si l'on me voyait omettre l'un des titres qui justifient leur zèle. Je vais commencer par les origines de leur race.

Démosthène, *Discourt d'apparat*, 1-3, trad. R. Clavaud, Paris, Les Belles Lettres, 1974.

2

Dans l'oraison funèbre que **Thucydide** fait prononcer à Périclès en l'honneur des soldats morts pendant la première année de la guerre du Péloponnèse, il est plus question d'Athènes que de ceux qui l'ont défendue au prix de leur vie. Après avoir glorifié les ancêtres, l'orateur entreprend un long éloge d'Athènes, cité libre et florissante. Ce n'est qu'à la fin du discours qu'il revient aux défunts, et encore est-ce essentiellement pour les proposer en modèles aux vivants, avant de réconforter successivement les parents, les enfants, les frères et les veuves des défunts :

Ces hommes, donc, eurent là une conduite qui s'apparente bien à la cité. Ceux qui restent, eux, doivent, pour leurs dispositions à l'égard de l'ennemi, souhaiter un sort plus sûr, mais prétendre à une audace non moindre : ne considérez pas seulement en paroles des avantages, sur lesquels on ne vous apprendrait rien à insister longuement, en disant tout l'intérêt qu'il y a à repousser un ennemi ; contemplez plutôt chaque jour, dans sa réalité, la puissance de la cité, soyez-en épris, et, quand elle vous semblera grande, dites-vous que les hommes qui ont acquis cela montraient de l'audace, discernaient leur devoir, et, dans l'action, observaient l'honneur, qu'enfin si jamais ils échouaient dans quelque tentative, ils n'estimaient pas pour cela devoir priver la cité de leur valeur : ils lui en faisaient abandon comme s'ils acquittaient une quote-part, la plus belle de toutes. En donnant leur vie à la communauté, ils recevaient pour eux-mêmes l'éloge inaltérable et une sépulture qui est la plus insigne : elle n'est pas tant là où ils reposent que là où leur gloire subsiste à jamais dans les mémoires, à chaque occasion qu'offre, indéfiniment, la parole ou l'action.

Thucydide, *la Guerre du Péloponnèse*, II, XLIII, trad. J. de Romilly, Paris, Belles Lettres, 1991.

3

Dédié à une famille et non plus à l'ensemble de la cité, le genre latin de la *laudatio funebris* a été immortalisé par **Shakespeare** qui a recréé, à partir des sources antiques, l'éloge funèbre de César par Marc Antoine :

Amis, Romains, concitoyens, prêtez-moi vos oreilles.
Je viens ensevelir César, non le glorifier.
Le mal que font les hommes survit après eux,
Le bien est souvent enterré avec leurs os ;
Qu'il en soit ainsi pour César. Le noble Brutus
Vous a dit que César était ambitieux.
Si cela est vrai, la faute était cruelle,
Et cruellement César en a payé le prix.
Ici, avec la permission de Brutus et des autres,
Car Brutus est un homme honorable,
Comme ils le sont tous, tous des hommes honorables,
Je viens parler aux funérailles de César.
Il fut mon ami, fidèle et juste envers moi ;
Mais Brutus dit qu'il fut ambitieux,
Et Brutus est un homme honorable.
Il ramena bien des captifs chez nous à Rome,
Dont les rançons remplirent les coffres publics ;
Était-ce là chez César preuve d'ambition ?
Quand les pauvres pleuraient, César versait des larmes :
L'ambition devrait être d'une plus rude étoffe,
Pourtant Brutus dit qu'il fut ambitieux,
Et Brutus est un homme honorable.
Tous vous m'avez vu, le jour des lupercales,
Trois fois lui présenter la couronne royale,
Qu'il refusa trois fois. Était-ce là ambition ?
Pourtant Brutus dit qu'il fut ambitieux,
Et pour sûr c'est un homme honorable.
Je ne parle pas ici pour contredire Brutus,

Mais je suis ici pour dire ce que je sais.
Vous l'aimiez tous jadis, non sans cause,
Quelle cause alors vous empêche de le pleurer ?
Ô jugement, tu t'es réfugié chez les bêtes brutes,
Et les hommes ont perdu leur raison ! Excusez-moi,
Mon cœur est là dans le cercueil, avec César,
Et je dois me taire jusqu'à ce qu'il me revienne.

Shakespeare, *Julius Cæsar*, III, 2, Paris, Gallimard, 2002, dir. M. Déprats, trad. J. Hankins.

4

L'un des principaux modèles de Bossuet pour ses oraisons funèbres est un Père de l'Église, **saint Grégoire de Nazianze,** qui illustre la réinterprétation du genre au cours de l'Antiquité chrétienne :

Elle a fait son dernier jour un jour de fête. On retenait ses larmes, on la regardait en silence, et sa mort semblait être comme une cérémonie sacrée. On la vit prononçant quelque chose secrètement. On s'approche ; c'était un Psaume : *In pace in idipsum dormiam et requiescam* (Ps. IV, 9). Vous chantiez ces choses, ô sainte femme, et elles se passaient en vous, et vos actions étaient une psalmodie et votre mort un épitaphe glorieux. Et maintenant vous êtes avec les anges en vue de la Trinité, qui ne fait plus l'âme prisonnière, répandue et égarée parmi les sens, mais qui se donne tout entière à tout l'esprit pour être tenue embrassée, possédée éternellement.

« À la louange de sa sœur Gorgonie », traduction de Bossuet.

5

Ministre des Affaires culturelles de 1959 à 1969 sous la présidence du général de Gaulle, **André Malraux** a harangué les auditoires les plus divers, et a prononcé de multiples discours de commémoration dont certains prennent la forme d'oraisons funèbres. C'est le cas du discours célébrant le transfert des cendres du grand résistant Jean Moulin au Panthéon en 1964, qui traduit « une certaine idée » de « Notre-Dame la France », selon les termes de Malraux reprenant ceux de Charles de Gaulle : la résistance à l'oppression, et l'affirmation de la grandeur individuelle, mise au service du collectif. Voici la péroraison de ce discours :

Comme Leclerc entra aux Invalides, avec son cortège d'exaltation dans le soleil d'Afrique et les combats d'Alsace, entre ici Jean Moulin, avec son terrible cortège. Avec ceux qui sont morts dans les caves sans avoir parlé, comme toi ; et même, ce qui est peut-être plus atroce, en ayant parlé ; avec tous les rayés et tous les tondus des camps de concentration, avec le dernier corps trébuchant des affreuses files de *Nuit et Brouillard*, enfin tombé sous les crosses ; avec les huit mille Françaises qui ne sont pas revenues des bagnes, avec la dernière femme morte à Ravensbrück pour avoir donné asile à l'un des nôtres. Entre, avec le peuple né de l'ombre et disparu avec elle – nos frères dans l'ordre de la Nuit...
Commémorant l'anniversaire de la libération de Paris, je disais : « Écoute ce soir, jeunesse de mon pays, ces cloches d'anniversaire qui sonneront comme celles d'il y a quatorze ans. Puisses-tu, cette fois, les entendre : elles vont sonner pour toi. »
[...] Écoute aujourd'hui, jeunesse de France, ce qui fut pour nous le Chant du Malheur. C'est la marche funèbre des cendres que voici. À côté de celles de Carnot avec les soldats de l'an II, de celles de Victor Hugo avec les Misérables, de celles de Jaurès veillées par la Justice, qu'elles reposent avec leur long cortège d'ombres défigurées. Aujourd'hui, jeunesse, puisses-tu penser à cet homme comme tu aurais approché tes mains de sa pauvre face informe du dernier jour, de ses lèvres qui n'avaient pas parlé ; ce jour-là, elle était le visage de la France...

André Malraux, *Œuvres complètes*,
« Transfert des cendres de Jean Moulin au Panthéon »,
Paris, Gallimard, 1996.

La Providence divine

Pour Bossuet comme pour toute la tradition chrétienne, puisque Dieu a créé le monde suivant sa sagesse infinie, celui-ci est fondamentalement et continuellement bon : la Providence constitue même une seconde révélation, un second moyen d'expression du divin, après les Écritures. Dans tout l'univers créé doit resplendir un ordre qui reflète la bonté et l'intelligence de son Créateur ; le péché est fondamentalement désordre. Or, les libertins du XVIIe siècle, héritiers en cela des épicuriens ou des stoïciens auxquels s'opposèrent déjà les Pères de l'Église, niaient en particulier la Providence divine. Contre ces objections toujours renaissantes, Bossuet affirme que les choses ne vont pas au hasard. L'Histoire fournit à cette théorie un champ d'application particulièrement fécond : le recul temporel permet de découvrir l'enchaînement des époques et la réalisation, plus ou moins rapide mais inéluctable, des desseins de Dieu, c'est-à-dire du salut des élus. Si les empires se font et se défont, c'est certes sous l'influence de causes secondes, apparentes, que Bossuet, à l'occasion, ne manque pas de mettre en lumière, mais celles-ci cachent en fait l'intervention de Dieu lui-même. Croyant agir, les hommes ne sont en réalité que les instruments de sa volonté ; les passions humaines concentrées autour de grands objets servent, parfois malgré elles, les desseins secrets de la Providence ; c'est par exemple le cas lors des grandes batailles, apparemment bien étrangères à la beauté et à l'ordre divins. La Fronde, la révolution anglaise, les succès militaires de Louis XIV, mais aussi les grands phénomènes naturels (tempêtes, épidémies...) sont autant d'événements témoignant de l'action continuelle de Dieu dans le monde. C'est ainsi que Bossuet unifie l'Histoire et donne à l'homme sa place dans le grand projet de Dieu. Dans cette interprétation de la Providence, la foi et la raison sont donc complémentaires. L'histoire cherche les causes naturelles des effets, ou causes secondes ; la foi attribue à la Providence la causalité absolue, ou cause première. Les hauts personnages que Bossuet célèbre dans les *Oraisons funèbres* lui donnent par excellence l'occasion de replacer ainsi l'affaire personnelle du salut dans les relations complexes de l'histoire.

Correspondances

1

Dieu fait bien ce qu'il fait. Sans en chercher la preuve
En tout cet univers, et l'aller parcourant,
Dans les citrouilles je la treuve.
Un Villageois, considérant

Combien ce fruit est gros et sa tige menue :
« À quoi songeait, dit-il, l'auteur de tout cela ?
Il a bien mal placé cette citrouille-là !
Hé parbleu ! je l'aurais pendue
À l'un de ces chênes que voilà ;
C'eût été justement l'affaire :
Tel fruit, tel arbre, pour bien faire.
C'est dommage, Garo, que tu n'es point entré
Au conseil de celui que prêche ton curé :
Tout en eût été mieux ; car pourquoi, par exemple,
Le gland, qui n'est pas gros comme mon petit doigt,
Ne pend-il pas en cet endroit ?
Dieu s'est mépris : plus je contemple
Ces fruits ainsi placés, plus il semble à Garo
Que l'on a fait un quiproquo. »
Cette réflexion embarrassant notre homme :
« On ne dort point, dit-il, quand on a tant d'esprit. »
Sous un chêne aussitôt il va prendre son somme.
Un Gland tombe : le nez du dormeur en pâtit.
Il s'éveille ; et portant la main sur son visage,
Il trouve encor le Gland pris au poil du menton.
Son nez meurtri le force à changer de langage.
« Oh ! oh ! dit-il, je saigne ! et que serait-ce donc
S'il fût tombé de l'arbre une masse plus lourde,
Et que ce Gland eût été gourde ?
Dieu ne l'a pas voulu : sans doute il eut raison ;
J'en vois bien à présent la cause. »
En louant Dieu de toute chose,
Garo retourne à la maison.

Jean de La Fontaine, *Fables*, « Le Gland et la Citrouille », livre IX, fable IV, Paris, Larousse, 2000, p. 279.

2

Comparez les deux contes de **Voltaire**, *Zadig ou la Destinée*, où l'auteur semble encore, à travers l'ange Jesrad, admettre l'idée de la Providence, et *Candide ou l'Optimisme*, où son pessimisme semble s'être durci jusqu'à voir dans le monde le règne du hasard.

3

Dans *Attila*, **Corneille** met en scène la théorie providentialiste de l'Histoire à laquelle il est attaché : Attila, instrument de la colère et de la vengeance divines, périra lui-même dans un accès de colère. Attila revendique sa vocation de « fléau de Dieu », mais ne comprend pas qu'il sera lui-même bientôt sacrifié :

ATTILA
Ce dieu dont vous parlez, de temps en temps sévère,
Ne s'arme pas toujours de toute sa colère ;
Mais quand à sa fureur il livre l'Univers,
Elle a pour chaque temps des déluges divers.
Jadis, de toutes parts faisant regorger l'Onde,
Sous un déluge d'eaux il abîma le Monde ;
Sa main tient en réserve un déluge de feux
Pour le dernier moment de nos derniers neveux ;
Et mon bras, dont il fait aujourd'hui son tonnerre,
D'un déluge de sang couvre pour lui la Terre.

HONORIE
Lorsque par les tyrans il [Dieu] punit les Mortels,
Il réserve sa foudre à ces grands criminels,
Qu'il donne pour supplice à toute la Nature
Jusqu'à ce que leur rage ait comblé la mesure.
Peut-être qu'il prépare en ce même moment
À de si noirs forfaits l'éclat du châtiment,
Qu'alors que ta fureur à nous perdre s'apprête
Il tient le bras levé pour te briser la tête,
Et veut qu'un grand exemple oblige de trembler
Quiconque désormais t'osera ressembler.

Pierre Corneille, *Œuvres complètes*, t. III,
Paris, Gallimard, 1987.

Le portrait

C'est à partir de sa mort que Bossuet se propose de retracer la vie du défunt : « La mort révèle les secrets des cœurs » (*Oraison funèbre de Michel Le Tellier*), non seulement parce qu'elle est traditionnellement considérée comme un instant de vérité, peut-être le seul, mais aussi parce que c'est à partir d'elle qu'on peut relire l'existence du défunt en lui donnant une direction. C'est la raison pour laquelle les biographies et portraits tracés par l'orateur dans ses oraisons funèbres sont souvent centrés sur la conversion du défunt, au sens très large que donne à ce terme le XVIIe siècle : dans une France en grande majorité catholique, il ne s'agit pas de passer de l'incroyance ou de l'hérésie à la foi chrétienne, mais d'accorder pleinement son cœur, son intelligence et son comportement avec cette foi. Si Henriette-Marie de France et les religieux que célèbre Bossuet manifestent par toute leur vie une sorte de conversion continuée, la conversion peut prendre une forme plus ponctuelle et plus spectaculaire, comme chez Anne de Gonzague, chez qui elle s'opère par secousses violentes, ou chez le prince de Condé, chez qui elle prend peu à peu toute sa dimension. Les multiples manières d'agir de Dieu dans les âmes qu'il veut sauver sont ainsi au fondement de la variété psychologique, spirituelle et même stylistique des oraisons funèbres. Le portrait en action se double donc toujours d'un portrait psychologique et spirituel qui, loin de se superposer au premier, entre constamment en correspondance avec lui.

Le portrait dressé dans une oraison funèbre doit présenter à l'auditeur ce qu'il attend : une évocation à la fois élogieuse et ressemblante du défunt. Par là, il comporte nécessairement – et délibérément – des ellipses et des atténuations. Il aurait été déplacé d'insister sur les malheurs conjugaux de la reine Marie-Thérèse ou de la duchesse d'Orléans, ou sur les colères du prince de Condé, du reste connues de tous. Les portraits sont donc à la fois stylisés, en ce qu'ils présentent de grands exemples de conversion ou de vie chrétienne, et marqués par la tentative de rester profondément personnels, de présenter une vérité individuelle sinon entière, du moins authentique.

On peut opposer les portraits d'hommes et les portraits de femmes. Les premiers glorifient Dieu dans les activités publiques du défunt : les prêtres annoncent l'Évangile dans leurs discours et dans leur vie et, en ces temps de troubles religieux, défendent la doctrine catholique ; le chancelier fournit un modèle de dévouement civique ; le prince de Condé défend son roi sur les champs de bataille. Les secondes, en revanche, appuient leur conversion et leur vie sur une relation plus affective et plus personnelle avec Dieu : les deux reines mettent tout leur amour dans les devoirs d'État ; Anne de Gonzague et Henriette-Anne d'Angleterre abandonnent finalement le monde pour Dieu, qui seul peut satisfaire leurs âmes éprises d'absolu.

Cependant, à cette bipartition peut se superposer une autre classification, plus thématique, des oraisons funèbres conservées : – deux sont des discours destinés avant tout à des ecclésiastiques ; ils définissent le devoir du prêtre (*Oraison funèbre du Père Bourgoing*) et celui du docteur (*Oraison funèbre de Nicolas Cornet*) ;

– deux célèbrent et couronnent les vies vertueuses d'Henri de Gornay et de Marie-Thérèse d'Autriche ;

– deux prêchent la soumission à la Providence à travers deux exemples très différents, ceux d'Henriette-Marie de France et de Le Tellier ;

– deux constituent des méditations sur la mort : celles de la vieille Yolande de Monterby et de la jeune Henriette-Anne d'Angleterre ;

– deux oraisons plus tardives, s'appuyant sur d'éclatantes conversions, témoignent que l'espérance, vertu théologale, n'est jamais vaine : celles d'Anne de Gonzague et du prince de Condé.

Correspondances

1

Catilina, évincé lors des élections pour le consulat de l'année 63, rêve de s'emparer du pouvoir par la violence et entraîne derrière lui par son charisme tous les jeunes gens aussi ruinés et débauchés que lui. Il inspira notamment les *Catilinaires* de Cicéron, violents discours destinés à combattre son influence dangereuse et à faire échouer la conspiration qu'il préparait pour s'emparer du pouvoir. Le portrait qu'en dresse **Salluste** dans *la Conjuration de Catilina* présente l'ennemi de la République romaine comme l'incarnation du mal. Bossuet s'en est directement inspiré pour son portrait de Cromwell, monstre et antéchrist :

L. Catilina, issu d'une famille noble, avait une grande vigueur intellectuelle et physique, mais une âme mauvaise et dépravée. Dès son adolescence il se sentit porté vers les guerres intestines, les meurtres, les rapines, la discorde entre citoyens ; et ce furent les exercices de la jeunesse. Un corps capable de supporter la faim, le froid, l'insomnie à un degré inimaginable. Une âme audacieuse, fourbe, diverse, sachant tout simuler et tout dissimuler ; avide du bien d'autrui, prodigue du sien ; ardente dans ses passions ; assez d'éloquence ; de sagesse, peu. Son esprit insatiable aspirait sans cesse au démesuré, à l'incroyable, à l'excessif. Depuis la tyrannie de L. Sulla, une irrésistible envie l'avait envahi de mettre la main sur la république et, pour se procurer un pouvoir royal, tous les moyens lui paraissaient bons. Cette âme farouche était tourmentée chaque jour davantage par le manque de patrimoine et la conscience de ses crimes, deux plaies qu'il avait aggravées par la pratique des vices que j'ai rappelés plus haut. Il était encouragé en outre par la corruption des mœurs dans une cité que ravageaient des maux contraires mais également funestes, l'amour du luxe et l'amour de l'argent. [...] Dans une cité aussi grande et aussi corrompue, Catilina n'avait pas eu de peine à grouper autour de lui tous les vices et tous les crimes, qui formaient comme ses gardes du corps. Tous les débauchés, les adultères, les habitués des tripots [...] ; ajoutez les spadassins et les faux témoins que nourrissait le parjure ou le sang des citoyens, tous ceux enfin que tourmentaient le déshonneur, la misère, les remords, tous ces gens-là étaient les intimes et les familiers de Catilina.

Salluste, *la Conjuration de Catilina*, trad. A. Érnout, Paris, Belles Lettres, 1989, pp. 57 sq.

2

Dans ses *Mémoires*, le **cardinal de Retz** dresse de nombreux portraits de personnages historiques, dont celui du Grand Condé. Par la gratuité absolue et affichée de leur insertion dans le texte, ces portraits se donnent pour des morceaux de bravoure, exemples de rhétorique savante et travaillée. Économes et souvent brefs, ils laissent peu de place à la description physique des personnages. Dans celui de Condé, la juxtaposition de phrases antithétiques maintient la balance égale entre qualités et défauts, manifestant ainsi un effort de modération et de préservation des nuances. Retz y tente de mesurer l'écart entre le réel et le possible : Condé n'a pas tiré le meilleur de ses qualités exceptionnelles. Mais la primauté est en quelque sorte donnée au possible, au potentiel que n'a pas su exploiter l'histoire :

Monsieur le Prince est né capitaine, ce qui n'est jamais arrivé qu'à lui, à César et à Spinola. Il a égalé le premier, il a passé le second. L'intrépidité est l'un des moindres traits de son caractère. La nature lui avait fait l'esprit aussi grand que le cœur. La fortune, en le donnant à un siècle de guerre, a laissé au second toute son étendue ; la naissance, ou plutôt l'éducation, dans une maison attachée et soumise au cabinet, a donné des bornes trop étroites au premier. L'on ne lui a pas inspiré d'assez bonne heure les grandes et générales maximes, qui sont celles qui font et qui forment ce que l'on appelle l'esprit de suite. Il n'a pas eu le temps de les prendre par lui-même, parce qu'il a été prévenu, dès sa jeunesse, par la chute imprévue des grandes affaires et par l'habitude au bonheur. Ce défaut a fait qu'avec l'âme du monde la moins méchante, il a fait des injustices ; qu'avec le cœur d'Alexandre, il n'a pas été exempt, non plus que lui, de faiblesse ; qu'avec un esprit merveilleux, il est tombé dans des imprudences ; qu'ayant toutes les qualités de François de Guise [brillant chef militaire du temps de Henri II], il n'a pas servi l'État, en de certaines occasions, aussi bien qu'il le devait ; et qu'ayant toutes celles de Henri du même nom [son fils, l'un des acteurs les plus violents, dans le camp catholique, des guerres de religion], il n'a pas poussé la faction où il le pouvait. Il n'a pu remplir son mérite, c'est un défaut ; mais il est rare, mais il est beau.

Cardinal de Retz, *Mémoires*, in *Œuvres*,
Paris Gallimard, 1984, pp. 287 sq.

3

Dans ses *Caractères*, **La Bruyère**, ami de Bossuet, écrit un portrait souvent interprété comme celui de Condé :

Aemile était né ce que les plus grands hommes ne deviennent qu'à force de règles, de méditation et d'exercice. Il n'a eu dans ses premières années qu'à remplir des talents qui étaient naturels, et qu'à se livrer à son génie. Il a fait, il a agi avant que de savoir, ou plutôt il a su ce qu'il n'avait jamais appris. Dirai-je que les jeux de son enfance ont été plusieurs victoires ? Une vie accompagnée d'un extrême bonheur joint à une longue expérience serait illustre par les seules actions qu'il avait achevées dans sa jeunesse. Toutes les occasions de vaincre qui se sont depuis offertes, il les a embrassées ; et celles qui n'étaient pas, sa vertu et son étoile les ont fait naître : admirable même et par les choses qu'il a faites, et par celles qu'il aurait pu faire. On l'a regardé comme un homme incapable de céder à l'ennemi, de plier sous le nombre ou sous les obstacles ; comme une âme du premier ordre, pleine de ressources et de lumières, et qui voyait encore où personne ne voyait plus ; comme celui qui, à la tête des légions, était pour elles un présage de la victoire, et qui valait seul plusieurs légions ; qui était grand dans la prospérité, plus grand, quand la fortune lui a été contraire ; la levée d'un siège, une retraite l'ont plus ennobli que ses triomphes : l'on ne met qu'après les batailles gagnées et les villes prises ; qui était rempli de gloire et de modestie ; on lui a entendu dire : *Je fuyais*, avec la même grâce qu'il disait : *Nous les battîmes* ; un homme dévoué à l'État, à sa famille, au chef de sa famille ; sincère pour Dieu et pour les hommes, autant admirateur du mérite que s'il lui eût été moins propre et moins familier ; un homme vrai, simple, magnanime, à qui il n'a manqué que les moindres vertus.

Jean de La Bruyère, *les Caractères ou les mœurs de ce siècle*, « Du mérite personnel », Paris, Larousse, p. 32.

4

Dans ses *Mémoires*, **Mme de Motteville**, aristocrate de la cour qui fut très liée à Anne d'Autriche, dresse le portrait de l'ancienne reine d'Angleterre en 1645 :

Cette princesse par la grandeur de sa maladie et de ses malheurs, n'avait plus guère de marques de sa beauté passée. Elle avait les yeux beaux, le teint admirable et le nez bien fait. Il y avait dans son visage quelque chose de si agréable qu'elle se faisait aimer de tout le monde ; mais elle était maigre et petite, elle avait même la taille gâtée ; et sa bouche, qui naturellement n'était pas belle, par la maigreur de son visage était devenue grande. J'ai vu de ses portraits, qui étaient faits du temps de sa beauté, qui montraient qu'elle avait été fort aimable, et comme sa beauté n'avait duré que l'espace d'un matin et l'avait quittée avant son midi, elle avait accoutumé de maintenir que les femmes ne peuvent plus être belles passé vingt-deux ans. Pour achever de la représenter telle que je l'ai vue, il faut avouer qu'elle avait infiniment de l'esprit, de cet esprit brillant, qui plaît aux spectateurs. Elle était agréable dans la société, honnête, douce et facile, vivant avec ceux qui avaient l'honneur de l'approcher sans façon. Son tempérament était tourné du côté de la gaieté, et, parmi les larmes, s'il arrivait de dire quelque chose de plaisant, elle les arrêtait en quelque façon pour divertir la compagnie. La douleur quasi-continuelle qui lui donnait alors beaucoup de sérieux et de mépris pour la vie, la rendait à mon gré plus solide, plus sérieuse et plus estimable qu'elle ne l'aurait peut-être été si elle avait toujours eu du bonheur. Elle était naturellement libérale. [...] Elle manquait de belles et grandes connaissances qu'on peut acquérir par la lecture.

Mme de Molteville, *Mémoires*, Chatillon-sous-Bagneux, Fontaine, 1982, pp. 81-82.

Jugements contemporains

• Voici comment **Bossuet** présente lui-même ses oraisons funèbres d'Henriette-Marie de France et d'Henriette-Anne d'Angleterre à son ami l'abbé de Rancé, supérieur de l'ordre rigoriste de la Trappe, en les comparant implicitement à ces « vanités » alors fréquentes dans le domaine pictural :

J'ai laissé ordre pour vous envoyer [...] deux oraisons funèbres qui, parce qu'elles font voir le néant du monde, peuvent prendre place parmi les livres d'un solitaire, et qu'en tout cas il peut regarder comme deux têtes de mort assez touchantes.

Lettre du 30 octobre 1682.

• À la fin du XVIIe siècle, **Mme de Sévigné** replace Bossuet parmi les grands prédicateurs de son temps, mais sans lui accorder une quelconque prééminence sur eux :

Nous relisons aussi [...] toutes les belles oraisons funèbres de M. de Meaux [Bossuet], de M. l'abbé Fléchier, de M. Mascaron, de Bourdaloue ; [...] ce sont des chefs-d'œuvre d'éloquence qui charment l'esprit. Il ne faut point dire : « Oh ! cela est vieux » ; non, cela n'est point vieux, cela est divin.

Lettre à sa fille, 11 janvier 1690.

• Profondément croyant, **La Bruyère**, choqué par le tour mondain qu'avait pris l'éloquence sacrée au XVIIe siècle, attaque violemment les prédicateurs dans son chapitre « De la chaire ». Son éloge de Bossuet, auquel le liait par ailleurs une fidèle amitié, n'en est que plus significatif :

Que dirai-je de ce personnage [Bossuet] qui a fait parler si longtemps une envieuse critique, et qui l'a fait taire ; qu'on admire malgré soi, qui accable par le grand nombre et par l'éminence de ses talents ?

Orateur, historien, théologien, philosophe, d'une rare érudition, d'une plus rare éloquence, soit dans ses entretiens, soit dans ses écrits, soit dans la chaire ; un défenseur de la religion, une lumière de l'Église – parlons d'avance le langage de la postérité –, un père de l'Église : que n'est-il point ?

Discours à l'Académie française, 1693.

Les *Oraisons funèbres* au siècle des Lumières

• Le jugement de **Voltaire**, qui voit en Bossuet l'incarnation du catholicisme dogmatique, est naturellement plus mitigé :

Bossuet avait de la science et du génie. Il était le premier des déclamateurs, mais le dernier des philosophes.

Lettre au duc de Bouillon.

• D'autres philosophes, bien que ne partageant pas plus que Voltaire les convictions de Bossuet, portent sur son œuvre, et sur les *Oraisons funèbres* en particulier, un jugement plus positif. C'est le cas du grand philosophe, mathématicien et physicien d'Alembert, qui écrira un long *Éloge de Bossuet* (1777), ainsi que du moraliste **Vauvenargues**, ami de Voltaire, qui écrit dans ses *Réflexions et maximes* (1746) :

Je suis transporté par la divine éloquence des oraisons funèbres. [...] Ce que j'y admire, ce n'est pas la vaine pompe des paroles. [...] Bien plus même que la soudaine hardiesse des images, c'est l'effort magnifique et contenu par lequel l'orateur, né pour être un grand ministre, entraîne les esprits, leur impose la vérité, se rend maître de leur conduite et de leur pensée, et fait ainsi de l'éloquence l'instrument le plus puissant de la nature humaine.

• Dans son *Essai sur l'éloquence de la chaire* (1777), le **cardinal Maury** relève déjà l'une des spécificités de l'éloquence de Bossuet, son imprégnation biblique :

Ce qui donne le plus de plénitude et de substance aux sermons de Bossuet, c'est l'usage admirable qu'il fait de l'Écriture sainte. Voilà l'inépuisable mine dans laquelle il trouve ses preuves, ses comparaisons, ses exemples, ses transitions et ses images. [...] Il fond si bien les pensées de l'Écriture avec les siennes qu'on croirait qu'il les crée, ou, du moins, qu'elles ont été conçues exprès pour l'usage qu'il en fait. [...] Tout, en effet, dans un sermon, doit être tiré de l'Écriture, ou, du moins, avoir la couleur des livres saints...

Bossuet et le siècle des romantiques

• Dans le *Génie du christianisme*, **Chateaubriand**, dont la prose est fortement influencée par celle de Bossuet, voit dans celui-ci l'archétype de l'homme confronté au temps et à la mort, et dans ses discours le modèle d'une parole autoritaire et sublime, bouleversante et prophétique :

Sans cesse occupé du tombeau, et comme penché sur le gouffre d'une autre vie, Bossuet aime à laisser tomber de sa bouche ces grands mots de temps et de mort, qui retentissent dans les abîmes silencieux de l'éternité. Il se plonge, il se noie dans des tristesses incroyables, dans d'inconcevables douleurs. Les cœurs, après plus d'un siècle, retentissent encore du fameux cri, « Madame se meurt, Madame est morte ». Jamais les rois ont-ils reçu de pareilles leçons ? [...] Trois choses se succèdent continuellement chez Bossuet : le trait de génie ou d'éloquence ; la citation, si bien fondue avec le texte, qu'elle ne fait plus qu'un avec lui ; enfin, la réflexion, ou le coup d'œil d'aigle sur les causes de l'événement rapporté. [...] L'évêque de Meaux a créé une langue que lui seul a parlé, où souvent le terme le plus simple et l'idée la plus relevée, l'expression la plus commune et l'image la plus terrible, servent, comme dans l'Écriture, à se donner des dimensions énormes et frappantes.

Comme Lamartine, Chateaubriand admire en particulier la sublime péroraison de l'oraison funèbre du prince de Condé :

... quand, enfin, s'avançant lui-même avec ses cheveux blancs, comme un grand fantôme, il fait entendre les accents du cygne, montre Bossuet un pied dans la tombe, et le siècle de Louis (dont il a l'air de faire les funérailles) prêt à s'abymer dans l'éternité : à ce dernier effort de l'éloquence humaine, les larmes de l'admiration ont coulé de nos yeux et le livre est tombé de nos mains. »

Chateaubriand, *Génie du christianisme*, 3e partie, livre IV, chap. IV, « Bossuet orateur », Paris, Garnier-Flammarion, 1966.

• **Brunetière**, important critique du tournant du siècle, voit dans l'œuvre de Bossuet un modèle de justesse, de naturel et de diversité :

Les mots, chez Bossuet, sont contemporains de l'idée ou du sentiment. Il n'y a rien de plus rare au monde. Chez de très grands écrivains, avec un peu d'attention, on peut ressaisir le travail latent et constant du style [...]. Même quand il a dû calculer chaque expression, il semble que Bossuet improvise. [...] Jamais il ne pense à lui-même, encore bien moins au public des « connaisseurs ». Il pense à son sujet, qu'il essaie, non pas seulement de mettre dans son plus beau jour, mais dans son jour le plus vrai.

Bossuet au miroir du XXe siècle : écrivains et critiques

• Au XXe siècle, **Valéry**, totalement étranger à l'univers mental et spirituel de Bossuet, voit pourtant en lui le modèle du grand artiste, mais au prix d'une dissociation radicale de la forme et du fond de son œuvre :

Dans l'ordre des écrivains, je ne vois personne au-dessus de Bossuet ; nul plus sûr de ses mots, plus fort de ses verbes, plus énergique et plus délié dans tous les actes du discours, plus hardi et plus heureux dans la syntaxe, et, en somme, plus maître du langage, c'est-à-dire de soi-même. Cette pleine et singulière possession qui s'étend de la familiarité à la suprême magnificence, et depuis la parfaite netteté articulée jusqu'aux effets les plus puissants et retentissants de l'art, implique une « conscience » ou une « présence » extraordinaire de l'esprit en regard de tous les moyens et de toutes les fonctions de la parole.

• Plus proche de la spiritualité du prédicateur, l'écrivain catholique **Claudel**, qui revendique l'héritage puissant d'Eschyle, de Dante et de Shakespeare, professe une grande admiration pour l'œuvre de Bossuet, même s'il regrette d'y trouver le « christianisme du XVIIe siècle [...] d'une sécheresse et d'une austérité terribles » (*Lettre à J. Rivière,* 25 mai 1907). À l'instar de Brunetière, il voit dans Bossuet l'un des plus grands poètes français :

Les plus grands poètes français, ceux qui, par la hardiesse et la puissance de l'invention, la splendeur des images, les ressources du style, la richesse de la musique, la vivacité des sentiments, la grandeur et la beauté de la composition, sont les égaux des plus sublimes génies de l'Antiquité, ces poètes se trouvent être des prosateurs. Il n'y a pas un nom, à mon humble avis, parmi les poètes versificateurs, qui puisse être comparé à ceux de Rabelais, de Bossuet, de Saint-Simon, de Chateaubriand, et même de Balzac et de Michelet. [...] Bossuet est le grand maître de la prose française, qui est infiniment supérieure à ce que l'on est convenu d'appeler notre poésie. Son langage contient tous les « canons » de notre parler et remplit magnifiquement notre bouche et notre poitrine.

Lettre du 11 novembre 1927

• **Jean Calvet**, spécialiste de la littérature religieuse de la France classique, souligne le caractère volontairement conservateur, voire archaïque, de la langue de Bossuet, qui résiste à l'uniformisation classique alors triomphante. Bossuet, nourri de littérature antique, s'exprimait aussi aisément en latin qu'en français, et son imagination parfois baroque s'accommodait mal des règles plus rigides qui étaient en train de donner au français sa forme moderne ; il défendit d'ailleurs les anciens usages devant l'Académie française, dont il était membre :

Bossuet a formé sa langue, vocabulaire et syntaxe, par la lecture des deux antiquités profanes, de la Bible, des Pères et des écrivains du XVIe siècle, en particulier Amyot, Montaigne et Calvin. Il aimait ce vocabulaire du XVIe siècle, si riche et si pittoresque, et cette phrase encore latine, encore libre d'allure, où il pouvait couler sa pensée tout à son aise. Sans doute, il voyait le travail qui s'opérait de son temps : Vaugelas, Thomas Corneille, Bouhours et bien d'autres devaient s'imposer même aux écrivains de génie, chasser de la langue un grand nombre de vieux mots et réduire la syntaxe sous la discipline d'une étroite grammaire. Bossuet résiste à ce mouvement.

Jean Calvet, *Œuvres choisies de Bossuet*, Paris, Hatier, 1928.

• **Jacques Truchet** met en lumière dans son introduction à l'édition de 1961 des *Oraisons funèbres* la faculté d'adaptation de l'orateur :

Il a choisi en chaque occasion le registre qui convenait au personnage et à la circonstance. L'oraison funèbre de la reine d'Angleterre, qui avait connu tant de drames, est toute traversée d'un souffle biblique. Celle de la reine de France, épouse de Louis le Grand, présente une noble solennité. Solennelle aussi, mais plus guindée, en même temps que plus subtile, nous apparaît celle de Le Tellier, prononcée devant un parterre d'évêques. Celle de Condé est épique, et laisse pourtant une impression d'extrême sérénité.

• Contrairement à l'éditeur Bernard Velat, qui considère que pour Bossuet : « Le Panégyrique d'un saint, comme l'oraison funèbre d'un grand de la terre, est une thèse de théologie, avec des exhortations et des conclusions morales », **Bernard Tocanne,** critique contemporain, montre que, si ses œuvres oratoires sont savamment construites, c'est moins pour bâtir une dialectique subtile que pour créer des effets proprement poétiques :

La structure profonde de son éloquence, dans ce qu'elle a de plus spécifique, est moins de type dialectique que musical, orchestration symphonique ou développement polyphonique de thèmes et d'images qu'il module, reprend, soumet à des variations, et qui entrent en résonance les uns avec les autres dans un jeu d'oppositions, de correspondances et d'échos : il confère à son discours une texture de type poétique.

« L'efflorescence classique 1660-1680 », in *Précis de littérature française du* XVIIe *siècle,* dir. Jacques Mesnard, Paris, PUF, 1990.

• De même, **Jacques Le Brun** place Bossuet non seulement du côté de la raison et de l'autorité, mais aussi du côté de la sensibilité. Pour lui, c'est peut-être précisément sa tendance naturelle à un lyrisme puissant, impliquant une forme d'exaltation du moi et de sa sensibilité, qui a empêché Bossuet de comprendre le mysticisme quiétiste, à la fois dépossession de soi et abandon indicible à Dieu :

Le lyrisme a les mêmes qualités ambiguës : tout discours s'y abolit, le sentiment s'y épure en une simple effusion ; les mots toutefois y sont exaltés et deviennent indispensable médiation de la prière, et les sentiments que suscite le chant prennent une rare intensité : victoire de la sensibilité et du discours dans l'acte où l'homme croyait les dépasser : l'acte d'abandon chez Bossuet est avant tout un acte où le « je » s'affirme dans le geste qui veut l'abolir. [...] Chez Bossuet, c'est l'exaltation du moi dans le mouvement qui tente de le surmonter, c'est aussi, dans l'impossibilité d'engager une réflexion théorique approfondie sur le contenu de la foi et la validité des pratiques, l'abandon à la sensibilité et au lyrisme qui constituent l'expérience spirituelle, ou s'y substituent.

La Spiritualité de Bossuet prédicateur, Paris, Klincksieck, 2002.

• **Sophie Hache**, qui a étudié la notion de sublime au XVIIe siècle, constate que celle-ci est très souvent illustrée par des exemples tirés d'oraisons funèbres, en particulier de Bossuet, et interprète cette association récurrente comme une manifestation du lien étroit qui unit le sublime, terreur sacrée, saisissement passionnel, et la mort :

On a le sentiment moins d'un ressassement morbide que d'une jouissance à répéter sans fin le discours qui dépasse la mort en la disant.

Le sublime se fait alors presque « sublimation », au sens psychanalytique du terme : catharsis, même fragile, même provisoire, que provoque la résurrection de la mémoire dans une forme artistique, qui plus est forme verbale. Faire l'éloge du défunt n'est jamais que le prétexte à convoquer les traces éparses que sa vie a laissées dans le souvenir du locuteur et de l'assemblée, afin que, arrachées à la contingence et à l'oubli, rassemblées en une œuvre nécessaire, universelle et éternelle, elles soient le signe d'une élévation au divin – « sublimation » ou bien encore « transfiguration » – [...] L'oraison funèbre se situe non pas dans l'ordre de la consolation, mais dans celui de la stupéfaction, autrement dit du côté du sublime. [...] Les traités posent comme principe la nécessité pour le véritable orateur chrétien de s'élever à la dignité d'être la bouche par laquelle Dieu parle, et ce principe général prend toute son ampleur avec l'oraison funèbre : la mort d'un grand de ce monde est elle-même intervention divine, qui confère par avance à la parole du prédicateur un terrible accent de vérité et de sacré.

La Langue du ciel. Le sublime en France au XVIIe *siècle*,
Paris, Champion 2000.

Petit dictionnaire des mots-clefs pour commenter les *Oraisons funèbres*

Action
Tout ce qui, dans la prestation orale de l'orateur, n'est pas écrit : gestes, ton…

Allitération
Répétition d'un même son consonantique dans une suite de mots pour produire un effet harmonique ou rythmique.

Anaphore
Reprise d'un même mot, ou groupe de mots, en début de phrase ou de segment de phrase. Cette figure contribue à soutenir le rythme du discours, ou à produire un effet d'insistance.

Antithèse
Opposition de deux idées ou de deux expressions.

Apostrophe
Interpellation d'une personne ou d'une abstraction personnifiée.

Assonance
Répétition d'un même son vocalique dans une suite de mots pour produire un effet harmonique ou rythmique.

Asyndète
Suppression des mots coordonnants.

Autorité (du latin *auctoritas*)
Citation d'un auteur reconnu, qui ajoute de l'autorité au discours. Il s'agit d'un argument fondé sur le prestige de l'auteur invoqué pour soutenir l'argumentation.

Champ lexical
Ensemble de mots qui renvoient à une même réalité, ou à une même idée.

Didactisme
Volonté d'enseigner. Sur le plan stylistique, elle peut se traduire par une mise en valeur des liens logiques, par un ton professoral…

Division
Annonce du plan du discours. Elle apparaît traditionnellement à la fin de l'exorde, et est parfois rappelée au cours du discours.

Édifiant
Qui porte à la vertu.

Éloquence de la chaire
Prédication, dans toutes ses formes : sermons, homélies,

oraisons funèbres, panégyriques de saints, etc.

Épidictique
Type de discours qui a pour objet la louange (ou, plus rarement, le blâme) et qui vise à susciter l'admiration (ou la répulsion). Il s'agit d'une des trois catégories de discours distinguées par Aristote, avec le judiciaire et le délibératif.

Épopée
Long récit qui célèbre un héros ou un grand fait, et qui fait intervenir le surnaturel.

Ethos (ou preuve éthique)
Manière de persuader qui utilise l'image (positive) que l'orateur donne de lui à travers son discours (autorité, affection, honnêteté...).

Euphémisme
Expression atténuée d'une notion dont l'expression directe serait jugée vulgaire ou brutale.

Exorde
Début du discours, où l'orateur doit capter l'attention des auditeurs, présenter son sujet et annoncer son plan.

Gradation
Énumération qui présente les idées par touches successives, avec une progression en importance.

Hyperbole
Mise en relief d'une idée ou d'une réalité par des termes qui l'exagèrent.

Hypotaxe
Style où les subordinations sont très nombreuses (ant. : parataxe).

Hypotypose
Description vivante au point de « faire voir » ce dont elle parle.

Interrogation oratoire (ou question rhétorique)
Question qui porte sa réponse en elle-même, donc qui n'attend pas de réponse. Procédé stylistique qui souligne une émotion ou montre la volonté de persuader.

Ironie
Manière de parler qui consiste à suggérer (plus ou moins ouvertement) qu'on ne pense pas ce qu'on dit.

Logos (ou preuve logique)
Manière de persuader qui utilise une argumentation rationnelle. Elle se caractérise souvent par les enchaînements logiques, l'apport de connaissances, d'exemples, de citations...

Métaphore
Figure de style qui consiste à utiliser un terme pour un autre, le premier étant une image du second. La métaphore repose sur une association d'idées (relation contingente) ; le mot quitte son

contexte habituel pour entrer dans un autre contexte.

Métonymie
Figure de style qui consiste à utiliser un terme pour un autre, le premier étant lié au second par une relation de contiguïté. La métonymie repose sur un contact ou une relation nécessaire (le tout et sa partie, l'objet et sa matière, le contenu et le contenant…).

Panégyrique
Discours prononcé en l'honneur d'un saint le jour de sa fête.

Parallélisme
Répétition d'une même structure syntaxique.

Parataxe
Style d'où les subordinations sont absentes (ant. : hypotaxe).

Pathos (ou preuve pathétique)
Manière de persuader qui utilise les émotions suscitées chez l'auditeur.

Période
Idéal de la phrase classique, composée d'un certain nombre de segments clairement hiérarchisés. Cette phrase complexe, qui atteint un parfait équilibre de construction comporte un certain nombre d'éléments, souvent subordonnés (hypotaxe). Ex. :

« Ô paroles
qu'on voyait sortir de l'abondance d'un cœur
qui se sent au-dessus de tout,
paroles
que la mort présente,
et Dieu plus présent encore, ont consacrées,
sincère production d'une âme
qui, tenant au ciel, ne doit plus rien à la terre que la vérité,
vous vivrez éternellement dans la mémoire des hommes,
mais surtout vous vivrez éternellement dans le cœur de ce grand prince. »

Périphrase
Ensemble de termes qui désigne indirectement un mot.

Péroraison
Conclusion du discours, qui détermine l'impression que l'auditeur gardera du discours. C'est pourquoi la péroraison est souvent très émotionnelle (la preuve pathétique domine).

Prétérition
Procédé qui consiste à dire une chose tout en prétendant qu'on ne la dit (ou dira) pas.

Rhétorique
Art de composer un discours pour persuader, c'est-à-dire pour influencer l'auditeur par des moyens rationnels et/ou affectifs.

Sermon
Discours d'une heure environ, centré sur un point du dogme ou de la morale chrétienne.

Topos
Thème fréquent.

Lexique de la langue de Bossuet

Dès l'abord, d'abord : d'emblée, aussitôt.

Affliger : accabler, abattre.

Amusement : vaine distraction, perte de temps.

Appareil : cortège, train, équipage.

Arbitre : maître absolu, juge.

Attenter (v. tr.) : entreprendre (qqch.) pour nuire.

Autant : aussi (autant... que : aussi... que).

Avare : avide.

Bruit : réputation, éclat que fait une chose dans le monde.

Capitaine : général, chef de guerre.

Captiver : faire prisonnier, tenir en son pouvoir.

Caractère : marque, signe distinctif.

Cependant : pendant ce temps.

Certes : assurément.

Charme : sortilège, attrait magique, enchantement.

Cœur : courage, fierté.

Comme : a) lorsque ; b) comment ; c) comme... (aussi / ainsi) : de même que.

Commettre : confier.

Compagnie : a) cercle, réunion ; b) cour de justice.

Concert : préparation collective d'une entreprise, accord, concertation.

Concourir : s'accorder.

Confesser : déclarer hautement, proclamer.

Confondre : troubler profondément, bouleverser (qqn.).

Connaître : reconnaître.

Connaître (se) : savoir ce qu'on est et ce qu'on vaut.

Consacrer : rendre saint, sanctifier.

Conseil : plan délibéré, dessein, calcul.

Consistance : cohésion, solidité.

Consommer : achever, parfaire.

Content de : se contentant de.

Conviction : preuve.

Courages : cœurs, âmes.

Débris : destruction, ruine.

Déclarer : manifester, révéler clairement.

Découvrir : mettre à découvert, rendre visible.

Dégrader : faire déchoir de son rang.

Délicat : a) subtil ; b) raffiné, difficile à contenter.

Démêler : éclaircir, dégager.

Dernier : suprême.

Désabuser (se) : revenir (d'une erreur).

Discours : propos, paroles.

Disputer : discuter, débattre.

Dogme : en matière religieuse, point de doctrine ayant le statut de vérité indiscutable, mystère qui ne peut être démontré.

Domestique : personne attachée à la maison d'un grand, qui est souvent noble elle-même.
Dominer : régner, être le maître.
Donner : a) attribuer (une qualité à qqn.) ; b) livrer (un combat).
Éclater : se manifester avec éclat.
Égaler : égaliser, rendre égaux.
Embrasser (qqch.) : s'attacher à, prendre à cœur.
Éminent : élevé.
Émouvoir : mettre en mouvement, ébranler, exciter.
Empire : a) nation, royaume ; b) pouvoir, autorité.
Enchanter : ensorceler.
Encore : de plus.
Encore que : bien que.
Énerver : priver de vigueur.
Enfler : emplir d'orgueil.
Ennuyé : lassé à l'excès, désespéré, dégoûté.
Entendre : comprendre.
Envier : refuser.
Envisager : considérer.
Épancher : répandre, verser le contenu de.
Épître : lettre.
Esprit : intelligence.
Esprits : dans la philosophie de Descartes, corpuscules invisibles qui portent la vie et le sentiment dans toutes les parties du corps (esprits vitaux, animaux).
Établir : a) fonder, installer solidement ; b) prouver.
État : condition sociale.
Étonner : surprendre violemment, paralyser de stupeur (même racine que *tonnerre*).
Étrange : extraordinaire et terrible.
Exercice : occupation, activité.
Facile : indulgent, bienveillant, voire (en mauvaise part) complaisant, laxiste.
Faire : sert à remplacer un verbe précédent dont on veut éviter la répétition.
Fatal : voulu par Dieu, inévitable.
Fidèle : a) sûr, digne de confiance ; b) qui a la foi.
Figure : a) aspect, apparence ; b) image, symbole.
Foi : fidélité.
Forcer : vaincre.
Fortune : a) sort, inconstance du sort, chance, destinée ; b) situation dans la société.
Froid : vain, frivole.
Généreux : d'une âme bien née, noble.
Génie : tempérament, caractère.
Gloire : bonheur céleste.
Grâce : faveur.
Hasard : danger.
Hérétiques : ceux qui se séparent de l'Église, en refusant de croire certaines vérités qu'elle enseigne, et de se soumettre à sa hiérarchie.
Ici : sur ce point, en ce cas, en cette circonstance.
Idée : image, représentation.
Illustre : manifeste, éclatant.
Imposer à : tromper.

Impression : marque imprimée, empreinte.
Improuver : désapprouver.
Infirme : faible.
Injure : injustice, offense.
Innocent : exempt de péché, qui ne pèche pas.
Inquiet : sans repos.
Irriter : exciter.
Jaloux de : passionnément attaché à.
Justifier : a) mettre dans l'état de grâce qui est celui des justes (qqn.) ; b) montrer la justesse de (qqch.), donner raison à (qqn.).
Libéral : généreux.
Libertinage : plus que comportement débauché, indépendance d'esprit, en particulier en matière religieuse. Toujours péjoratif chez Bossuet, les libertins développant souvent une pensée anticatholique.
Licence : liberté excessive, anarchique.
Lumière(s) : intelligence, savoir.
Lustre : éclat.
Magnificence : générosité.
Magnifique : pompeux, grandiose.
Maison : famille, dynastie.
Malignité : effet nuisible.
Malin : méchant, mauvais.
Manquer : faire défaut.
Marquer : a) fixer ; b) indiquer, témoigner.
Merveille : prodige.
Monde : dans le vocabulaire chrétien, réalités et créatures terrestres, dans ce qu'elles ont de limité, de trompeur (par opposition aux réalités célestes).
Mouvement : agitation.
Munir : fortifier.
Mystère : a) ce qui, dans la religion, échappe à la raison ; b) en particulier, la messe, centrée autour du mystère fondamental de la religion chrétienne, l'Eucharistie (célébration de la mort et de la résurrection de Jésus pour sauver l'humanité).
Nom : renom, réputation.
Nourrir : élever.
Objet : tout ce qui se présente aux sens ou à l'esprit, vue, spectacle, image, idée, vision…
Occuper : remplir entièrement l'esprit, absorber, préoccuper.
Offusquer : mettre un voile devant, obscurcir.
Paraître : apparaître, se manifester.
Partage : lot, part d'héritage.
Passer : surpasser.
Poids : autorité, force.
Poudre : poussière.
Pour + infinitif : bien que, quoique + subjonctif.
Préoccupation : préjugé, idée préconçue.
Prévenir : devancer.
Prévention : parti pris, préjugé.
Prince : souverain.
Progrès : déroulement.
Proposer à : mettre sous les yeux de.

Propre : personnel, particulier.
Prudence : sagesse.
Que : où, dans lequel, sur lequel, pendant lequel.
Ramasser : a) résumer ; b) rassembler.
Regarder : considérer, prendre en considération.
Régler : soumettre à des règles (positif), mettre en règles.
Relever : élever.
Représenter : a) dépeindre ; b) rappeler.
Retour : revirement, revers.
Rompre (militaire) : enfoncer, faire plier.
Sacrifice (ou sacrifice mystique) : messe (allusion à l'Eucharistie, célébration du sacrifice du Christ).
Secte : groupe religieux (sans valeur péjorative).
Séduire : égarer, détourner du droit chemin.
Sens : intelligence.
Sentiment : avis, opinion.
Sentir : prendre conscience.
Singulier : incomparable, particulier.
Soin : souci, préoccupation, effort.
Solide (moral) : substantiel, consistant, fiable.
Souffrir : supporter, tolérer, permettre.
Soutenir : supporter avec fermeté.
Succès : issue, résultat (bon ou mauvais).
Suite : conséquence.
Superbe : orgueilleux.
Sûreté : fiabilité.
Touché : fortement ému, ravi.
Transport : émotion violente.
Transporter : émouvoir violemment.
Travail : douleurs de l'enfantement.
Travailler : torturer.
Traverser : contrarier.
Vanité : vide, inconsistance.
Vertu : a) valeur ; b) action, puissance.
Vif : vivant.
Vite : rapide.

Éditions de Bossuet

• BOSSUET, Jacques-Bénigne, *Oraisons funèbres*, éd. Thérèse Goyet, Paris, Bordas, 1969.

• BOSSUET, Jacques-Bénigne, *Oraisons funèbres*, éd. Philippe Sellier, Paris, Larousse, 1975.

• BOSSUET, Jacques-Bénigne, *Sermons*, éd. Philippe Sellier, Paris, Larousse, 1967.

• BOSSUET, Jacques-Bénigne, *Oraisons funèbres*, éd. J. Truchet (mise à jour Th. Goyet), Paris, Garnier, 1998.

• BOSSUET, Jacques-Bénigne, *Sermons. Le Carême du Louvre,* éd. C. Cagnat-Debœuf, Paris, Gallimard, 2001.

Ouvrages et articles sur Bossuet

• Bossuet, *Le Carême du Louvre (1662)*, *Littératures classiques*, n° 46, automne 2002.

• CALVET, Jean, *Bossuet*, éd. revue par J. Truchet, Paris, Hatier, 1968.

GOYET, Thérèse, *l'Humanisme de Bossuet*, Paris, Klincksieck, 1965.

• GROSPERRIN, Jean-Philippe (dir.), *Bossuet / Sermons*, Paris, Klincksieck, 2002 (anthologie d'articles précédée d'une introduction).

LANDRY, Jean-Pierre et COSTENTIN, Catherine, *Sermons : Carême du Louvre*, Paris, A. Colin, 2002.

• LE BRUN, Jacques, *Bossuet*, Paris, Desclée de Brouwer, 1970.

• LE BRUN, Jacques, *la Spiritualité de Bossuet prédicateur*, Paris, Klincksieck, 2002.

RÉGENT, Anne et LAURENT, Nicolas, *Sermons de Bossuet. Le Carême du Louvre*, Paris, Atlande, 2002.

• TRUCHET, Jacques, *Politique de Bossuet*, Paris, Armand Colin, 1966 (choix de textes commentés).

• TRUCHET, Jacques, *la Prédication de Bossuet. Étude des thèmes*, Paris, Cerf, 1960.

Ouvrages sur la littérature spirituelle du XVIIe siècle

• BUSSON, Henri, *la Religion des classiques (1660-1685)*, Paris, 1948.

• CAGNAT, Constance, *la Mort classique : écrire la mort dans la littérature française en prose de la seconde moitié du XVIIe siècle*, Paris, Champion, 1995.

• HACHE, Sophie, *la Langue du Ciel*, Paris, Champion, 2000.

Direction de la collection :
Chantal LAMBRECHTS, avec le concours de Fabien SÉE

Direction éditorial :
Line KAROUBI

Édition :
Marie-Hélène CHRISTENSEN, avec la collaboration de Jean DELAITE

Lecture-correction :
service Lecture-correction Larousse

Direction artistique :
Ulrike MEINDL

Recherche iconographique :
Nathalie LASSERRE

Couverture :
Évelyne FAIVRE

Responsable de fabrication :
Marlène DELBEKEN

Mise en page PPC Paris
Imprimé en France par Mame à Tours n° 03122221
Dépôt légal – Janvier 2004.
N° projet : 10108093 – Janvier 2004.